CB020149

A ILHA DOS AMORES INFINITOS

DAÍNA CHAVIANO

A ILHA DOS AMORES INFINITOS

Tradução de
MARIA ALZIRA BRUM

EDITORA RECORD
RIO DE JANEIRO • SÃO PAULO

2008

CIP-Brasil. Catalogação-na-fonte
Sindicato Nacional dos Editores de Livros, RJ.

C439i

Chaviano, Daína, 1957-
A ilha dos amores infinitos / Daína Chaviano; tradução de Maria Alzira Brum. – Rio de Janeiro: Record, 2008.

Tradução de: La isla de los amores infinitos
ISBN 978-85-01-07861-2

1. Ficção cubana. I. Brum, Maria Alzira. II. Título.

08-2858

CDD – 868.992313
CDU – 821.134.2(729.1)-3

Título original em espanhol:
LA ISLA DE LOS AMORES INFINITOS

Foto da autora: Liliam Dominguez

Impresso no Brasil

ISBN 978-85-01-07861-2

PEDIDOS PELO REEMBOLSO POSTAL
Caixa Postal 23.052
Rio de Janeiro, RJ – 20922-970

aos meus pais

Sumário

PRIMEIRA PARTE
AS TRÊS ORIGENS

SEGUNDA PARTE
DEUSES QUE FALAM A LÍNGUA DO MEL

TERCEIRA PARTE
A CIDADE DOS ORÁCULOS

QUARTA PARTE
PAIXÃO E MORTE NO ANO DO TIGRE

QUINTA PARTE
A ESTAÇÃO DOS GUERREIROS VERMELHOS

SEXTA PARTE
CHARADA CHINESA

Estás em meu coração, embora eu esteja longe de ti.

ERNESTO LECUONA
(Cuba, 1895 — Ilhas Canárias, 1963)

Reino de Ifé, atual Nigéria (África) – Cuenca (Espanha)

Árvore genealógica de Amalia

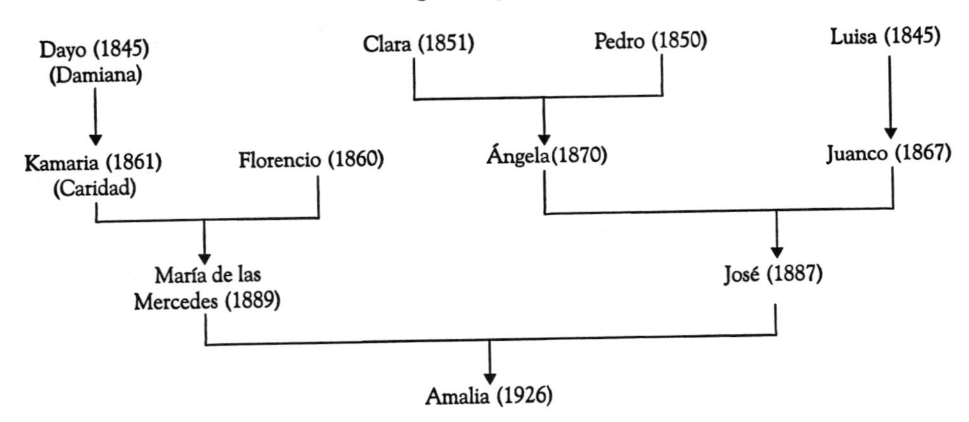

Cantão (China)

Árvore genealógica de Pablo

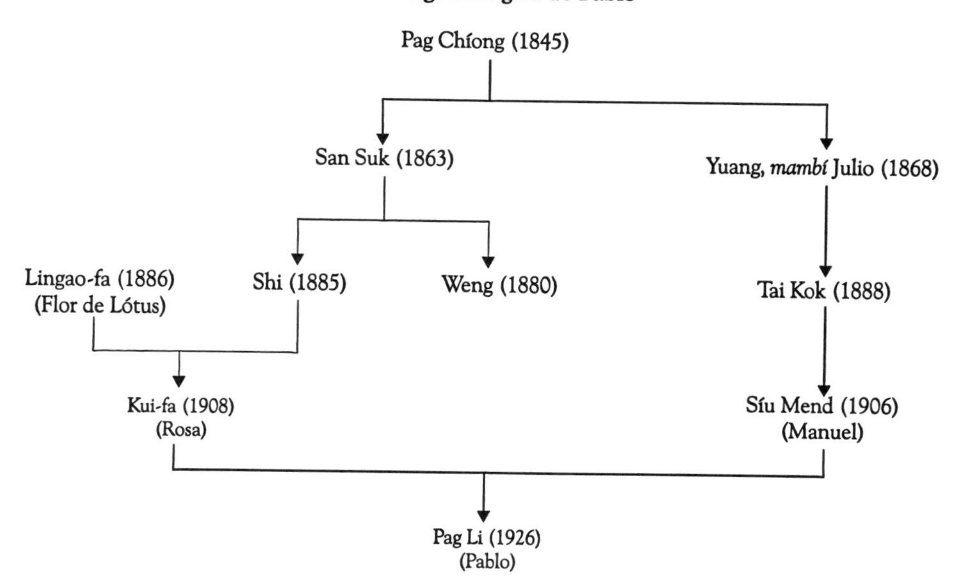

PRIMEIRA PARTE

As três origens

Das anotações de Miguel

MEU CHINÊS... MINHA CHINA:
Forma carinhosa com que os cubanos se tratam, independentemente de terem ou não sangue asiático.
A mesma coisa acontece com a expressão "meu negro" ou "minha negra", que não se aplica necessariamente a quem tem a pele dessa cor.
Trata-se de uma simples fórmula afetiva ou amorosa, cuja origem remonta à época em que se iniciou a mescla entre as três principais etnias que conformam a nação cubana: a espanhola, a africana e a chinesa.

Noite azul

Estava tão escuro que Cecilia mal conseguia vê-la. Melhor dizendo, adivinhava a silhueta atrás da mesinha junto à parede, perto das fotos dos mortos sagrados: Benny Moré, o gênio do bolero; Rita Montaner, a diva mimada pelos músicos; Ernesto Lecuona, o mais universal dos compositores cubanos; o retinto *chansonnier* Bola de Nieve, com seu sorriso branco e doce como o açúcar... A penumbra do local, quase vazio a essa hora da noite, já começava a se poluir com a fumaça dos Marlboro, dos Dunhill e de um que outro Cohíba.

A moça não prestava atenção à conversa dos amigos. Era a primeira vez que ia a esse lugar e, embora reconhecesse certo encanto nele, sua sisudez — ou talvez seu ceticismo — não a deixava ainda admitir o que era evidente. Nesse bar flutuava uma espécie de energia, um cheiro de magia, como se ali se abrisse uma passagem para outro universo. Fosse o que fosse, tinha decidido comprovar por si mesma as histórias que circulavam por Miami sobre aquele tugúrio. Sentou-se com seus amigos perto do balcão, um dos dois únicos locais iluminados. O outro era uma tela por onde desfilavam cenas de uma Cuba esplêndida e cheia de cor, apesar da antiguidade das imagens.

Foi então que a viu. A princípio teve a impressão de que a silhueta era mais escura do que as próprias trevas que a rodeavam. Um reflexo a fez imaginar que levava uma taça aos lábios, mas o gesto foi tão rápido que não teve certeza de tê-lo visto. Por que chamara sua atenção? Provavelmente pela estranha solidão que parecia acompanhá-la... Mas Cecilia não tinha ido ali para alimentar novas angústias. Decidiu esquecê-la e pediu uma bebida. Isso a ajudaria a investigar o enigma em que se havia transformado sua alma: uma região que sempre acreditara conhecer e que ultimamente mais parecia um labirinto.

Tinha ido embora da sua terra fugindo de muitas coisas, tantas que já não valia a pena lembrar. E enquanto via desaparecerem no horizonte os edifícios que desmoronavam ao longo do Malecón — durante aquele estranho verão de 1994 em que tantos tinham fugido de balsa em plena luz do dia —, jurou que nunca mais voltaria. Quatro anos mais tarde, continuava à deriva. Não queria saber do país que deixara para trás; mas continuava se sentindo uma forasteira na cidade que abrigava o maior número de cubanos no mundo depois de Havana.

Provou o seu martíni. Quase podia ver o reflexo da taça e o vaivém do líquido transparente e vaporoso que pinicava o seu olfato. Tentou se concentrar no minúsculo oceano que balançava entre seus dedos, e também naquela outra sensação. O que seria? Sentira-a assim que entrara no bar, avistara as fotos dos músicos e contemplara as imagens de uma Havana antiga. Seu olhar tropeçou de novo com a silhueta que continuava imóvel naquele canto, e nesse instante ela soube que se tratava de uma anciã.

Seus olhos se voltaram para a tela onde um mar suicida se jogava contra o Malecón havanês, enquanto Benny cantava: "e quando teus lábios beijei, minha alma teve paz". Mas a música provocou o contrário do que dizia. Ela buscou refúgio na taça. Apesar da sua vontade de esquecer, assaltavam-na emoções vergonhosas como aquela vertigem do seu coração diante daquilo que desejava desprezar. Era um sentimento que a apavorava. Não se reconhecia nas pulsações dolorosas que o bolero agora lhe provocava. Deu-se conta de que começava a sentir saudade de gestos e palavras, inclusive de certas frases que detestava quando vivia na ilha, todo aquele palavreado dos bairros marginais que agora daria tudo para ouvir numa cidade onde abundavam *os hi, sweetie* ou *excuse me* misturados com um espanhol que, por provir de tantos lugares, não pertencia a nenhum.

"Meu Deus", pensou enquanto tirava a azeitona da taça. "E pensar que foi lá que decidi estudar inglês." Hesitou por um instante: não sabia se comia a azeitona ou se a deixava para o final da bebida. "E tudo porque cismei de ler Shakespeare no original", lembrou, e cravou os dentes na azeitona. Agora odiava aquilo. Não o bardo do teatro The Globe, a quem continuava venerando, mas estava farta de ouvir uma língua que não era a sua.

Arrependeu-se de ter engolido a azeitona num ímpeto de raiva. Agora o martíni não parecia mais um martíni. Virou de novo a cabeça em direção ao canto. A anciã continuava ali praticamente sem tocar sua taça, hipnotizada diante das imagens da tela. Dos alto-falantes começou a sair uma voz grave e suave, vinda de outra época: "Dói muito, dói sentir-se tão sozinha..." Ai, meu Deus, que música mais cafona. Como todos os boleros. Mas era bem assim que ela estava se sentindo. Ficou tão envergonhada que engoliu de uma vez a metade do drinque. Teve um ataque de tosse.

— Menina, não beba tão rápido, que hoje não estou a fim de ser babá de ninguém — disse Freddy, que não se chamava Freddy, mas Facundo.

— Não comece a controlá-la — murmurou Lauro, aliás, La Lupe, que na verdade se chamava Laureano. — Deixe-a afogar suas mágoas.

Cecilia levantou o olhar da taça, sentindo o peso de um chamado silencioso. Pareceu-lhe que a anciã a estava observando, mas a fumaça a impedia de ter certeza. Realmente estaria olhando para a mesa que ocupava com seus dois amigos ou mais para a frente, para a pista, aonde iam chegando os músicos...? As imagens se extinguiram, e a tela foi subindo como uma ave celestial até desaparecer entre as vigas do teto.

Houve uma pausa imperceptível, e de repente os músicos começaram a tocar com uma paixão febril que fazia a alma saltar. Aquele ritmo lhe causou uma dor inexplicável. Ela sentiu a fisgada da lembrança.

Notou que alguns turistas de aparência nórdica estavam admirados. Devia ser bastante insólito para eles ver um jovem com jeito de lorde Byron tocar tambores como se estivesse possuído pelo demônio, junto com uma mulata achinesada que balançava as tranças ao compasso das claves; e aquele negro de voz prodigiosa, que parecia um rei africano — argola prateada na orelha —, cantando em variações que iam do barítono lírico à nasalidade do *son*.

Cecilia observou os rostos dos seus conterrâneos e percebeu o que os tornava tão atraentes. Era a inconsciência da sua mistura, a incapacidade — ou talvez a indiferença — para assumir que todos tinham origens tão distintas. Olhou para a outra mesa e sentiu pena dos vikings, presos na sua insípida monotonia.

— Vamos dançar! — disse Freddy, puxando-a.

— Está louco? Nunca dancei isso na vida.

Durante a adolescência, dedicara-se a ouvir canções sobre escadas que subiam ao céu e trens que atravessavam cemitérios. O rock era subversivo, e isso a enchia de paixão. Mas sua adolescência tinha morrido, e agora ela teria dado qualquer coisa para dançar aquela *guaracha* que estava levantando todo mundo das cadeiras. Que inveja lhe davam todos aqueles dançarinos que giravam, paravam, enroscavam-se e desenroscavam-se sem perder o ritmo.

Freddy se cansou de implorar e puxou La Lupe. Lá se foram os dois para a pista, dançar no meio do tumulto. Cecilia tomou outro golinho do seu pré-histórico martíni, já quase à beira da extinção. Nas mesas, só restavam ela e a anciã. Até os descendentes de Erik, o Vermelho, se uniram à farra geral.

Terminou seu drinque e, sem dissimular, procurou a figura da anciã. Causava-lhe certa inquietação vê-la tão sozinha, tão alheia ao rebuliço. A fumaça tinha desaparecido quase por milagre, e ela conseguiu vê-la melhor. Olhava para a pista com ar divertido, e suas pupilas brilhavam. De repente fez uma coisa inesperada: virou a cabeça e sorriu para ela. Quando Cecilia retribuiu o sorriso, ela afastou uma cadeira num evidente gesto de convite. Sem hesitar nem um instante, a jovem foi se sentar ao lado dela.

— Por que não está dançando com os seus amigos? — Sua voz soava trêmula, mas clara.

— Nunca aprendi — respondeu Cecilia —, e já estou muito velha para isso.

— O que você sabe de velhice? — murmurou a anciã, sorrindo um pouco menos. — Ainda lhe resta meio século de vida.

Cecilia não respondeu, interessada numa coisa que pendia de uma corrente no pescoço dela: uma mãozinha segurando uma pedra escura.

— O que é isso?

— Ah! — A mulher pareceu sair do seu encantamento. — Um presente da minha mãe. É contra o mau-olhado.

As luzes começaram a girar em todas direções e iluminaram vagamente suas feições. Era uma mulata quase branca, embora seus traços delatassem a mestiçagem. E não lhe parecia tão velha quanto achara a princípio. Ou seria? A fugacidade dos reflexos parecia enganá-la a cada momento.

— O meu nome é Amalia. E o seu?

— Cecilia.

— É a primeira vez que vem aqui?

— Sim.

— E está gostando?

Cecilia hesitou.

— Não sei.

— Estou vendo que é difícil para você admitir.

A jovem emudeceu, enquanto Amalia apertava o seu amuleto.

Com três batidas de *güiro*, a *guaracha* cessou, e o suave assobio de uma flauta iniciou outra melodia. Ninguém se mostrou disposto a sentar-se. A anciã observou como os dançarinos retomavam o passo, como se a música fosse um feitiço de Hamelin.

— Você vem sempre aqui? — atreveu-se a perguntar Cecilia.

— Quase todas as noites... Espero uma pessoa.

— Por que não combina com essa pessoa? Assim não teria que ficar tão sozinha.

— Eu me sinto bem neste ambiente — admitiu a mulher. Seu olhar perscrutou a pista de dança. — Lembra-me outra época.

— E quem está esperando, pode-se saber?

— É uma história bastante longa, embora eu possa torná-la curta. — Fez uma pausa para acariciar o amuleto. — Qual versão você prefere?

— A interessante — respondeu Cecilia sem hesitar.

Amalia sorriu.

— Essa começou há mais de um século. Eu gostaria de contá-la desde o início, mas já é tarde.

Cecilia arranhou nervosamente a mesa, sem saber se a resposta significava uma negativa ou uma promessa. Vieram à sua mente imagens de uma Havana antiqüíssima: mulheres de rostos pálidos e sobrancelhas espessas, enfeitadas com chapéus de flores; anúncios resplandecentes em uma rua cheia de lojas; chineses verdureiros que apregoavam sua mercadoria em todas as esquinas...

— Isso veio depois — sussurrou a mulher. — O que eu quero lhe contar aconteceu muito antes, do outro lado do mundo.

Cecilia se sobressaltou ante o modo como a anciã tinha respondido aos seus pensamentos, mas tentou dominar suas sensações enquanto a mulher começava a narrar uma história que não guardava relação com nada que já tivesse lido ou ouvido. Era uma história de paisagens ardentes e criaturas que falavam um dialeto incompreensível, de superstições distintas e de etéreas embarcações que partiam para o desconhecido. Vagamente, ela percebeu que os músicos continuavam tocando e que os casais dançavam sem parar, como se existisse um pacto entre eles e a anciã para permitir que as duas conversassem a sós.

O relato de Amalia estava mais para um encantamento. O vento soprava com força entre as altas canas de um país longínquo, cheio de beleza e violência. Havia festas e mortes, casamentos e matanças. As cenas saíam de alguma fresta do universo, como se alguém tivesse aberto um buraco por onde escapassem as lembranças de um mundo esquecido. Quando Cecilia voltou a tomar consciência do entorno, a anciã já tinha ido embora e os dançarinos voltavam para as mesas.

— Ai, não posso mais — disse La Lupe, suspirando e deixando-se cair numa cadeira. — Acho que vai me dar falta de ar.

— Nem imagina o que você perdeu, minha filha. — Freddy bebeu o que restava no seu copo, por ficar se fazendo de celta.

— Com essa cara de espanto, não precisa se fazer de nada. Vem de outro mundo, não está vendo?

— Pedimos outra rodada?

— É muito tarde — disse. — É melhor irmos embora.

— Ceci, desculpe-me por dizer isso, mas você está parecendo o Iéti... A-bo-mi-ná-vel.

— Sinto muito, Laureano, mas estou com um pouco de dor de cabeça.

— Menina, baixe a voz — disse o rapaz. — Não me chame assim, senão os inimigos vão começar a fazer perguntas.

Cecilia se levantou, revirando a bolsa para pegar uma nota, mas Freddy a recusou.

— Não, esta noite é por nossa conta. Você é nossa convidada.

Beijos tênues como borboletas. Na penumbra, Cecilia comprovou outra vez que a anciã não estava mais lá. Sem saber por quê, ela resistia a abandonar o local. Caminhou devagar, esbarrando nas cadeiras, sem parar de olhar para a tela onde um casal de outra época dançava um *son* como ninguém mais da sua geração sabia dançar. Finalmente saiu ao calor da noite.

As visões surgidas do relato da anciã e a evocação de uma Havana pletórica de deidades musicais tinham deixado nela um estranho sentimento de bilocação. Sentiu-se como aqueles santos que podem estar em dois lugares ao mesmo tempo.

"Estou aqui, agora", disse para si mesma.

Olhou o relógio. Era tão tarde que não havia porteiro. Tão tarde que não havia uma alma à vista. A certeza de que teria de caminhar sozinha até a esquina acabou por devolvê-la à realidade.

As nuvens engoliram a lua, mas foram perfuradas por raios de leite. Duas pupilas infernais se abriram junto a um muro. Um gato se movia entre os arbustos, atento à sua presença. Como se fosse um sinal, o disco lunar voltou a fugir do seu vaporoso eclipse e iluminou o felino: um animal de prata. Cecilia estudou as sombras: a sua e a do gato. Era uma noite azul, como a do bolero. Provavelmente por isso, voltou a evocar o relato de Amalia.

Espera-me no céu

Lingao-fa decidiu que era uma noite propícia para morrer. O vento morno soprava entre as espigas que emergiam timidamente das águas. Talvez tenha sido a brisa, com seus dedos de espírito acariciando suas roupas, o que a encheu dessa sensação de inevitabilidade.

Ela ficou nas pontas dos pés para aspirar melhor às nuvens. Ainda era esbelta, como os lótus que adornavam o lago dos peixes com caudas de gaze. Sua mãe costumava sentar-se para contemplar os caules bulbosos que se perdiam no alagado, inclinava-se para tocá-los, e isso a enchia de paz. Sempre suspeitara de que o seu contato com as flores tinha causado na filha aqueles traços delicados que tanta admiração despertaram desde o seu nascimento: a pele claríssima, os pés suaves como pétalas, o cabelo liso e brilhante. Por isso, quando chegou o momento de comemorar sua chegada — um mês depois do parto —, decidiu que se chamaria assim: Flor-de-Lótus.

Ela contemplou os campos úmidos que naquela tarde pareciam inchar como seus seios quando amamentava a pequena Kui-fa, seu botão de rosa. A menina tinha 11 anos, e logo teriam que buscar um marido para ela; mas essa tarefa ficaria nas mãos de seu cunhado Weng, porque correspondia ao parente masculino mais próximo.

Com passo vacilante, dirigiu-se para o interior. Devia o equilíbrio instável ao tamanho dos seus pés. Durante anos, sua mãe os enfaixara para que não crescessem: requisito importante se desejasse conseguir um bom casamento. Por isso, ela enfaixava agora os da pequena Kui-fa, apesar do choro e das queixas dela. Era um processo doloroso: todos os dedos, exceto o dedão, deviam ficar virados para baixo, depois se colocava no arco uma pedra que era ajustada com faixas. Embora ela própria tivesse abandonado o costume desde a morte do seu marido, alguns ossinhos quebrados e mal fundidos tinham deixado uma marca permanente na sua forma de andar.

Entrou na cozinha onde Mey Lei estava picando verduras e comprovou que sua filha brincava perto do fogão. Mey Lei não era uma empregada qualquer. Tinha nascido numa casa rica, e inclusive aprendera a ler, mas várias desgraças sucessivas acabaram transformando-a na concubina de um latifundiário. Somente a morte do amo a tinha liberado da sua condição.

Sozinha e sem recursos, optara por oferecer seus serviços aos Wong.

— Trouxe a couve, Mey Lei?

— Sim, senhora.

— E o sal?

— Tudo o que me pediu. — E acrescentou timidamente: — A senhora não precisa se preocupar.

— Não quero que aconteça a mesma coisa que no ano passado.

Mey Lei corou de vergonha. Embora sua ama nunca a tivesse recriminado por nada, sabia que a inundação passada tinha ocorrido por sua culpa. Estava velha e se esquecia de certas coisas.

— Este ano não teremos problemas — arriscou-se a dizer. — Os senhores do templo ganharam trajes luxuosos.

— Já sei, mas às vezes os deuses são rancorosos. É bom que tenhamos reservas para o caso de alguma eventualidade.

Lingao-fa foi para o quarto, seguida pelos vapores do caldo que estava cozinhando. Sua viuvez precoce tinha despertado a cobiça de vários fazendeiros, não só por causa de sua beleza, mas também porque o falecido Shi tinha lhe deixado muitas terras onde cresciam arroz e legumes, além de algum dinheiro. Modesta, porém firme, tinha recusado todas as propostas, até que o cunhado lhe propôs que se casasse com um negociante de Macau, dono de um banco que administrava as finanças do clã, para que o patrimônio familiar ficasse assegurado. Então não soube o que fazer nem a quem recorrer. Seus pais tinham morrido, e ela devia obediência ao irmão mais velho daquele que fora seu marido. Um dia, soube que não poderia continuar fugindo da decisão. Weng se apresentou em sua casa e lhe disse, sem mais rodeios, que o casamento seria realizado no terceiro dia da quinta lua.

Sobre uma mesa, repousava a travessa de prata que sua mãe lhe dera de presente. Com um gesto mecânico, acariciou as minúsculas incrustações de madrepérola, e, depois de desembaraçar os cabelos, molhou-os para se refrescar e saiu ao portão. Nesse instante, a lua surgiu por trás das nuvens. "A culpa é sua, velho maldito", murmurou entre os dentes, olhando com raiva para o disco brilhante onde vivia o ancião caprichoso que amarrava com uma fita os pés daqueles destinados a ser marido e mulher — um sortilégio do qual ninguém escapava. Por isso ela tinha se transformado em esposa de Shi; e pelo mesmo motivo enfrentava agora o seu difícil destino.

Era a última vez que veria aquela luz azulada sobre os campos, mas não se importou com isso. Qualquer coisa era melhor do que suportar os tormentos infernais. Não ligava para as brincadeiras de Weng, que muitas vezes riu das suas crenças. Ela sabia que o espírito do marido a despedaçaria na outra vida se ela se casasse de novo. Uma mulher só pode ser propriedade de um homem, e essa certeza era pior do que a possibilidade de nunca mais ver os seus.

Naquela noite jantou cedo, agasalhou Kui-fa e a acompanhou no seu sono mais tempo do que de costume. Depois se despediu de Mey Lei, que já se retirava para dormir aos pés da menina, e silenciosamente saiu para o pátio, onde permaneceu horas contemplando as constelações... Foi a cozinheira quem a encontrou na manhã seguinte, pendurada na árvore, perto do tanque dos peixes dourados.

Lingao-fa foi enterrada com grandes honras num nevoento amanhecer de 1919. Sua morte, no entanto, não foi totalmente inútil para Weng. Apesar de o comerciante ter visto desaparecerem as possibilidades de associação, o prestígio da família aumentou diante daquela demonstração de fidelidade conjugal. Além disso, como parente encarregado de velar pelo futuro de Kui-fa, seu capital aumentou com as propriedades que passaram para as suas mãos. Já o dinheiro e as jóias correspondentes ao dote ficaram nas arcas do banco de Macau. E quanto ao patrimônio de gado e cultivos, o comerciante se propôs a multiplicar — enquanto pudesse — aquilo que, no momento, devia administrar.

Weng sentia um grande respeito por seus antepassados e, embora não fosse supersticioso — ao contrário dos outros aldeãos —, não economizava homenagens diante da interminável fila de parentes mortos que foram se acumulando de geração em geração. Por causa dessa lealdade para com seus mortos, Weng determinou imediatamente que sua sobrinha fosse tratada da mesma forma que os seus filhos; decisão pouco comum num lugar em que as meninas eram vistas como estorvos. Acontece que, deveres à parte, o comerciante também tinha percebido o lado prático da sua tutoria. Kui-fa era bonita como sua mãe e contava com um dote que incluía as relíquias e jóias familiares, além das terras que deveriam passar para o seu marido assim que se casasse. Três anos antes, Weng havia se responsabilizado pelo filho do tailandês Kok, um primo morto em circunstâncias um tanto confusas numa ilha do mar do Caribe, para onde fora em busca de fortuna seguindo os passos do pai. Síu Mend era um menino calado e hábil em matemática que Weng desejava iniciar nos negócios. Ninguém melhor do que aquele menino para marido de sua sobrinha, que logo estaria na idade de contrair núpcias.

Por enquanto, a pequena Kui-fa ficaria aos cuidados de Mey Lei, encarregada de vigiar sua virtude. A babá dormia no chão, aos pés da ama, como tinha feito sempre, o que contribuía para que Kui-fa se sentisse menos triste pela ausência da mãe.

De qualquer maneira, seu novo lar era um lugar movimentado onde entrava e saía todo tipo de gente. Além do tio Weng e sua esposa, viviam ali o avô San Suk, que quase nunca saía do quarto; dois primos já casados, filhos do seu tio, com suas esposas e filhos; o menino Síu Mend, que passava o dia estudando ou lendo; e uns cinco ou seis criados. Mas não era a profusa parentela o que mais curiosidade lhe despertava. Às vezes chegavam uns visitantes pálidos, envoltos em roupas escuras e justas, que falavam um cantonês quase incompreensível e tinham olhos redondos e desbotados. Na primeira vez em que Kui-fa viu uma dessas criaturas, entrou em casa gritando que havia um demônio no jardim. Mey Lei a tranqüilizou depois de averiguar, assegurando que se tratava de um *lou-fan:* um estrangeiro branco. A partir de então, a menina se dedicou a observar as idas e vindas daqueles seres luminosos que o seu tio tratava com especial reverência. Eram altos como os gigantes dos contos e falavam com uma melodia estranha na garganta. Certa ocasião, um deles a surpreendeu espiando-o e sorriu para ela, mas ela saiu disparada em busca de Mey Lei e não voltou até que as vozes se afastaram.

Durante o dia, Kui-fa passava horas perto do fogão, ouvindo as histórias que a anciã aprendera na sua juventude. Assim ficara sabendo da existência do Deus do Vento, da Deusa da Estrela Polar, do Deus do Lar, do Deus da Riqueza e de muitos mais. Também gostava de ouvir sobre o Grande Dilúvio, provocado por um chefe que, cheio de vergonha ao ser derrotado por uma rainha guerreira, batera na própria cabeça com um imenso bambu celestial que rasgara as nuvens. Mas a sua favorita era a história dos Oito Imortais que estavam no aniversário da Rainha Mãe do Oeste, junto ao Lago das Pedras Preciosas, e que, ao compasso de uma música tocada por instrumentos invisíveis, participavam de um banquete em que abundavam os manjares mais delicados: língua de bonito, fígado de dragão, patas de urso, tutano de fênix e outras iguarias. O ponto culminante do banquete era a sobremesa: pêssegos colhidos da árvore que só floresce uma vez a cada três mil anos.

Mey Lei se via obrigada a mergulhar na sua memória para agradar à curiosidade da menina. Foram anos aprazíveis, como só podem ser aqueles que são vividos sem consciência e que, ao final da vida, recordam-se como os mais felizes. Só uma vez aconteceu uma coisa que interrompeu a monótona existência. Kui-fa adoeceu gravemente. A febre e os vômitos se enfureceram com ela como se um mau espírito quisesse roubar sua jovem existência. Nenhum médico conseguia determinar a origem do mal, mas Mey Lei não perdeu a cabeça. Foi ao templo das Três Origens com três fitas de papel de seda nas quais escrevera os ideogramas do céu, da terra e da água. Na torre do templo, oferendou ao céu a primeira fita de seda; depois enterrou sob um montículo o papel correspondente à terra; e por último submergiu numa fonte a escritura correspondente à água. Em poucos dias, a menina começou a melhorar.

Mey Lei dedicou um canto do seu quarto para adorar as Três Origens, fontes de felicidade, perdão e proteção. E ensinou Kui-fa a manter sempre a harmonia com aqueles três poderes. Depois, o céu, a terra e a água passaram a ser os três reinos aos quais Kui-fa enviava seus pensamentos, sabendo que lá seriam protegidos.

Passaram os meses chuvosos e chegou a época em que o Deus do Lar subia às regiões celestiais para informar sobre as ações dos humanos. Mais tarde, começou a temporada da colheita, e, depois dela, chegaram as rajadas de um tufão. Passaram os meses, e de novo o Deus do Lar empreendeu o vôo às alturas, levando suas intrigas divinas que os mortais pretendiam adoçar besuntando de mel os lábios da estátua; e os camponeses recomeçaram a semear, e voltaram as chuvas e a temporada dos mil ventos que rasgavam as pipas. E entre os cheiros da cozinha e as lendas repletas de deuses Kui-fa se transformou numa moça.

Numa idade em que muitas jovens já amamentavam seus filhos, Kui-fa continuava grudada na saia de Mey Lei; mas Weng não parecia perceber. Sua cabeça debulhava números e projetos, e essa atividade febril fez com que fosse adiando o casamento da sobrinha.

Certa tarde, enquanto conversava numa das casas de chá aonde os homens iam para fazer negócios ou procurar prostitutas, ouviu as indiretas que alguns vizinhos lançavam sobre uma jovenzinha casadoira e com bom dote, condenada a um indigno celibato por culpa do tio ambicioso. Weng fez como se não estivesse ouvindo nada, mas corou até a raiz dos cabelos que já começavam a embranquecer. Quando chegou em casa, chamou Síu Mend com um pretexto e observou o rapaz enquanto ele examinava uns papéis. O adolescente se transformara num jovem robusto, quase um homem feito. Nessa mesma noite, enquanto a família jantava em torno da mesa, decidiu dar a notícia:

— Estive pensando que Kui-fa deve se casar.

Todos, incluindo a própria Kui-fa, tiraram o olhar dos seus pratos.

— Precisamos procurar marido para ela — aventurou sua mulher.

— Não é necessário — disse Weng, pegando um broto de bambu. — Síu Mend será um bom marido.

Agora os olhos se voltaram na direção do sobressaltado Síu Mend e, depois, de Kui-fa, que cravou o olhar na travessa de carne.

— Seria bom celebrar o casamento durante o festival das pipas.

Era uma data propícia. No nono dia da nona lua, todos subiam num lugar alto, numa colina ou na torre de um templo, para comemorar um fato ocorrido durante a dinastia Han, quando um mestre salvara a vida do seu discípulo ao lhe avisar que uma terrível calamidade se abateria sobre a terra. O jovem fugiu para a montanha e, ao retornar, viu que todos os seus animais tinham se afogado. Essa festa de recordação inaugurava a temporada em que os ventos saltavam furiosos e intermináveis, anunciando futuras tempestades. Então, centenas de criaturas de papel subiam ao céu com suas diferentes formas: dragões rosados, borboletas que batiam as asas cheias de fúria, pássaros com olhos que se mexiam, insetos guerreiros... Todo um conjunto de seres impossíveis disputava os céus em novas e lendárias batalhas.

Inclusive, no dia do seu casamento, Kui-fa conseguiu entrever, atrás das cortinas da sua cadeirinha, a longínqua silhueta de uma fênix. Não pôde distinguir suas cores porque um véu vermelho lhe cobria o rosto. Além disso, devia olhar sempre na direção dos pés, sob pena de tropeçar e cair.

A jovem não tinha voltado a ver Síu Mend desde a noite em que o tio anunciara o casamento: Mey Lei se encarregou de mantê-la escondida. Espantada diante da imprudência do homem, ao declarar o compromisso com os dois jovens sentados à mesa, a criada decidiu rebater o descuido. Aproveitando um momento em que todos estavam ocupados, foi até o altar da Deusa do Amor e extraiu uma das suas mãozinhas de porcelana.

— Senhora — pediu, inclinando-se diante da estátua enquanto apertava a mãozinha entre as suas —, atraia a boa fortuna para a minha menina e afaste os maus espíritos. Prometo-lhe um bom presente se o casamento transcorrer sem problemas, e outro maior quando nascer o primeiro filho... — hesitou um momento —, mas só se a mãe e a criança gozarem de boa saúde. Repetiu três vezes sua reverência e guardou a mãozinha de porcelana em um canto da cozinha. É obvio que não passou pela cabeça de ninguém perguntar pelo membro ausente. Apareceria assim que o pedido do devoto fosse atendido.

Várias semanas depois do casamento, os rios transbordaram, matando muita gente. Houve fome para os mais pobres e saques para os mais ricos; só a epidemia se dividiu igualmente entre todos. O nível da água nos campos se elevou com rapidez, para depois baixar com preguiça, e os brotos de arroz apareceram sobre as águas turvas. O primeiro ventinho do sul soprou por aqueles contornos, gélido e zombeteiro, a tempo para outro festival... Mas Kui-fa continuava sem dar sinais de gravidez. Mey Lei foi visitar a deusa.

— Procure cumprir o que lhe peço ou acabará num canto cheio de ratos — ameaçou, antes de lhe dar as costas.

A ameaça deu resultado. Depois de poucas semanas, o ventre de Kui-fa começou a inchar, e Mey Lei depositou junto ao altar uma cesta cheia de frutas. Meses depois, quando as chuvas estavam de novo no seu apogeu, nasceu Pag Li, em pleno Ano do Tigre. Berrava como um demônio e em seguida se prendeu ao mamilo da mãe.

— Tão pequeno e já tem o temperamento de uma pequena fera — vaticinou o pai ao ouvi-lo chorar.

Síu Mend tinha esperado o nascimento do filho com alegria e preocupação, depois de saber que o parto seria o prelúdio de uma viagem à ilha onde seu pai tinha morrido e onde ainda vivia o seu avô Yuang, a quem não conhecia. Devia isso a Weng, que desejava estabelecer contato com vários comerciantes naquele país, desejosos de importar artigos religiosos e agrícolas.

— Eu mesmo iria — havia dito o homem —, mas estou muito velho para uma travessia tão longa.

Pela cabeça de Síu Mend passaram longínquas lembranças sobre a partida do seu pai: as notícias confusas, o choro da sua mãe... E se a história se repetisse? E se não voltasse nunca?

— As coisas mudaram em Cuba — assegurou Weng, ao notar a aflição do jovem —, os chineses não são mais contratados como *coolies*.

E dizia pelo seu próprio avô, o venerável Pag Chiong, que durante sete anos trabalhara 12 horas diárias, sujeito a um contrato que assinara sem saber o que estava fazendo, até que numa tarde caiu morto em cima de uma pilha de cana que tentava carregar. Apesar disso, Yuang seguira os passos do pai e também partira rumo à ilha. Anos depois, seu filho Tai Kok, pai de Síu Mend, quisera se unir a ele e deixara o filho e a mulher sob a responsabilidade de Weng. Embora não tivesse ido trabalhar como peão, vira-se envolvido numa complicada história de dívidas que lhe custara a vida numa briga. No ano seguinte, a mãe de Síu Mend morrera por causa de uma febre, e o menino ficara aos cuidados do homem que, embora fosse primo do seu pai, sempre chamara de tio.

— Mas como estão as coisas lá? — insistiu Síu Mend, despejando um pouco mais de chá em sua tigela.

— Diferentes — disse Weng. — Os chineses prosperam na ilha... Uma coisa boa para os negócios. Pelo menos é o que o tio Yuang conta.

Referia-se ao avô de Síu Mend, único sobrevivente daquela migração familiar, que vivia na ilha fazia mais de três décadas.

— Fale-me de Havana, tio.

— Yuang garante que o clima é parecido com o nosso — respondeu laconicamente o comerciante, que não pôde falar mais porque não sabia mais nada.

Na semana seguinte, em sua costumeira viagem a Macau, Síu Mend comprou um mapa numa loja de artigos ultramarinos. Já em casa, desdobrou-o no chão e seguiu com um dedo a linha do Trópico de Câncer que passava sobre sua província, atravessava o oceano Pacífico, cruzava as Américas e chegava até a capital cubana. Síu Mend acabava de descobrir algo mais. Não era por acaso que o clima das duas cidades era parecido: Cantão e Havana estavam exatamente na mesma latitude. E aquela viagem limpa e direta sobre o mapa lhe pareceu um bom sinal. Um mês depois do nascimento do seu filho, Síu Mend partiu rumo ao outro lado do mundo.

Eu sei de uma mulher

Suspirou enquanto ligava o carro. A manhã resplandecia de poesia, e ela estava morta de cansaço. Talvez fosse a velhice, que chegava antes do tempo. Ultimamente se esquecia de tudo. Imaginava que por seu sangue navegavam os genes de sua avó Rosa, que tinha terminado seus dias confundindo todo mundo. Se tivesse herdado os da avó Delfina, teria sido clarividente e saberia de antemão quem ia morrer, que avião ia cair, quem ia casar com quem e o que diziam os mortos. Mas Cecilia nunca vira nem ouvira nada que outros não percebessem. De forma que estava condenada. Seu patrimônio seria a velhice prematura, não o oráculo.

A buzina de um automóvel a tirou do seu devaneio. Parou ao lado da cabine do pedágio, e a fila de veículos esperava impaciente que ela pagasse. Jogou o dinheiro na caixa metálica que engoliu as moedas imediatamente, e a barreira se elevou. Mais um automóvel entre centenas, entre milhares, entre milhões. Antes de sair da auto-estrada e chegar ao estacionamento, dirigiu mais dez minutos com a inconsciência de quem tinha feito a mesma coisa muitas vezes. Outra manhã pegando o mesmo elevador, percorrendo o longo corredor até a redação para entregar alguma matéria sobre coisas que não a interessavam. Quando entrou na redação, notou um rebuliço maior do que o normal.

— O que está acontecendo? — perguntou a Laureano, que se aproximou com uns papéis.

— A coisa está fervendo.

— O que aconteceu?

— O que aconteceu, não; o que vai acontecer — disse o rapaz, enquanto ela ligava o computador. — Dizem que o papa vai a Cuba.

— E daí?

O amigo ficou olhando para ela, atônito.

— Será que você não se dá conta? — respondeu. — Vai ser o fim do mundo lá.

— Ai, Lauro, não vai ser o fim de nada.

— Menina, é claro que vai! Cada vez que o papa pisa num país comunista: Kaput! Arrivederci, Roma! Ciao Ciao bambino!

— Ele continua dormindo do lado de cá — murmurou Cecilia, que recolhia umas anotações velhas para jogá-las no lixo.

— Azar o seu se não acredita em mim — disse Lauro, deixando os papéis na mesa dela. — Olhe, aqui está o que você queria.

Cecilia deu uma olhada. Era a matéria que tinha pedido no dia anterior, quando alguém sugeriu que retomasse a história da casa fantasma que aparecia e desaparecia por toda Miami. Não sabia se o seu chefe gostaria da pauta, mas havia dois dias estava quebrando a cabeça para apresentar uma coisa nova, e essa era a única que tinha.

— Não gosto muito — disse o homem depois de ouvi-la.

Cecilia ia responder, mas ele a interrompeu.

— Não falo pelo assunto. Poderia ser interessante se você encontrasse um ângulo diferente. É melhor ir trabalhando nas outras pautas. Se conseguir dados mais interessantes sobre a sua casa fantasma, programamos para um dos suplementos dominicais, mesmo que demore seis meses. Mas faça isso sem pressa, como uma coisa extra.

Assim, terminou duas reportagens que tinha começado na semana anterior e em seguida mergulhou na leitura da matéria sobre a casa, anotando os nomes que depois lhe serviriam como referências para as entrevistas.

Quase no final do expediente, parou para reler um parágrafo. Talvez fosse uma coincidência, mas quando ainda vivia em Havana havia conhecido uma moça com esse nome. Seria a mesma? Era a única pessoa que Cecilia tinha conhecido que se chamava assim. O sobrenome não esclareceu o mistério, porque não lembrava o daquela moça; só o nome, parecido com o de uma deusa grega.

Gaia morava num dos chalés escondidos pelas árvores que cobrem grande parte de Coconut Grove. Cecilia atravessou o jardim até a cabaninha pintada de azul-marinho profundo. A porta e as janelas eram de um tom ainda mais luminoso, quase comestível, como a cobertura de um bolo de aniversário. Um sininho de vento pendia num canto da entrada, enchendo a tarde de toques solitários.

O flamboyant próximo deixou cair uma garoa laranja sobre ela. Cecilia sacudiu a cabeça antes de bater à porta, mas os nódulos quase não conseguiram arrancar som da madeira espessa e antiga. Finalmente reparou no tosco sino de cobre, parecido com os que costumam colocar nas cabras, e puxou a cordinha amarrada ao badalo.

Depois de um breve silêncio, ouviu uma voz do outro lado da porta.

— Quem é?

Alguém a observava através de um olho mágico.

— Meu nome é Cecilia. Sou repórter do...

A porta se abriu sem lhe deixar terminar a frase.

— Olá! — exclamou a jovem da qual se lembrava da época da universidade. — O que você está fazendo aqui?

— Lembra-se de mim?

— É claro! — respondeu a outra, com um sorriso que parecia sincero.

Cecilia imaginou que ela estava muito sozinha.

— Entre, não fique aí.

Dois gatos estavam deitados no sofá. Um deles, branco com uma pinta dourada na testa, observou-a, entreabrindo os olhos. O outro, multicolorido como só o podem ser as fêmeas da espécie, saiu em disparada para o interior.

— A Circe é muito tímida — desculpou-se a jovem. — Sente-se.

Cecilia parou indecisa diante do sofá.

— Fora, Poli! — Gaia espantou o animal.

Finalmente Cecilia se sentou, depois que o segundo gato se refugiou debaixo de uma mesa.

— O que está fazendo aqui? — perguntou Gaia, sentando-se numa poltrona perto da janela. — Nem sequer sabia que estava em Miami.

— Cheguei há quatro anos.

— Meu Deus! E eu, há oito. Como o tempo passa!

— Estou escrevendo uma reportagem para o jornal em que trabalho e achei o seu nome numa matéria. A repórter ainda tinha o seu endereço, mas o telefone não é mais o mesmo. Por isso não avisei que viria.

— Do que se trata?

— É sobre aquela casa fantasma...

A expressão de Gaia se fechou.

— Sim, eu me lembro. Foi há uns dois anos, mais ou menos. Mas eu não quero voltar a falar disso.

— Por quê?

Gaia começou a mexer na barra do vestido.

— Não é a primeira vez que vejo uma mansão fantasma — disse, suspirando quase com dor. — Vi outra em Cuba. Ou melhor, visitei-a.

— Isso é interessante.

— Não tinha nada que ver com esta — apressou-se a dizer Gaia. — Aquela era uma casa maligna, terrível... Esta é diferente. Não sei o que significa.

— Os fantasmas não significam nada. Estão aí ou não estão. A gente os vê ou não. Acredita neles ou zomba de quem os vê. Nunca ouvi falar que signifiquem alguma coisa.

— Porque ninguém sabe.

— Não entendo.

— As mansões fantasmas contêm segredos.

— Que tipo de segredos?

— Depende. A que visitei em Havana guardava os piores males da ilha. A que aparece aqui é diferente. Não sei bem o que é, e não me interessa descobrir. Foi suficiente vê-la. Não quero mais saber de fantasmas.

— Gaia, se você não me ajudar com esta matéria, estou frita. Meu chefe quer que eu fale de alguma coisa mais interessante do que uma simples aparição.

— Pergunte às outras pessoas.

— Elas mudaram de trabalho ou de casa. Só resta você. E, coincidentemente, é a única que conheço... Se os fantasmas têm um significado, como você diz, então este encontro significa alguma coisa.

Gaia percorreu com os olhos o tapete que cobria a sala.

— Não estou pedindo nada de mais — insistiu Cecilia. — Só quero que me diga o que viu.

— Leia a matéria.

— Já fiz isso, mas quero que me conte de novo — e, enquanto falava, tirou da bolsa um gravador do tamanho de um maço de cigarros. — Faça de conta que eu não sei de nada.

Gaia olhou para a fita que começava a rodar.

— Bem — disse a contragosto —, a primeira vez que a vi foi por volta da meia-noite. Eu voltava do cinema, e tudo estava muito escuro. Não tinha caminhado muito, quando se acenderam as luzes da casa.

— Onde você estava?

Gaia se levantou, foi até a porta, abriu-a e caminhou alguns passos entre as árvores, seguida por Cecilia, que levava o gravador.

— Aqui — apontou, parando numa curiosa clareira que interrompia a vegetação.

Parecia um daqueles círculos sem plantas que, nos países celtas, atribuem-se aos bailes das fadas. Cecilia olhou em volta, inquieta. Sentia medo ou desejava que a visão se repetisse? Provavelmente tratava-se das duas coisas.

— Como era a casa?

— Antiga, de madeira. Não como a minha, mas muito maior, de dois andares. Parecia ter sido construída para ficar de frente para o mar. O andar de cima era cercado por um balcão.

— Chegou a ver alguém?

— Não, mas havia luzes por toda parte.

— E o que você fez?

— Dei meia-volta, subi no carro e fui para um hotel, sabendo que aquilo não podia ser real. — Deu outra olhada em volta antes de retornar sobre seus passos, rumo à sua casa. — Fiquei lá dois dias, pois não tinha coragem de voltar sozinha. Nem sequer fui trabalhar. Por fim, chamei um amigo e menti para que me acompanhasse até aqui, dizendo que tinha medo de voltar depois que alguém tentara me assaltar. Ele tentou me convencer de que fosse à polícia, mas insisti que tinha sido um acontecimento isolado; além disso, não tinham roubado nada. De qualquer forma, ele quis entrar comigo para se certificar de que tudo estava em ordem. Enquanto ele examinava os cômodos, cometi o erro de ligar a secretária eletrônica... Isto que vou contar agora é *off the record.* — Inclinou-se e desligou o gravador que Cecilia tinha deixado novamente na mesa. — Não falei sobre isso na época e também não deve aparecer agora.

— Por quê?

— Enquanto estive no hotel, minha chefe cansara de ligar. Como eu não respondia, ela viera me visitar. Na mensagem, dizia que, ao chegar, encontrara a minha prima. Por intermédio dela, ficara sabendo que eu me achava muito gripada e estava me recuperando em casa. Desculpava-se por não ter entrado para me cumprimentar, por medo do contágio. Na mensagem, me desejava melhoras e mandava lembranças a uma prima minha que a recebera.

— Que prima é essa?

— Nenhuma. Eu não tenho primas.

— Provavelmente se confundiu de casa, e alguém fez uma brincadeira.

— Minha chefe já esteve aqui várias vezes; sabe bem onde eu moro. Como você pode imaginar, meu amigo ficou petrificado ao ouvir a mensagem, que era bastante incongruente depois da história sobre o assalto. Tive que contar a verdade a ele.

— E ele acreditou?

— Não teve outro remédio, mas me proibiu de mencionar o seu nome se alguma vez contasse essa história. É um advogado muito conhecido.

— O que aconteceu da segunda vez que viu a casa?

— Nunca disse que voltei a vê-la.

— Falou de uma primeira vez. Portanto, houve uma segunda... Se quiser ouvir a gravação...

Por um momento, pareceu que Gaia fosse revelar alguma coisa, mas ao final mudou de idéia.

— É melhor você procurar outras testemunhas. Não quero mais falar desse assunto.

— Eu já disse que não sei onde elas estão.

— Investigue nas lojas esotéricas.

— O que poderia descobrir lá?

— Nesses lugares sempre se ouvem histórias e há pessoas dispostas a falar.

Cecilia concordou em silêncio, antes de começar a guardar o gravador. E, enquanto Gaia a observava, alguma coisa parecida com compaixão a atingiu no peito sem ela saber por quê.

De novo o tumulto do trânsito, os motoristas desesperados para avançar... Teria que fazer alguma coisa, algo que sacudisse a rotina diária. O pior era aquela sensação de solidão perpétua. Seus pouquíssimos familiares, com exceção de uma tia-avó que tinha chegado trinta anos antes, permaneciam na ilha; os amigos com quem tinha crescido, rido e sofrido andavam espalhados pelo mundo.

Agora, quando pensava em amigos, referia-se apenas a Freddy e Lauro, dois rapazes tão parecidos quanto diferentes. Lauro era magro e com grandes olhos de tísico, muito parecido com a lendária cantora de boleros cujo apelido carregava. Da mesma forma que La Lupe, era todo dramático. Freddy, em compensação, era gordinho e de olhos puxados. Sua aparência e a voz de contralto lhe valeram o apelido de Freddy, em honra da bolerista mais gorda da história. Se Lauro era como uma diva caprichosa, Freddy mostrava uma grande compostura. Pareciam reencarnações das duas cantoras e se orgulhavam daquela semelhança. Para Cecilia, eram como dois irmãos resmungões a quem tinha de repreender e aconselhar continuamente. Gostava muito deles, mas saber que eram sua única companhia não deixava de deprimi-la.

Assim que abriu a porta do apartamento, tirou a roupa e se enfiou no chuveiro. A água morna caiu sobre seu rosto. Cheirou deliciada a espuma de rosas que a esponja deixava sobre o seu corpo. Um exorcismo. Uma limpeza. Um conjuro para aliviar a alma. Despejou na cabeça algumas gotas da água benta que pegava mensalmente na ermida de La Caridad.

Gostava desse momento que dedicava ao banho. Ali, comungava com seus pesares e suas desgraças frente àquele que emanava poder sobre todos, qualquer que fosse seu nome: Olofi ou Javé, Ele ou Ela, ambos ou todos. Por princípio, não ia à missa. Não confiava em nenhum tipo de guias ou caudilhos, fossem ou não espirituais. Preferia falar a sós com Deus.

Olhou-se no espelho, perguntando-se se o bar já estaria aberto, enquanto rememorava o seu encontro com a anciã naquele tugúrio. Até a mulher lhe parecia agora uma miragem. Talvez estivesse bêbada e tivesse sonhado com ela. Bem, disse para si mesma, se os martínis provocavam visões tão interessantes, nesta noite tomaria mais alguns. Chamaria Freddy ou Lauro?

Decidiu ir sozinha.

Meia hora depois, estacionava o carro perto da calçada. Pagou a entrada e atravessou a soleira. Era tão cedo que quase todas as mesas estavam vazias. Na tela, brilhava a divina Rita entoando o seu refrão: "Esta noite não vou conseguir dormir, sem comer um saquinho de amendoim... Amen... doim... Amendoimmmm... Se quer se divertir a valer, coma um saquinho de amendoim..." E arrastava o *i* de saquinho. Cecilia ficava fascinada com a graça com que a mulata entreabria os olhos para oferecer o saquinho e em seguida o retirava com gesto de gata, como se tivesse mudado de idéia e preferisse guardar a guloseima.

— As pessoas de antigamente se moviam de forma diferente.

Cecilia sobressaltou-se. O comentário provinha de um canto escuro à sua direita, mas ela não precisou enxergar para saber de quem se tratava.

— E falavam diferente também — respondeu a jovem, e avançou às cegas na direção da voz.

— Achei que não voltaria.

— E perder a continuação da história? — respondeu Cecilia, sentando-se às cegas. — Nota-se que você não me conhece.

Um sorriso apareceu nos olhos de Amalia, mas a moça não percebeu.

— Tem tempo para contar alguma coisa, não? — apressou-a com impaciência.

— Todo o tempo do mundo.

E bebeu um gole do seu copo, antes de começar a falar.

Febre de ti

— Esta menina está com mau-olhado.

No centro do quarto, a bispa observava as três gotas de óleo se diluírem e desaparecerem no prato cheio de água: sinal inequívoco do malefício.

— Jesus! — sussurrou dona Clara, fazendo o sinal-da-cruz. — E agora, o que vamos fazer?

— Calma, mulher — murmurou a bispa, fazendo sinal para uma ajudante. — Já me trouxe a sua filha, isso é o principal.

Ângela assistia com indiferença ao ritual do seu diagnóstico, muito imersa no fogo que ardia por todas as partes do seu corpo. Era um calafrio que a banhava em suor, um inferno que a desfazia em suspiros, uma voragem confusa que a deixava cravada em qualquer lugar, impossibilitada de falar ou se mexer. Alheia ao vaticínio sobre mau-olhado, continuou equilibrando o prato com água como a mulher tinha pedido. Acima de sua cabeça, um candelabro oscilante vomitava sombras por toda parte, atraindo provavelmente mais espectros do que os que a velha se preparava para conjurar.

A ajudante, que tinha saído momentos antes, entrou agora com uma chaleira que destilava vapores quase apetitosos: arruda e coentro fervidos em vinho.

— Dois te mau-olharam,
três te vão curar,
A Virgem Maria e a Santíssima Trindade...

A bispa foi fazendo o sinal-da-cruz sobre Ángela, seguindo as indicações da reza.

Se é na cabeça, santa Helena,
se é na testa, são Vicente,
se é nos olhos, santo Ambrósio,
se é na boca, santa Apolônia,
se é nas mãos, são Urbano,
se é no corpo, dulcíssimo Sacramento,
se é nos pés, santo André,
com seus anjos trinta e três.

E ao dizer isso arrebatou-lhe o prato das mãos e jogou-o num canto. A água deixou um rastro escuro na madeira.

— Está feito, filha. Vá com Deus.

Ángela se levantou, ajudada pela mãe.

— Não! Por aí, não — interrompeu a bispa. — Você não deve pisar nessa água, ou o malefício voltará.

Já era noite fechada quando deixaram a casa. Dom Pedro havia ficado esperando por elas perto, na pedra que se encontrava a uns trinta passos, nos limites da aldeia que se elevava junto à serra gelada de Cuenca.

— O que era? — sussurrou com ansiedade.

Dona Clara fez um gesto breve. Muitos anos vivendo com a mesma mulher ajudaram-no a compreender: "Tudo está resolvido, mas conversemos mais tarde." Fazia meses que nem ele nem Clara conseguiam dormir em paz. Sua filha, uma menina que até recentemente corria feliz pelo campo, travessa, perseguindo todo tipo de insetos e pássaros, transformara-se em outra pessoa.

Primeiro foram as visões. Embora dom Pedro estivesse avisado, nem por isso deixou de se surpreender. Sua própria mulher o tinha advertido na tarde em que ele a pedira em casamento: todas as mulheres da sua família, desde tempos imemoriais, andavam acompanhadas por um duende Martinico.

— Eu comecei a vê-lo quando fiquei moça — contou-lhe Clara. — E minha mãe também, e minha avó, e todas as mulheres da minha família.

— E se não nascerem fêmeas? — perguntou ele, com ceticismo.

— A esposa do primogênito o herda. Isso aconteceu com a minha bisavó, que tinha nascido em Puertollano e se casou com o filho único da minha tataravó. Ela mesma quis se mudar para Priego, para não ter que dar explicações à família.

O homem não sabia se ria ou ficava bravo, mas o semblante da noiva lhe indicou a gravidade do assunto.

— Não importa — disse ele finalmente, quando se convenceu de que a coisa era séria. — Com Martinico ou sem Martinico, eu e você vamos nos casar.

Embora a mulher costumasse se queixar da invisível presença, ele sempre achou que era tudo imaginação. Suspeitava de que aquela história, tão arraigada na família dela, induzia-a a ver o inexistente. E, para evitar o que chamava de "o contágio", obrigou-a a jurar que nunca falaria com a menina sobre essa tradição visionária e que muito menos lhe contaria histórias de duendes nem de seres sobrenaturais. Por isso, quase morreu no dia em que Angelita, com apenas 12 anos, ficou olhando para a prateleira onde ele colocava as vasilhas para secar e sussurrou, com ar de surpresa:

— O que esse anão está fazendo aí?

— Que anão? — perguntou o pai, depois de dar uma rápida olhada em direção à prateleira.

— Há um homenzinho vestido de padre, sentado em cima daquela pilha de pratos — respondeu a menina, baixando ainda mais a voz; e, ao notar a expressão do pai, acrescentou: — Você não está vendo?

Pedro sentiu que se lhe arrepiavam todos os pêlos do corpo.

Foi a confirmação de que, apesar de suas precauções, o sangue da sua filha estava contaminado por aquela epidemia sobrenatural. Espantado, agarrou-a por um braço e a arrastou para fora da oficina.

— Ela o viu — sussurrou ao ouvido da mulher. Mas Clara recebeu a notícia com regozijo.

— A menina já é uma moça — murmurou.

Não foi simples conviver com duas mulheres que viam e ouviam o que ele, por mais que se esforçasse, não conseguia perceber. Sobretudo, era difícil para ele aceitar a mudança em sua filha. Quando conhecera a mulher, ela já tinha aquela mania. Ángela, porém, sempre tinha sido uma menina normal, que se divertia correndo atrás das galinhas ou subindo nas árvores. Nunca dera atenção às histórias de assombrações ou de amores encantados que às vezes circulavam pelo povoado. E agora isso!

Clara teve uma longa conversa com Ángela para explicar quem era o visitante e por que só as duas o viam. Não foi necessário lhe pedir que mantivesse a boca fechada. Sua filha sempre fora uma menina ajuizada.

Só Pedro se encontrava abatido. A filha o surpreendeu várias vezes olhando para ela com ar consternado. Instintivamente compreendeu o que estava acontecendo e tentou ser mais carinhosa com ele para demonstrar que continuava sendo a mesma. Pouco a pouco, o homem começou a esquecer sua ansiedade. Quase tinha se acostumado à idéia do Martinico, quando outra coisa aconteceu.

Um belo dia, quando Ángela já estava para fazer 16 anos, a jovem amanheceu pálida e chorosa. Recusou-se a falar e a comer. Permaneceu parada como uma estátua, indiferente ao mundo, e sentindo que o peito poderia estourar como uma fruta madura ao cair da árvore.

Os pais a mimaram, tentaram-na com guloseimas e acabaram por gritar com ela e trancá-la num quarto. Mas não estavam furiosos, só assustados; e não sabiam como fazê-la reagir.

Quando esgotaram todos os recursos, Clara decidiu chamar a bispa, uma mulher sábia e aparentada com os poderes do céu, porque seu irmão era bispo em Toledo. Ele curava com a palavra de Deus, e ela curava os corpos com a ajuda dos santos.

Os trabalhos da benzedeira confirmaram aquilo que Clara já suspeitava: sua filha era vítima de mau-olhado; mas a bispa tinha remédio para qualquer eventualidade, e depois do exorcismo a mãe se sentiu mais tranqüila, certa de que as orações ajudariam. Pedro desejaria ter a mesma confiança. Enquanto retornavam, observou dissimuladamente a filha, tentando perceber algum sinal de melhora. A jovem caminhava cabisbaixa, olhando para o chão como se trilhasse pela primeira vez os caminhos úmidos e frios da serra que, naquele plácido ano de 1886, pareciam mais desolados do que de costume.

"Será preciso esperar", disse para si mesmo.

O vento cheirava a sangue, e as gotas de chuva grudavam na sua pele como dedos espinhosos. Cada raio de sol era um dardo que perfurava suas pupilas. Cada raio de lua era uma língua que lambia seus ombros. Três meses depois do exorcismo, Ángela se queixava dessas e outras monstruosidades.

— Não está com mau-olhado — sentenciou a bispa quando Clara voltou a chamá-la. — Sua filha tem o mal de mãe.

— O que é isso? — perguntou assustada dona Clara.

— O útero, o lugar da parideira, desprendeu-se do lugar e agora está vagando pelo corpo. Isso causa dores de alma nas mulheres. Ela, ao menos, fica calada. Outras ficam berrando como lâmias no cio.

— E o que vamos fazer?

— É um caso grave. A única coisa que posso recomendar são rezas... Venha aqui, Ángela.

As três mulheres se ajoelharam ao redor de uma vela:

> *— Em nome da Trindade,*
> *da missa de cada dia,*
> *e do evangelho de São João,*
> *Mãe Dolorosa,*
> *volte para o seu lugar.*

Mas a reza não adiantou. Amanhecia, e Ángela chorava pelos cantos. O sol chegava ao zênite, e Ángela olhava a comida sem tocá-la. Entardecia, e Ángela ficava na porta de sua casa, depois de ter vagado durante horas, enquanto o Martinico fazia das suas... Isso foi o mais terrível: o mal de mãe atordoou Ángela, mas piorou o comportamento do duende.

Todas as tardes, quando a jovem se sentava para contemplar as sombras crescentes, pedras voavam sobre os tropeiros que traziam o gado para pastar ou beber, ou atacavam os comerciantes que retornavam depois de vender suas mercadorias. Os aldeãos se queixaram a Pedro, que não teve outro remédio a não ser revelar o segredo do Martinico.

— Seja duende ou fantasma, só queremos que não quebre a nossa cabeça. — Era a súplica comum, depois de conhecer a novidade.

— Falarei com Ángela — dizia o pai com um nó na garganta, sabendo de antemão que o comportamento do duende dependia do humor de sua filha e que, ao mesmo tempo, o que o Martinico fazia era independente da vontade da moça.

— Ángela, você precisa convencê-lo. Esse duende não pode continuar incomodando as pessoas, ou vão nos expulsar daqui.

— Fale você com ele, pai — respondia. — Talvez ele o ouça.

— Acha que não lhe pedi isso antes? Mas ele parece não me ouvir. Acho que nunca está presente quando falo com ele.

— Hoje, sim.

— Está perto?

— Aí mesmo.

Pedro quase derrubou um pote de geléia.

— Não estou vendo.

— Se você falar, ele vai ouvi-lo.

— Cavalheiro Martinico...

Começou o seu respeitoso discurso como já tinha feito outras vezes e prosseguiu com uma argumentação explicando os problemas que seu comportamento podia causar à própria Angelita. Não pedia por ele, que era um indigno e mísero oleiro, mas sim por sua esposa e por sua menina, graças às quais o respeitável duende podia viver entre os humanos.

Era evidente que o Martinico estava ouvindo. Durante a conversa, os arredores permaneceram calmos. Dois vizinhos passaram ao largo e ouviram a peroração do homem, que parecia dirigir-se ao vento, mas, como já estavam a par da existência do duende, suspeitaram do que estava acontecendo e se apressaram em continuar antes que algum projétil os alcançasse.

Pedro terminou seu discurso e, satisfeito com a intervenção, deu meia-volta para retornar aos seus afazeres. Imediatamente as pedras voltaram a chover em todas direções, até que uma delas o acertou na cabeça. Ángela foi socorrê-lo e recebeu uma paulada nas nádegas. Os dois tiveram que se esconder na oficina, mas as pedras continuaram sacudindo o barracão e ameaçaram derrubá-lo. Pela primeira vez em muitos meses, Ángela pareceu sair do seu estupor.

— Você é um duende horrível! — gritou, enquanto limpava o rosto ensangüentado do pai. — Eu o odeio. Não quero vê-lo mais!

Como por milagre, tudo se acalmou. Ainda se ouviram os grasnidos de algumas aves, assustadas pela ruidosa tempestade de pedras, mas Ángela estava tão furiosa que não atendeu aos rogos do pai para que não saísse do refúgio.

— Se você voltar a bater no meu pai, na minha mãe, ou em mim, juro que o expulsarei para sempre de nós! — vociferou com toda a força dos seus pulmões.

Até o vento pareceu se deter. Pedro sentiu a rebentação da onda de medo que penetrava por seus cabelos e suspeitou de que esse medo eram as emoções do duende.

A família foi dormir cedo depois de colocar emplastros na cabeça de Pedro, que jurou que nunca mais voltaria a falar com o Martinico; preferia que outros recebessem as pedradas. Além disso, não sabia se as palavras da sua filha teriam um efeito permanente e não desejava expor-se de novo. Fosse como fosse, precisava descansar. Havia dois dias estava trabalhando numa encomenda de vasilhas que pensava decorar na manhã seguinte.

Foram despertados no meio da noite por um estrondo espantoso, como se um pedaço da lua estivesse desabando sobre a terra. Pedro acendeu um círio e saiu da casa tiritando, seguido pela mulher e pela filha. A campina parecia uma gruta escura.

Na oficina de olaria reinava o pandemônio: as vasilhas voavam em todas as direções, explodindo em mil pedaços ao bater nas paredes; as mesas tremiam sobre as pernas; o torno dava voltas como um moinho incontrolável... Pedro contemplou o desastre, cego de desespero. Com aquele duende impenitente, o seu ofício de oleiro estava condenado ao fracasso.

— Mulher, comece a recolher as coisas — murmurou —, vamos para Torrelila.

— Como?

— Vamos para junto do tio Paco. Acabou-se a olaria.

Clara começou a chorar.

— Você trabalhou tanto...

— Amanhã venderei o que puder. Com o dinheiro, iremos para perto do tio, que já me pediu isso muitas vezes. — E, certo de que o duende não o ouviria enquanto continuasse destruindo coisas, acrescentou: — A partir de agora, o Martinico vai ter que comer açafrão.

Fumaça e espuma

O mar se agitava até a praia, derramando ali seu carregamento de algas e beijando os pés de quem cochilava perto. Depois se espreguiçava como um felino furtivo para voltar à sua perseguição com insistência.

— Não, nunca voltei — disse Gaia. — E acho que nunca farei isso.

— Por quê?

— Muitas lembranças.

— Todos nós temos.

— Não tão terríveis como as minhas.

O sol se punha em South Beach, e a multidão de corpos jovens e dourados começava a trocar suas roupas casuais por outras mais de acordo com a noite sofisticada de Miami. As moças ficaram horas sentadas em frente ao mar e tinham tido tempo de conversar sobre suas experiências comuns na ilha, embora não sobre aquelas próprias de cada pessoa. Cecilia tinha tentado, mas a outra se empenhava em guardar um estranho silêncio.

— É por causa daquela casa fantasma, não é? — aventurou Cecilia.

— Como?

— Não quer voltar a Cuba por causa daquela casa sobre a qual me falou.

Gaia concordou.

— Tenho uma teoria — murmurou Gaia depois de um instante. — Acho que esse tipo de casa que muda de lugar ou de aparência são as almas de certos lugares.

— E se houvesse duas ou mais rondando pela mesma área? — perguntou Cecilia. — Ou todas são almas da mesma cidade?

— Um lugar pode ter mais de uma alma. Ou melhor, diferentes facetas de uma alma. Os lugares são como as pessoas. Têm muitas caras.

— A verdade é que eu nunca tinha ouvido falar de casas fantasmas que mudassem da maneira como você relatou.

— Nem eu, mas garanto que em Havana existe uma mansão que se transforma cada vez que se entra nela; e agora, em Miami, existe outra que passeia por toda parte.

Cecilia escavou a areia e encontrou um caracol.

— Como era a casa de Havana? — perguntou.

— Um lugar de enganos, um monstro feito para confundir. Ali, nada é o que parece, e o que parece nunca é. Não acho que o espírito humano esteja preparado para viver nessa incerteza.

— Mas nunca podemos ter certeza de nada.

— Na vida sempre há imprevistos e acidentes; essa é a dose de insegurança que admitimos. Mas se acontece alguma coisa que abala os alicerces do cotidiano, a desconfiança começa a adquirir proporções desumanas. É quando se torna perigosa para a prudência. Podemos suportar os nossos medos individuais se soubermos que o resto da sociedade flui dentro de certos parâmetros normais, porque no fundo esperamos que esses temores sejam apenas um pequeno deslocamento individual que não se refletirá no exterior. Mas assim que o medo afeta o entorno, o indivíduo perde o seu eixo natural; perde a possibilidade de ir até os outros em busca de ajuda ou consolo... Isso é o que a casa fantasma de Havana era: um poço escuro e sem fundo.

Cecilia a observou de soslaio.

— Acha que a casa de Miami é como aquela?

— Com certeza, não — respondeu Gaia vivamente.

— Então por que não quer falar dela?

— Já disse que essas mansões fantasmas contêm partes da alma de uma cidade. Há as escuras e as luminosas. De qualquer forma, não quero saber de que tipo é essa.

— É uma pena que você não tenha contado sobre a segunda vez que viu a casa — aventurou Cecilia, sem muita esperança.

— Eu estava na praia.

Cecilia sobressaltou-se.

— Aqui?

— Não, na prainha de Hammond Park, perto do Old Cutler Road. Você já foi lá?

— A verdade é que saio pouco — admitiu Cecilia, quase envergonhada. — Não há muita coisa para ver em Miami.

Agora foi Gaia quem olhou para ela de um modo curioso, embora não tenha acrescentado nada.

— E o que aconteceu? — incentivou Cecilia.

— Uma tarde, fui ao restaurante que há em frente a essa praia. Gosto de almoçar olhando para o mar. Quando acabei, decidi caminhar um pouco pelo parque e me entretive observando um gambá com sua cria. Tinham descido de um coqueiro e já se embrenhavam no bosquezinho, quando a mãe parou, levantou o rabo e fugiu para o meio do mato com o filhote. A princípio, não percebi o que os tinha espantado. A pouca distância, só havia uma casa que parecia vazia. As matas a encobriam um pouco, de forma que não a distingui bem até chegar perto. Então a porta se abriu e vi uma mulher vestida com roupa de outra época.

— Uma roupa longa? — interrompeu-a Cecilia, pensando nas donzelas fantasmas dos livros.

— Não, nada disso. Era uma senhora com um vestido florido, parecido com as roupas dos anos 1940 ou 1950. Ela sorriu para mim muito amável. De trás dela saiu um velho que não me deu a mínima atenção. Carregava uma gaiola vazia, que pendurou num gancho. Aproximei-me um pouco mais e então descobri que havia outro andar em cima, cercado por um balcão. Foi aí que reconheci a casa: era a mesma que tinha visto ao lado da minha naquela noite.

— E a mulher falou com você?

— Acho que ia me dizer alguma coisa, mas não deu tempo. Saí correndo.

— Posso contar isso na minha matéria?

— Não.

— Mas isso é novo. Não aparece na história anterior.

— Porque aconteceu depois.

— Só tenho o seu testemunho — queixou-se Cecilia —, e ao mesmo tempo não posso contar nada do que diz.

Gaia mordeu uma unha.

— Pergunte no restaurante em frente à prainha. Algum empregado pode ter visto alguma coisa.

Cecilia balançou a cabeça.

— Não acho que possa conseguir uma testemunha melhor.

— Sabe onde fica a Atlantis?

— A livraria de Coral Gables?

— É de uma amiga minha que pode te dar informação. Chama-se Lisa.

— Ela também viu a casa?

— Não, mas conhece pessoas que a viram.

A escuridão caía sobre a areia, e Gaia foi embora, mas Cecilia continuava ouvindo às suas costas a música dos cafés abertos ao ar livre. Por alguma razão, o relato da segunda visão a tinha deprimido. Por que Gaia não tinha ido à prainha com algum amigo? Seria porque estava tão só quanto ela? Seu olhar escorregou pelas ondas de um mar cada vez mais agitado à medida que a noite avançava. Pensava como teria sido sua vida se seus pais tivessem lhe dado um irmão. Muito antes que pensasse em ir embora, ambos morreram com poucos meses de diferença e a deixaram abandonada num casarão de El Vedado, até que ela decidiu fugir durante aqueles dias em que milhares de pessoas se lançavam às ruas gritando "liberdade, liberdade!" como uma manada enlouquecida...

Farta de solidão, pegou sua toalha e colocou-a na bolsa. Tomaria um banho antes de ir ao bar. As pessoas iam a festas, se reuniam com amigos, faziam planos com seus cônjuges; mas ela parecia ter apenas uma rotina... se é que se pode chamar assim conversar algumas vezes com a mesma anciã. No entanto não tinha outra coisa a fazer. Só precisou de meia hora para chegar ao seu apartamento, e outra para comer e se arrumar.

Quando chegou ao bar, este já estava cheio de boêmios e de fumaça: uma névoa asfixiante e naturalmente tóxica. Mal se podia respirar naquela atmosfera que parecia a sala de espera de um hospital oncológico. Espirrou várias vezes, até que seus pulmões se acostumaram à concentração do veneno.

"O homem é um ser que se adapta a qualquer merda", pensou. "Por isso sobrevive a todas as catástrofes que provoca."

As pessoas se espremiam na pista, embaladas pela voz do cantor. Junto ao balcão, um casal se olhava amorosamente naquela escuridão de além-túmulo. Não havia mais ninguém nas mesas.

Cecilia se sentou na outra ponta, mas não havia sequer um garçom para atendê-la. Provavelmente também tinha fugido para a pista para se balançar com o bolero septuagenário: "Sofro o imenso pesar da tua perda, sinto a dor profunda da tua partida, e choro sem que percebas que o meu pranto tem lágrimas negras... tem lágrimas negras como a minha vida..." De repente, o bolero abandonou seu tom queixoso e se transformou num folguedo rumbeiro: "Você quer me deixar, eu não quero sofrer. Contigo vou, minha santa, mesmo que tenha que morrer..." Os casais desfizeram os abraços para balançar saborosamente quadris e ombros, abandonando o tom fúnebre da canção. Assim era seu povo, pensou Cecilia, gozador até na tragédia.

— Essa foi sempre uma das minhas canções favoritas — disse às suas costas uma voz.

Cecilia pulou do susto, virando-se para a mulher que parecia ter entrado furtivamente.

— E era também a favorita da minha mãe — continuou dizendo a recém-chegada. — Cada vez que a ouço, eu me lembro dela.

Cecilia fixou o olhar em seu rosto. A escuridão devia tê-la enganado antes, porque a mulher mal teria 50 anos.

— Não me disse o que aconteceu a Kui-fa quando seu marido foi para Cuba, nem o que foi feito da garota meio louca.

— Que garota?

— Aquela que tinha visões... aquela que acreditava ver um duende.

— Ángela não era louca — assegurou a mulher. — Ter visões não transforma ninguém num desequilibrado. Você, mais do que ninguém, deveria saber disso.

— Por quê?

— Acha que a sua avó era louca?

— Quem disse que ela tinha visões?

— Você mesma.

Cecilia tinha certeza de que nunca mencionara a mediunidade da sua avó. Ou teria feito isso na primeira noite? Tinha se sentido um pouco enjoada...

— Só queria saber como acaba o seu relato — disse Cecilia, passando por cima do incidente —, mas continuo sem perceber que relação há entre uma família cantonesa e uma espanhola que vê duendes.

— Porque falta a terceira parte da história — afirmou a mulher.

Lágrimas negras

O caminho que levava à fazenda era ladeado por todo tipo de árvores. Laranjeiras e limoeiros perfumavam o ar. As goiabas maduras estouravam ao cair, fartas de esperar por alguém que as colhesse nos galhos. Em alguns trechos, pés de milho arranhavam a tarde com suas folhas afiadas.

Embora não tivesse parado de chorar, Caridad contemplava a paisagem com uma mistura de curiosidade e admiração. Ela e vários escravos tinham percorrido a distância que separava Jagüey Grande dessas paragens. Mas a menina não chorava porque tinha deixado para trás o seu antigo amo, e sim porque os restos da sua mãe tinham ficado no engenho.

Dayo — como era conhecida entre os seus — tinha sido seqüestrada por homens brancos quando ainda vivia em sua longínqua costa selvagem do Ifé, que os brancos chamavam de África. Por essa razão, Caridad nunca soube quem era o seu pai; a própria Dayo não sabia. Servira como mulher a três deles durante a travessia para Cuba. Depois fora vendida ao dono de um engenho na ilha, onde dera à luz uma estranha criatura com pele de tonalidade láctea.

Pouco antes do parto, Dayo foi batizada como Damiana. Anos mais tarde, explicou à filha que seu verdadeiro nome significava "a felicidade chega", porque isso era o que tinha sido para os seus pais: uma grande felicidade, depois de muitos pedidos a Oxum Fumike, que concede filhos às mulheres estéreis. Damiana também gostaria de dar ao seu bebê um nome africano que lembrasse sua tribo, mas seus amos não permitiram. No entanto, a beleza da menina era tão grande, que decidiu chamá-la em segredo Kamaria, que significa "como a lua", porque o seu bebê era radiante. Mas só usou esse nome na intimidade. Para os amos, a menina continuou sendo Caridad.

Mãe e filha tiveram sorte: nunca foram mandadas para a plantação. Como Damiana tinha leite em abundância, foi destinada a amamentar a filha do amo, que acabava de nascer. E quando Caridad cresceu um pouco, passou a servir nos aposentos da senhora, uma mulher sorridente, que lhe dava moedas por qualquer motivo, de maneira que mãe e filha começaram a fazer planos para comprar sua liberdade. Por desgraça, o destino alterou os seus planos.

Uma epidemia que assolou a região, durante o verão de 1876, matou dezenas de habitantes, negros e brancos. De nada valeram os cozimentos de ervas, nem as defumações medicinais, nem as cerimônias que os negros faziam às escondidas: amos e escravos sucumbiram à febre. Caridad perdeu a mãe, e o amo, a mulher. Sem coragem para suportar a visão da escravinha que lembrava sua falecida esposa, o homem decidiu dá-la de presente a um primo que vivia num imóvel do nascente bairro havanês de El Cerro.

A menina se preparou para o pior. Nunca antes tinha servido fora da casa e não estava segura de que agora teria os mesmos privilégios. Imaginou-se trabalhando de sol a sol, toda imunda e queimada, sem força para mais nada à noite a não ser embebedar-se ou cantar.

Caridad não sabia que ia para uma fazenda de descanso, um lugar destinado ao repouso e à contemplação. Observava com receio as fazendas junto às quais passava o seu carroção: palacetes de sonho, rodeados de jardins e protegidos por árvores frutíferas. Por um momento, esqueceu-se dos seus medos e prestou atenção à conversa de dois capatazes que guiavam o carroção.

— Ali viveu dona Luisa Herrera antes de se casar com o conde de Jibacoa — dizia um. — E aquela é a casa do conde de Fernandina — apontou para outra mansão, adornada por um jardim lateral e um poderoso pórtico na frente, famoso pelas estátuas de dois leões na entrada.

— O que aconteceu com elas?

— O marquês de Pinar del Río as copiou para colocá-las num canto da sua casa, então o conde ficou chateado e mandou retirar as originais. Olhe, ali estão os leões do marquês...

Mesmo que sua vida dependesse disso, Caridad nunca conseguiria descrever a majestade do portal que os dois animais guardavam — um dormindo, com a cabeça descansando entre as patas, e o outro ainda sonolento; tampouco teria sabido dar uma descrição exata dos vitrais elaborados com vermelhos sangüíneos, azuis profundos e verdes míticos, nem das grades decoradas que protegiam as vidraças, nem das colunas de esplendor romano que resguardavam o portal. Carecia de vocabulário para isso, mas ficou sem fôlego diante de tanta beleza.

— Essa é a fazenda do conde de Santovenia — disse o homem, desviando-se um pouco para que seu acompanhante pudesse ver melhor.

Caridad quase deu um grito. A mansão era um sonho esculpido em mármore e vidro em que se multiplicavam a luz e as cores dos trópicos, uma maravilha de jardins que se perdiam no horizonte, com seus jogos de água que murmuravam nas fontes e suas estátuas branquíssimas que brilhavam como pérolas sob o sol. Caridad nunca tinha visto uma coisa tão bonita, nem sequer naqueles sonhos em que passeava ao lado das muralhas de pedra e pelos labirintos misteriosos, perdidos na selva onde vivera sua mãe, que lhe contara como tinha vagado entre aquelas ruínas quando menina.

Logo perderam a mansão de vista e se dirigiram até outra, de fachada mais austera. Da mesma forma que muitas famílias endinheiradas, os Melgares-Herrera tinham mandado construir um palacete com a esperança de fugir da vida da cidade, cada vez mais agitada e promíscua, cheia de lojas e vendedores que apregoavam a toda hora suas mercadorias, com suas hospedarias que albergavam viajantes ou negociantes provenientes da província, e pródiga em delitos e crimes passionais que enlutavam a imprensa.

A fazenda de José Melgares era famosa por suas festas, como a celebrada anos atrás em honra às bodas da menina Teresa, fruto de sua união com María Teresa Herrera, filha do segundo marquês de Almendares. O próprio grão-duque Alexandre da Rússia estivera entre os convidados.

Agora o carroção entrava na fazenda com sua carga de escravos. Assustados uns, resignados outros, o grupo foi levado diretamente para dona Marité, como os mais próximos chamavam sua senhora. A mulher saiu à soleira enquanto os escravos permaneciam a certa distância. Depois de observá-los por alguns segundos, avançou até eles. A cada passo, seu vestido rangia com um frufru inquietante que não apaziguou o nervosismo dos cativos.

— Como se chama? — perguntou à única adolescente do grupo.

— Kamaria.

— Isso é nome?

— Foi o que minha mãe me deu.

Dona Marité estudou a moça, intuindo alguma dor atrás daquela desafiante resposta.

— Onde ela está?

— Morta.

O tremor da sua voz não passou despercebido pela mulher.

— Como a chamavam os senhores da outra fazenda?

— Caridad.

— Bem, Caridad, acho que vou ficar com você. — E, agitando seu leque de renda, apontou com ele para dois meninos que tinham passado toda a viagem de mãos dadas. — Peguem-nos — dirigiu-se a um dos homens que os tinha conduzido até ali —, não estão precisando de jardineiros e de mais gente na cozinha?

— Acho que sim, ama.

— Então cuidem disso. Vocês — disse à moça e aos meninos —, venham.

Deu meia-volta e começou a andar. A moça pegou os pequenos pela mão e os conduziu atrás da senhora.

A casa tinha sido construída em torno de um pátio central rodeado de galerias. Mas, diferentemente de outros palacetes similares, essas galerias eram corredores fechados, e não abertos para o pátio. No entanto as amplas persianas e as vidraças de desenhos geométricos permitiam a passagem da luz e do ar, que iluminavam e refrescavam os cômodos.

— Josefa — disse a mulher a uma negra —, encarregue-se de que tomem banho e comam.

A velha escrava fez com que tomassem banho e vestissem roupas limpas antes de conduzi-los à cozinha. Nascidos na ilha, nenhum deles entendia bem a língua dos seus pais. Por isso a anciã se viu obrigada a explicar no seu mau espanhol:

— Quando toca o sino, é hora da comida pro escravo... O amo não gosta que sua bota tenha nenhuma sujeira, tem que lustrar ela de manhã. — Olhou para os meninos. — Isso é obrigação de vocês.

Caridad ficou sabendo que seria uma espécie de mucama de quarto. Deveria engomar, arrumar o penteado da ama, lustrar seus sapatos, perfumá-la, refrescá-la ou abaná-la. Josefa se encarregaria de treiná-la em todos esses trabalhos, pois, embora a jovem já tivesse alguma experiência, a sofisticada vida na Havana extramuros requeria habilidades mais refinadas.

De vez em quando, a moça acompanhava dona Marité nos seus passeios a outras propriedades. Havia uma fazenda especialmente bonita que visitavam de vez em quando. Pertencia a dom Carlos de Zaldo e a dona Caridad Lamar, que a tinham herdado da proprietária anterior.

A primeira vez que a moça chegou à fazenda com sua ama, três escravos estavam regando e podando o jardim, cheio de roseiras e jasmins. Um deles, um mulato de tez parecida com a sua, tirou o chapéu ao vê-las passar, mas Caridad teve a impressão de que ele não fizera isso por respeito à ama branca. Teria jurado que os olhos do serviçal estavam grudados nela. Foi a primeira vez que viu Florencio, mas só depois de três meses se atreveu a falar com ele.

Certa tarde, aproveitando que Caridad estava na cozinha preparando um refresco para as senhoras, Florencio se aproximou. Caridad soube então que, como ela, ele era filho de um branco com uma escrava negra.

Sua mãe tinha conseguido comprar a liberdade depois que o dono anterior a vendera a dom Carlos, mas a mulher preferira continuar vivendo na nova fazenda com seu filho. Essa situação pareceu estranha a Caridad, mas Florencio lhe assegurou que havia casos parecidos. Às vezes, os escravos domésticos eram mais bem alimentados e vestidos sob a tutela de um senhor do que trabalhando por conta própria, e isso tinha feito com que alguns negros percebessem a liberdade como uma responsabilidade que não estavam dispostos a enfrentar. Preferiam o amo que lhes dava um pouco de comida a ter que vagar ao léu sem saber o que fazer. Florencio tinha recebido educação esmerada, sabia ler e escrever e se expressava de forma extremamente educada, produto do afã dos seus amos em ter um escravo instruído que pudesse realizar tarefas de certa complexidade. Mas, ao contrário da mãe, que tinha morrido dois anos antes, Florencio queria se emancipar e montar um negócio. Nada mais o prendia à fazenda. Além disso, para ele, como para a maioria dos seus irmãos, era melhor uma liberdade cheia de riscos do que aquela escravidão degradante. E, para obtê-la, estava economizando havia bastante tempo... A presença de outro escravo interrompeu a conversa. Caridad não teve chance de dizer que ela também estava guardando dinheiro com o mesmo fim.

Às vezes dona Marité ia à casa de dona Caridad; outras, os Zaldo-Lamar visitavam seus vizinhos. Como cocheiro, Florencio acompanhava os senhores nesses deslocamentos, o que lhe dava oportunidade para trocar algumas frases com a jovem quando ela saía para oferecer-lhe um refresco.

Sem que percebessem, o tempo se transformou em meses. Passaram dois, três, quatro anos, em que os amores da mulata com o elegante escravo deixaram de ser um segredo para todos, exceto para os seus amos.

— Quando você vai falar com dona Marité? — perguntou Florencio, quando chegaram à conclusão de que possuíam capital suficiente para libertar-se.

— Na semana que vem — disse. — Dê-me tempo para prepará-la.

— Tempo?

— Ela foi muito boa. Pelo menos, devo...

— Não deve nada — reclamou ele. — Assim, parece que você não quer viver comigo.

Ela se aproximou, carinhosa.

— Não é isso, Flor. Claro que eu quero ficar com você.

— Então, qual é o problema?

Caridad balançou a cabeça. Não queria admitir, mas de repente sentia aquele medo que antes lhe pareceria tão absurdo. Acostumada a ter um teto onde dormir e uma cozinha bem sortida, a idéia de se ver na rua, sem outro abrigo a não ser o céu sobre sua cabeça, obrigada a ganhar o pão por seus próprios meios e exposta às vicissitudes da vida, apavorava-a. Era um reflexo que estava ancorado no seu peito, como a própria alma que fica sepultada quando vive muito tempo à sombra de um amo. Ela se sentia assim: sem coragem para se valer por si, apavorada diante da perspectiva de um mundo que não conhecia e que nunca lhe perguntaria se estava ou não preparada para viver nele, um mundo com leis que ninguém tinha lhe ensinado... Pensou nos filhotes de passarinho que tantas vezes tinha visto se balançando indecisos nos galhos, chamando pelos pais que estavam em alguma outra árvore, e percebeu que teria que fazer como eles: abrir as asas e lançar-se ao abismo. Com certeza se espatifaria no chão.

— Está bem — disse finalmente —, farei isso amanhã.

Mas deixou passar dias e semanas sem se decidir a falar com dona Marité. Florencio adoeceu enquanto podava as roseiras, mais por causa do desejo de estar perto da amada do que do frustrado plano de liberdade.

Numa tarde, surpreendeu uma conversa que o alarmou. Dom Carlos tinha mandado chamá-lo. Florencio chegou ao jardim onde seus amos bebiam *champola* e aproveitavam o ar fresco da tarde.

— É o desastre! — dizia dom Carlos, enquanto agitava um jornal diante do rosto lívido de sua mulher. — Não poderemos continuar vivendo nesta fazenda. Sabe que somente para cuidar dos jardins e da casa temos vinte escravos?

— E o que vamos fazer?

— Só nos resta vender.

Florencio sentiu que o sangue abandonava seu rosto. Vender! Vender o quê? A casa? Os escravos? Iriam separá-lo de Caridad. Nunca mais voltaria a vê-la. Dom Carlos reparou no mulato que aguardava junto à cerca.

— Florencio, prepare a sege. Vamos à fazenda de dom José.

O jovem obedeceu, enquanto um torvelinho de idéias frustrava o empenho das suas mãos para arrear os cavalos. Depois voltou à casa e se vestiu com botas, casaca e luvas. Quase ia se esquecendo da cartola. Dom Carlos saiu da mansão bruscamente, jornal na mão, seguido por sua aflita mulher. Os dois cochicharam durante o breve trajeto até a outra propriedade, mas Florencio não deu atenção aos seus murmúrios. Em sua cabeça só havia espaço para a única decisão possível.

O casal desceu da carruagem, sem lhe dar tempo para nada. Ainda sentado na sege, ouviu as vozes agitadas e as exclamações de dom José e do seu amo. Aguardou alguns segundos antes de entrar. Quando já estava atravessando o pátio, Caridad se interpôs no seu caminho.

— O que você vai fazer?

— Aquilo que combinamos faz tempo.

— Não é um bom momento — sussurrou. — Não sei o que está acontecendo, mas não parece bom... Estou com medo.

Florencio continuou andando sem atender aos seus pedidos. Sua entrada na sala foi tão inoportuna que os fazendeiros interromperam a discussão para olhar para ele. Dona Marité se abanava nervosamente na cadeira e estava mais branca que a renda do seu leque.

— O que está acontecendo? — perguntou dom Carlos, com cara de poucos amigos.

— Meu amo... Desculpe vosmecê, mas preciso dizer uma coisa, agora que estão todos reunidos.

— Não pode ser em outro momento?

— Deixe-o falar — implorou a mulher.

— Está bem — bufou dom Carlos, voltando a afundar o rosto no jornal como demonstrando desinteresse pelo assunto.

Florencio sentiu que o coração lhe saía pela boca.

— A Cachita e eu... — Calou ao perceber que nunca tinha usado aquele apelido na frente de outras pessoas. — A Caridad e eu queremos nos casar. Temos dinheiro para comprar nossa liberdade.

Dom Carlos tirou os olhos do jornal.

— É tarde demais, filho.

— Tarde? — Florencio sentiu os joelhos tremerem. — O que vosmecê quer dizer? Tarde para quê?

Dom Carlos brandiu o jornal no nariz do escravo.

— Para comprar a liberdade de seja lá quem for.

Às suas costas, Florencio ouviu um roçar de saias engomadas. Caridad se apoiava na parede, mais pálida ainda que sua ama. Ele foi socorrê-la, enquanto dona Marité gritava para outra escrava que a acudisse com sais.

— O que quer dizer, vosmecê? — perguntou Florencio com os olhos turvados pelas lágrimas. — Por que não podemos comprar nossa liberdade?

— Porque desde hoje são livres — respondeu o homem, jogando o jornal num canto. — Acabam de abolir a escravidão.

Caridad e Florencio se mudaram para a região da capital que vinte anos atrás fora intramuros. A nobreza crioula ainda ocupava os grandes palacetes próximos à catedral e às áreas vizinhas, mas se expandiam vários tipos de comércio, pertencentes a plebeus empreendedores e sem grandes capitais, muitos deles antigos escravos que, como o jovem casal, contavam com algum dinheiro.

Florencio tinha procurado muito na região de Monserrat, prevendo o movimento crescente de transeuntes para os novos bairros de extramuros. Perto da pracinha, comprou um imóvel de dois andares. O casal foi morar na parte de cima e transformou o térreo numa taberna, que também venderia produtos ultramarinos.

Nada parecia atrapalhar a tranqüilidade, exceto o fato de que o tempo passava e Caridad se sentia cada vez mais inquieta pela ausência de um filho. Ano após ano experimentava todos os métodos para engravidar que lhe recomendavam, sem resultado algum. Mas ela não desistia. De qualquer maneira, foram anos bons, apesar de difíceis; prósperos, mas angustiantes. Nada parecia seguro. Caridad prodigalizava paciência, à espera de sua ansiada maternidade, e Florencio teve que esbanjar encanto e habilidade em seu negócio. Muitas vezes se sentava para beber com os patrícios.

— Flor, você pode vir aqui um momento? — chamava Caridad, enquanto fingia procurar alguma atrás do balcão; e, quando ele se aproximava, chamava-lhe a atenção: — Você já está no terceiro copo.

Algumas vezes Florencio atendia, mas em outras ocasiões se justificava:

— Dom Herminio é um cliente importante — dizia. — Deixe-me terminar este copo e irei em seguida.

Mas os clientes importantes foram aumentando, e também a quantidade de copos que Florencio consumia diariamente. Caridad via isso, e às vezes o deixava... até o dia em que seu ventre por fim começou a crescer. Não podia mais estar tão atenta ao marido, absorta em bordar fraldas e cueiros para o futuro bebê; e quando descia ao salão nunca podia dizer quantos tragos o homem tinha bebido.

— Flor — ela o chamava, acariciando o ventre.

Ele se levantava da mesa mal-humorado.

— Não dá para você ficar calma? — gritava com ela atrás da cortina que separava o depósito do bar cheio de clientes.

— Só queria dizer que você já bebeu...

— Já sei! — gritava ele. — Deixe-me atender às pessoas como deve ser.

E saía com um grande sorriso para servir o próximo copo. Caridad voltava para o quarto com ar de pesar, incapaz de entender por que o bom caráter de seu marido se azedava se o negócio parecia ir tão bem. A clientela ficara cada vez mais distinta, pois Florencio tinha sabido atender aos pedidos dos conterrâneos que muitas vezes chegavam perguntando por coisas que ele não tinha: meias pretas berlinenses, sabão de Hetmerick contra sarna e piolhos, *piqué* cru de Viena, xarope de tolu, arreios para carruagens, elixires dentifrícios, água de Vichy... O nervosismo que seus deveres lhe causavam estava além do entendimento de sua mulher.

— Está para chegar um carregamento — mentia com seu melhor sorriso. — Onde vossa senhoria quer que mande avisar?

Anotava o endereço e deixava o negócio aos cuidados da mulher para percorrer os comércios da cidade em busca de alguma coisa semelhante. Quando achava a mercadoria, comprava várias unidades para regatear um desconto e, no dia seguinte, avisava o cliente. A partir desse dia, exibia o novo produto, e, se este vendia bem, mandava trazer mais.

A fama do estabelecimento ultrapassou os limites da vizinhança e se expandiu nas duas direções, chegando até a praça da Catedral — o coração oriental de intramuros — e mais além das semidestruídas muralhas. De vez em quando aparecia algum conde ou marquês desejoso de presentear a namorada com alguns metros de tecidos orientais ou com um xale da Manila.

O mau gênio de Florencio aumentava proporcionalmente ao crescimento do seu negócio. Caridad pensava que talvez o espírito do seu homem não tivesse sido preparado para tanta mudança de um lugar a outro e lembrava com saudade sua vida na fazenda, quando ela era a única coisa que lhe importava. Agora ele mal olhava para ela. Todas as noites subia as escadas arrastando pesadamente os pés e se deixava cair na cama, quase sempre bêbado. Ela acariciava o ventre, e suas lágrimas fluíam em silêncio.

Certa manhã, quando voltava do mercado, decidiu entrar em casa atravessando a taberna, em vez de usar a escada lateral. Florencio estava sentado a uma mesa, secundado pela gritaria de vários homens que o encorajavam em seu empenho de beber um copo atrás do outro de aguardente. A cada novo copo, mais moedas se agrupavam diante ele.

— Vejam só! Vê-se que aqui sabem se divertir de verdade — comentou uma voz agradável atrás dos seus ombros. — E ninguém tinha me contado.

Caridad se voltou. Uma mulata tão clara que poderia passar por branca contemplava o folguedo da rua. Parecia que acabava de descer de uma carruagem, cujo condutor aguardava por ela. Caridad só teve tempo para lançar um rápido olhar em direção à desconhecida. Embora a maturidade tivesse deixado marcas no seu rosto, as curvas do vestido escarlate delatavam um corpo surpreendentemente jovem.

— Você também vem para se divertir? — perguntou a desconhecida.

— É meu marido — respondeu Caridad com um nó na garganta apontando para Florencio.

— Ah! Deve ter vindo buscar o pombinho que fugiu de casa...

— Não. Aqui é a minha casa. Esta é a nossa taberna.

A mulata olhou para Caridad e, pela primeira vez, pareceu reparar em seu estado.

— Falta muito? — perguntou, fazendo um leve gesto em direção ao seu ventre.

— Acho que não.

— Bem, já que é a proprietária e que seu marido está tão ocupado, imagino que possa me atender... Preciso de sabão de ácido fênico. Disseram-me que aqui tem.

— Não sei. Meu marido é quem cuida da mercadoria, mas posso dar uma olhada.

Caridad atravessou o salão e entrou no depósito. Depois de alguns instantes, mostrou a cabeça através da cortina de estopa e perguntou à desconhecida:

— De quantos precisa?

— Cinco dúzias.

— Tantos? — perguntou ingenuamente. — Estes não são para uso diário, mas contra as epidemias.

— Eu sei.

Caridad olhou fixamente para ela como se quisesse se lembrar de alguma coisa, mas ao final voltou a se esconder atrás da cortina. Da calçada, a mulher fez um sinal ao condutor para que aproximasse a carruagem, enquanto ela se abanava com violência. Logo depois, Caridad saiu do depósito arrastando trabalhosamente uma caixa, mas não conseguiu avançar muito. Sentiu uma pontada no baixo-ventre que a fez saltar como se tivesse levado uma chicotada. Olhou para a rua, mas a mulher parecia distraída na contemplação de alguma coisa que estava acontecendo na esquina. Voltou-se para o marido, que continuava alheio à sua presença. Com dificuldade, abriu passagem no meio do grupo.

— Flor, preciso que você me ajude.

O homem mal olhou para ela e pegou outro copo da mesa.

— Flor...

Havia seis copos vazios diante ele. Agora mais um. Sete.

— Flor. — Segurou seu braço no instante em que ele levava o oitavo aos lábios.

Com um forte empurrão, ele a jogou no chão. Ela gritou de dor, enquanto a algazarra dos homens diminuía ao perceberem o que tinha acontecido. A desconhecida foi socorrê-la.

— Você está bem?

Caridad balançou a cabeça. Grossas lágrimas escorriam pelo seu rosto. Levantou-se, ajudada pela mulher e por um dos homens.

— Deixe — impediu a desconhecida, quando viu que ela pretendia voltar a arrastar a caixa. — Chamarei o cocheiro para que faça isso. Quanto é tudo?

A mulher pagou e saiu, não sem antes dirigir um olhar que, a Caridad, pareceu de pena. Os gritos tinham diminuído depois da briga, e muitos fregueses foram embora, mas Caridad não prestou atenção em mais nada. Foi para o andar de cima, apoiando-se no corrimão.

Nessa noite, Florencio subiu cambaleando e entrou no dormitório. Um bafo forte e desagradável golpeou seu olfato.

— Droga, mulher, não dá para abrir as janelas?

Um choro estranho encheu o quarto. Florencio foi até o canto iluminado apenas com uma vela. Sua mulher estava atirada na cama, com um volume que apertava contra o peito. Só então Florencio percebeu que o cheiro que flutuava no quarto era de sangue.

— Cachita? — chamou-a assim pela primeira vez em muito tempo.

— É uma menina — murmurou ela com um fio de voz.

Florencio se aproximou da cama. A vela tremia tanto na sua mão que Caridad a tomou e colocou sobre o criado-mudo. Devagar, o homem se inclinou sobre a cama e contemplou a criatura adormecida, ainda presa ao peito da mãe. A névoa que alagava seu cérebro se dissipou.

Vagamente se lembrou dos termos de uma aposta, dos copos que alguém enchia para ele, das piadas, do gemido de uma mulher...

— Você não me chamou. Não... — Começou a chorar.

Caridad acariciou sua cabeça. E não parou durante as duas horas em que ele ficou ajoelhado, pedindo perdão.

No dia seguinte não quis tocar em bebida, nem no outro, nem sequer no terceiro, embora vários fregueses tenham trazido competidores dispostos a derrotar o mais famoso beberrão da região. Apesar de sua súbita sobriedade, o apelido que já lhe gritavam os jovens do bairro permaneceu. Ninguém quis aceitar seus propósitos de redenção, mas Florencio decidiu não dar atenção a isso. Outras idéias ocupavam sua mente.

Com a chegada da María de las Mercedes, agora teria mais bocas para alimentar. Soube que a reputação do negócio tinha diminuído devido às suas contínuas bebedeiras, e decidiu recuperá-la. Durante os meses seguintes, trabalhou mais do que nunca. Se no início se empenhara para que seu estabelecimento tivesse um bom sortimento de mercadorias, agora decidiu que queria o melhor. Contratou um empregado para que atendesse enquanto ele ia ao porto em busca de artigos raros ou curiosos. A Flor de Monserrat voltou a ser um ponto de referência para viajantes e passantes que procuravam endereços. O lugar se tornou tão conhecido que logo se transformou em referência.

Mas a cidade crescia, e o número de estabelecimentos comerciais também. Novas famílias e novos bairros proliferaram nas cercanias de extramuros. Florencio imaginou que não poderia competir com os negócios que prosperavam do outro lado das antigas muralhas. Depois de muito pensar na forma de chegar aos clientes mais afastados, teve a idéia de mandar seu empregado levar as mercadorias de porta em porta, com um grande cartaz indicando o nome e o endereço do seu estabelecimento. A idéia, aliás, não era dele. Semanas atrás tinha visto a carroça do Tocuato, um antigo cocheiro que tinha fama de brigão e a quem chamavam de Botija Verde, com um cartaz que dizia:

Sinhô Tocuato,
Vinhos finos, sidra e vermute

Insistiu em que seu empregado pegasse a Estrada do Monte e chegasse às afastadas fazendas de El Cerro, com amostras de tecidos e outros artigos semelhantes. Logo começou a receber encomendas que às vezes ele mesmo levava. Durante os quatro anos seguintes, tudo foi um ir-e-vir por aqueles subúrbios que foram crescendo a olhos vistos. A cidade perdia os restos das muralhas e se expandia como um monstro maravilhoso e múltiplo. Florencio poderia percorrê-la de olhos fechados e até recitar a algum viajante os pormenores da sua vida social.

— Adivinha quem se mudou para a praça da Catedral? — perguntou uma vez à sua mulher.

— Quem?

— Dom José e dona Marité.

— Tem certeza?

O marido assentiu sem parar de comer.

— Para que palacete? — insistiu ela, recordando seus dias a serviço dos Melgares-Herrera.

— Onde antes vivia o marquês de Águas Claras — esclareceu depois de engolir.

— E a fazenda?

— Está à venda.

— Por que terão feito isso? Falta de dinheiro não deve ser, se foram morar nesse lugar...

— Dizem que o conde de Fernandina quer comprar a fazenda.

— E a dele?

— Acho que não quer mais ver a cara de dom Leopoldo. Desde que o marquês copiou os leões, está com ele atravessado na garganta como um osso de galinha.

— Isso foi há anos.

— Há coisas que os ricos não perdoam.

— Bom, agora dona Marité estará mais perto. Acha que vai comprar alguma coisa da gente?

— Leve para ela uma amostra dos *piqués* franceses.

Foi então que seu único empregado decidiu ir embora. Em vez de contratar outro, Caridad disse ao marido que ela se encarregaria do local e, apesar da resistência de Florencio, acabou convencendo-o. A pequena Mercedes já tinha idade suficiente para acompanhá-la.

— Este lugar sempre me surpreende — disse uma voz da porta, na semana seguinte à que começou a trabalhar. — Estou vendo que dona Caridad decidiu se ocupar.

Caridad elevou o olhar e viu uma figura que lhe pareceu conhecida.

— Tem sabão de ácido fênico? — perguntou a mulher, avançando da rua.

Apesar de ter passado bastante tempo desde seu único encontro, Caridad lembrou-se da desconhecida que tinha chegado à loja com tão estranho pedido, na tarde em que sua filha nascera.

— Preciso de cinco dúzias — disse a mulher, sem esperar resposta. — Mas não vou levá-los comigo agora. Diga a dom Florencio que entregue na casa da Cecilia, no endereço de sempre... Pago quando receber.

A mulher deu meia-volta para sair, mas esbarrou num negro mal-encarado que entrava.

— O Florencio está? — perguntou ele, com voz tão retumbante que a menina olhou para ele assustada.

— Não, teve que ir até...

— Pois dê meu recado a ele. Diga que o Tocuato esteve aqui, e que não se meta comigo, pois não será o meu primeiro mortinho.

— O que o meu marido lhe fez? — murmurou Caridad.

— Está tirando a minha clientela. E não posso permitir isso...

— O meu marido não tira clientes de ninguém. Ele só trabalha...

— Está tirando a minha clientela — repetiu o negro. — E ninguém passa o Botija Verde para trás.

E saiu do mesmo jeito que tinha entrado, deixando Caridad com o coração na boca.

— Tenham cuidado, você ouviu. Esse negro é perigoso.

Não tinha notado que dona Cecilia permanecia na porta.

— Meu marido não fez nada contra esse homem.

— Isso não importa para o Botija Verde. Basta que ele ache que fez.

Virou-lhe as costas e só se deteve um momento diante da menina que a olhava com olhos desmesuradamente abertos.

— É muito graciosa — comentou antes de sair.

Nessa noite, quando Florencio voltou, Caridad já tinha dado de comer à menina e o aguardava ansiosa.

— Tenho um recado... — começou a dizer, mas se interrompeu ao notar a expressão do rosto dele. — O que está acontecendo?

— O conde de Fernandina vai dar uma festa. Adivinha onde?

A mulher deu de ombros.

— Na fazenda dos Melgares.

— Finalmente comprou a fazenda?

— Sim! Agora quer homenagear os príncipes de quem tanto falam...

— Eulalia de Borbón? — perguntou Caridad, que estava a par dos últimos acontecimentos sociais.

— E seu marido, Antonio de Orleáns... O conde quer fazer um sarau o quanto antes. E quem você acha que lhe venderá o carregamento de velas e de bebidas que precisa? — Fez uma reverência. — Este seu criado.

— Não temos velas para aquele casarão. E não acredito que os tonéis sejam...

— Já sei. Amanhã vou ao porto de madrugada.

Caridad começou a servir o jantar.

— Tocuato veio procurá-lo.

— Aqui?

— Está furioso.

— Aquele negro!... Já me mandou vários recadinhos. Não pensei que se atrevesse a vir aqui.

— Você precisa ter cuidado.

— É um falastrão. Não vai fazer nada.

— Estou com medo.

— Não pense mais nisso — disse ele, engasgando-se com um pedaço de pão. — Alguém mais me procurou?

— Sim, uma senhora que encomendou cinco dúzias de sabão...

— Nhá Ceci. Sempre compra a mesma coisa.

— Para que quer tanto sabão? Tem uma lavanderia?

— E Mechita? — interrompeu-a Florencio.

Caridad se esqueceu de sua curiosidade para se concentrar nos progressos da filha, que já começava a conhecer as letras. Caridad não podia lhe ensinar muita coisa, mas era o suficiente para que a menina começasse a soletrar as primeiras palavras.

A festa na casa do conde foi um dos grandes acontecimentos da cidade. O luxo da baixela e dos enfeites, as vestimentas dos convidados, a magnificência dos manjares — todos os elementos que contribuem para dar realce a um evento desse tipo tinham sido cuidados até o último detalhe. E não era para menos. Os homenageados eram dois representantes da Corte espanhola. A própria princesa de Borbón escreveria mais tarde no seu diário secreto: "A festa que os condes de Fernandina deram em minha homenagem me impressionou vivamente por sua elegância, sua distinção e seu ar senhoril, tudo bastante mais refinado do que na sociedade madrilenha." E em seguida lembrava como os tinha conhecido quando criança, na casa de sua mãe, pois eram convidados assíduos do palácio de Castilla. A beleza das crioulas também deixou uma impressão especial na princesa. "Tinha ouvido falar da beleza das cubanas, seu porte, sua elegância e, sobretudo, sua doçura; mas a realidade superou em muito o que eu imaginava."

Em meio a tanto luxo, provavelmente a infanta não prestou atenção no brilho das centenas de velas que iluminavam os salões e os corredores mais afastados da mansão. Mas Florencio observou seu efeito antes de partir. Da calçada era possível perceber o reflexo multicolorido dos vitrais. O portão ladeado por colunas ciclópeas se incendiava de resplendores, como se a pedra tivesse adquirido uma qualidade translúcida... E talvez a princesa também não tivesse reparado nas sidras e nos vinhos que tinham contribuído para acender ainda mais as rosadas bochechas das havanesas, que os consumiam à vontade.

Florencio tinha passado dois dias transportando tonéis e caixas de velas. Agora que no céu restavam apenas algumas franjas violetas de luz solar, empreendeu a volta para casa. Várias carruagens cruzaram com a sua enquanto se afastava, e transcorreu bastante tempo antes que deixasse de ouvir o som da música. As moedas pesavam no saquinho que levava dentro da camisa. Ele acariciou o cabo do seu facão e açulou o cavalo.

Enquanto memorizava os acidentes do caminho, ia pensando no que faria com aquele dinheiro. Fazia tempo que acalentava uma idéia e acreditou que, por fim, tinha chegado o momento; venderia a taberna e compraria outra em um lugar melhor da cidade.

As luzes dos postes das ruas guiaram seu trajeto final até intramuros. Rodeado por um ambiente conhecido, depois de percorrer aquela estrada inóspita, começou a cantarolar enquanto descia da carruagem e lutava com o cavalo para fazê-la entrar num improvisado saguão lateral da loja. Um chiado incomum chamou sua atenção. Reparou então que a porta do armazém estava aberta.

— Cacha? — chamou, mas não recebeu resposta.

Deixou o cavalo com os arreios colocados e se aproximou com cuidado, elevando o farol da carroça.

Caridad ouviu a confusão da luta e o barulho de uma prateleira desabando. Desceu correndo, vela na mão, sem se lembrar de pegar o facão que Florencio sempre deixava embaixo da cama. Quando chegou, mal percebeu a desordem que reinava na loja, porque logo ao entrar esbarrou num obstáculo que impediu sua passagem. Levantou a vela e se inclinou. O piso estava coberto de vidros quebrados, mas seus olhos só puderam ver a poça escura que crescia sob o corpo agonizante de Florencio.

SEGUNDA PARTE

Deuses que falam a língua do mel

Das anotações de Miguel

TEM UM CHINÊS ATRÁS DE MIM:
Expressão comum em Cuba para dizer que alguém é perseguido pelo azar. Sua origem talvez seja a crença de que a bruxaria chinesa é tão forte que ninguém pode anular ou destruir os "trabalhos", como se pode fazer com a africana.
Na ilha também se diz que alguém "tem um morto atrás" para indicar que a desgraça persegue uma pessoa, mas "ter um chinês atrás" significa uma fatalidade ainda pior.

Por que me sinto só

Cecilia entrou pelo antigo caminho, agora pavimentado, que conduzia à prainha de Hammond Park. À sua esquerda, um casal de cisnes flutuava suavemente sobre as águas verdes de um lago, mas ela não parou para contemplá-los. Seguiu até a bilheteria, pagou a entrada e dirigiu até a praia. Quando viu a placa do restaurante, procurou um lugar para estacionar e depois caminhou para a porta.

Sua excursão tinha sido uma intuição. Em vez de ir à livraria, como Gaia recomendara, tinha decidido investigar no lugar da segunda visão. Não teve dificuldade em encontrar o que procurava; Bob, o funcionário mais velho do lugar, tinha quase 60 anos e, embora tivesse começado como garçom, agora era gerente.

O homem não apenas conhecia a lenda da casa fantasma, como também tinha ouvido os testemunhos de vários funcionários que toparam com ela. O curioso era que os moradores mais antigos do lugar não se lembravam de ter ouvido falar das aparições até data relativamente recente.

— Alguma coisa deve ter disparado esse fenômeno — afirmou o velho. — Quando surgem essas coisas, é porque estão pedindo ou procurando alguma coisa.

Embora nunca tenha conseguido ver a casa nem seus ocupantes, estava convencido de sua existência. Era impossível que tantas pessoas coincidissem nos mesmos detalhes. Todos descreviam a aparição como um chalé de praia de dois andares, coroado por um telhado de duas águas, semelhante às primeiras construções que foram feitas em Miami um século atrás. No entanto seus misteriosos inquilinos usavam roupas de épocas mais recentes. E era só nesse ponto que as histórias diferiam. Alguns falavam em dois anciões: ela, com uma roupa florida, e ele, com uma gaiola vazia nas mãos. Outros acrescentavam uma segunda mulher. Quem as havia visto juntas afirmava que eram mãe e filha, ou provavelmente irmãs. A aparição masculina, no entanto, não parecia ter nenhum vínculo com elas. Nem sequer reparava na sua presença. A mesma coisa acontecia por parte delas. Intrigado, Bob tinha passado mais de uma noite em claro com a esperança de ver alguma coisa, mas nunca tivera sorte.

— Eu acho que há pessoas com visão para o mais além e outras que não conseguem ver — disse antes de se despedir. — Infelizmente, pertenço ao segundo grupo.

Cecilia conseguiu apenas concordar, lembrando-se de sua avó Delfina, e respirou com alívio quando saiu para o terraço. Finalmente tinha algum material novo que podia usar.

A brisa golpeou seu olfato com um violento aroma de sal e iodo. Ao longe, um casal passeava na amurada que separava a praia do mar aberto. Ainda faltavam duas ou três horas para que o sol se escondesse.

Cecilia aproximou-se da praia, atenta ao rumor dos coqueiros. Não havia ninguém à vista, e ela começou a andar em direção ao pequeno bosque, pensando novamente na sua avó Delfina. Se estivesse viva, teria sabido toda a história apenas se aproximando do lugar. Sua avó era capaz de ver os acontecimentos passados ou futuros. Não era como ela nem como o velho gringo, criaturas cegas para as visões. Suspeitou de que a solidão era o único fantasma que sempre a acossaria.

Depois de andar um momento pelo bosque, acompanhada apenas por um caranguejo e várias lagartixas saltadoras, decidiu ir para casa. No dia seguinte teria que voltar ao jornal para pôr em ordem suas anotações.

Sentiu uma espécie de angústia quando pensou no apartamento vazio que a aguardava. O céu ia se tingindo de púrpura à medida que ela percorria as ruas. Em poucos minutos, a noite cobriria a cidade e faria reluzir seus incontáveis anúncios. Os clubes, os cinemas, os restaurantes e os cabarés se encheriam de turistas.

De repente, não resistiu à idéia de fechar-se entre quatro paredes, a sós com seus livros e suas lembranças. Pensou em Amalia. Diferentemente daquela casa intangível que perambulava por Miami, a história que ela começara a lhe contar tinha um começo e certamente um final. Sentiu que aqueles personagens, perdidos na distância e no tempo, eram muito mais reais do que sua própria vida e aquela mansão ilusória que insistia em dissipar-se entre seus dedos. Sem pensar muito, fez seu carro girar na direção do Pequena Havana.

"Na virada de cada esquina, sempre está o passado", pensou.

E, nesse estado, entrou nas ruelas abarrotadas.

Pranto de lua

O espírito de Kui-fa ficou dividido entre a tristeza e a alegria. Toda tarde ela se sentava com seu filho junto ao painel que mostrava cenas da vida de Kuan Yin, protetora das mães; e toda tarde lhe rogava pela volta do Síu Mend. A deusa flutuava sobre um nenúfar de madrepérola enquanto viajava para a ilha maravilhosa onde tinha seu trono, e Kui-fa sorria diante dessa imagem. Perto dela se sentia segura. Como poderia ser de outra forma, se a Deusa da Misericórdia tinha desprezado o céu para voltar à terra em busca dos aflitos? Tinha medo de outros imortais, mas a amava; muitos mostravam expressões apavorantes nos rostos, mas os traços de Kuan Yin irradiavam uma claridade brilhante como a lua. Por isso, Kui-fa lhe confiava seus temores.

De tempos em tempos, Weng ia até a cidade para tratar de assuntos legais relacionados com as exportações, e às vezes trazia notícias de Síu Mend. O pequeno Pag Li, a quem sua mãe tinha apelidado Lou-fu-chai porque tinha o gênio de um tigrinho, crescia mimado e atendido por todos. Mey Lei, a babá que criara Kui-fa, tomava conta dele como se fosse seu próprio neto. E, enquanto a mãe rezava e aguardava notícias do marido ausente, o pequeno parecia viver somente para ouvir as histórias de deuses e reinos celestiais que Mey Lei lhe contava toda tarde junto ao fogão. Aos 5 anos, já tinha o vocabulário e a inteligência de um menino mais velho: nada estranho para alguém nascido sob o signo do Tigre.

A história favorita de Pag Li era a lenda do intrépido Rei Sol, que se alimentava de flores.

— *Aji* — pedia o menino quase diariamente —, conte sobre quando o Rei Sol quis obter a pílula da imortalidade.

E Mey Lei tossia para limpar a garganta, enquanto mexia a sopa onde nadavam legumes e pedaços de peixe.

— Acontece — começava — que a pílula estava nas mãos de uma deusa que a guardava cuidadosamente. Por nada do mundo queria se desprender dela. Embora o Rei Sol lhe tivesse pedido várias vezes que a entregasse, tudo foi em vão. Um dia, o rei teve uma idéia. Foi à Montanha da Tartaruga de Jade Branco e ali levantou um belo castelo com um telhado de cristal. O castelo ficou tão magnífico e radiante que a deusa quis possuí-lo imediatamente. Então o Rei Sol o ofereceu em troca da pílula. Ela aceitou, e o rei levou a pílula para sua casa, muito contente...

— Faltou dizer que ele não podia engoli-la na hora — interrompeu Pag Li.

— Ah, sim! A deusa recomendou a ele que não tomasse a pílula na hora, porque antes tinha que jejuar por doze meses, mas a Rainha Lua descobriu o esconderijo onde...

— Você esqueceu de novo! — interrompeu o menino. — O rei tinha saído e deixado a pílula escondida no telhado...

— Sim, sim, claro — disse Mey Lei, adicionando mais temperos ao caldo. — A Rainha Lua descobriu a pílula por acaso. O Rei Sol tinha saído e, enquanto ela vagava pelo palácio, observou uma claridade que brotava do alto. Era a pílula divina. Assim foi como a descobriu e...

— Primeiro subiu num móvel.

— É verdade, subiu num móvel porque o telhado do palácio era muito alto. E assim que engoliu a pílula começou a flutuar...

— Teve que se agarrar nas paredes para não bater no teto — acrescentou Pag Li, que adorava esse detalhe.

— Quando o marido voltou e perguntou pela pílula, ela abriu a janela e fugiu voando. O rei tentou persegui-la, mas ela voou e voou até chegar à lua, que está cheia de árvores de canela. De repente, a rainha começou a tossir e vomitou um pedaço da pílula, que se transformou num coelho muito branco. Este coelho é o antepassado do *yin*, o espírito das mulheres.

— Mas o Rei Sol estava furioso — continuou Pag Li, muito emocionado para esperar pelo resto do relato — e jurou que não descansaria até castigar a rainha. O Deus dos Imortais, que tudo ouve, ouviu suas ameaças e apareceu para ordenar que a perdoasse.

— Assim foi. E para acalmá-lo lhe deu de presente o Palácio do Sol e um bolo mágico de salsaparrilha. "Este bolo o protegerá do calor", disse-lhe. "Se não comê-lo, morrerá abrasado pelo fogo do palácio." E, por último, deu-lhe um talismã lunar para que pudesse visitar a rainha.

— Mas ela não poderia visitar o rei porque não tinha o bolo mágico para se proteger.

— Exatamente. Quando a rainha o viu chegar, quis fugir; mas ele a puxou pela mão e, para demonstrar que não guardava rancor, derrubou algumas árvores de canela e, com seus troncos cheirosos, construiu o Palácio do Imenso Frio e o adornou com pedras preciosas. Desde então, a rainha Lua vive nesse palácio, e o Rei Sol a visita todo dia 15 de cada mês. Assim é como acontece nos céus a união do *yang* com o *yin*.

— E por isso a lua fica toda redonda e brilhante — gritava Pag Li. — Porque está contente!

Na tarde seguinte, o menino corria de novo para a cozinha, depois de ter passado horas pulando entre as plantações, para pedir outra história que ele lembrava melhor do que a anciã.

Chegaram as chuvas, e Pag Li viu como se alagavam os campos. Sua mãe o reteve em casa para que começasse a estudar com um professor que Weng arranjara. Ele já não podia sair para brincar com seus amigos. Passava longas horas entre papéis e com os dedos sujos de tinta, tentando reproduzir os complicados caracteres; mas se consolava com a promessa de que um dia poderia entender por si mesmo as histórias guardadas nos livros. E ainda havia as histórias que Mey Lei continuava lhe oferecendo nas tardes, junto ao fogão, quando terminava seus deveres.

Numa fria manhã de outono, chegou uma carta em que Síu Mend anunciava sua volta. Kui-fa pareceu abrir-se como a flor de seu nome. Não era à toa que o altar das Três Origens era o mais bem cuidado de todos. Ela se encarregava pessoalmente de sua manutenção, pois conservar a boa fortuna não era algo que pudesse ser deixado ao acaso, e Mey Lei estava muito velha e se esquecia facilmente das coisas.

Pela primeira vez em 5 anos, Kui-fa desenvolveu uma atividade febril. Acompanhada por uma serviçal, foi ao povoado e comprou vários pacotes de incenso, um pote do melhor mel e centenas de velas. Também encomendou roupa nova para si, para Pag Li, para o marido e para Mey Lei.

Muito antes que começassem os preparativos para o Festival de Inverno, os altares da família Wong já resplandeciam com o brilho dos círios e com as flores. As rezas das mulheres se pulverizaram no ar invernal, rogando por outro ano de saúde e prosperidade. Kui-fa se aproximou do altar do Deus do Lar e untou os lábios dele com néctar das colméias do norte. Essa era a língua que os deuses falavam e entendiam: o mel doce e as flores perfumadas, a fumaça do incenso e as roupas de cores alegres que os humanos lhes ofereciam todo ano. Ela ofertou muito mel ao deus que subiria às regiões celestes levando suas oferendas e pedidos. Com tantos agrados, estava segura de que Síu Mend voltaria são e salvo.

Todo essa agitação proporcionou a Pag Li uma folga. As aulas foram suspensas e, ainda por cima, nenhum adulto tinha tempo para se preocupar com ele. Junto com seus amigos, percorria os campos e se dedicava a soltar rojões e admirar os fogos estourando nas tardes. Para completar, era a época em que Mey Lei fazia uns biscoitos açucarados que as crianças roubavam ao menor descuido, mesmo sabendo que depois a anciã os daria de presente; metade do prazer estava em furtar as guloseimas e comê-las às escondidas.

Toda noite, Kui-fa se aproximava do altar do deus e passava mais mel nos lábios dele.

— Conte ao soberano do Primeiro Céu como criei o meu filho. Estou sozinha. Preciso do pai dele.

E, em meio à fumaça do incenso que saía dos palitos perfumados, o deus parecia entrecerrar os olhos e sorrir.

Numa noite, Síu Mend apareceu inesperadamente. Vinha mais queimado pelo sol e com um jeito descontraído que surpreendeu toda a família. Durante o tempo em que permaneceu na ilha, esteve em contato diário com seu avô Yuang e ficou responsável por distribuir os carregamentos de velas, estátuas, símbolos de prosperidade, incenso e outros objetos de culto que Weng enviara a Havana.

Deslumbrado por aquela cidade de luz, quase se esquecera do seu país. Acreditava que era culpa do avô, em cuja casa tinha vivido. O ancião recebia uma pensão do governo republicano por ter sido *mambí* — como eram chamados em Cuba aqueles que lutaram contra a metrópole espanhola. Sua vida carregada de perigos tinha contribuído para multiplicar o encanto.

Cada tarde, a família se sentava para ouvir os relatos de Síu Mend sobre aquela ilha que parecia saída de uma lenda da dinastia Han, com seus frutos exóticos e repleta de seres fascinantes em sua infinita variedade. As histórias mais interessantes eram as do próprio avô *mambí*, que tinha chegado ali quando era muito jovem e conhecera um homem extraordinário, uma espécie de iluminado que falava com tanto convencimento que Yuang se unira a ele em sua luta pela liberdade de todos. Assim, virara *mambí* e vivera dezenas de aventuras que ia contando a Síu Mend, enquanto fumava seu longo cachimbo na soleira da casa. Depois de 5 anos na ilha, chegou o momento de retornar e, dividido entre sua relutância a abandonar aquele país e o desejo de voltar para sua família, Síu Mend se lançou novamente ao mar.

Passou muito tempo, e Síu Mend não conseguia esquecer o ar salgado e transparente da ilha; mas a lembrança ficou presa nas redes silenciosas da memória, abafada por deveres mais próximos. Sopravam ventos novos, com notícias de uma guerra civil que ameaçava mudar o país. Também se dizia que os japoneses avançavam no oriente. Mas eram rumores dispersos que foram e vieram como a temporada de chuvas, e na província ninguém lhes deu atenção.

Então se prepararam para receber um novo Ano do Rato. Mais dois anos e se cumpriria um ciclo completo desde o nascimento de Pag Li e viria novamente outro Ano do Tigre. Só que o pequeno tinha nascido sob o elemento fogo, e o próximo ciclo seria de terra. De qualquer modo, Síu Mend achou que já podia começar a procurar uma esposa para ele. Kui-fa reclamou, dizendo que era muito cedo, mas ele não ligou. Depois de muitas dúvidas e algumas consultas secretas com seu tio, decidiu falar com o pai de uma das jovens candidatas. Houve troca de presentes entre as famílias e votos pelo futuro enlace, depois do qual todos voltaram a se ocupar de seus afazeres à espera do acontecimento.

E numa tarde chegou a guerra.

As canas se elevavam verdemente sob o sol, e os campos se moviam como um mar açoitado pela brisa. Kui-fa bordava uma sapatilha no seu quarto, quando ouviu os gritos:

— Estão vindo! Estão vindo!

Por puro instinto, saiu correndo para o esconderijo onde guardava as jóias, pegou o pacote que cabia em uma mão e o escondeu na roupa.

Antes que os gritos se repetissem, já tinha arrastado Pag Li para a porta. O marido esbarrou nela. Vinha suando e com a roupa desalinhada.

— Para os campos! — exclamou com ansiedade.

— *Aji!* — chamou Kui-fa em direção a cozinha. — *Aji!*

— Deixe-a! — disse o marido, enquanto a arrastava para fora. — Deve ter fugido com os outros.

Os primeiros disparos brotaram quando ainda estavam a uns cem passos das plantações. Depois vieram os gritos... longínquos e terríveis. Eles se embrenharam entre as plantas cujas folhas arranhavam seus rostos e lhes cortavam a pele, mas Síu Mend insistiu em continuar andando. Quanto mais se afastassem, mais seguros estariam. A chuva de disparos cresceu atrás deles à medida que entravam na plantação. Pag Li reclamava da ardência, mas seu pai não permitiu que parasse. Só quando a artilharia se transformou num vago rumor, Síu Mend os deixou descansar.

Deram um jeito de se deitar no meio das plantas, mas ninguém dormiu durante toda a noite. Às vezes ouviam um grito. Kui-fa retorcia as mãos de angústia, imaginando a quem pertenceriam as vozes, e o menino choramingava, dividido entre o pânico e o desconforto.

— Pelo menos, estamos vivos — dizia Síu Mend, tentando acalmá-los. — E, se é assim, é possível que os outros também estejam... Logo os encontraremos.

A lua se elevou sobre suas cabeças; uma lua molhada como o orvalho que ensopava suas roupas. O frio e a umidade penetravam até os ossos. Abraçando o filho, Kui-fa levantou os olhos para o disco de prata que tanto lembrava o rosto de Kuan Yin, a Deusa da Misericórdia, e lhe pareceu que todo o céu chorava com ela. Ou era só o pranto da lua o que alagava as plantações? Síu Mend se aproximou mais deles. Assim permaneceram os três até que chegou a manhã.

A freqüência dos disparos fora minguando até desaparecer. Kui-fa respirou com alívio quando viu o disco solar entre as folhas longas e podadas, mas Síu Mend não os deixou abandonar o esconderijo. Ali permaneceram o dia inteiro, acossados pelos insetos, pela fome e pela sede. Só quando o sol baixou de novo para se esconder e as estrelas brilharam no céu, Síu Mend decidiu que era hora.

Cheios de medo, retrocederam seus passos até a margem da plantação, onde Síu Mend ordenou que parassem.

— Vou sair — anunciou à mulher. — Se eu não voltar, dê meia-volta e fuja. Não fique aqui.

Kui-fa esperou com angústia, temendo todo o tempo ouvir o grito agonizante do marido, mas só lhe chegou o zunzum dos grilos que voltava a tomar conta do silêncio. Lembrou-se das jóias que tinha guardado nas roupas. Teria que encontrar um lugar mais seguro para elas. A ausência do marido lembrou-lhe uma coisa. Sim, havia um lugar onde ninguém as encontraria...

Os insetos sossegaram suas vozes com a chegada da brisa que precede o amanhecer. O disco da lua cheia se moveu um pouco. Houve mais frio e umidade. Uma névoa interminável e lacrimosa se elevou sobre suas cabeças. Soprou o fantasma do vento, e passos se aproximaram entre os caules. A mulher apertou o menino adormecido contra o peito. Era Síu Mend. Apesar da pouca luz, a expressão no seu rosto era tão eloqüente que Kui-fa não precisou perguntar. Caiu de joelhos diante do marido, sem forças para segurar o menino.

— Vamos — disse ele, os olhos cheios de lágrimas, ajudando-a a se levantar. — Já não há nada que possamos fazer.

— Mas a casa... — murmurou. — As plantações...

— A casa não existe mais. O terreno... é preferível vendê-lo. Os soldados foram embora, mas voltarão. Não quero ficar aqui. De qualquer forma, prometi isso a Weng.

— Você o viu?

— Antes que morresse.

— E Mey Lei? E os outros?

Em vez de responder, Síu Mend pegou o menino por uma mão, e ela pela outra.

— Iremos para outro lugar — anunciou com voz embargada.

— Para onde?

O homem olhou para ela por um instante, mas ela percebeu que os olhos dele não a viam. E, quando respondeu, a voz tampouco parecia a dele, mas a de um mortal que anseia retornar novamente ao reino do Imperador de Jade:

— Iremos para Cuba.

Te odeio e, no entanto, te amo

Como todo sábado, Cecilia tinha ido caminhar pelo cais. Contemplou o parque cheio de patinadores, casais com crianças, ciclistas e corredores. Era uma imagem bucólica e ao mesmo tempo desoladora. Tantos rostos felizes, longe de animá-la, deixavam-na com uma sensação de isolamento. Mas não era só aquele parque o que lhe causava tanta angústia, era também o mundo; tudo o que chamavam civilização. Suspeitava de que teria sido mais feliz em algum lugar selvagem e inóspito, livre de compromissos sociais que só serviam para lhe causar mais ansiedade. Mas tinha nascido em uma cidade quente, à beira-mar e latina, e agora vivia em outra cidade quente, à beira-mar e anglo-saxã. Era um caso de carma.

Sempre havia se sentido uma estrangeira do seu tempo e do seu mundo, e essa sensação tinha aumentado nos últimos anos. Provavelmente por isso retornava uma e outra vez ao bar onde podia esquecer o seu presente através das histórias de Amalia.

Durante toda a sua vida, interessaram-na os personagens longínquos na geografia, ao contrário de sua mãe, que amava tudo o que tivesse que ver com sua ilha. Por isso tinha lhe dado o nome de Cecilia, em homenagem ao romance de Cirilo Villaverde, *Cecilia Valdés*, um clássico de referência obrigatória. Mas ela não tinha herdado nem sombra dessa paixão. Não tinha carinho pelo passado. Na escola não cansavam de repetir que na ilha sempre houvera famintos ou poderosos, uns com muito e outros com pouco, em diferentes estádios da história: a mesma história de exploradores e explorados *ad infinitum*... até que chegara La Pelona, como logo o batizara sua avó clarividente, para grande escândalo de todos os conterrâneos que aclamavam sua entrada triunfal.

Aquilo que aconteceu depois foi pior do que tudo o que viera antes, embora não se falasse disso nas aulas. Brandindo sua foice, La Pelona arrasou com propriedades e vidas humanas; e, em menos de cinco anos, o país era a ante-sala do inferno. Mais uma vez, Delfina tinha visto o que ninguém conseguira prever, e, depois, quem tinha duvidado dela reconheceu que por sua boca falava alguém próximo de Deus. Transformou-se no oráculo oficial do povoado, que mais tarde se declarou de luto quando a família se mudou para Sagua.

Mas sua avó não se dedicou a ler a sorte. Depois de se casar, mudou-se para Havana para criar a filha e cultivar flores. Tinha tanta perícia em obter rosas e cravos, que muitos vizinhos queriam comprá-los, mas ela sempre se negou a mutilar suas plantas. Só de vez em quando, em alguma ocasião especial, dava de presente raminhos que eram recebidos como jóias.

Cecilia começou a caminhar pelo atalho que serpenteava entre a grama, salpicada por aglomerados de campânulas silvestres e espirradeiras. A casa de sua avó também era um jardim. Sua baixela de porcelana, seus móveis, suas taças de bacará, inclusive suas roupas, tinham motivos florais. Agora, em meio a tanta natureza faustosa, não conseguia deixar de evocá-la.

O toque do celular a tirou do seu sonho. Era Freddy.

— O que está fazendo? — perguntou ele.

— Passeando um pouco.

— Tem alguma coisa para esta noite?

Ela abandonou o atalho e se dirigiu para a praia.

— Quero ver um programa sobre pirâmides que anunciaram no Discovery.

— Por que não vamos ao bar?

Ela caminhou um pouco mais antes de responder.

— Não sei se estou com vontade de sair.

Começou a tirar os sapatos.

— Mas, minha China, você precisa sair. No ano passado ficou trancada nas férias.

— Você sabe como eu sou.

— Anti-social.

— Ermitã — corrigiu-o.

— Com vocação para freira — acrescentou ele. — E com a desgraça de que, como não é católica, não se pode colocá-la num convento. E a verdade é que isso seria perfeito para você, porque não faz nada para conseguir um homem.

— Nem tenho intenção de fazer. Prefiro ficar para tia.

— Está vendo só? Santa Cecilia de Havana em Ruínas. Quando o Barba Azul morrer, levantarão uma capela em sua homenagem, no monte Barreta, perto da sua antiga casa, e as pessoas irão até lá em peregrinação, lançando-se de patinete e tobogã colina abaixo desde Tropicana, todo mundo bêbado e com lentejoulas. Imagino que até darão um prêmio: quem chegar vivo e sem se espatifar será proclamado santo ou santa do mês...

Ela parou de ouvir Freddy, absorta no mar que batia nas rochas. Era uma ermitã naquele lugar. Ali não tinha passado. Sua biografa tinha ficado em outra cidade que ela se esforçava para esquecer, embora fosse parte de sua infância feliz, de sua adolescência perdida, de seus pais mortos... Ou provavelmente por isso mesmo. Não queria lembrar que estava irremediavelmente sozinha.

De repente pensou em sua tia-avó, a única irmã de sua avó vidente. Vivia em Miami havia trinta anos, depois de ir embora de Cuba seguindo os conselhos de Delfina. Cecilia só a tinha visitado uma vez, e depois não voltara a vê-la.

— Você está me ouvindo? — gritou Freddy.

— Sim.

— Então, vem ou não?

— Vou pensar. Digo mais tarde.

A solidão se espessou em torno dela como um círculo dantesco. Ela procurou a agenda para ligar para Lauro. Sempre pensava em passar os telefones para o celular, mas se esquecia de fazê-lo; por isso levava consigo aquela cadernetinha esquartejada. Seu olhar caiu sobre outro número que aparecia na mesma página... Sim, ainda tinha família: uma velhinha que morava no centro da cidade. Por que não tinha voltado a visitá-la? A resposta estava na sua própria dor; no medo de lembrar e perpetuar aquilo que, de uma maneira ou de outra, nunca mais teria. Mas não estaria sendo muito egoísta? O que era pior: evitar a lembrança ou enfrentá-la? Fazendo um esforço, começou a discar aquele número.

Loló vivia numa área com amplas calçadas de grama recém-cortada, bem perto das duas referências da cozinha cubana que eram La Carreta e Versailles, freqüentados pelos notívagos. Enquanto quase todos os estabelecimentos fechavam antes da meia-noite e perdiam dinheiro às mãos-cheias (ou, melhor dizendo, vazias), esses restaurantes ficavam abertos até bem entrada a madrugada.

Cecilia tentou se guiar pela memória, mas todos os edifícios eram idênticos. Teve que pegar o papel e olhar os números. Enganou-se de quadra. Andou mais duas ruas até que o encontrou. Depois de subir os degraus, tocou uma campainha que não fez barulho. O grito de um papagaio interrompeu um misterioso zumbido proveniente do interior.

— *Pin, pon, fora...*

Os passos se arrastaram até a porta. Cecilia viu a sombra através do vidro do olho mágico.

— Quem é?

Cecilia suspirou. Por que os velhos faziam essas coisas? Não estava vendo que era ela?

— Sou eu, tia... a Ceci.

Sentia-se tão insegura que queria comprovar que a pessoa que estava vendo era a mesma que parecia ser? Ou não se lembrava dela?

A porta se abriu.

— Entre, minha filhinha.

O papagaio continuava agitado.

— *Vão embora, vão embora...*

— Cale a boca, Fidelina! Se continuar assim, vou lhe jogar salsinha.

Os gritos pararam.

— Não sei mais o que fazer. Os vizinhos estão quase fazendo um conselho de guerra. Se não fosse herança do falecido Demetrio, já a teria dado a alguém.

— Demetrio?

— Meu companheiro de bingo durante nove anos. Estava aqui no dia em que você veio me visitar.

Cecilia não se lembrava.

— Deixou-me de herança essa maldita papagaia, que não pára de falar o tempo todo.

A papagaia gritou de novo.

— *Pin, pon, fora... Abaixo a gusanera.*

— Fidelina!

O grito sacudiu o apartamento.

— Qualquer dia vão me acusar até de comunista.

— Quem a ensinou a falar isso?

Cecilia se lembrava daquela frase, dita em coro na ilha contra milhares de refugiados que buscavam asilo na embaixada do Peru, pouco antes do êxodo do *Mariel.*

— Esse demônio aprendeu num vídeo que trouxeram de Havana. Cada vez que vem uma visita, repete a cantilena.

— *Pin, pon, fora...*

— Ai, os vizinhos vão me queimar viva.

— Não tem um pano?

— Para quê?

— Tem?

— Sim.

— Então traga-o.

A anciã foi até o quarto e voltou com um lençol dobrado e perfumado. Cecilia desdobrou o tecido e o jogou em cima da gaiola. Os gritos pararam.

— Eu não gosto de fazer isso — disse a mulher, franzindo o cenho. — É cruel.

— Mais cruel é o que essa papagaia faz com os tímpanos dos humanos.

A mulher suspirou.

— Quer café?

Foram para a cozinha.

— Não sei por que você não se desfaz dela.

— Foi o Demetrio que me deu — repetiu a anciã com obstinação.

— Não vejo o que há de mal em dá-la para alguém.

— Bem, perguntarei a ele. Mas precisarei esperar até que tenha vontade de vir, eu não sou a Delfina.

Embora Cecilia estivesse prestando atenção na cafeteira, a última frase a obrigou a levantar os olhos.

— Como?

— Se eu fosse a Delfina, poderia chamá-lo agora mesmo para saber o que fazer, mas eu preciso esperar.

Cecilia ficou olhando para a anciã. Nunca duvidara da mediunidade de sua avó Delfina; as histórias que circulavam na família eram muitas. Mas agora não conseguiu discernir se o que sua tia-avó dizia era real ou produto da velhice.

— Não estou louca — disse a mulher, sem se alterar. — Às vezes sinto que ele está aqui perto.

— Você também vê coisas?

— Já disse que não sou como a minha irmã. Ela era um oráculo, como o de Delfos. Acho que a mamãe teve uma premonição quando a batizou com esse nome. Delfina podia conversar com os mortos quando queria muito isso. Ela os chamava, e eles vinham correndo. Eu também posso falar com eles, mas tenho que esperar que se apresentem.

— Pode falar com a minha mãe?

— Não, só com a minha irmã e com o Demetrio.

Cecilia começou a adoçar seu café. Ainda não podia decidir se tudo isso era verdade. Como averiguar sem ofender a sua tia-avó?

— Quando você começou a falar com os mortos?

— Desde menina, quando conversei com a minha avó no jardim, pensando que tinha vindo nos visitar. No dia seguinte me dei conta de que, naquela mesma hora, ela estava agonizando numa cama do hospital Covadonga. Só contei para a Delfina, que me consolou e disse que eu não me preocupasse, que tinham lhe acontecido coisas piores. Foi quando eu soube sobre ela.

— Mas ela não pressentiu essa morte. E ninguém na família nunca me falou das suas visões!

— O meu caso não teve importância. Com Delfina aconteciam coisas mais extraordinárias. Ela sempre sabia de antemão as boas e as más notícias: um avião que ia cair, quem se casaria com quem, quantos filhos teria um casal de noivos, desastres naturais que matariam milhares de pessoas em qualquer lugar do mundo... Coisas assim. Delfina ficou sabendo que sua mãe estava grávida de você antes dela, porque seu avô, que em paz descanse, confirmou do além. Desde que tinha 4 ou 5 anos, ela conversava com pessoas da família que tinham vivido muito antes. A princípio achou que fossem visitas. E como ninguém comentava nada com ela sobre isso, presumia que não deveria dizer que sabia. Mas quando cresceu e começou a perguntar deu-se conta de que estivera falando com pessoas que não eram reais... Ou melhor, que não estavam vivas.

— E não se assustou?

— Quem se assustou foram mamãe e papai quando ela falou dos "visitantes". Pensaram que estava louca ou que inventava coisas. Minha irmã quis convencê-los do contrário e contou o que os bisavôs tinham revelado a ela sobre suas infâncias... Segredos que para Delfina seria impossível conhecer. Isso os espantou ainda mais.

Cecilia colocou sua xícara na pia.

— Não sei por que estamos falando dessas coisas — resmungou Loló. — Vamos para a sala.

Saíram da cozinha e foram até o outro cômodo, onde se sentaram perto da porta aberta.

— Fale de você — pediu a anciã.

— Não tenho nada a contar.

— Isso é impossível. Uma moça tão jovem e tão bonita deve ter apaixonados.

— O trabalho não me deixa tempo.

— O tempo é a gente quem faz. Não posso acreditar que não vá a nenhum lugar.

— Às vezes vou à praia.

Não se atreveu a mencionar o bar, imaginando que sua tia-avó não gostaria de saber que a neta da sua irmã andava por aqueles antros.

— Na sua idade, eu tinha alguns cantinhos que eram os meus preferidos.

— Nesta cidade não se tem aonde ir. É a coisa mais chata do mundo.

— Aqui há lugares muito bonitos.

— Quais, por exemplo?

— O Palácio da Vizcaya. Ou o Castelo de Coral.

— Não os conheço.

— Pois ligarei para você algum fim de semana para que os visitemos. E que conste — ameaçou com o dedo — que não vou jogar esta frase num saco furado.

Meia hora mais tarde, enquanto descia as escadas, Cecilia voltou a ouvir o grito da papagaia, ao que parecia, liberada de sua prisão.

Sua tia-avó tinha razão. Não havia motivos para que permanecesse trancada como se fosse uma anomalia. Lembrou-se do bar, onde tinha estado várias vezes e nunca tinha dançado; mesmo estando tão escuro que ninguém se daria conta de que ela não sabia onde colocar os pés. Além disso, com todos aqueles suecos e alemães que não tinham nem idéia do que era um *guaguancó*, quase podia ser a rainha do terreiro. Mas a história de Amalia era tão fascinante que a fazia se esquecer de tudo assim que chegava.

Arrancou com o carro. Ainda havia tempo para trocar de roupa e refugiar-se em uma mesa com seu martíni na mão. Sentiu uma fisgada no coração. Na verdade, que importância tinha sua solidão, quando todo o passado aguardava por ela na lembrança de uma anciã?

Alma da minha alma

A aldeia se encontrava nas imediações de Villar del Humo, um pouco a oeste, como quem vai em direção a Carboneras de Guadazaón. Era um lugar muito parecido com outros espalhados pela serrania de Cuenca, mas ao mesmo tempo peculiar. Para começar, nem sequer aparecia nos mapas. Seus habitantes o chamavam de Torrelila, embora seu nome não guardasse relação com os buquês de campânulas que inundavam as encostas da serra e que se estendiam como um tapete até o rio; tampouco tinha a ver com a cor dos açafrões que abundavam na região.

Torrelila devia seu nome a uma criatura feérica. Segundo a lenda, era um espírito mais antigo do que a própria aldeia e vivia em uma fonte havia séculos. Chamavam-no de "A moira da fonte", e muitos afirmavam que era possível vê-la no dia de São João, quando abandonava sua mansão aquática e se sentava junto a um torreão semidestruído para pentear os cabelos. Algumas velhas supunham que estava aparentada com as *moiras* galegas, que também saem para se pentear nesse dia; outras afirmavam que era prima das *xanas* asturianas, habitantes de arroios e rios, e que sofrem da mesma obsessão por se arrumar. De qualquer maneira, a fada da serra vestia uma túnica lilás, diferentemente das suas parentas do norte, que preferiam o branco.

Ángela não sabia nada disso quando chegou a Torrelila; e, se tivesse ouvido falar, tampouco teria mostrado o menor interesse. Ela e seus pais estavam muito ocupados em reformar a pequena moradia que se encontrava a uns cem passos da casa do tio Paco. Anos atrás, a choça tinha servido de depósito. Agora a luz do sol entrava pelos buracos do teto, e o frio vespertino penetrava pelas janelas estraçalhadas.

Felizmente, era a época de menos trabalho no campo. As espigas mal começavam a despontar, e só era necessário cuidar para que as ervas daninhas não afogassem os brotos. Pedro, tio Paco e outros dois aldeãos trabalharam para consertar a casa, enquanto as mulheres bordavam cobertores e cortinas. Entre ponto e ponto, a esposa do Paco, uma aldeã roliça e de nariz vermelho, alertava Ángela sobre os modos e costumes da região.

— Não se afaste das trilhas — advertia dona Ana. — Por esta serra vaga todo tipo de criatura... E não confie em nenhum desconhecido, por mais inofensivo que pareça! Não se deixe levar como a pobre Ximena, que topou com o próprio diabo quando este tocava sua flauta na cova das pinturas e depois ficou louca de pedra...

Ángela a ouvia com metade da atenção, perguntando-se às vezes o que teria acontecido com o Martinico. O duende não tinha voltado a aparecer desde que passaram por Cidade Encantada, onde pararam um pouco para descansar, fascinados pela beleza daquelas paragens. A região devia seu nome a um conjunto de pedras esculpidas pela mão milenar das águas. Vagar entre elas era como passear por um povoado fantasmagórico ou pelos jardins de algum castelo mítico.

O Martinico, que os tinha atormentado fazendo todo tipo de barulhos e quebrando galhos à sua passagem, guardara um silêncio de morte quando vislumbraram a silhueta dos promontórios. Ángela pensara que pelo menos o inconveniente duende não era indiferente a certos atos de Deus. Horas mais tarde, notara que parecia ter se eclipsado. Não dera muita importância a isso, supondo que estaria explorando os recantos — degraus, declives, atalhos — que abundavam no lugar. Só duas noites depois de chegar a Torrelila, dera-se conta de que não o havia visto mais. Teria se libertado dele para sempre? Talvez fosse só um duende que procurava um lugar melhor para viver.

— ... mas esse estado dura poucas horas — dizia dona Ana, depois de comprovar o acabamento de um bandô. — Ela continua esperando por algum rapaz que a liberte do feitiço; e aquele que conseguir isso casará com ela e obterá muitas riquezas... alguns dizem que até a imortalidade.

Ángela não sabia se a mulher estava narrando um conto de fadas ou uma lenda da região, mas não se incomodou em averiguar. Fosse qual fosse o caso, não a interessava. Absorta no seu trabalho, nem sequer notou que os homens já estavam de volta, até que sua mãe pediu ajuda para tirar o assado do forno.

Toda manhã ouvia o mudo gemido da serra, como se ali palpitasse um sofrimento antigo. Nas tardes, ao final dos seus trabalhos, saía para vagar pelas imediações em busca de ervas para cozinhar, depois de meter em seu bornal pão, mel e alguma fruta que ia comendo pelo caminho. Percorria trilhas quase intactas e se perdia entre a folhagem multiverde da cordilheira. Pouco a pouco sentiu sua melancolia voltar: a mesma que precedera, meses atrás, a chegada do Martinico; mas agora vinha carregada de angústia. Provavelmente por causa do silêncio expectante dos bosques. Ou daquela pulsação onipresente que golpeava, constante e dolorosa, o seu coração.

Assim transcorreram algumas semanas.

Numa manhã, pulou da cama mais cedo do que de costume e decidiu sair em busca de ervas. Toda a noite havia sentido uma estranha ansiedade, e agora seu peito palpitava enquanto ela subia para uma área que nunca antes tinha explorado.

Impulsionada por seu instinto, andou em direção à cúpula escurecida pelas nuvens. O vento soprava com um ulular estranho, e ela logo descobriu a origem do som: o ar brincava nas frestas de um torreão caindo aos pedaços junto a uma fonte. Esgotada pela subida, parou para descansar.

Apesar da proximidade do verão, os entornos da serra gotejavam sua frieza matutina. Ángela levantou o rosto na direção do sol para sentir seus raios, que já começavam a esquentar com força. Às suas costas, um leve farfalhar de tecido cobriu a voz da brisa. Ángela virou-se sobressaltada. Junto à fonte, uma jovem se penteava, com os pés dentro da água.

— Olá — disse Ángela. — Não percebi você chegar.

— Você não me viu — esclareceu a outra, sem parar de se pentear. — Eu já estava aqui quando você passou por essa trilha.

Ángela não replicou. Observou os fios dourados que caíam sobre os ombros da desconhecida e sentiu um golpe de inquietação, mas a jovem abandonou sua toalete e sorriu para ela.

— Não deveria andar por estes lugares.

— Já me avisaram — reconheceu Ángela, lembrando as palavras de dona Ana.

— Uma jovem se expõe a muitos perigos nesta serra.

— Você também é jovem e parece muito contente, penteando-se no bosque.

A desconhecida contemplou Ángela por uns segundos, antes de afirmar:

— Está acontecendo alguma coisa com você.

— Comigo?

Mas a outra se limitou a observá-la, esperando uma resposta.

Os pés de Ángela brincaram com uma samambaia ensopada de orvalho.

— Nem eu mesma sei — admitiu finalmente. — Às vezes tenho vontade de chorar, mas não encontro motivo.

— Mal de amor.

— Não estou apaixonada.

— Arranque essa samambaia e leve-a para casa — recomendou a donzela. — Vai lhe dar sorte.

— Você é bruxa?

A desconhecida riu, e seu riso foi como o murmúrio das cascatas que descem dos cumes. Ángela observou o pente que a jovem enterrava de novo em seus cabelos e teve um pressentimento.

— Digo mais — continuou a donzela, estudando as nuvens que começavam a sombrear a manhã. — Hoje é um dia especialmente perigoso... Trouxe mel?

— Quer? Também tenho pão.

— Não é para mim. Mas, se você encontrar mais alguém, ofereça-lhe o que leva.

— Nunca neguei comida a ninguém.

— Ninguém lhe pedirá nada; é você quem deverá oferecer, hoje ou em qualquer um dos dias do início do verão. — Os olhos da donzela se obscureceram. — Se não fizer isso...

Deixou a frase inconclusa, mas Ángela preferiu não ouvir algo que poderia amedrontá-la ainda mais, pois acabava de notar a extremidade que aflorava debaixo do cetim violeta que mergulhava na fonte; uma extremidade muito diferente da tez rosada da donzela, porque era uma cauda escamosa e verde que se retorcia sob a superfície líquida.

— E você — acrescentou Ángela, tremendo —, não precisa de nada?

A donzela voltou a sorrir.

— Sim, mas não está em suas mãos me oferecer.

Ángela se levantou, indecisa.

— Sei quem você é — sussurrou, debatendo-se entre a pena e o terror.

— Todos sabem quem eu sou — respondeu a donzela sem se abalar.

— Desculpe, é que eu sou forasteira na região... Há outras como você?

— Sim, mas vivem longe — respondeu a jovem, olhando fixamente para ela. — Por aqui habitam outras criaturas que também não são humanas.

— Duendes? — aventurou Ángela, pensando no seu Martinico.

— Não. Algumas estavam aqui muito antes que os humanos chegassem; outras vieram com eles. Eu mesma sou estrangeira, mas me sinto parte deste lugar e mal me lembro do meu. — A jovem esticou o pescoço e pareceu farejar o ar. — Agora vá embora. Não me resta muito tempo.

Ángela não quis conferir o que aconteceria com a donzela quando terminasse o tempo. Arrancou a samambaia, deu meia-volta e empreendeu o caminho de volta sem olhar para trás.

— Menina, onde você se meteu? — repreendeu-a dona Clara, junto ao fogão de lenha onde assava um quarto de cabra. Ángela se apressou em tirar as ervas aromáticas que colhera, mas guardou a samambaia atrás de umas vasilhas, indecisa sobre o que faria com ela. — Tio Paco tem uma visita esperando para almoçar, e você perdida por aí. Por que demorou tanto? — repetiu e, sem deixá-la responder, acrescentou: — Leve o pão e sirva o vinho. Colocamos a mesa embaixo da parreira.

— Quantos somos?

— Vejamos: Ana e tio Paco, dois vizinhos, nós três, dona Luisa e seu filho.

— Dona Luisa?

— A viúva que mora perto da saída do povoado.

Ángela deu de ombros. Tinha conhecido muita gente desde sua chegada, mas não tinha cabeça para tantos rostos. Antes de sair, pegou a cesta de pão e o garrafão de vinho. Dona Ana arrumou pratos e talheres em torno da mesa ocupada pelos homens e uma senhora vestida de preto.

— Angelita, lembra da dona Luisa? — perguntou o pai assim que a viu aparecer.

A moça disse que sim, achando que jamais a tinha visto.

— Este é Juan, seu filho.

— Pode chamá-lo de Juanco — propôs a mulher. — Era assim que o pai, que em paz descanse, o chamava, e é assim que eu o chamo também.

Ángela se voltou para o jovem. Uns olhos escuros, como o fundo de um poço, elevaram-se para olhá-la, e ela sentiu que mergulhava num abismo.

A tarde se foi na discussão sobre qual era a melhor maneira de torrar os estigmas, como combater a larva que comia as plantas e o modo como um cultivador da região estava desgraçando a reputação de todos, alterando o açafrão com carbonato e outras porcarias. O assado desapareceu, em meio a fartos goles de vinho tinto. Os homens continuaram bebendo, enquanto as mulheres, incluindo a viúva, entravam na casa com os pratos e os restos da comida.

— ...É que quero fazer isso antes que escureça — dizia dona Luisa. — Agora mesmo, embora ainda seja dia, não me atreveria a ir sozinha.

— Ángela pode acompanhá-la — disse Clara. — Deixe que o rapaz fique um pouco mais com os homens... Menina, vá com a dona Luisa e ajude-a a encontrar algumas samambaias.

Pela primeira vez, a jovem pareceu sair de seu estupor. Lembrou-se da planta que tinha escondida.

— Para quê?

— Para que seria, menina? — respondeu a mãe, baixando a voz. — Hoje é o dia de São João.

— Com essas samambaias, curam-se indigestões e febres o resto do ano — explicou dona Luisa.

— Vamos, apresse-se que está ficando tarde.

Ángela pegou seu bornal e saiu atrás da viúva.

— E você também deveria colher algumas — aconselhou dona Luisa, quando já se afastavam da casa. — São boas para atrair amores e boa sorte.

Ángela corou, temendo que a mulher tivesse descoberto o que já se assentara em seu coração, mas a viúva parecia concentrada em examinar os arbustos do caminho.

A moça a guiou por um atalho que se desviava do caminho que percorrera horas antes. Não queria assustar a boa mulher com a visão de uma fada penteando-se na margem da fonte. Então a conduziu na direção contrária, para uma área de mata especialmente fechada. Andaram meia hora antes que Ángela se detivesse.

— Vá olhar por esse lado — murmurou a jovem. — Atrás daquela árvore há várias cavernas.

— Bem, eu procurarei por aqui, mas não caminharei mais de vinte passos sozinha. Se não encontrar nada, esperarei por você neste lugar.

Cada uma pegou um caminho distinto. Ángela andou um curto trecho e, quase em seguida, topou com um maço de samambaias ainda molhadas de orvalho. Recolheu uma quantidade suficiente para a viúva e para ela. Tinha decidido que uma só samambaia não seria suficiente para conseguir aquilo de que tanto necessitava agora...

Um zunido se estendeu sobre as árvores, e ela parou para ouvi-lo. Não era um som repetitivo, como o de qualquer pássaro da serra, mas um clamor harmonioso e contínuo, a cadência esquiva de uma música como nunca ouvira. Ela virou a cabeça para localizar sua origem e, tomada por uma súbita urgência, saiu para procurá-la.

A melodia foi saltando de pedra em pedra, e de árvore em árvore, até a entrada de uma caverna. Agora brotava com acordes de cascata antiga e espumosa, de tempestade de verão, de noites antigas e geladas... Naquela canção vibravam a serra e cada criatura que a habitava. Ángela entrou na gruta, incapaz de resistir ao chamado. No fundo, junto às chamas que iluminavam o lugar, um velho tocava um instrumento feito de bambus de diferentes tamanhos. O sopro dos seus lábios arrancava uma onda de cadências graves ou agudas, delicadas ou ríspidas. Ela contemplou os desenhos que adornavam as paredes rochosas: enormes bestas de alguma época remota e figurinhas humanas que se agitavam ao seu redor. Mas não se mexeu até que o músico elevou o olhar e parou de tocar.

— São muito antigos — explicou ele, notando o seu interesse. Depois fez um gesto como se quisesse desentorpecer os membros, e ela percebeu que os pés dele pareciam patas de cabras, e também notou dois chifres meio escondidos sob os cabelos emaranhados.

Ángela lembrou-se da história sobre o demônio da serra, mas seu instinto indicou que aquele velhinho com cascos devia ser uma daquelas criaturas das quais a fada lilás falara. Instintivamente abriu o bornal, procurou o pote de mel que sobrara do café-da-manhã e o ofereceu. O ancião cheirou o conteúdo e olhou para ela com surpresa.

— Fazia séculos que ninguém me oferecia mel — suspirou. Passou um dedo na calda de açúcar e o chupou com deleite.

— Você é daqui? — perguntou Ángela, mais curiosa do que amedrontada.

O velho suspirou.

— Sou de todas as partes, mas minha origem está num arquipélago ao qual se chega atravessando o mar — e apontou em direção ao oriente.

— Você veio com os homens?

O velho moveu a cabeça.

— Os homens me expulsaram, embora não de propósito. Melhor dizendo, se esqueceram de mim... e quando os homens se esquecem dos seus deuses não resta outro caminho a não ser se esconder.

Ángela começou a sentir uma ardência no nariz, sintoma de confusão. Uma coisa eram os espíritos da serra — cuja existência tinha aprendido a aceitar depois da aparição do Martinico—, e outra, a existência de muitos deuses.

— Não há um só Deus?

— Existem tantos quantos queiram os homens. Eles nos criam e nos destroem. Podemos suportar a solidão, mas não sua indiferença; é a única coisa que pode nos tornar mortais.

A jovem sentiu pena daquele deus solitário.

— Meu nome é Ángela — disse, estendendo-lhe a mão.

— Pã — respondeu ele, correspondendo.

— Acho que não tem mais — disse ela, procurando no bornal.

— Não, não! — apressou-se a esclarecer o ancião. — Esse é o meu nome.

A moça ficou surpresa.

— Deveria mudar de nome.

— Ninguém se lembra — suspirou ele.

— Lembra de quê?

O rosto do velho se iluminou.

— Não importa. Você foi muito amável comigo. Posso ajudá-la no que quiser. Ainda conservo alguns poderes.

O coração de Ángela bateu descompassado.

— Há uma coisa que quero mais do que tudo.

— Diga... — Ele começou a falar, mas se interrompeu a fim de olhar para alguma coisa atrás da jovem.

Ela se voltou. De pé, junto à entrada da caverna, o Martinico saltava e fazia umas caretas idiotas.

— Não posso crer — gemeu Ángela. — Pensei que você tivesse ido para o inferno!

Mordeu a língua, olhando de esguelha para o velho, mas este não pareceu ofendido. Pelo contrário, perguntou, com genuína surpresa:

— Você consegue vê-lo?

— É claro que consigo! É uma maldição.

— Posso libertar você disso.

— E me ajudaria a conseguir mais uma coisa?

— Só posso ajudá-la em uma coisa. Mas se um dos seus descendentes necessitar de mim, inclusive sem conhecer o nosso pacto, eu poderei lhe dar o que ele quiser... duas vezes.

— Por quê?

— É a lei.

— Que lei?

— Ordens lá de cima.

Existia então um poder mais forte que o dos deuses da serra. Mas esse poder tinha restringido suas possibilidades de escolher.

Ángela observou angustiada as cambalhotas do Martinico e pensou no olhar que esperava por ela nas encostas da serra.

— Está bem — decidiu. — Terei que continuar vivendo com a minha maldição nas costas.

— Não entendo — disse ele. — O que pode ser mais desejável que se livrar disso?

E a jovem contou ao deus Pã sobre a dor de uma alma que descobrira sua própria alma.

Juan garantiu que a tinha amado desde o momento em que a vira, mas ela suspeitava de que aquele convencimento era uma criação do deus exilado — a obra perfeita de um espírito antigo. Todo mês ia à caverna para deixar-lhe mel e vinho, certa de que o ancião devorava suas guloseimas com deleite, embora nunca mais tenha podido vê-lo novamente.

Seu noivado, por outro lado, não foi muito longo. Durou o tempo suficiente para que Juan terminasse de construir o novo lar, ajudado por vários aldeãos, num terreno vazio que ficava perto da casa dos seus pais. Enquanto os homens trabalhavam cortando, lixando e pregando tábuas, as mulheres ajudaram a noiva com o enxoval, fiando e tecendo todo tipo de toalhas, cortinas, roupa de cama e tapetes.

Os primeiros meses de matrimônio foram idílicos. Por alguma razão, o Martinico voltou a desaparecer. Provavelmente compreendera que existia alguém mais importante em sua vida e se retirara para algum canto da cordilheira. Ángela não sofreu com sua ausência. Era um duende malcriado que só causava perturbação, e ela logo o esqueceu. Além disso, começaram a surgir outros problemas.

Por um lado, as lagartas devoravam as colheitas da região, e Juanco quebrava a cabeça pensando numa solução. Como se não bastasse, Ángela o surpreendeu várias vezes lendo um papel misterioso que sempre guardava cada vez que ela se aproximava. Quem poderia escrever ao seu marido? E por que tanto segredo? Além disso, sua própria saúde pareceu declinar. Sempre estava cansada e vomitava com freqüência. Não disse nada à sua mãe, porque não queria que voltasse a levá-la a uma curandeira. Só quando notou que os laços do seu vestido não fechavam, percebeu o que estava acontecendo.

— Agora é que vamos ter mesmo que fazer aquilo — disse Juan ao receber a notícia.

— Fazer o quê?

O homem tirou de bolso o papel amassado e o entregou a ela.

— O que é? — perguntou ela, sem tentar lê-lo.

— Uma carta do tio Manolo. Escreveu-me várias vezes dizendo que precisa de um ajudante. Quer que a gente vá para lá.

— Para onde?

— Para a América.

— Isso é muito longe — respondeu a jovem, e acariciou o ventre. — Não quero viajar assim.

— Ouça, Angelita. A colheita está perdida e não há dinheiro para repô-la. Muitos vizinhos já se mudaram ou estão começando outro negócio. Não acho que vá haver mais açafrão por aqui. Poderíamos ir mais para o sul, mas não tenho dinheiro nem a quem pedir emprestado. O que o tio Manolo propõe é uma boa oportunidade.

— Não posso deixar os meus pais.

— Será por pouco tempo. Economizaremos alguma coisa e depois voltaremos.

— Mas o que eu vou fazer sozinha num país estranho? Preciso de alguém que entenda de crianças.

— Mamãe viria conosco. Sempre me disse que gostaria de ver seu irmão antes de morrer.

Ángela suspirou, quase vencida.

— Preciso falar com os meus pais.

Mas a notícia caiu como um raio, e Juan quase não conseguiu dizer nada para consolá-los. O próprio Pedro tinha falado com sua mulher sobre a possibilidade de partir para a cidade, mas dona Clara não quis nem ouvir falar nisso. E agora, de repente, ficava sabendo que não apenas iria se separar de sua filha, como também nem sequer veria o seu neto nascer. Só se tranqüilizou um pouco quando soube que Luisa iria com eles. Ao menos, a mulher estaria ao lado da sua filha na hora do parto.

Empacotaram o necessário. Como a viagem para a costa era longa, e Juan não queria que os sogros fizessem sozinhos o caminho de volta, convenceu-os a se despedirem ali mesmo. Entre lágrimas e conselhos, disseram-se adeus. Ángela nunca se esqueceria da silhueta dos seus pais, à beira daquele caminho poeirento que acabava na porta de sua casa. Foi a última imagem que teve deles.

Da popa do barco, viu se dissipar a linha do horizonte. Perdida na bruma das águas cinza, sua terra parecia um país de fadas, com suas torres e palacetes medievais, seus telhados avermelhados e a agitação portuária que agora se afastava deles...

A jovem ficou um longo tempo no convés, ao lado de Juan e dona Luísa. Seu marido falava sem parar, fazendo planos para a sua nova vida. Parecia ansioso por empreender alguma coisa diferente e tinha ouvido falar muito da América; um lugar mítico onde todos podiam enriquecer.

— Estou com frio — queixou-se Ángela.

— Vá com ela, Juanco — disse dona Luisa. — Eu ficarei um pouco mais.

Carinhosamente, ele ajudou-a a se enrolar no xale e, juntos, desceram as escadas até o camarote. Juan teve que lutar um pouco com a fechadura enferrujada do modesto aposento. Depois, se afastou para deixá-la entrar. Ángela gemeu.

— O que você tem? — perguntou ele, temeroso de que o parto já tivesse começado.

— Nada — sussurrou ela, fechando os olhos para apagar a visão.

Mas o truque não adiantou. Quando voltou a abri-los, o Martinico continuava sentado no meio da desordem das roupas, cobrindo comicamente a cabeça com sua melhor mantilha.

O destino me propõe

Freddy e Lauro tinham arrastado a amiga para ver a Feira do Renascimento que se realizava anualmente no Palácio de Vizcaya. Levando-a de banca em banca, fizeram com que experimentasse todo tipo de roupa até que conseguiram transformá-la numa figura que — segundo eles — estava à altura do evento. Agora a jovem caminhava entre os artesãos e as adivinhas, deixando que a brisa agitasse sua saia aciganada. Na cabeça, levava a guirlanda de flores com que Freddy a coroara.

A farra era geral. Crianças e adultos exibiam suas máscaras e roupas de cores vivas, a música das harpas flutuava no ar, os trovadores passeavam entre as fontes com seus bandolins, flautas e tamborins, e Cecilia se igualava às princesas que perambulavam pelos jardins perfeitamente podados. Aquela brincadeira dos *alter egos* também incluía vendedores e artesãos. Aqui, um ferreiro martelava uma ferradura sobre as brasas do seu torno; lá, uma tecelã gorda e sorridente fiava numa roca que parecia saída de um conto de Perrault; acolá, um ancião com barba prateada e aspecto merlinesco vendia cajados com incrustações de pedras e minerais semipreciosos: quartzo para a clarividência, ônix contra os ataques psíquicos, ametista para conhecer as vidas passadas...

— Onde eu estava que nunca fiquei sabendo disso? — sussurrou Cecilia.

— Na lua — respondeu Lauro, experimentando um chapéu enfeitado com uma pena.

— E você não viu a Feira de Broward — disse Freddy. — É muito maior.

— E é feita num bosque encantado! — interrompeu Lauro. — Ali, sim, há coisas lindas: até um torneio medieval em que os cavaleiros investem a galope, como os do rei Artur. Se os visse quando tiram as armaduras, você cairia durinha de enfarte!

Mas Cecilia já não o ouvia, concentrada numa banca cheia de caixinhas de madeira.

— Melisa!

A exclamação de Lauro conseguiu tirá-la de seu encantamento. Uma jovem se virou para eles.

— Laureano!

— Menina, não me chame assim — sussurrou ele, olhando para todas as direções.

— Mudou de nome?

— Aqui sou Lauro — e acrescentou, empolando a voz: — Mas os íntimos me chamam de La Lupe: "Acabou, o nosso caso está morto. Acabou, juro que é verdade..."

A desconhecida começou a rir.

— Melisa, esta é Cecilia — disse Lauro. — Conhece o Freddy?

— Acho que não.

— Sim, garota — lembrou Freddy. — Edgar nos apresentou em Havana. Nunca me esqueci, porque você estava divina com aquele vestido branco. E quando leu os seus poemas as pessoas quase se deprimiram...

— Acho que me lembro — disse Melisa.

— O que está fazendo aqui?

— Sempre venho para comprar coisas. — Contemplou os dois cajados que segurava nas mãos. — Não sei com qual ficar.

— Você não gosta deste? — interveio Cecilia, estendendo-lhe um.

Pela primeira vez, Melisa fixou os olhos nela.

— Já toquei nele e não me serve.

Virou-lhe as costas e continuou examinando os dois bastões.

— Pois eu estou quase tentada a comprá-lo — insistiu Cecilia. — É tão bonito.

— Isso não me importa — replicou a outra. — O cajado de que eu preciso tem que ser sentido de forma diferente.

Lauro arrastou Cecilia até uma banca um pouco afastada.

— Não discuta com ela — sussurrou.

— Por quê?

— É bruxa desde que vivia em Cuba. Pratica a magia celta ou algo assim. Tome cuidado.

— Se é assim, não há por que se preocupar — assegurou Freddy, que se tinha aproximado. — Essa gente acredita que as coisas voltam triplicadas. Então, o que menos desejam é fazer mal. Tomam cuidado até com o que pensam.

— Uma bruxa é uma bruxa. Elas têm um monte de energias em volta, e, se você se descuidar, pode cair fulminado por um raio.

— Pelo amor de Deus! — exclamou Freddy. — Que ignorância!

Cecilia parou de prestar atenção neles. Pouco a pouco se aproximou da banca onde a moça regateava com o artesão.

— Posso lhe perguntar uma coisa?

Melisa se virou.

— Claro.

— Para que você precisa de um cajado?

— É uma longa explicação, mas, se lhe interessa — vasculhou na bolsa e tirou um cartão —, me procure na sexta-feira nesse endereço. Vamos iniciar um curso.

Havia um nome no cartão — Atlantis —, e embaixo se lia uma lista de mercadorias: livros místicos, velas, incensos, cristais de quartzo, música...

— Que coincidência! — exclamou Cecilia.

— Por quê? — disse a outra com ar distraído, pegando umas notas para pagar.

— Alguém me disse há alguns dias que eu fosse falar com Lisa, dona dessa livraria. Sou jornalista e estou procurando informação sobre uma casa.

— Há uma sombra na sua aura — interrompeu a moça.

— O quê?

Melisa terminou de pagar.

— Há uma sombra na sua aura — repetiu, mas não olhava para os seus olhos, e sim para alguma coisa que parecia flutuar acima da sua cabeça. — Você deveria se proteger.

— Com alguma coisa que você vai vender no seu curso? — perguntou Cecilia, sem conseguir evitar o sarcasmo.

— Não será comprando que conseguirá a proteção de que precisa. É uma coisa que deve fazer aí dentro — e tocou nas suas têmporas com um dedo. — Não quero assustá-la, mas alguma coisa ruim vai acontecer se você não tomar providências dentro da sua cabeça.

Deu meia-volta e adentrou na multidão, apoiando-se no seu cajado como uma feiticeira druida em viagem, enquanto a túnica revoava em torno do seu corpo.

— O que foi que ela lhe disse? — perguntou Lauro.

Cecilia contemplou por alguns instantes a silhueta que já se perdia.

— Não sei ao certo — murmurou.

Observou a vitrine da calçada: pirâmides, jogos de tarô, cristais de quartzo, sinos tibetanos, incenso da Índia, bolas de cristal... e, como soberano absoluto daquele reino, um Buda acobreado com um olho diamantino na fronte. Em torno dele pendiam teias de aranha tecidas dentro de aros com penas penduradas: os tradicionais pega-sonhos que os índios navarros colocavam sobre o leito para capturar as visões boas e destruir os pesadelos.

Quando empurrou a porta, esta se abriu com um tilintar. Imediatamente sentiu um perfume que infestou seus cabelos como um melaço doce. Dentro, a atmosfera era gélida e perfumada. Uma música de fadas povoava o ambiente. Em cima de um balcão, várias pedras coloridas rangiam como insetos ao ser sovadas por duas mulheres. Uma delas era uma cliente; a outra, provavelmente sua proprietária.

Em silêncio, para não incomodar, Cecilia bisbilhotou nas prateleiras cheias de livros: astrologia, ioga, reencarnação, cabala, teosofia... Finalmente a cliente escolheu três pedras, pagou por elas e saiu.

— Olá — cumprimentou Cecilia.

— Bom dia, em que posso ajudá-la?

— Meu nome é Cecilia. Sou jornalista e estou escrevendo uma matéria sobre uma casa fantasma.

— Já estou sabendo, Gaia me ligou. Mas hoje não é um bom dia, porque dentro de alguns instantes haverá uma conferência e terei muito o que fazer.

Os sinos da porta tilintaram. Um casal cumprimentou ao entrar e foi para o canto teosófico.

— Por que não liga e nos vemos outro dia? — sugeriu Lisa.

— Quando?

— Agora eu não saberia dizer. Pode me ligar amanhã... Olá! Que bom que chegou!

Melisa acabava de entrar.

— Como vai? — cumprimentou Cecilia.

Melisa a observou como se estivesse diante de uma desconhecida, até que levantou o olhar e ficou olhando acima da sua cabeça.

— Desculpe, não a reconheci com essas roupas.

— Vou preparar o salão — disse Lisa, desaparecendo atrás de uma cortina.

— Posso perguntar uma coisa? — disse Cecilia quando ficaram a sós.

Melisa assentiu suavemente.

— No dia em que nos conhecemos você me disse que havia uma sombra na minha aura.

— Ainda há.

— Mas nunca me aconselhou sobre o que devo fazer.

— Porque eu não sei.

Cecilia olhou para ela, estupefata.

— Sério, não tenho idéia. Com a aura, tudo é questão de energias, de sensações... Nem sempre dá para ter certeza. Por que não fica para a minha conferência? Quem sabe isso poderá ajudá-la mais adiante?

Cecilia não acreditava, mas ficou porque não tinha outra coisa para fazer. Além disso, precisava falar com a proprietária do local por causa da matéria. Assim, ficou sabendo que as pessoas irradiam vários tipos de energia. Segundo Melisa, qualquer um pode emanar, conscientemente ou não, energias ruins ou curativas em direção a outros. Com o treinamento apropriado, era possível perceber essas energias e também se proteger. Existiam muitas ferramentas para processar a energia: a água, os cristais, objetos pontiagudos, como adagas, espadas ou cajados... Na sua próxima conferência, os interessados poderiam praticar alguns exercícios para ver a aura. Esse era um dos primeiros passos para reconhecer a presença de um ataque psíquico.

Mais tarde, em sua casa, enquanto ouvia os depoimentos gravados de Bob e Gaia, uma ponta de intuição — talvez herdada de sua avó Delfina — sugeriu-lhe que não desprezasse nada na sua investigação, nem sequer uma conferência maluca como aquela. Ultimamente, seus pontos de referência pareciam coincidir, como se tudo tivesse uma conexão. E podiam existir universos invisíveis, dignos de serem explorados. Além disso, quem era ela para duvidar? Afinal, tinha tido uma avó sibila.

Por um instante pensou em Amalia. O que ela pensaria sobre esse negócio de auras e energias? Cecilia não tinha idéia do que passava realmente pela cabeça da mulher. Apenas tinha lhe contado coisas alheias à sua própria história. Sempre a ouvia com a esperança de que algum episódio acabasse por desembocar nela. Por isso voltava ao bar. Aquelas lembranças se tornaram um vício. Quanto mais sabia, mais queria saber. Era impossível fugir daquele feitiço. E esta noite, disse para si mesma, não seria exceção.

Perdoa-me, consciência

Caridad olhou pela janela e observou os primeiros transeuntes. A madrugada tinha deixado um rastro molhado no parapeito de madeira. Era seu último dia naquela casa à qual tinha chegado com tanta esperança, sonhando que sua vida seria outra e imaginando muitos desenlaces, mas nenhum como esse.

Depois do enterro de Florencio, tinha voltado à loja, disposta a tocar o negócio. Embora não conhecesse números, apenas um pouco de letras, deu um jeito para manter a freguesia do armazém de ultramarinos, embora a oferta de produtos tivesse diminuído bastante sem a habilidade do falecido para regatear e conseguir bons preços. Além disso, os fornecedores não pareciam responder aos seus pedidos do mesmo modo que aos de Florencio. Ela teve que procurar um intermediário, mas não foi a mesma coisa.

Talvez tivesse podido permanecer ali, ganhando a vida com muita dificuldade ou até prosperando, mas finalmente decidiu ir embora por razões que nunca confessaria a ninguém: a sombra do marido a perseguia. Freqüentemente ouvia seus passos. Outras vezes, sentia sua respiração atrás dela, bem na nuca. Ou sentia o cheiro dele, trazido pelo vento. Em várias noites notou que o colchão da sua cama afundava sob o peso de um corpo que se deitava ao lado dela... Não conseguiu agüentar isso e decidiu vender o negócio. Com o dinheiro, compraria outro local e começaria num ramo distinto. Provavelmente uma loja de artigos para senhoras.

Nessa manhã levantou-se mais cedo do que de costume. Ao meio-dia chegaria o notário, que a faria assinar alguns papéis. Tiritando de frio —aproximava-se o inverno tropical, que costuma ser úmido e cortante —, pegou o lampião. Ainda estava escuro dentro da casa, embora na rua já começasse a clarear, com um brilho que deixava os objetos com um halo dourado. Assim iluminada, a cidade parecia uma visão espectral. A luz do trópico impregnava a ilha com aquela magia; uma coisa que seus habitantes quase não notavam, demasiadamente afligidos por seus problemas... E o principal problema de Caridad era sua filha, uma menina ansiosa por conhecer tudo, mas estranhamente silenciosa. A mulher nunca sabia que pensamentos transitavam atrás daqueles olhos, nos quais — era fato — resplandecia a mesma paixão que enchia o olhar do pai.

Caridad colocou o lampião no chão e se agachou a fim de acender o fogão de lenha para esquentar água. Observou como as chamas lambiam os carvões que avermelhavam até se transformar em rubras brasas, antes de empalidecer e tingir-se de cinza. Assim estava, contemplando aquela metamorfose, quando sentiu dedos tocando seu ombro. Pensou que a filha tinha acordado e se virou. A imagem do marido, com o peito destroçado a machetadas e o rosto cheio de sangue, elevava-se diante ela. Deu um grito e retrocedeu, derrubando o lampião sobre as chamas do forno. O metal explodiu com o fogo, e o combustível multiplicou a fogueira, que saiu do seu entorno de pedra para cobrir as paredes da cozinha, queimando levemente as pernas dela. Durante alguns instantes ela se esforçou por apagar as chamas, abafando-as com um pedaço de pano que estava à mão; mas o fogo aumentou, alimentado pela madeira seca.

— Mercedes! — gritou, lançando-se em direção ao quarto da filha adormecida. — Mercedes!

A menina abriu uns olhos distraídos e espantados, sem compreender ainda o que estava acontecendo.

— Saia da cama! — gritou Caridad, puxando os lençóis. — A casa está pegando fogo!

Quando chegaram os bombeiros, a Flor de Monserrat era um monte de ruínas fumegantes que os vizinhos observavam com uma mistura de horror e fascinação. Muitas mulheres se aproximavam de Caridad e lhe ofereciam água, café e até goles de licor para que se animasse, mas ela não fazia mais que contemplar com o olhar perdido os restos do que fora seu maior capital.

Ao meio-dia ela continuava ali, sentada na calçada, balançando-se com as mãos em volta das pernas, enquanto a filha acariciava seu cabelo e tentava abraçá-la contra o peito. Assim as encontrou o notário, que observou por alguns instantes as ruínas e as duas criaturas sentadas na calçada, como se não compreendesse que esse desastre se relacionava com ele de algum jeito. Por fim, suspirou, e, vendo que nada mais poderia fazer, deu meia-volta e se afastou.

Nhá Ceci se levantara muito bem disposta. Tinham ficado para trás os eternos calores estivais que sempre a deixavam de mau humor. Em casa, todos dormiam. Ela decidiu usar seu brio madrugador para ir até a Flor de Monserrat e fazer sua encomenda habitual. Ignorou os carros que passavam vazios ao seu lado e foi a pé. Era gostoso passear ao ar livre, desfrutando da brisa fresquinha como chuva de granizo. Aos 60 e tantos anos, parecia uma mulher de apenas cinqüenta que inclusive alguns tomavam por quarentona; e tinha um porte atraente que muitas de vinte invejavam. Era uma típica beleza daquela terra onde abundavam belezas.

Caminhou com passo ligeiro, saltando os atoleiros em meio aos paralelepípedos. Muito antes de chegar, o vento começou a lhe trazer um mau cheiro ao qual não deu atenção até que virou a esquina e avistou o desastre. Durante alguns instantes contemplou os restos do incêndio, imóvel e estupefata. Depois viu as duas figuras agachadas em frente ao edifício e se aproximou delas quase furtivamente.

— Dona Caridad — chamou sussurrando, pois não se atreveu a lhe dar bom-dia.

A mulher elevou o olhar, mas não conseguiu responder. Só quando voltou a contemplar sua antiga casa, murmurou:

— Hoje não tem sabão.

Cecilia mordeu o lábio e observou a criatura que continuava agarrada à mãe.

— Você tem para onde ir?

A mulher balançou a cabeça.

Cecilia fez sinal para uma carruagem que parou na esquina.

— Vamos — disse, inclinando-se para ajudá-la. — Não podem ficar aqui.

Sem opor resistência, Caridad se deixou guiar até o carro. Nhá Ceci gritou um endereço, e o condutor açulou os cavalos, que correram em direção ao mar mas nunca chegaram a ele. Depois de andar por algumas ruas, desviaram para a esquerda e pararam num bairro silencioso.

Um homem que as avistou da outra calçada atravessou a rua.

— Quanto você cobra, linda? — perguntou, aproximando-se de Caridad.

Pela primeira vez depois do acidente, a mulher reagiu. Deu um empurrão no homem que quase o derrubou. Ele se inclinou na direção dela como se fosse agredi-la, mas dona Cecilia se interpôs.

— Não abrimos a esta hora, Leonardo. E ela não está à venda.

A atitude altiva de Cecilia fora o suficiente para que o homem retrocedesse.

— Sinto muito — murmurou Cecilia, enquanto abria a porta.

Caridad hesitou por alguns segundos, mas acabou cruzando a soleira. Dentro, não viu uma sala de estar nem uma sala de jantar, mas um pátio enorme emoldurado por quatro galerias cobertas e portas em toda a extensão. Várias roupas de mulher descansavam sobre os móveis, jogadas por toda parte. E, de repente, Caridad se lembrou de como tinha conhecido a mulher.

— Então o sabão...? — começou a dizer, sem saber o que devia perguntar.

Dona Cecilia olhou para ela por alguns instantes.

— Pensei que você soubesse — disse. — Tenho uma casa de encontros.

Não lhe restava outra alternativa. Era a rua ou aquele prostíbulo. Nhá Ceci deixou que se instalassem no único quarto vazio, abandonado por uma pupila que tinha desaparecido sem deixar rastros. Toda tarde, mãe e filha se trancavam no seu quarto. Caridad só permitia que a menina saísse para brincar no pátio pela manhã, enquanto ela trabalhava como criada. Mas Cecilia já tinha uma mulher que fazia a limpeza. Caridad aproveitava qualquer descuido dela para varrer, lavar uma ou outra roupa que tivesse ficado largada ou limpar alguma coisa. A mulher se queixou a dona Ceci, achando que estavam querendo tirar o seu emprego.

— Por que não trabalha de verdade? — propôs numa tarde. — Deixarei que escolha os seus clientes. Já sei que vem de outro ambiente e não está acostumada.

— Eu nunca conseguiria fazer isso.

— É mais bonita do que qualquer outra. Sabe o que poderia ganhar?

— Não — repetiu Caridad. — Além disso, que exemplo daria à minha filha? Ela é quase uma moça.

Cecilia suspirou.

— Lamento dizer isso, mas se você não trabalhar não poderá mais ficar aqui. Não uso esse quarto há meses, estou perdendo dinheiro. Há duas moças interessadas em ocupá-lo.

— Assim que conseguir um trabalho, poderei lhe pagar por ele. As pessoas precisam de criadas...

— Ninguém quer crianças dos outros em casa — afirmou dona Cecilia.

Caridad olhou para ela, apavorada.

— Eu poderia... eu poderia...

— Estou oferecendo a você o que não ofereço a nenhuma: escolher os clientes... Acredite, isso subirá sua cotação.

— Não sei — gaguejou. — Deixe-me pensar.

— Não tenha medo. Levo a vida toda neste ofício, e não é tão ruim quanto dizem.

— A vida toda?

— Desde que era menina.

— Como...? — indagou. — Como aconteceu?

— Eu vivia nas proximidades da Ladeira Del Ángel e brincava nas ruas seminua, sem casa e sem família, sobrevivendo do jeito que dava. Já começava a ter peitos, mas não me dava conta. Fui recolhida por uma mulher que vendeu minha virgindade por uma fortuna, e aqui estou: não morri. — Riu suavemente. — As coisas correram tão bem para mim, que até sou personagem de um romance.

— Um romance? — repetiu Caridad, que não entendia como alguém vivo podia aparecer num livro.

— Quando ainda andava na pior pelas ruas, chamei a atenção de um advogado que tinha largado o escritório para virar professor. Sempre que me via, ele me chamava e me dava moedas ou balas. Acho que se apaixonou por mim, embora eu só tivesse 12 anos e ele devesse estar na casa dos trinta. Depois que me levaram para o prostíbulo, deixei de vê-lo, mas acabei sabendo por um cliente que o professor tinha escrito um romance e que a protagonista tinha o mesmo nome que eu.

— Ele escreveu a sua história? — perguntou Caridad, subitamente interessada.

— É claro que não! Ele não sabia nada sobre mim. Sua Cecilia Valdés e eu só tínhamos em comum o nome e o fato de ter brincado de pega-pega na Ladeira Del Ángel.

— Você leu o romance?

— Um cliente me contou o enredo. Meu Deus! Precisa ver as coisas que dom Cirilo inventou. Imagine que no romance eu era uma moça inocente enganada por um rapaz branco e rico que me seduzia, e ao final descobria-se que éramos meios-irmãos. Que perversidade! Ao final, o rapaz rico paga com a vida, pois um negro ciumento atira nele na saída da igreja no momento em que está se casando com uma dama de alta estirpe. Eu fico louca e acabo num manicômio... Como podem os escritores inventar tantos absurdos? — Franziu o cenho e pareceu se perder em seus pensamentos. — Sempre achei que devem ser meio loucos.

— E alguma vez voltou a vê-lo?

— Dom Cirilo? Encontrei-o um dia por acaso. Tinha estado preso, parece que por causa de política, e saiu do país; mas retornou depois de um indulto. Acontece que ele me considerava o grande amor da sua vida, embora nunca tenhamos trocado nem um beijo sequer. Não me deixou em paz enquanto não lhe disse o meu endereço. E você acredita que veio várias vezes ao prostíbulo, perguntando por mim?

— Você falou com ele?

— Nem que estivesse louca. Eu já tinha contado a história à proprietária anterior, que se assustou mais do que eu. Cada vez que ele aparecia, ela dizia que eu estava ocupada. Nunca quis me envolver com lunáticos — suspirou. — Mas um dia nos encontramos na rua e fiquei com pena. Então aceitei um convite para jantar. Ele veio me visitar antes de ir embora para Nova York. Depois retornou algumas vezes a Havana, e sempre me trazia flores ou doces, como se eu fosse uma grande dama. A última vez foi há três anos. Ele já estava com mais de 80 anos, e ainda apareceu aqui com um buquê de rosas.

— Ele voltou para Nova York?

— Sim, e morreu logo depois... Mas a vida tem coisas estranhas. Lembra-se daquele jovem que se aproximou de nós quando você estava vindo para cá?

— Sim.

— Chama-se Leonardo, da mesma forma que o senhorito branco do romance. Alguns dias depois que dom Cirilo morreu, ele apareceu na minha porta. Queria que o atendesse, mas nesta idade não estou mais para essas coisas. Já veio várias vezes e sempre vai embora furioso com as minhas recusas, sem se interessar pelas moças. Às vezes acho que ele é o espectro do próprio Cirilo, ou uma maldição que me deixou com aquele romance... Bem, agora ele está obcecado por você.

Dona Cecilia pareceu sair do seu devaneio e deu uma palmada na testa.

— Como não pensei nisso antes? Sabe quem é o seu orixá de cabeça?

— Acho que é Oxum.

— Deixe que eu lhe faça um pedido. Vai tirar o medo que você tem dos homens, você vai ver.

Caridad hesitou por alguns segundos. Não sabia se continuava negando ou se deixava que a mulher fizesse o que queria. Ela não acreditava que nenhum orixá pudesse tirar seus escrúpulos, mas não disse nada. Provavelmente a cerimônia lhe daria alguns dias a mais para pensar no que devia fazer. Uma única coisa a preocupava.

— Não quero que Mechita fique sabendo de nada.

— Vamos fazer isso à meia-noite, quando ela estiver dormindo.

Mas Mercedes não dormiu nessa noite. Um canto monótono e vibrante afastou o sono que começava a pesar sobre suas pálpebras. Ela deslizou da cama e viu que sua mãe não estava na dela. Abriu a porta sem que ninguém percebesse, mas só viu o fulgor da lua que banhava o pátio deserto. Seguindo a voz, avançou pelo corredor até uma vidraça de onde saía uma luz trêmula e amarela. Sem fazer barulho, procurou uma cadeira e subiu para espiar. Num canto, uma anciã sem dentes se balançava ao ritmo do seu próprio canto, enquanto nhá Ceci derramava um líquido oleaginoso na cabeça de uma mulher nua. O cheiro forte do mel feriu seu olfato. O *oñí* — como dizia sua mãe com a mesma palavra que Dayo, a avó escrava, usava — fazia brilhar a pele dela.

— *Oxum Jejé Moró*, rainha das rainhas, derramo este mel sobre o corpo de sua filha e rogo em seu nome que lhe permita servi-la — dizia nhá Cecilia, girando em torno da figura imóvel. — Ela quer ser forte, ela quer ser livre para amar sem compromissos. Por isso lhe peço, *Oxum Jejé Kari*, liberte-a dos seus pudores, deixe-a sem medo e sem vergonha...

As chamas das velas se agitaram diante de uma corrente de ar invisível, como se alguém abrisse uma porta lateral. A mulher, que até o momento permanecia imóvel, pareceu estremecer sob uma rajada gelada e deslizou as mãos por suas coxas, espalhando o *oñí*. Mercedes não conseguia ver o rosto dela, apesar da lua que brilhava na janela.

— *Oxixé iváa ma, Oxixé iváa ma omodê ka sirê ko bará bi lo sôoo...* — cantou a anciã negra com voz abafada, enquanto a mulher começava a rir com suavidade e a mover-se numa dança estranhamente sensual.

A menina sentiu uma comichão entre as pernas. No fundo, desejou que o mel caísse também sobre ela e se misturasse com o orvalho que molhava a cidade e seus habitantes. Gostaria de se perder naquele transe que fazia a mulher rir como se fosse louca e agitar os quadris com um tremor telúrico.

Nhá Cecilia se afastou dela. Agora a ancestral voz africana transformava o ritmo em uma cadência sensual e agitada como o galope de uma besta. A mulher nua dobrou-se sobre si mesma e gemeu.

— Ela é sua, Leonardo — disse dona Cecilia.

Das sombras surgiu uma figura. Mercedes reconheceu imediatamente o homem que as tinha assustado. A mulher deu as costas para o homem que se aproximava, e, pela primeira vez, a menina viu o rosto da sua mãe. O homem a tocou, mas sua mãe, em vez de repudiá-lo, deixou que a acariciasse.

O pátio começou a girar em volta de Mercedes, e tudo ficou mais escuro que a noite. A lua desapareceu, e o mundo também.

Leonardo tomou o corpo nu de Caridad em seus braços e entrou com ela num dos quartos, enquanto o canto continuava estremecendo a noite. Dona Cecilia abriu a porta a fim de sair para o pátio e encontrou a menina desmaiada. Logo compreendeu o que tinha acontecido. Pegou-a nos braços e levou-a até sua cama. Procurou água em uma bacia próxima, mas não havia. Lembrou-se do pote de mel que tinha deixado perto da porta e foi buscá-lo. Pegou um pouco com o dedo e umedeceu com ele os lábios e as têmporas da menina. A forte doçura do *oñí* pareceu reavivá-la.

— Parece que andou sonhando — disse-lhe dona Ceci quando se encontrou com o olhar da menina. — Caiu da cama.

Mercedes não disse nada. Fechou os olhos para que a deixasse sozinha, e foi isso que dona Cecilia fez.

Assim que a porta se fechou, sentou-se na cama e achou o pote de mel. Sem pensar, colocou a mão na vasilha. Do lado de fora, os tambores continuavam adorando o orixá do amor, enquanto Mercedes untava com mel todas as curvas do seu corpo. *Oñí* para os seus ardores, fogo para a sua impaciência... O feitiço de Oxum tinha penetrado nela.

TERCEIRA PARTE

A cidade dos oráculos

Das anotações de Miguel

FICAR NA CHINA:

Em Cuba, quando alguém diz "Fulano ficou na China", isso não significa que a pessoa tenha decidido permanecer nesse país, mas sim que não entendeu nada do que viu ou ouviu.

É provável que a frase tenha surgido da incomunicação ou confusão que os imigrantes chineses recém-chegados à ilha experimentavam, sem nenhum conhecimento do idioma, diante de uma cultura tão diferente daquela que haviam deixado.

Noite cubana

Os homens mais bonitos do mundo passeavam por South Beach. Cecilia e Lauro deram uma fugida do jornal para ir almoçar nessa região cheia de butiques e cafés ao ar livre.

Enquanto devorava uma salada de rúcula, queijo roquefort e nozes, ela pensava no seu estranho destino: sem pais nem irmãos, definhava sozinha numa cidade onde nunca imaginara que viveria. Não estranhava ter assistido àqueles cursos sobre a aura. Depois do primeiro, voltara para assistir ao segundo, e depois ao terceiro... Lauro brincava, dizendo que um namorado a curaria desses arrebatamentos. Ela o ignorara, embora no fundo se perguntasse se ele não teria razão. Não estaria inventando emoções para ignorar carências mais terrenas?

Ainda estava às voltas com a salada, quando Lauro, cansado de esperar, abriu o jornal.

— Veja isto — disse ele. — Agora que você deu para ser mística, talvez possa lhe interessar.

Separou uma página e entregou a ela.

— O que eu tenho a ver com isso?

O rapaz procurou a matéria e mostrou-a com o dedo antes de voltar para sua leitura. Era o anúncio de outra conferência no Atlantis, a loja de Lisa: "Martí e a reencarnação". Quase riu diante dessa audácia.

— Você quer ir? — perguntou ela.

— Não, tenho melhores ofertas para a noite.

— Você é quem perde.

Um garçom levou os pratos vazios, e outro trouxe os cafés.

— Meu Deus! — exclamou Lauro, olhando o relógio. — Vamos pedir a conta. Estamos aqui há quase uma hora e ainda faltam três artigos para traduzir.

— Temos tempo.

— E preciso ligar para a agência de viagens a fim de saber do cruzeiro. Não quero perder a queda do muro por nada.

— O muro que ia cair já caiu.

— Estou falando do muro do Malecón. Quando o velho de Roma aterrissar em Havana, com sua batina branca toda vaporosa, você vai ver a confusão que vai se armar na ilha.

— Não vai acontecer nada.

— Ele continua dormindo deste lado, mas eu quero estar na primeira fila quando soarem as trombetas de Jericó.

— Naquele país de loucos, a única trombeta que você vai ouvir é a corneta chinesa dos blocos.

O sol se punha. Meia hora depois de chegar em casa, já estava pronta para os seus exercícios. Foi apagando as luzes até ficar numa penumbra em que mal se podiam distinguir os objetos. Era do que precisava. Ou, pelo menos, o que Melisa recomendara em suas palestras.

Arrastou a palmeira anã que enfeitava um canto e colocou-a contra a parede. Sentou-se a alguns passos do vaso de cerâmica, fechou os olhos e tentou se acalmar. Depois entreabriu as pálpebras e observou a planta, mas sem fixar a vista nela. Lembrava-se bem das instruções: "Olhar sem ver, como se não interessasse o que está em frente." Acreditou perceber uma linha leitosa na borda das folhas. "Talvez seja uma ilusão", pensou. O halo aumentou. Cecilia teve a impressão de que pulsava suavemente. Dentro, fora, dentro, fora... como um coração de luz. Estaria vendo a aura de um ser vivo?

Fechou de novo os olhos. Quando voltou a abri-los, uma claridade lunar rodeava a palmeira; mas não provinha de uma fonte externa. Brotava de suas folhas, do tronco fino e gracioso que se curvava em reverência, até a terra onde se ancoravam as raízes. Cuba, sua pátria, sua ilha... por que se lembrava dela agora? Seria por causa daquela luminescência leitosa? Na sua cabeça viu a lua sobre o mar de Varadero, sobre os campos de Pinar del Río... Pareceu-lhe que lá a lua iluminava diferente, como se estivesse viva. Ou talvez tivesse se contagiado com aqueles velhos que diziam que em Cuba tudo tinha sabor, cheiro e cor diferentes... como se a ilha fosse o paraíso ou estivesse em outro planeta. Tentou afastar essas idéias. Se sua ilha tinha sido um paraíso, agora era maldito; e as maldições não se levavam no coração. Pelo menos, não no dela.

Fatigada, abriu os olhos. O halo parecia se consumir, mas não desapareceu de todo. Ela se levantou e acendeu a luz. A planta deixou de ser um espectro fosforescente para se transformar numa vulgar palmeirinha plantada num vaso de barro. Teria ela visto realmente alguma coisa? Suspeitou que tinha feito papel de idiota.

"Ainda bem que ninguém me viu", pensou.

Olhou o relógio. Dentro de uma hora começaria a quarta palestra do ciclo. Ela arrastou a planta até seu lugar e apagou a luz antes de entrar no seu quarto. Não ficou para ver a claridade prateada, que ainda flutuava em torno das folhas.

Lauro acompanhou-a a contragosto, chateado com sua mudança de planos para a noite. Quando chegaram à livraria, havia umas quarenta pessoas zumbindo como abelhas enlouquecidas.

— Aquela fofoqueira — murmurou Lauro, arrastando-a para o outro lado do salão e apontando dissimuladamente para um rapaz que conversava com duas mulheres. — Não quero nem que chegue perto de mim.

— Oi, Lisa — disse Cecilia.

A moça se voltou.

— Oi. Tudo bem?

— Hoje eu trouxe o gravador. Há um local próximo onde...

— Sinto muito, Ceci. Hoje também não vai dar para conversarmos.

— Mas faz três semanas que estou deixando recados para você. Vim às duas últimas conferências e tampouco a encontrei.

— Desculpe, estive doente e ainda não me sinto bem. Se não fosse por uma amiga que me ajudou...

Um rumor junto à porta indicou que o orador tinha chegado. A princípio, Cecilia não soube distingui-lo no grupo que acabava de entrar. Para sua surpresa, uma anciã quase centenária se aproximou da mesa onde estava o microfone, equilibrando-se com muita dificuldade em sua bengala.

— Vejo você depois — sussurrou Lisa, afastando-se.

Não havia mais cadeiras, mas o tapete parecia novo e limpo. Cecilia se sentou com Lauro perto da porta.

— Pode acreditar que aquele sujeito sempre dá um jeito de armar uma intriga onde quer que esteja — cochichou Lauro no seu ouvido. — Quando eu estava em Cuba, fez com que dois amigos meus brigassem porque... Ai, não posso acreditar! Aquele é o Gerardo?

Levantou-se de um salto e saiu em disparada para o outro lado do salão. Cecilia colocou sua bolsa no espaço abandonado, mas alguns segundos depois Lauro fez sinal de que ficaria ali.

A anciã começou sua palestra lendo vários textos em que Martí falava do retorno da alma depois da morte para prosseguir sua aprendizagem evolutiva. Depois citou um poema que parecia conceber o sofrimento do seu país como resultado da lei do carma, como se o extermínio da raça indígena e as matanças de escravos negros exigissem uma purgação por parte das almas reencarnadas na posteridade. Cecilia a ouvia boquiaberta. Então o apóstolo da independência cubana era quase espírita...

Quando a palestra acabou, quis se aproximar da anciã, mas parecia ter mais gente querendo falar com ela do que na palestra. Desistiu da idéia e foi até o balcão onde Lisa se esforçava por atender aos clientes. Também não conseguiu se aproximar dela. Resolveu esperar enquanto explorava as estantes.

Miami tinha se transformado num enigma. Ela começava a suspeitar de que ali se conservava certa espiritualidade que os mais velhos tinham resgatado afetuosamente da hecatombe; só que aquela atmosfera se ocultava nos pequenos cantos da cidade, afastados muitas vezes das rotas turísticas. Talvez a cidade fosse uma cápsula do tempo; um porão onde se guardavam os trastes de um antigo esplendor, à espera da volta ao seu lugar de origem. Ela pensou na teoria de Gaia sobre as múltiplas almas de uma cidade.

— Ouça, minha filhinha, faz meia hora que estou falando com você, e você nem olha para mim.

Lauro bufava indignado.

— O quê?

— Nem pense que vou contar tudo de novo. O que está acontecendo com você?

— Estou pensando.

— Sim, em alguma coisa, menos no que eu estava falando.

— Miami não é o que parece.

— O que quer dizer com isso?

— Por fora parece fria, mas por dentro não é.

— Ceci, *please*, já tive a minha dose de metafísica. Agora quero ir ao Versailles tomar um café com leite, comer umas *masitas* de porco e me pôr em dia com as fofocas do festival de dança de Havana. Quer vir?

— Não, estou cansada.

— Então, nos vemos amanhã.

Cecilia comprovou que logo faltariam poucos minutos para a loja fechar. Tirou das prateleiras um exemplar do *I Ching* e, ao virar-se, esbarrou numa moça.

— Desculpe — murmurou Cecilia.

— Você é como eu — sussurrou a jovem como única resposta. — Anda com os mortos.

E sem dizer mais nada se afastou, deixando Cecilia pasmada. Outra louca solta por Miami. Por que justamente ela tinha que encontrá-la? Bom, isso lhe acontecia por estar em lugares aonde ia esse tipo de gente.

— Conhece essa moça que acaba de sair? — perguntou a Lisa quando se aproximou do caixa com seu *I Ching*.

— Claudia? Sim, é a amiga que me ajudou. Por quê?

— Por nada.

Viu como procurava uma sacolinha para colocar o seu livro.

— Podemos nos ver na quarta-feira ao meio-dia — propôs Lisa, lamentando não ter podido cumprir sua promessa anterior.

— Tem certeza? Olhe que da outra vez eu fiquei plantada.

— Conversaremos na minha casa — disse Lisa, escrevendo um endereço no recibo da compra. — Não precisa ligar para confirmar, a menos que seja você quem não esteja disponível. Estarei lhe esperando.

Uma vez na rua, Cecilia respirou aliviada. Por fim, poderia terminar sua matéria.

Seu carro estava no final da rua, mas ela não precisou se aproximar muito para notar que um dos pneus estava murcho. Estaria furado ou só descalibrado? Agachou-se para examiná-lo, embora não tivesse idéia do que devia procurar. Um buraco? Uma rachadura? O ar podia sair por um orifício invisível. Como saber o que estava acontecendo com a droga do pneu?

Uma sombra caiu sobre ela.

— *Dou you need help?*

Cecilia deu um pulo. A lâmpada às costas do desconhecido a impedia de ver o rosto dele, mas ela logo percebeu que não se tratava de um delinqüente. Vestia um terno que, mesmo à contraluz, parecia elegante. Ela se virou para ver o rosto dele. Alguma coisa na sua aparência lhe indicou que não era americano. E naquela cidade, quando alguém não era gringo, tinha 99 por cento de chance de ser latino.

— Acho que furou o pneu — aventurou-se ela no seu espanhol cubanizado.

— *Yes, you're right*. Tem como trocá-lo? — perguntou o homem, pulando de um idioma a outro com naturalidade.

— Há um estepe no porta-malas.

— Quer ligar para a Triplo A?...Bem, se não está com o celular, pode usar o meu.

Lauro havia dito mil vezes. Uma mulher precisa contratar um serviço de socorro para estradas. O que iria fazer se o seu carro quebrasse em plena via expressa ou no meio da noite, como agora?

— Não tenho Triplo A.

— Bem, não se preocupe. Eu troco o pneu .

Não era um homem especialmente bonito, embora muito atraente. E exalava masculinidade por todos os poros. Cecilia o observou enquanto trocava o pneu, uma operação que havia visto muitas vezes, mas que não era capaz de repetir.

— Não sei como agradecer — disse ela, estendendo uma loção de limpeza que sempre carregava na bolsa.

— Não foi nada... *By the way*, meu nome é Roberto.

— Cecilia, muito prazer.

— Mora perto daqui?

— Mais ou menos.

— É cubana?

— Sim, e você?

— Também.

— Sou de Havana.

— Eu nasci em Miami.

— Então não é cubano.

— Sou, sim — insistiu ele. — Nasci aqui por acaso, porque meus pais foram...

Não era a primeira vez que Cecilia se confrontava com esse fenômeno. Era como se o sangue ou os genes surgidos da ilha fossem tão fortes que era preciso mais de uma geração para renunciar a eles.

— Posso convidá-la para jantar?

— Obrigada, mas acho que não...

— Se decidir, ligue. — Tirou um cartão do bolso e o deu a ela.

Várias ruas adiante, Cecilia aproveitou a parada num sinal vermelho para ler o cartão: Roberto C. Osorio. E uma frase em inglês que teve que reler. Dono de uma concessionária de automóveis? Nunca tinha conhecido ninguém que se dedicasse a isso. Mas poderia ser uma mudança interessante, o começo de uma aventura... Teve um instante de pânico. As mudanças a apavoravam. As mudanças na sua vida nunca tinham sido boas.

Chegou ao apartamento sem vontade de cozinhar. Abriu uma lata de sardinhas, outra de peras em calda e pegou algumas bolachas. Comeu de pé, em frente ao balcão da cozinha, antes de se sentar para ler o *I Ching*. No meio da leitura, teve a idéia de fazer uma consulta ao oráculo só para ver o que dizia. Depois de jogar três moedas seis vezes, obteve o hexagrama 57: *Sun*, O suave (o penetrante, o vento). O juízo foi: "É propício ter aonde ir. É propício visitar o grande homem." Não se deu ao trabalho de ler as diferentes linhas separadamente. Se tivesse feito isso, talvez tomasse outra decisão em vez de ligar para o número que aparecia no cartão.

Deixou um recado e desligou. Agora só restava esperar... mas não na solidão do seu refúgio.

Se me compreendesses

Subiram ao navio, empurrados pela maré humana que se espremia no cais, mas antes tiveram que pagar uma soma exorbitante: alguns brincos de ouro e dois braceletes de prata. Graças àquele punhado de jóias que Kui-fa resgatara, a família conseguiu um espaço no convés. Antes de zarpar, tinham conseguido vender o terreno e a casa, embora a um preço muito menor do que valiam. Embalados pelo furioso balanço, marido e mulher fizeram planos, contando o dinheiro e as jóias que poderiam ajudá-los a começar uma nova vida. Os outros refugiados estavam muito enjoados e dormiam quase todo o tempo. Ou era o que parecia.

Dois dias antes de chegar, alguém roubou o seu pequeno tesouro. As autoridades revistaram muitos passageiros, mas a aglomeração era tão grande que foi impossível realizar uma investigação a fundo. Síu Mend sentiu que o pânico o invadia. Confiava na ajuda do avô, mas a idéia de chegar a um país estranho sem nada para oferecer o apavorava. Ofereceu-se aos seus antepassados, pensando na cidade que os aguardava.

O cheiro do mar tinha mudado, agora que a embarcação balançava suavemente sobre as águas escuras do Caribe.

— Olhe, Pag Li, a lua está cheia — sussurrou Kui-fa ao ouvido do filho.

Estavam encostados na amurada, contemplando a claridade que surgia no horizonte. De vez em quando, uma rajada de luz cintilava em meio àquele resplendor.

— O que é aquilo, pai?

— O Farol. — E, adivinhando a pergunta nos olhos do filho, esclareceu: — Uma lanterna gigante que serve de guia para os navios à noite.

— Uma lanterna gigante? De que tamanho?

— Do tamanho de um pagode. Talvez maior...

E continuou descrevendo para Pag Li outras maravilhas. O menino ouvia com espanto as histórias sobre criaturas que tinham a pele negra, divindades que entravam nos corpos de homens e mulheres para obrigá-los a executar danças selvagens... Ah! E a música. Havia música em toda parte. Os ilhéus se reuniam em família e ouviam música. Cozinhavam ao som de música. Quando estavam estudando ou lendo, a música os acompanhava nesses momentos que deviam ser de silêncio e recolhimento. Aquela gente parecia incapaz de viver sem música.

Kui-fa olhou para a lua, que parecia rodeada por uma aura sobrenatural. Seu aspecto de gaze brumosa multiplicava a sensação de irrealidade. Ele compreendeu que sua vida anterior tinha desaparecido para sempre, como se também tivesse morrido junto com o resto da sua família. Talvez seu cadáver repousasse nos campos de arroz, enquanto seu espírito navegava rumo a uma cidade desconhecida. Talvez estivesse se aproximando da mítica ilha onde estava o trono de Kuan Yin.

"Deusa da Misericórdia, senhora dos aflitos!", rogou Kui-fa. "Aplaque-me os temores, zele pelos meus entes queridos." E continuou rezando, enquanto a manhã despontava e o casco de navio se aproximava, com sua esgotada carga, à ilha onde deuses e mortais coexistiam sob um mesmo céu.

Mas nenhum relato de Síu Mend teria conseguido prepará-la para a visão que apareceu diante dos seus olhos, no meio da manhã, brilhando no horizonte. Um muro estreito e branco, semelhante a uma muralha da China em miniatura, protegia a cidade do embate das ondas. O sol parecia colorir os edifícios com todos os tons do arco-íris. E ela viu os molhes. E o porto. Todo aquele mundo matizado e sobrenatural. Que multidão de gente estranha. Como se as dez regiões infernais tivessem deixado escapar seus habitantes. E os gritos. E as roupas. E aquela língua gutural.

Depois de descer do navio, e guiando-se por suas lembranças, Síu Mend os conduziu através das intrincadas ruelas. De vez em quando cruzava com algum conterrâneo e pedia informações em sua língua. Kui-fa notava os olhares de todos, incluindo os dos próprios chineses. Não demorou para perceber que suas roupas eram estranhas no úmido calor da cidade, cheia de mulheres que mostravam as pernas sem nenhuma vergonha e que usavam vestidos que permitiam adivinhar suas formas.

Mas era Pag Li quem mostrava maior entusiasmo com tanta festa para os sentidos. Já tinha notado que, de uma calçada a outra, e às vezes da rua, os meninos lançavam moedas com a intenção de golpear ou alcançar outras. Não entendia bem no que consistia o jogo, mas se percebia que havia uma febre daquele passatempo, que se repetia de rua em rua e que provocava gritos e discussões entre os participantes.

Por fim, a família entrou num bairro cheio de conterrâneos, onde o cheiro de incenso e vegetais cozidos flutuava no ar, mais onipresente do que o cheiro do mar.

— Tenho a impressão de ter voltado para casa — disse com um suspiro Kui-fa, que não abrira a boca em todo o trajeto.

— Estamos no Bairro Chinês.

Kui-fa se perguntou como retornaria àquela região se alguma vez tivesse que sair dela. Em cada esquina havia uma placa de metal com o nome da rua, mas isso não lhe serviria de nada. Com exceção dos cartazes que inundavam aquele bairro, o resto da cidade exibia um alfabeto ininteligível.

Consolou-se ao relembrar a quantidade de rostos asiáticos que tinha visto.

— Vô! — gritou Síu Mend, ao avistar um ancião que fumava placidamente numa escada. O velho pestanejou duas vezes e ajustou os óculos antes de se levantar e abrir os braços.

— Filho, pensei que não voltaria a vê-lo.

Abraçaram-se.

— Como você está vendo, eu voltei... e trouxe o seu bisneto.

— Então este é o seu primogênito.

Observou o menino com ar distante, embora fosse evidente que desejava beijá-lo. Finalmente se contentou com acariciar suas bochechas.

— E essa é sua mulher?

— Sim, honorável Yuang — disse ela, fazendo uma ligeira reverência.

— Como me disse que se chamava?

— Kui-fa — disse ele.

— Você tem sorte.

— Sim, é uma boa mulher.

— Não digo por isso, mas sim pelo nome.

— O nome?

— Precisarão buscar um nome ocidental para se relacionar com os cubanos. Há um muito comum que significa a mesma coisa que o dela: Rosa.

— *Losa* — repetiu ela com dificuldade.

— Logo aprenderá a pronunciá-lo. — Ficou olhando com tardia surpresa. — Por que não me avisou que viria? A *Voz do Povo* publicou alguma coisa sobre uns distúrbios, mas...

O rosto de Síu Mend se fechou.

— Vô, tenho más notícias.

O ancião olhou para o neto, e seu queixo tremeu ligeiramente.

— Vamos para dentro — murmurou com um fio de voz.

Síu Mend levantou a pipa de água que repousava junto à porta, e os quatro entraram na casa.

*

Nessa noite, quando o pequeno Pag Li já dormia no improvisado leito da sala, o casal se despediu do ancião e entrou num quarto que seria seu até que pudessem ter um teto próprio.

— Amanhã irei ver o Tak — sussurrou Síu Mend, lembrando-se do comerciante que tinha tido negócios com o falecido Weng. — Não serei uma carga para o meu avô.

— Você é parte do negócio familiar.

— Mas cheguei sem nada — disse Síu Mend. — Se não tivessem roubado tudo...

Captou a expressão de Kui-fa.

— O que está acontecendo?

— Vou lhe mostrar uma coisa — sussurrou. — Mas prometa que não vai gritar... A casa é pequena e se ouve tudo.

Síu Mend assentiu, mudo de espanto.

Com parcimônia, sua mulher se deitou na cama, abriu as pernas e começou a beliscar com o dedo a abertura por onde tantas vezes ele tinha penetrado e por onde seu filho chegara ao mundo. Uma esferazinha nacarada emergiu da flor avermelhada que era o sexo dela, como um inseto brotando magicamente das pétalas. Daquela cavidade, esconderijo natural de toda fêmea, foi saindo o colar de pérolas que Kui-fa levava consigo desde que Síu Mend a deixara sozinha no canavial. Com ele dentro, tinha suportado a longa travessia onde os despojaram de quase tudo que levavam, exceto esse colar e outra coisa que não lhe mostrou. Agora colocou as pérolas diante do marido, como uma oferenda que este recebeu maravilhado e estupefato.

O homem olhou para Kui-fa como se ela fosse uma desconhecida. Deu-se conta de que ele nunca teria tido imaginação — e talvez nem coragem — para fazer uma coisa daquelas e pensou que sua esposa era uma mulher excepcional; mas não disse nada disso em voz alta. Enquanto tocava o colar, limitou-se a murmurar:

— Acho que já podemos ter o nosso próprio negócio.

Sua mulher só soube o quanto ele estava emocionado quando ele apagou a luz e se jogou em cima dela.

Começou então uma vida completamente diferente para Pag Li. Em primeiro lugar, ganhou um nome novo. Já não se chamaria Wong Pag Li, mas Pablo Wong. Seus pais seriam agora Manuel e Rosa. E ele começou a pronunciar suas primeiras palavras naquele idioma diabólico, ajudado por seu bisavô Yuang, que para os cubanos era o respeitável *mambí* Julio Wong.

A família se mudou para um quartinho na vizinhança. Toda madrugada, Pablito partia com seus pais para arrumar o pequeno armazém que tinham comprado próximo à esquina entre Zanja e Lealtad com a idéia de transformá-lo numa lavanderia. Ainda meio dormindo, o menino ia tropeçando pelas ruas escuras, arrastado pela mãe, e só se animava quando começava a carregar objetos de um lado para outro.

Trabalhavam até bem depois do meio-dia. Então iam a uma hospedaria e comiam arroz branco e peixe com verduras. Às vezes o menino pedia *bollitos de carita,* frituras deliciosas feitas com massa de feijão. E, uma vez por semana, seu pai lhe dava alguns centavos para que fosse à sorveteria do chinês Julián e provasse algum dos seus sorvetes de frutas — sapoti, coco, graviola —, que tinham fama de ser os mais cremosos da cidade.

Nas tardes, quando voltavam para casa, encontravam Yuang sentado na soleira, contemplando a movimentada vida do bairro enquanto fumava.

— Boa tarde, vô — cumprimentava Pag Li com respeito.

— Boas, *Tigrillo* — respondia Yuang. — Conte, o que fizeram hoje?

E ouvia o relato do rapaz, enquanto socava seu cachimbo de bambu. Tinha construído aquele artefato com uma enorme vasilha de lata, da qual cortara a parte de cima. Depois de enchê-la de água até a metade, sentava-se na escada. Na outra parte da lata, colocava carvão em brasa. O cachimbo era um cano grosso de bambu no qual ele inseria um tubo fino num lado. Dentro desse ramo oco, introduzia tabaco picado em forma de bolinhas e o acendia com um jornal enrolado, o qual aproximava das brasas. Era um ritual que Pablito não perdia por nada no mundo, apesar do cansaço com que voltava do armazém. Não alterou esse costume nem sequer quando começou a ir à escola.

Agora que tinha que andar sozinho pela redondeza, seu bisavô ensinava sobre alguns perigos que pareciam imaginários para o garoto.

— Quando vir um chinês vestido como um branco rico, afaste-se dele; o mais provável é que seja um desses gângsteres que extorquem os negócios das pessoas decentes. E se vir alguém gritando e distribuindo papéis, não se aproxime; a polícia pode estar por perto e prendê-lo por achar que você anda apoiando a agitação dos dirigentes sindicais...

E assim o ancião ia enumerando todas as possíveis encrencas que espreitavam no mundo. Pablito notava, no entanto, que o bisavô tinha palavras mais suaves para os agitadores ou dirigentes sindicais, para os "revolucionários", como os chamava às vezes. Mas, embora tivesse lhe perguntado várias vezes o que eles faziam, o velho respondia apenas:

— Você ainda não tem idade para se ocupar dessas coisas. Primeiro estude, e depois veremos.

Então Pablo se sentava entre as crianças e tentava adivinhar o tema da aula por meio das ilustrações e dos desenhos, mas o seu espanhol macarrônico era objeto de gozações. E, embora dois colegas de origem cantonesa o ajudassem, voltava para casa muito deprimido. De qualquer maneira, esmerava-se para encher seu caderno de signos e balbuciar as lições entendidas pela metade.

Às tardes, como sempre, ia conversar com o ancião. Desfrutava sobretudo as histórias que às vezes pareciam um ciclo lendário da dinastia Han. Nesses relatos havia um personagem do qual o menino gostava especialmente. Seu bisavô o chamava de "o Buda iluminado". Devia ter sido um grande feiticeiro, pois, embora Yuang insistisse em que muitas vezes não compreendia bem o que ele falava, nunca conseguira deixar de segui-lo a todas as partes; e sempre falava de uma luz que via quando ele chegava.

— *Akun* — pedia o menino quase diariamente, na sua mistura habitual de cantonês e espanhol —, conte sobre o Buda iluminado com quem você foi lutar.

— Ah! O respeitável *apak* José Martí.

— Isso, Maltí — animava-o o menino, lutando com os erres.

— Um grande santo...

E o bisavô lhe contava sobre o apóstolo da independência cubana, cujo retrato estava em todas as salas de aula; e lembrava a noite em que o conhecera, numa reunião secreta a que o levaram outros *coolies*, quando a liberdade ainda era um sonho. E de como, sendo ainda um menino, tinha ido para a prisão, tendo que arrastar um grilhão com uma bola enorme; grilhão do qual tinha feito um anel que levava consigo para não se esquecer nunca da afronta.

— E o que mais? — animava-o o rapaz quando o bisavô estava quase cochilando.

— Estou cansado — queixava-se ele.

— Bem, *akun*, quer que ligue o rádio?

Então se sentavam para ouvir as notícias que chegavam da pátria longínqua, que Pag Li começava a esquecer.

E enquanto o menino aprendia a conhecer o seu novo país, Manuel e Rosa foram se enchendo de clientes que, atraídos pela fama de sua lavanderia, solicitavam cada vez mais os seus serviços. Logo tiveram que empregar outro conterrâneo para que entregasse a roupa em domicílio. Às vezes Pablito também ajudava, e, como nenhum de seus pais escrevia nem lia espanhol, teve que aprender de cor os apelidos com que tinham batizado os clientes.

— Leve o terno branco para o mulato da pinta na testa, e os dois pacotes para a velha desconfiada.

E Pablito procurava o terno com o papel onde se lia em cantonês "mulato com pinta" e os dois pacotes amarrados que diziam "velha bruxa", e os entregava aos seus donos. Do mesmo modo, anotava os nomes dos clientes de quem recolhia a roupa suja. E, na frente de dom Efraín del Río, escrevia "caipira efeminado"; e no recibo da senhorita Mariana, que se dava ao trabalho de pronunciar bem o seu nome ("Ma-ri-a-na") para que o chinês o entendesse, escrevia, com expressão muito séria, "moça do cachorro torto"; e no da esposa do padeiro punha "mulher faladeira"... e assim por diante.

Esses primeiros tempos foram de descobrimento. Pouco a pouco, as aulas começaram a fazer sentido. A professora, percebendo o seu interesse, empenhou-se em ajudá-lo; mas isso significou duplicar suas tarefas escolares.

Agora tinha menos tempo para conversar com o bisavô. Ao voltar da aula, ia pulando pelas calçadas, ouvindo as canções que vinham dos bares onde os músicos iam beber ou comer. Pag Li não parava para prestar atenção, embora desejasse ouvir mais daquela música contagiosa que estremecia o sangue. Ia direto, passava em frente à porta do velho Yuang e em seguida corria para enfiar a cabeça nos cadernos, até que sua mãe o obrigava a tomar banho e jantar.

Assim se passaram muitos meses, um ano, dois... E um dia Pag Li, o primogênito de Rosa e Manuel Wong, se transformou definitivamente no jovem Pablito, a quem os amigos também começaram a chamar de Tigrillo quando souberam o ano do seu nascimento.

Em outro país do hemisfério já seria outono, mas não na capital do Caribe. Os ventos açoitavam os cabelos dos seus habitantes, levantavam as saias das damas e faziam ondear as bandeiras dos edifícios públicos. Era o único sinal de que o tempo começava a mudar, pois a quentura do sol ainda castigava as peles.

Tigrillo retornava da taberna da esquina, depois de cumprir o pedido do seu pai: a aposta semanal na bolinha, uma loteria clandestina em que todos jogavam, em especial os chineses. A paixão pelo jogo era quase genética neles, tanto que sua famosa charada chinesa ou *chiffá* — que os primeiros imigrantes trouxeram para a ilha — havia permeado e contagiado o resto da população. Não existia cubano que não soubesse de cor a simbologia dos números.

A charada era representada pela figura de um chinês cujo corpo apresentava todo tipo de figuras acompanhadas por números: no topo da cabeça havia um cavalo (o número um); em uma orelha, uma borboleta (o dois); na outra, um marinheiro (o três); na boca, um gato (o quatro)... e assim, até o trinta e seis. Mas a bolinha tinha cem números, e por isso se acrescentaram novos símbolos e números.

A mãe de Tigrillo tinha sonhado na noite anterior que um grande aguaceiro levava os seus sapatos novos. Com esses dois elementos — água e sapatos — os Wong decidiram jogar no número 11 — que, embora equivalesse ao galo, também significava chuva — e no 31, que, embora fosse veado, também podia ser sapato. Aquela variedade de acepções se devia a que já se haviam criado outras charadas: cubana, americana, indiana... Mas a mais popular — e a que todos recitavam de cor — era a chinesa.

Antes de chegar ao bar onde o *bolitero* Chiong recolhia as apostas, o moço o viu conversando com um curioso personagem: um conterrâneo com terno e gravata ocidentais, e um fino bigodinho aparado, coisa bastante incomum num chinês... pelo menos naqueles que Pag Li conhecia. Chiong estava com cara de assustado e olhava em todas as direções. Procurava ajuda ou temia que o vissem? O instinto disse a Pag Li que se mantivesse à distância. Enquanto fingia ler os cartazes do cinema, observou com dissimulação como Chiong abria a caixa, tirava algumas notas e as entregava ao sujeito. A imagem avivou sua memória. "Quando vir um chinês vestido como um branco rico, afaste-se dele. O mais provável é que seja um desses gângsteres que extorquem os negócios das pessoas decentes...", advertira-o Yuang. Bom, a bolinha não era exatamente um negócio decente, mas o chinês Chiong não fazia mal a ninguém. Sempre se podia vê-lo naquele canto, cumprimentando os conterrâneos e dando informações aos transeuntes que as pediam.

O rapaz suspirou. De qualquer modo, não devia se meter em política. Assim que o homem se afastou, atravessou a rua e pagou pelas apostas com ar de quem não vira nada.

— Ei! Tigre!

Virou-se em busca da voz.

— Olá, Joaquín.

Joaquín era Shu Li, colega de aula nascido na ilha, mas filho de cantoneses.

— Estava procurando-o. Quer ir ao cinema?

Pablo pensou um pouco.

— Quando?

— Dentro de meia hora.

— Passarei para pegá-lo. Se não chegar a tempo, é porque não me deixaram ir.

Yuang estava sentado na soleira. Cumprimentou o rapaz com um aceno, mas ele correu para dentro de casa.

— Mãe, posso ir ao cinema? — perguntou em cantonês, como fazia sempre que falava com seus pais e, às vezes, com seu bisavô.

— Com quem?

— Shu Li.

— Está bem, mas primeiro leve esta roupa à casa do professor aposentado.

— Não o conheço.

— Mora ao lado do gravador de discos.

— Também não sei quem é. Por que não manda o Chiok Fun?

— Ele está doente. É preciso que você leve. Depois siga para a casa do Shu Li... E alegre-se de que seu pai não tenha chegado, porque talvez nem o deixasse ir!

O jovem se vestiu correndo e agarrou o pacote de roupa.

— Qual é o endereço?

— Sabe onde é a taberna do Meng?

— Tão longe?

— Duas ou três casas depois. Na porta há uma aldraba que parece um leão.

Pablito tomou banho, vestiu-se e comeu alguma coisa, antes de sair correndo. Durante o trajeto ia perguntando as horas a todos os transeuntes. Não chegaria a tempo. Sete quadras depois, passava em frente à taberna e procurava a aldraba com o leão, mas nessa rua havia três portas parecidas. Amaldiçoou sua sorte e o maldito costume de seus pais de não colocar endereços nos recibos. Tantos anos vivendo naquela cidade e ainda não aprenderam nem os números... Sua mãe tinha dito que eram duas casas depois da taberna? Ou quatro? Não lembrava. Decidiu bater de porta em porta até dar com a indicada. E foi uma sorte que tivesse agido assim. Ou uma desgraça... Ou talvez as duas coisas.

Ferido de sombras

The Rusty Pelican era um restaurante cercado de água, situado na entrada do recife Biscayne. Assim que viu as letras vermelhas sobre as madeiras virgens, Cecilia se lembrou de que a tia o havia mencionado. Visto da imensa ponte, não era muito atraente. Apenas a quantidade de navios e iates que o cercavam desmentia que se tratasse de um lugar abandonado. Mas, quando entrou em sua atmosfera fresca e contemplou o mar pelas paredes de vidro, reconheceu que a anciã tinha razão. Em Miami existiam lugares de sonho.

Viram o entardecer daquele aquário cristalino que os isolava da canícula. Ao longe, as lanchas deixavam rastros de espuma morna sobre as águas cada vez mais escuras, enquanto os edifícios iam se enchendo de luzes. Depois de almoçar, diante de duas taças de Cointreau, falaram de mil coisas.

Roberto lhe contou sobre sua infância e seus pais, dois imigrantes sem conhecimento de inglês que abriram caminho num país ao mesmo tempo generoso e rude. Enquanto os amigos tinham namoradas e iam a festas, ele e seus irmãos trabalhavam em uma oficina — depois das aulas —, ajudando a trocar pneus, tirar mercadoria do depósito e atender telefones. De algum modo conseguira chegar à universidade, mas não terminara o curso. Um dia, decidira empregar o dinheiro dos estudos num negócio... e funcionara. Nos dois primeiros anos, trabalhara 12 horas diárias e só dormia cinco ou seis, mas finalmente conseguira o que queria. Agora era dono de uma das agências de automóveis mais prósperas da Flórida.

Cecilia se dava conta do quanto seus mundos e suas vivências estavam afastados, mas aquele sorriso e sua paixão por uma ilha que não conhecia e que considerava sua pátria a fascinavam. Por isso decidiu continuar se encontrando com ele.

Na noite seguinte foram a um clube; e quando ele a beijou pela primeira vez, já estava decidida a não dar importância ao seu furor pelas corridas de automóveis e àquela mania de ligar para a concessionária a cada duas horas para saber o que estava acontecendo com as vendas. "Ninguém é perfeito", disse para si mesma. Quase se esqueceu de que no dia seguinte teria seu encontro com Lisa. Nessa noite se despediu cedo e voltou para casa com o coração mais leve.

Lisa vivia nos limites de Coral Gables, muito perto da rua Oito, mas a agitação do trânsito não chegava até a acolhedora casinha de cor ocre. Havia plantas por toda parte e móveis de madeira escura e antiga. Cecilia tinha ligado o gravador sobre uma mesa em forma de baú e ouvia a explanação de Lisa. Através da porta de vidro, podia ver alguns pássaros azuis que se banhavam na fonte do pátio.

— Geralmente os fantasmas voltam por vingança ou para exigir justiça em um crime não resolvido — dizia Lisa—, mas os habitantes dessa casa parecem felizes.

— Então... ?

— Eu acho que eles voltam porque sentem saudade de alguma coisa que não querem abandonar. O estranho é que voltam sempre para o mesmo lugar, mas essa casa viaja todo o tempo.

— Talvez haja outros detalhes que ninguém notou. Onde estão as anotações que me prometeu?

Lisa foi até um aparador e tirou um caderno bastante manuseado.

— Aqui está tudo — disse, estendendo-lhe o caderno —, examine enquanto vou até a cozinha.

As anotações eram irregulares. Algumas se liam perfeitamente, outras mal se entendiam; mas em cada página estava registrada uma aparição distinta, com data, hora e local. As mais antigas tinham ocorrido em Coconut Grove, não muito longe do estúdio onde Cecilia morava ao chegar de Cuba. As últimas se registraram numa área de Coral Gables vizinha à Pequena Havana.

Cecilia ia copiar o nome da primeira testemunha, quando prestou atenção na data: madrugada de 1º de janeiro, cinco meses depois que ela chegara. A segunda era sete dias mais tarde: 8 de janeiro. Em seguida havia outro testemunho, em 26 de julho. E depois outro, em 13 de agosto. Cecilia observou as datas e, apesar do ar condicionado, sentiu que uma gota de suor escorria pelas suas costas. Ninguém tinha notado aquilo.

— Você gosta de café com muito açúcar?

— Por que não me falou sobre as datas?

— Do que está falando?

— Das datas em que ocorreram as aparições.

— Para quê, se não há uma seqüência coerente? Os intervalos são irregulares.

— Há um padrão — enfatizou Cecilia —, mas não é de tempo.

Lisa ficou em suspense, suspeitando que ouviria algo impensável.

— São datas pátrias... Melhor dizendo, más datas pátrias.

— O que quer dizer? — perguntou a outra, sentando-se no sofá ao lado dela.

— Veja: 26 de julho. Não me diga que não sabe o que aconteceu em 26 de julho.

— Como não vou saber? Foi o assalto ao Quartel Moncada.

— Pior do que isso: foi o início do que veio depois.

— E o que há com as outras datas?

— Em 1º de janeiro, a revolução triunfou, em 8 de janeiro os rebeldes entraram em Havana, em 13 de agosto nasceu você sabe quem...

— Há datas desconhecidas.

— Não, não há nenhuma.

— Há, sim — insistiu Lisa.

— Quais?

— Treze de julho.

— A matança dos que fugiam no barco *13 de março*.

— Dezenove de abril.

— Derrota dos exilados em Playa Girón.

— Dezesseis de abril.

— Oficializou-se o comunismo em Cuba.

— Vinte e dois de abril.

— Os mortos do caminhão.

Lisa tentou lembrar.

— Que mortos são esses?

— Os que se deixaram asfixiar num caminhão fechado. Eram prisioneiros de guerra, capturados em Playa Girón. Não há muita gente que se lembre dessa data.

— E como você sabe?

— Entrevistei dois sobreviventes.

Lisa guardou silêncio, ainda sem entender o que se inferia daquela lista de datas.

— Não faz nenhum sentido — disse finalmente. — Por que demônios uma casa que aparece em datas infelizes para Cuba iria se materializar em Coral Gables?

— Não tenho a menor idéia.

— Deveríamos consultar a Gaia.

— Por quê?

— Ela tem experiência nesse negócio de casas fantasmas.

— Ah, é verdade. Contou-me que tinha visitado uma em Havana. Você sabe alguma coisa do que aconteceu com ela lá?

— Não — assegurou Lisa, desviando os olhos ao falar.

Cecilia percebeu que ela estava mentindo, mas não insistiu.

— Terei que falar com ela. Você me empresta o caderno?

— Você já vai embora? — surpreendeu-se Lisa.

— Tenho um compromisso esta noite.

— E o café?

— Tomo outro dia.

— Por favor, não perca o caderno. Tire fotocópias, está bem?

Antes de pôr o carro em movimento, Cecilia viu a luz do portão se apagar. A caminho de casa, tentou organizar a massa de idéias confusas que latejava em suas têmporas, mas só conseguiu evocar cenas e rostos sem conexão entre si. Nunca tinha levado muito a sério aquele assunto, mas agora tudo tinha mudado: a casa fantasma de Miami tinha origem em Cuba.

Vendaval sem rumo

Ângela olhava para a rua de sua janela. A manhã molhou seu olfato com um sabor quase gélido que lhe lembrou a sombreada vegetação da serra. Longe tinham ficado os dias em que percorria os bosques povoados de criaturas imortais. Agora, enquanto contemplava os transeuntes, sua juventude lhe parecia a lembrança de outra vida. Alguma vez falara com uma ninfa? Tinha sido abençoada por um deus triste e esquecido? Se não fosse pela persistência do duende, acharia que tudo fora um sonho.

Duas décadas é muito tempo, sobretudo se a gente vive em terra estranha. A angústia palpitava em seu peito quando ela ouvia as canções vindas de sua pátria: "Ai, se chegam tristes a esses mares os cantares que exalo aqui, é o meu peito que vai cativo, pois não vivo longe de ti." Sim, sentia saudade da sua terra, dos falares da sua gente, da vida plácida e eterna da serrania onde não existia um amanhã, só o ontem e o agora.

Seus pais tinham morrido junto às encostas da serra. Ela lhes prometera que voltaria, mas nunca o fizera, e levava essa promessa quebrada como um fardo pesado e antigo.

Juanco, felizmente, tinha sido um bom marido. Um tanto pão-duro, é verdade, sobretudo depois que herdara o armazém do tio Manolo... ou a taberna, como diziam os locais. Enquanto ela criava seu filho, Juanco acumulava dinheiro com a esperança de abrir o único negócio que o apaixonava: uma gravadora.

— É uma loucura — confiava a Guabina, uma mulata de cabelos avermelhados que vivia na casa ao lado. — Dá para imaginar? Com muito custo mantém uma taberna neste fim de mundo e pretende competir com o gringo do cachorrinho.

Referia-se ao logotipo da Victor Records, um cachorrinho na frente do alto-falante de um gramofone.

Juanco tinha lhe explicado por que seria lucrativo abrir uma gravadora em Havana: os músicos não teriam mais que viajar até Nova York. Mas ela não queria saber daquela loucura.

Ángela chegou a odiar tanto o gringo do cachorrinho, que Guabina, conhecedora de coisas de magia, sugeriu que fizesse um feitiço... não contra o homem, mas contra o animalzinho.

— Morto o cachorro, acabou-se a raiva — disse. — E é certo que ainda dá um treco no dono logo em seguida. Deve gostar muito dele para colocá-lo em todos os seus anúncios.

— Deus do céu — dizia Ángela —, não quero carregar uma morte na consciência. Além disso, a culpa não é do maldito cachorro, e sim dessas vitrolas que puseram por toda parte. São uma maldição!

— Também não é assim, dona Ángela, a música é uma bênção dos deuses, um descanso neste vale de lágrimas, um golinho de aguardente que adoça a nossa vida...

— Pois amarga a minha, Guabina. E, para falar a verdade, acho que ela desvirtuou também o meu filho.

— Pepito? — replicou a mulata. — Nada desvirtua esse rapaz! Está mais atirado do que nunca.

— Demais. Não sei que bicho o mordeu, mas tem a ver com essas musiquinhas que tocam a toda hora pelas esquinas.

Ángela suspirou. O seu Pepito, o seu menino da alma, estava havia semanas vivendo em outro mundo. Tudo tinha começado pouco depois que, numa madrugada, voltara meio ébrio, apoiado nos ombros de dois amigos. Ela ficara à beira de um enfarte e ameaçara proibi-lo de sair à noite, mas o filho não dera a mínima. A bebedeira fazia com que apenas sorrisse, embora Ángela gesticulasse como um ventilador na cara dele, quase esbofeteando-o.

De repente, como era de esperar com tanta gritaria, o Martinico apareceu no meio de uma nuvenzinha liliputiana e pulou na cristaleira cheia de bibelôs. Ángela ficou histérica, e isso alvoroçou ainda mais o Martinico. Os móveis começaram a saltar enquanto ela gritava — em parte com o Martinico, em parte com o filho —, até que Juanco saiu do quarto, assustado pelo escândalo.

— O rapaz já é um homem — disse Juanco, quando soube do motivo original da confusão, embora ignorando o segundo. — É normal que chegue um pouco alto em casa. Venha, vamos dormir...

— Um pouco alto? — gritou Ángela, esquecendo a hora e os vizinhos. — Está parecendo uma esponja!

— Seja como for, ele já é maior de idade.

— Grande coisa!

— Deixe-o em paz — disse Juanco num tom que raramente usava, mas que impedia novas réplicas. — Vamos dormir.

E os dois foram para a cama, depois de pôr o filho para dormir, deixando o duende sem público e frustrado.

No dia seguinte, o filho se levantou e se enfiou no chuveiro durante uma hora, até que Ángela o chamou aos gritos para perguntar o que estava acontecendo. O rapaz surgiu reluzente do banheiro e saiu de casa sem tomar o café-da-manhã — uma coisa insólita para quem nunca fazia nada antes de tomar seu café com leite, acompanhado de meia fatia de pão com manteiga e três ovos fritos com presunto —, deixando atrás um rastro de perfume que enjoou sua mãe.

— Ele está de férias — costumava responder Juanco quando ela se queixava das noitadas do filho. — Assim que voltar para a universidade, não vai ter tempo nem para se coçar.

Mas as aulas tinham começado havia dois meses, e todas as manhãs o jovem passava horas debaixo do chuveiro cantando alto: "Por ela canto e choro, por ela sinto amor, por ti, Mercedes querida, que extingues a minha dor..." Ou aquela outra canção que enlouquecia sua mãe, por seu tom queixoso e gozador: "Não a chore, não a chore, que ela foi a grande bandida, coveiro, não a chore..."

Agora, mais do que nunca, Ángela odiava o gringo do cachorrinho. Tinha certeza de que aquele exército de vitrolas cantando em cada esquina enlouqueceria todo mundo. Seu filho tinha sido um dos primeiros a sucumbir, e ela, sem dúvida, seria uma das próximas. Como poderia gostar de música, se era uma coisa que tinha que ouvir por obrigação e não por prazer? Nos últimos anos, aquela praga de trovadores ambulantes e caça-níqueis infernais tinha invadido a cidade como uma peste bíblica.

— O problema do menino Pepe não é a música — interrompeu-a Guabina numa tarde, no meio da sua queixa. — Aqui estão agindo forças maiores.

Ángela se calou de repente. Cada vez que a amiga começava a falar dessa maneira sibilina, produzia-se alguma revelação.

— Não é a música?

— Não, é rolo com mulher.

— Mulher?

— E não uma das boas.

O coração de Ángela deu um salto.

— Como você sabe?

— Lembre-se de que eu também tenho o meu Martinico — respondeu a mulata.

Guabina era a única pessoa, além do marido e do filho, que conhecia a existência do duende. Juanco, que tinha sido testemunha de estranhos acontecimentos, aceitava sua presença sem se referir a ele. O filho ria da história, tachando-a de superstição. Só Guabina tinha acatado o fato sem drama nem espanto, como mais um percalço cotidiano. Ángela tinha contado numa tarde em que a mulata lhe falara de um espírito mudo que aparecia para ela quando algum mal rondava.

— Uma mulher? — repetiu Ángela, tentando assimilar a idéia: seu filho não era mais um menino, seu filho podia se apaixonar, seu filho podia casar e ir morar longe. — Tem certeza?

Guabina desviou o olhar para um canto do cômodo.

— Sim — afirmou.

E Ángela percebeu que a resposta provinha de alguém que ela não podia ver.

Leonardo tinha saído mais cedo do que de costume. A seu passo, as portas se abriam como estojos numa loja de bijuterias: os prostíbulos do bairro se preparavam para receber os clientes.

Quando chegou à casa de dona Ceci, a entrada já estava aberta.

— Entre — recebeu-o a proprietária em pessoa, envolta no xale preto que nunca tirava. — Vou avisar às moças.

Leonardo segurou-a pelo braço.

— Já sabe por quem vim. Avise só a ela.

— Não sei se ela vai querer recebê-lo hoje.

Leonardo olhou para a mulher com repugnância e se perguntou como podia ter gostado dela. Tinha sido em outra época, é claro. Seu sangue corria tão impetuosamente que seu cérebro mal conseguia pensar. Mas agora ele contemplava as ruínas daquela que fora uma das mulheres mais bonitas da cidade: uma anciã carregada de maquiagem que tentava esconder o perene tremor das mãos com os mesmos gestos altivos da sua juventude.

— Vim porque ela me prometeu esta tarde.

Cecilia escapou das garras do homem.

— Com a Mercedes, uma promessa não é uma garantia — assegurou-lhe, arrumando o xale. — Ela é mais caprichosa que sua falecida mãe, que Deus a tenha na glória.

Leonardo riu com sarcasmo.

— Na glória? Duvido que lá haja espaço para as que são como vocês.

Cecilia cravou seu olhar de fogo no rosto do homem.

— Tem razão — respondeu. — Certamente acabaremos no mesmo lugar para onde irão os que são como você.

Leonardo ia responder à altura, mas deu de ombros. A lembrança da jovem ocupou toda a sua atenção. Ele a tinha visto pela primeira vez quando a mãe ainda vivia. Caridad o enlouquecera desde que lhe fora entregue banhada em mel. Naquele tempo, Mercedes era apenas uma menina que saía da antecâmara materna, às vezes meio dormindo, quando ele chegava para visitar a amante; e nunca a vira de outro modo, até que Caridad morrera naquele incêndio que quase arruinara o negócio. Mas Leonardo não prestara atenção nela imediatamente. Quase se esquecera da sua existência, pois deixara de freqüentar o lugar. E quando por fim retornara, dois anos depois, suas visitas eram escassas e a altas horas da madrugada. Assim, não tivera oportunidade de encontrá-la.

— Ela diz que não pode atendê-lo agora.

A voz de dona Cecilia, atrás dele, tirou-o do seu devaneio.

— Mas ela me disse...

— Não disse que não o receberá esta noite, mas que agora está ocupada.

Leonardo se jogou num sofá e acendeu um charuto.

Meses atrás, um amigo tinha insistido para que o acompanhasse até ali, embora fosse meio-dia.

— Dona Cecilia não está — avisou-lhes uma moça de cútis dourada que saiu à porta —, mas podem esperar se desejarem.

A jovem vestia um robe que não ocultava suas formas esplêndidas. Leonardo a viu afastar-se e desaparecer por uma das portas. Seu aspecto lhe era familiar, mas seus sentidos embotados não o deixaram reconhecê-la. Só quando ele saiu de um quarto, horas mais tarde, e a viu à luz das lâmpadas que iluminavam a escuridão do pátio, seu coração deu um salto para o passado. A jovem era a imagem de sua falecida mãe, mas uma imagem de tez mais clara e com um rosto angelical. Já era tarde e não tinha tempo para ficar... mas retornou na noite seguinte e pediu para vê-la.

— O amante quer reviver antigas paixões — disse zombando dona Ceci. — A mãe não está mais aqui, mas resta a filha... que é muito mais cobiçada, diga-se de passagem.

— Deixe de enrolação e vá buscá-la.

— Sinto muito, mas Mercedes está com uma pessoa.

— Eu espero.

— Não crie esperanças. Onolorio veio visitá-la hoje.

— Quem?

— O protetor dela, o seu primeiro homem... Quando ele vem, ela tem que estar à disposição dele.

— Nem que fosse dono dela... — começou a dizer Leonardo, mas se interrompeu ao ver a expressão de Cecilia. — O que é?

— Ele é dono dela.

— O que você quer dizer?

— Ele a comprou.

— Do que você está falando?

— Como você acha que reconstruí minha casa depois do incêndio? Fazia tempo que dom Onolorio estava babando pela menina, mas a mãe não teria permitido isso por nada do mundo. Quando Caridad morreu, Onolorio me ofereceu uma fortuna para deixá-lo tornar-se o "mentor" da moça. Não me restou outro remédio senão aceitar.

— Entregou a criança a um homem?

— Não era mais uma criança, e, além disso, Mercedes ficou encantada. Sempre me pareceu uma criatura meio endemoniada...

— Aquela moça? — insistiu ele, lembrando-se do rosto da jovem. — Não pode ser.

— Só estou avisando.

Leonardo partiu de madrugada, sem ter podido vê-la. Mas voltou no dia seguinte, e no outro, e no outro. Por fim, perto da meia-noite, Mercedes saiu de um quarto acompanhada por um homem. Era um mulato achinesado, vestido com um impecável terno de dril branco. Deu-lhe um beijo de despedida, e ela voltou a entrar, deixando a porta entreaberta. O mulato passou perto de Leonardo.

— Sei que você está encantado com a minha fêmea — disse. — Muitos se cansam e vão com outra, mas você continua aí.

— Quem lhe disse...?

— Isso não importa. Pode ficar com ela esta noite, mas vá com cuidado e não tente dar uma de valente. — E, deixando Leonardo sem resposta, atravessou a porta da rua, seguido por um indivíduo corpulento que parecia estar esperando por ele na entrada.

— Sua adorada já está livre — disse dona Ceci.

— Você é uma velha fofoqueira — repreendeu-a Leonardo. — Não tinha que sair dizendo por quem eu venho.

— Não sou eu quem dá esse tipo de informação. Onolorio tem os seus próprios meios para saber o que acontece, sobretudo se disser respeito à sua querida.

Nesse instante alguém saiu das sombras, esbarrou nele e quase o derrubou no chão.

— Boa noite — disse o rapaz com ar humilde. — O meu nome é José, mas os amigos me chamam de Pepe...

Era evidente que estava bêbado.

— Desculpe, cavalheiro — intercedeu outro jovem, que se esforçou por arrastar o amigo. — Não queríamos incomodá-lo.

Leonardo deu-lhes as costas, ansioso por concluir o que já estava demorando muito.

— Depois combinamos o preço — informou à mulher num sussurro e caminhou até a porta entreaberta.

*

Ela nunca tinha pensado nos homens a não ser como brinquedinhos que estavam ali para realizar os seus desejos. Outras mulheres se vestiam para atrair, mas Mercedes achava que eles é que tinham que comprar vestidos e jóias para ela. Ninguém nunca lhe explicara que o seu sistema de prioridades estava errado; e ela tampouco comentara, achando que se tratava da ordem natural das coisas.

Nunca soubera em que momento essas idéias apareceram. Depois do desmaio, sua cabeça virara uma confusão. Somente Cecilia notou a mudança. Percebeu que tinha cometido um erro ao tentar reanimá-la com o mesmo mel empregado na cerimônia, mas o mal já tinha sido feito.

Primeiro foram os olhares que percebeu na menina quando ela observava os homens. Várias vezes a surpreendeu espionando o que ocorria dentro dos quartos e, mais tarde, remexendo-se estranhamente debaixo dos lençóis. Logo seu comportamento deixou de ser segredo e passou a ser motivo de piadas. A menina pintava os lábios com licor de café, passava açúcar nas pálpebras para que brilhassem sob os abajures vermelhos e passeava nua pelos corredores, coberta por um xale de seda dourada. Cecilia concluiu que o espírito de Oxum a tinha transformado numa diaba.

Mas o problema principal era que a menina não era tão menina. Com quase 15 anos, a mãe era obrigada a repreendê-la para que se vestisse. Como se não bastasse, tinha que manter a distância os clientes que ofereciam dinheiro por ela. Onolorio era o mais perigoso. Cecilia se sentia ameaçada cada vez que o homem entrava em sua casa, acompanhado por aqueles guarda-costas de má índole.

A morte de Caridad, dois anos depois, foi providencial. Embora o incêndio quase tivesse acabado com o seu negócio, Cecilia viu os céus se abrirem quando Onolorio lhe ofereceu o dobro do que custaria a reforma pelos direitos sobre a criatura. Não pretendia comprá-la, é claro que não. Só queria ter prioridade e acesso ilimitado ao seu quarto cada vez que quisesse vê-la.

Cecilia não hesitou em entregá-la. A moça parecia ansiosa por entrar naquela vida... coisa que certamente faria, cedo ou tarde, agora que a mãe tinha morrido. Segundo o acordo, Mercedes não receberia nenhum dinheiro por essas visitas; mas Onolorio estava caído por dela, e a jovem fez com ele o que quis.

Logo os homens se transformaram em instrumentos para realizar seus caprichos e aplacar aquele ardor que a açoitava dia e noite. Nenhum despertou nada nela além de instintos. Nem Onolorio, que durante os primeiros meses praticamente não saiu da sua cama, nem os que chegaram depois, incluindo Leonardo, aquele senhoritinho que sempre lhe trazia presentes.

As visitas de Onolorio, que tinham parado um pouco, voltaram a ocorrer quando Leonardo apareceu. Ela suspeitou que existia uma batalha silenciosa para conquistá-la. Onolorio pediu que ela fosse morar com ele, mas ela se negou. Gostava daquela vida e daquela casa, que considerava dela, e não estava disposta a se submeter à vontade de um único homem que talvez não a tratasse tão bem quando soubesse que ela era sua propriedade exclusiva. Mas aquela existência não ia durar muito.

O primeiro sopro de mudança se produziu de maneira vaga e inesperada, como um sonho que depois se confunde com a realidade. Casualmente, ocorreu na primeira noite em que Leonardo esteve com ela.

Nessa madrugada, quando quase todos os clientes tinham ido embora, houve um eclipse da lua sobre Havana. Mercedes não sabia o que era um eclipse. Só ouviu o alvoroço das mulheres no pátio, enquanto gritavam que a lua estava escurecendo e que era o fim do mundo. Mas, quando ela saiu para olhar, não notou nada extraordinário. Era a mesma lua de sempre, só que faltando um pedaço. Vários jovens, aparentemente estudantes, tentavam acalmar as mulheres. Mercedes se cansou do alvoroço e voltou para o quarto.

Nunca soube se aquele eclipse desencadeou potências mágicas ou se ocorreu algum outro fenômeno desconhecido.

Quando estava voltando para o quarto, uma criatura diferente passou ao lado dela, e seu rosto foi uma pancada que a atraiu mais que do que o espírito de Oxum. Não pensou na aparição como em um homem, embora o fosse, devido àquela qualidade crepuscular no seu olhar. A criatura cravou os olhos em Mercedes, mas aquela expressão não era igual às outras. Seu demônio interior — o súcubo que penetrara nela quando o mel da deusa molhara seus lábios — retrocedeu furioso diante da mansidão daquele rosto. Com todas as suas forças, aferrou-se ao formoso corpo que habitava havia anos, negando-se a abandoná-lo. A jovem batalhou contra a potência, quase à beira da exaustão, e foi como se um véu caísse aos seus pés. Por alguns instantes, o mundo pareceu outro. Repetidamente, lutou para expulsar de dentro de si aquela vontade alheia que a atava a um universo obscuro e desesperado; mas, ao final, acabou por entregar-se de novo à entidade que a dominava, e passou ao lado do homem, alheia e indiferente, como se ele nunca tivesse existido.

Pepe zombava das superstições de sua mãe, mas só da boca para fora. O jovem tinha herdado aquele sexto sentido que, embora não lhe permitisse ver duendes, deixava-o ter presságios e intuições. No entanto ele não era consciente disso. Ou, melhor dizendo, percebia isso num nível remoto e subterrâneo.

Anos depois pensaria nisso, ao examinar os fatos que mudaram sua vida na tarde em que Fermín e Pancho o convidaram para um espetáculo no Teatro Albisu. A zarzuela contava as vitórias do antigo exército espanhol sobre as tropas *mambisas*; e, embora a República já estivesse instaurada desde vários anos, o rapaz sentia na própria carne o sangue derramado pelos cubanos. Não importava que fosse filho de espanhóis. Tinha nascido naquela ilha e se considerava cubano.

Durante o intervalo, Fermín e Pancho notaram o seu semblante áspero.

— Não leve tão a sério — sussurrou-lhe Fermín ao ouvido. — Tudo isso passou, virou história.

— Mas continua aqui — respondeu Pepe, tocando as têmporas.

— Anime-se, homem — disse-lhe Pancho. — Olhe quantas daminhas estão olhando para você.

José deu de ombros.

— A verdade é que Deus dá asas a quem não quer voar — lamentou-se Pancho.

Quando terminou o espetáculo, convidaram-no para jantar.

— Não chegue tarde — tinha implorado sua mãe.

Ele não só chegou muito tarde, como também completamente bêbado e acompanhado pelos amigos, mais ou menos no mesmo estado. Talvez se lhe tivessem dito imediatamente a origem desse comportamento, Ángela não tivesse se incomodado tanto: o seu Pepito estava apaixonado. Mas apaixonar-se é um conceito bastante moderado, quase pacato, em comparação com o estado em que o jovem se encontrava.

Depois de jantar, tinham ido tomar uns tragos. Bastaram quatro para que o jovem José, que nunca bebia, quisesse conhecer todo mundo que passava. O mundo lhe pareceu um lugar cheio de pessoas amáveis e queridas; uma coisa que nunca antes tinha notado.

Às dez da noite, e sem que soubesse como, surpreendeu-se vagando por uma região desconhecida da cidade escoltado por seus amigos. Cambaleando, atravessaram a porta de um casarão desconhecido. Imediatamente, o rapaz prestou atenção num cavalheiro que conversava com uma múmia. A múmia não estava morta, como seria o normal. Sorria, e ao fazer isso se enrugava ainda mais. Tudo estava muito escuro, exceto pelas lâmpadas vermelhas que enchiam o pátio de sombras. Ele se aproximou um pouco para observar melhor. O cavalheiro lhe pareceu muito distinto, digno de figurar entre as suas mais seletas amizades. Apesar da expressão de contrariedade que endurecia seu rosto, sentiu o desejo imediato de contar com sua simpatia.

— Boa noite — disse, estendendo-lhe uma mão. — O meu nome é José, mas os amigos me chamam de Pepe...

O desconhecido parou de conversar a fim de olhar para ele.

— Desculpe, cavalheiro — disse Fermín se aproximando. — Não queríamos incomodá-lo.

E puxou o rapaz pelo braço para afastá-lo dali.

Mas José não estava em condições de decidir se ficava ou se ia embora. Então Fermín e Pancho o deixaram com uma mulher, e se foram com outras.

— O meu nome é José — repetiu, quando ela o fez sentar-se na cama. — Mas os meus amigos me chamam de Pepe...

Em seguida fechou os olhos e começou a murmurar bobagens. A mulher percebeu que não poderia esperar nada dele; mas, como ele já tinha pagado, deixou-o dormir.

Ele acordou uma hora depois, sobressaltado por um grande alvoroço. A cabeça não estava doendo muito, mas o mundo girava sem parar. Ele foi até uma bacia com água e molhou o rosto. Cambaleando, abriu a porta. O ar frio da madrugada alertou seus sentidos. Onde estava? Várias luzes vermelhas iluminavam o pátio. Encostou-se numa parede, tentando imaginar onde poderia estar.

E nesse momento a viu. Um anjo. Uma criatura que Deus enviava para conduzi-lo à sua morada definitiva, qualquer que fosse. Ficou atônito diante da fragilidade dos seus traços, mas principalmente diante dos seus olhos: de odalisca, de maga legendária... A criatura parou, analisando-o com surpresa. Ele notou as asas que se moviam detrás dos seus ombros, com uma qualidade lenta e aquática. Irreal. Devia ser uma moira-encantada da água, como aquela que conversara com sua mãe antes de ele nascer.

Mas o prodígio foi breve. A ninfa desviou seu olhar, como afligida por uma dor antiga, recuperou sua expressão hermética e continuou andando. Só então José descobriu que ela não tinha asas, mas uma túnica quase transparente, que o vento da noite levantava, sobre os ombros.

Meia hora mais tarde, quando seus amigos chegaram, estava mais bêbado do que nunca, depois de várias doses de rum que a múmia lhe servira.

Mercedes o teria esquecido, mas o ente de olhar crepuscular voltou. E com um presente insólito: rosas e um trio de trovadores que fez uma serenata no pátio pela primeira vez na história do lupanar. O demônio que habitava nela, aturdido pela comemoração, abandonou seu corpo durante várias horas; o tempo suficiente para que Mercedes pudesse saber quem era e de que misterioso universo tinha surgido aquele homem que não se parecia com nenhum outro.

José falou dos seus sonhos e de pensamentos que rondavam sua cabeça; de imagens impossíveis, como as que aparecem nos instantes de êxtase amoroso, quando o ser humano se transforma numa criatura mais mística... Ela o ouviu arrebatada e também lhe contou os seus; sonhos diferentes daqueles que albergara até o momento e que surgiam de algum recanto nunca antes visitado.

Voltou à sua infância, à época em que seus pais a embalavam para dormir, quando dona Cecilia encomendava dúzias de sabões a seu pai, ainda vivo. Porque José falava com ela, e ela se transformava numa menina. Ao lado dele, desapareciam os clientes de olhar turvo, as brincadeiras das meretrizes, os cheiros do prostíbulo. Foi feliz, de uma maneira nova, até que ele foi embora, deixando-a outra vez em companhia de mortais e demônios. Teria sonhado?

Nessa noite, Leonardo a visitou. E também Onolorio. Mas ela esteve ausente do seu corpo durante essas visitas, com o olhar perdido e alheia ao colar de rubis que Onolorio tinha comprado para ela... coisa que ele não deixou de notar.

Sem que ela soubesse, ele ordenou à sua escolta que montasse guarda em frente ao local. Embora não tivesse topado com Leonardo, suspeitou que a atitude da Mercedes se devia àquele almofadinha. Era um assunto que teria que acabar de resolver. Uma coisa era o sujeitinho se deitar com ela, outra, que ela continuasse pensando nele quando estavam juntos. Tudo tinha um limite, e Onolorio o tinha advertido.

Encontrou-se duas vezes com Leonardo, que negou saber do que ele estava falando. Onolorio não se deu por vencido. Alguma coisa estranha estava acontecendo, e ele decidiu vigiar a partir das quatro da tarde, quando começavam a chegar os clientes.

Por sorte, José não era um deles. Tinha decidido visitar Mercedes ao meio-dia, quando ela parecia mais descansada e quase não havia ninguém no local; mas se propôs encher as noites com sua lembrança.

A história das serenatas logo chegou aos ouvidos de Onolorio. Toda noite, um trovador solitário, ou um dueto, ou um trio, aproximava-se da janela de Mercedes para entoar o bolero oferecido. Na primeira semana, Onolorio tentou averiguar quem era o atrevido. Na segunda, seus valentões quebraram os violões nas costas dos pobres cantores. Na terceira, ele destroçou três buquês de rosas — sem remetente mas com destinatária — que um mensageiro deixou em mãos de dona Cecilia. Na quarta, ameaçou bater em Mercedes se ela não dissesse o nome do seu galã. Na quinta, quando Pepe chegou depois do meio-dia, Mercedes estava com um olho roxo.

— Pegue as suas coisas — disse-lhe José. — Vamos embora daqui.

— Não — respondeu a voz do demônio. — Eu não vou.

Seu olhar lhe doeu tanto, que, pela primeira vez, ela se justificou.

— Seus pais nunca me aceitarão.

— Se eu aceitar, eles também o farão.

A jovem lutou contra o espírito que dominava sua vontade.

— Onolorio não vai desistir de nos procurar — insistiu ela. — E vai nos matar.

José a beijou rapidamente nos lábios, e o demônio retrocedeu aturdido.

— Confie em mim.

Ela concordou, sacudida por uma angústia de morte.

— Vá recolhendo as suas coisas — propôs ele. — Espere-me na porta dos fundos, mas não se preocupe se eu demorar um pouco.

E dizia isso porque, antes de pegar as malas, tinha que ir à casa dos pais.

Guabina lhe alcançou um copo de água gelada que Ángela bebeu entre soluços. Pepe tinha lhe dado a notícia, e a pobre mulher não queria nem pensar no que aconteceria quando seu marido ficasse sabendo. Levar uma prostituta para a sua casa. Como tinha acontecido uma coisa dessas? Um rapaz bem criado, fazendo faculdade... Como Deus permitia isso?

Guabina se sentou ao seu lado, incapaz de consolá-la. Não se atrevia. Sobretudo porque, perto do canto onde repousavam os seus santos, o espírito que lhe avisava sobre qualquer perigo voltara a aparecer. A mulher ficou muda do susto. Ele estava ali, agachado, em sua habitual pose de espera. Alguma coisa aconteceria se não interviesse no assunto.

Foi até o prato branco de Obá, uma das três deusas "mortuárias", inimiga mortal de Oxum. Só ela poderia ajudá-la a arrebatar uma vítima daquele espírito.

Lutou com o prato, fez soar as pedras e rezou uma oração diante das imagens dos santos católicos e africanos que enchiam o altar. Ángela olhou para ela por cima do seu lenço, esperançosa diante dos poderes da mulata vidente. O som das pedras estalou na sala e saltou pelas paredes como uma risada cacarejante e enlouquecida.

Já se passara uma hora desde que Pepe partira. Talvez tivesse se arrependido. Que homem normal teria a idéia de levar uma prostituta para a casa dos pais? Não, José era diferente. Mercedes tinha certeza de que ele voltaria. Algum percalço o teria atrasado. Muito inquieta para esperá-lo em seu quarto, arrastou duas malas ao longo do corredor em direção à saída dos fundos. Já retornava pela terceira, quando uma mão dobrou-lhe o braço e a fez ficar de joelhos.

— Não sei aonde você pensa que vai. — Onolorio apontava para o seu rosto com uma navalha aberta. — Nenhuma mulher, ouça bem, nenhuma, me abandonou. E você não vai ser a primeira.

Agarrou-a pelos cabelos e a sacudiu com tanta força, que Mercedes gritou, sentindo que as vértebras do pescoço se quebravam.

— Deixe-a em paz!

A voz veio do pátio. De soslaio, porque a posição de sua cabeça a impedia de fazer outra coisa, viu Leonardo se aproximando.

— Se não a soltar, chamo a polícia.

— Agora tudo está claro! — disse Onolorio sem soltá-la, brandindo a navalha perto do seu ventre. — Então os pombinhos iam fugir.

Mercedes começou a rezar para que José não aparecesse agora.

— Não sei do que você está falando — assegurou Leonardo —, mas vai me entregar essa mulher agora mesmo ou vai acabar na cadeia.

— Vou entregá-la... depois que acabar com ela.

Mercedes sentiu um frio no flanco. Apavorada, sabendo que não podia perder mais nada, exceto a vida que começava a escapar, cravou uma cotovelada com todas as suas forças nas costelas do homem, que, surpreso, soltou-a.

Com um instinto mais próximo da sobrevivência do que da luta por uma fêmea, Leonardo se lançou contra o outro. Os dois se envolveram numa batalha feroz que Mercedes, muito enjoada, não conseguiu acompanhar. Enquanto tentava conter o sangue, alguma coisa saiu de suas vísceras como se também quisesse escapar pela ferida. Alguma coisa, que não era a sua alma, abandonava-a a contragosto. Sua vista escureceu. Ela ouviu gritos — gritos agudos e apavorados de mulher —, mas o mundo girava tanto, que ela caiu no chão, aliviada por ter achado um lugar que a apoiasse.

Antes que José chegasse à porta, soube que tinha ocorrido algo terrível. Várias mulheres gritavam histéricas na rua e havia policiais em toda parte.

Quando ele entrou, teve que se apoiar numa parede. Dois homens sangravam no meio do pátio. Um deles, cujo rosto lhe pareceu familiar, jazia imóvel no cimento. O outro, um mulato de mau aspecto, ainda se arrastava sobre a barriga; mas José compreendeu que ele não viveria muito.

O pátio tinha ficado vazio de repente. As mulheres continuavam gritando na rua, e a polícia tinha ido em busca de auxílio. José se aproximou da única pessoa que o interessava. Mercedes respirava agitada, mas suavemente.

— Deus do céu, o que aconteceu? — murmurou sem esperar resposta.

A respiração sibilante do mulato chegou a ele, do outro extremo do pátio.

— Se eu morrer agora, juro que me vingarei de todas as putas no outro mundo — resmungou em direção a Mercedes, embora ela parecesse não ouvi-lo. — Não acharão paz nem aqui nem no inferno.

O homem baixou a cabeça, vomitou um jato de sangue e ficou com o nariz cravado no chão.

— José — sussurrou Mercedes, sentindo crescer uma onda morna em seu peito; e soube que a frieza que a habitara durante anos partia definitivamente com o sangue que saía de sua ferida.

Guabina orava, fazendo chocar as pedras de Obá. Ángela adormecera, como se a força do feitiço tivesse esgotado suas forças. De repente, Guabina parou de rezar. Tinha escutado um barulho atrás, um som gutural, um rangido desconexo como a vibração de um papel agitado pelo vento. Virou-se para enfrentar aquele espírito mensageiro de desgraças. Ali estava, de cócoras como sempre, o índio mudo e infestado de cicatrizes, assassinado séculos atrás, cuja alma continuava apegada àquela parte da cidade por razões que ela desconhecia. A imagem começou a tremer como se um furacão tentasse desmanchá-la, e Guabina compreendeu que seria a última vez que o veria. O índio tinha chegado para avisá-la de um perigo enorme, mas o perigo já tinha passado. A mulher respirou aliviada e virou para despertar a amiga, depois de dizer adeus à silhueta que se esvaneceu pouco a pouco.

De fato, nunca mais voltou a vê-lo, mas não seria a última vez que o índio apareceria para alguém naquela cidade.

Não me perguntes por que estou triste

Chovia muito quando estacionou seu carro perto do chalé de Gaia. Eram apenas cinco da tarde, mas a tempestade engoliu a escassa luz, e agora parecia noite.

Dentro, no ambiente seco e acolhedor da sala, Circe e Polifemo cochilavam num almofadão que sua proprietária tinha colocado ao pé do sofá. O ronronar dos gatos era perceptível por cima da chuva que golpeava amavelmente as madeiras. Gaia serviu o chá e abriu uma lata de biscoitos.

— A minha avó teria gostado de fazer chocolate com um tempo assim — disse — ou pelo menos era o que sempre dizia quando se aproximava um ciclone; mas, como o chocolate já era coisa do passado durante a minha infância, fritávamos um pouco de pão no óleo e comíamos ouvindo as rajadas.

Cecilia lembrou que sua avó Delfina também falava de tomar chocolate quente quando o tempo ficava impetuoso; mas ela pertencia à mesma geração de Gaia, então sua avó tampouco pôde lhe oferecer a prometida xícara.

— O que pensa das datas? — perguntou depois de tomar um gole de chá.

— O mesmo que você: não se trata de uma coincidência. Há oito datas, e todas marcam desgraças diferentes na história de Cuba. Algumas se repetem várias vezes. Para saber por que as aparições da casa coincidem com essas datas, eu investigaria os seus habitantes.

— Por quê?

— Porque a casa é um símbolo. Eu já lhe disse que as mansões fantasmas revelavam aspectos da alma de um lugar.

— Mas de qual? De Miami ou de Cuba? Porque essa casa aparece num lugar em certas datas relacionadas com outro...

— Por isso devemos investigar quem são os seus ocupantes. Em geral são as pessoas que se movem de um lado para o outro. Eu acho que a casa segue o impulso dos seus habitantes. É esse vínculo que deve ser procurado: as pessoas. Quem foram? O que faziam ? Quem ou o que perderam nessas datas ou por causa delas?

— Poderiam ser familiares de qualquer um dos milhares de cubanos que vivem em Miami — aventurou Cecilia, espremendo mais limão na xícara.

— E você não pensou que poderiam ser pessoas famosas? Atores, cantores, políticos... Gente que simboliza alguma coisa.

Cecilia balançou a cabeça.

— Não acho. Ninguém os reconheceu. Segundo os testemunhos, parecem pessoas comuns.

Polifemo roncava aos pés de sua proprietária. Tinha escorregado do almofadão sem se dar conta, deslocado por Circe, que agora dormia com as patas para cima.

— Há algo mais que você pode fazer — disse Gaia, quando viu que Cecilia se levantava para ir embora. — Marque os lugares das aparições num mapa. Quem sabe isso pode dar outra pista?

— Não sei se devo continuar investigando. Tenho que terminar a matéria em algum momento.

Gaia a acompanhou até a porta.

— Cecilia, reconheça que já não está interessada na matéria, mas no mistério da casa. Você não tem por que se limitar.

Entreolharam-se por um instante.

— Bem, logo lhe contarei — murmurou Cecilia antes de virar as costas e se perder entre as árvores.

Mas não foi embora em seguida. Da escuridão do carro, observou os arredores. Gaia tinha razão. Seu interesse pelo mistério ia muito além da matéria. A casa fantasma se transformou no seu Graal. De alguma forma também se transformou num foco de angústia, como se ela pressentisse a dor daquelas almas encerradas na mansão. Não fora preciso vê-la para apalpar o rastro de melancolia que reinava nos lugares onde tinha aparecido e a atmosfera de nostalgia, quase tristeza, que ficava em cada lugar depois que desaparecia.

Lembrou-se de Roberto. O que ele pensaria disso? Tinha querido lhe contar sobre a casa, mas constantemente ele fugia do assunto. Cada vez que tentava aproximá-lo do seu mundo, ele precisava fazer uma ligação ou se lembrava de que tinha uma reunião ou lhe propunha ir a um clube. Era como se só tivessem uma região comum para coexistir: as emoções. Cecilia começava a sentir uma espécie de angústia, como se estivesse presa, embora não soubesse por quê, nem a quê. Roberto também se mostrava distante e retraído.

Ela decidiu passar pela concessionária. Ele havia dito que estaria ali até as oito. Encontrou-o no salão onde expunham alguns modelos esportivos.

— Preciso lhe contar uma coisa — disse Cecilia.

— Vamos até o meu escritório.

E enquanto caminhavam começou a falar com ele pela primeira vez sobre a casa, as entrevistas e as aparições.

— Por que não vamos beber alguma coisa? — perguntou ele de repente.

— De novo.

— De novo o quê?

— Cada vez que quero falar das minhas coisas, você muda de assunto — disse ela.

— Não é verdade.

— Tentei contar sobre essa casa duas vezes.

— Não me interessam os fantasmas.

— É parte do meu trabalho.

— Não, você é você, e o seu trabalho é outra coisa. Fale de você e a ouvirei.

— Meu trabalho é parte de mim.

Roberto pensou um segundo antes de responder:

— Não quero falar de coisas que não existem.

— Provavelmente a casa não existe, mas muitas pessoas a viram. Não lhe interessa averiguar por quê?

— Porque sempre há gente disposta a acreditar em alguma coisa, em vez de se ocupar de assuntos mais produtivos.

Ela ficou olhando quase com dor.

— Ceci, tenho que ser sincero com você...

Em vez de ir embora, como tinha pensado fazer, ela ficou na sua cadeira e o ouviu durante meia hora. Ele confessou que todo aquele mundo de espectros, auras e adivinhações o inquietava. Ou, melhor dizendo, o incomodava. Cecilia não entendia. Sempre acreditara que o intangível era reconfortante; significava que alguém podia contar com um arsenal de poderes se o entorno se tornasse muito doloroso ou terrível. Mas essas questões enchiam Roberto de incerteza. Ele terminou dizendo que todas aquelas histórias eram idiotices nas quais só os idiotas podiam acreditar. Aquilo a feriu seriamente.

Voltaram a se encontrar três dias mais tarde... e de novo se afastaram. Ela se lembrou do hexagrama do *I Ching* que consultara na noite em que decidira ligar para Roberto. Abriu a página ainda marcada e descobriu, sob a epígrafe que dizia "outras linhas", o número nove que ela tinha tirado na terceira linha e que tinha deixado de lado na leitura anterior:

A penetrante e insistente elucubração não deve ser levada muito longe, pois frenaria a capacidade de tomar decisões. Uma vez que um assunto foi devidamente submetido à reflexão, é questão de decidir e atuar. Pensar e refletir com reiterada insistência provoca a contribuição de escrúpulos uma e outra vez e, por conseguinte, a humilhação, posto que alguns se mostram ineptos para a ação.

Era isso. Empenhou-se em dar voltas a um assunto que devia ter terminado. Sem dúvida tinha se enganado, mas aquela compreensão tardia não lhe servia de consolo.

A partir desse instante parou de se maquiar, de comer, e até de sair, exceto para ir ao escritório. Assim a encontrou Lisa, jogada no sofá e rodeada de xícaras de tília, numa tarde em que foi vê-la para levar outro depoimento que acabava de gravar. Ao contrário do que ela esperava, Cecilia não mostrou nenhum entusiasmo. Seus sentimentos por Roberto tinham relegado a um segundo plano o assunto da casa.

— Isso não é saudável — disse-lhe Lisa, assim que percebeu. — Você vem comigo.

— Não perdi nada lá fora.

— Isso é o que nós vamos ver. Vista-se!

— Para quê?

— Quero que me acompanhe a um lugar.

Só na metade do caminho disse que a estava levando para visitar uma cartomante que vivia em Hialeah. A mulher comprava produtos na sua loja, e, sempre que a recomendava, os clientes falavam maravilhas dela.

— E nem pense em se queixar — acrescentou Lisa —, a sua consulta é grátis, graças a mim.

Incomodada, mas decidida a agüentar o melhor possível o assunto, Cecilia se recostou no banco do carro. Faria de conta que estava numa peça de teatro.

— Esperarei por você na sala — sussurrou Lisa quando bateram à porta.

Cecilia não respondeu; mas seu ceticismo recebeu uma sacudida quando a cartomante, depois de embaralhar o maço de cartas e pedir que o dividisse em três, virou a primeira e perguntou:

— Quem é Roberto?

Cecilia pulou na cadeira.

— Um namorado que tive — murmurou. — Uma relação passada.

— Mas você ainda está nela — afirmou a adivinha. — Há uma mulher ruiva que também teve a ver com esse homem. Ela fez uma amarração, porque continua obcecada por ele. Não pára de ligar, não o deixa em paz.

Cecilia não conseguia acreditar no que ouvia. Roberto tinha lhe falado dessa relação que terminara antes de eles se conhecerem; e era verdade que a mulher continuava ligando para ele, porque ele mesmo contara isso, mas quanto ao feitiço...

— Não pode ser — atreveu-se a contradizê-la. — Essa moça nasceu aqui e não acho que entenda nada de bruxaria. Trabalha em uma companhia de...

— Ai, minha filhinha, como você é inocente — disse-lhe a anciã. — As mulheres recorrem a qualquer coisa para recuperar o seu homem, não importa onde tenham nascido. E esta — olhou de novo suas cartas —, se não fez a amarração com bruxaria, deve tê-la feito com a sua mente. Acredite, os pensamentos, quando estão cheios de raiva, fazem muito mal.

A mulher tirou novas cartas.

— Que homem estranho! — disse. — No fundo, acredita no mais além e nos feitiços, mas não gosta de admitir. E, se o faz, em seguida tenta pensar em outra coisa... Muito estranho! — repetiu e levantou o olhar para ela. — Você gosta muito dele, mas não acho que ele seja o homem para você.

Cecilia olhou para ela tão desconsolada, que a velha, um tanto compadecida, acrescentou:

— Bem, faça o que quiser. Mas, se quer ouvir o meu conselho, deveria esperar por algo diferente que aparecerá em sua vida.

Voltou a recolher o maço e lhe pediu que cortasse.

— Está vendo? Aqui sai de novo — e foi apontando as cartas à medida que as lia. — A ruiva... O demônio... Esse é o trabalho de que falei... Jesus! — A mulher fez o sinal-da-cruz antes de continuar olhando as cartas. — E este é o homem que aparecerá, alguém que tem a ver com papéis: alto, jovem, possivelmente 2 ou 3 anos mais velho do que você... Sim, definitivamente trabalha com papéis.

A mulher voltou a embaralhar as cartas.

— Corte em três montes.

Cecilia obedeceu.

— Não se preocupe, minha filhinha — acrescentou a vidente, enquanto estudava o resultado. — Você é uma pessoa muito nobre. Merece o melhor homem, e ele vai aparecer mais cedo do que você imagina. Quem vai perder a grande mulher é esse outro por quem você está chorando agora. A menos que seus guias o iluminem a tempo, quem sairá prejudicado será ele. — Levantou o olhar: — Sei que você não vai gostar de ouvir isso, mas deveria esperar pelo segundo homem. É o melhor para você.

No entanto, quando Roberto ligou, Cecilia aceitou seu convite para jantar com outros dois casais. Ainda se apegava a ele, tanto quanto ele a ela... ou pelo menos foi isso que lhe disse: que não tinha conseguido tirá-la da cabeça em todos esses dias. Por que não saíam juntos outra vez? Iriam àquele restaurante italiano de que ela gostava tanto, porque suas paredes lembravam as ruínas romanas de Caracalla. Pediriam aquele vinho tinto e encorpado, com um cheiro de cravo que pinicava o olfato... Sim, Roberto tinha pensado nela quando escolhera aquele lugar.

Tudo correu bastante bem no início. Os amigos do Roberto trouxeram suas respectivas esposas, cheias de jóias e olhares inexpressivos. Cecilia terminou seu jantar em meio a um tédio mortal; mas estava decidida a salvar a noite.

— Gostam de dançar? — perguntou.

— Um pouco.

— Bom, conheço um lugar onde se pode ouvir boa música... se vocês gostam de música cubana.

O bar estava um hospício nessa noite. Talvez fosse culpa do calor, que transtornava os hormônios, mas os freqüentadores do local pareciam mais extravagantes do que de costume. Quando entraram, uma japonesa — solista de um grupo de salsa nipônico — cantava num espanhol perfeito. Tinha chegado ali depois de uma apresentação na praia, mas terminou subindo ao cenário com uma banda de músicos que tinha se formado no começo da noite. Três concertistas canadenses se uniram ao folguedo. Na pista e nas mesas, o delírio era total. Gritavam os italianos em uma mesa próxima, vociferavam os argentinos do balcão, e até um grupo de irlandeses dançava uma espécie de *jota* misturada com alguma coisa que ela não conseguiu definir.

Roberto achou que havia muita gente na pista. Dançariam quando houvesse mais espaço. Cecilia suspirou. Isso não ocorreria nunca. Enquanto ele continuava conversando com os homens, ela começou a se ensimesmar. Sentia-se deslocada, sobretudo frente àquelas mulheres que pareciam estátuas de gelo. Tentou entrar na conversa dos homens, mas estes falavam de coisas que ela não conhecia. Aborrecida, lembrou-se de sua velha amiga. Mas, na mesa onde ela costumava se sentar, alguns brasileiros gritavam como loucos. Uma garota que servia drinques passou perto de Cecilia.

— Ouça — murmurou, segurando-a pela manga —, você não viu a senhora que costuma se sentar àquela mesa?

— Muitas senhoras costumam se sentar às mesas.

— Essa a quem me refiro está sempre ali.

— Não prestei atenção — concluiu a moça e seguiu seu caminho.

Roberto tentava dividir sua atenção entre Cecilia e os amigos, mas ela se sentia perdida. Era como caminhar às cegas por um território desconhecido. Três outros conhecidos de Roberto se aproximaram da mesa, todos muito elegantes e acompanhados por mulheres muito jovens. Cecilia não gostou desse ambiente. Cheirava a falsidade e interesse.

A canção terminou, e os ânimos sossegaram um pouco. Os músicos saíram do cenário para descansar, enquanto a pista voltava a se iluminar. Pelos alto-falantes ouviu-se uma gravação, famosa na ilha quando ela era muito pequena: "Ferido de sombras por sua ausência estou, só a penumbra me acompanha hoje...". Sentiu alguma coisa no ambiente, como uma espécie de impressão indefinida. Não conseguiu entender o que era. E de repente a viu, desta vez sentada no fundo do balcão.

— Vou cumprimentar uma amiga — desculpou-se.

Enquanto abria passagem entre os dançarinos que retornavam à pista, procurou na escuridão. Ali estava ela, escondida como um animal solitário.

— Um martíni — pediu ao barman, e em seguida retificou. — Não, é melhor um *mojito*.

— Mal de amor — observou Amalia. — A única coisa que persiste no coração humano. Tudo acaba ou muda, menos o amor.

— Vim aqui porque desejo esquecer — explicou Cecilia. — Não quero falar de mim.

— Pensei que desejava companhia.

— Sim, mas para pensar em outras coisas — disse a jovem, tomando um gole do coquetel que acabavam de deixar na sua frente.

— Como o quê?

— Eu gostaria de saber a quem você espera toda noite — insistiu Cecilia. — Falou-me de uma espanhola que vê duendes, de uma família chinesa que escapou de uma matança e da filha de uma escrava que acabou num prostíbulo... Acho que você se esqueceu da sua própria história.

— Não me esqueci, não — assegurou Amalia com delicadeza. — A conexão vem agora.

Como um milagre

Durante quatro meses, o ferimento a manteve entre a vida e a morte. Mas isso não era o pior: aquela frieza que penetrara em seu corpo na infância lutava de novo para possuí-la. Era como se duas mulheres habitassem dentro dela. Quando José ia ao hospital durante o dia, encontrava uma jovem doce e tímida que mal falava; à noite, os olhos enlouquecidos de Mercedes se negavam a reconhecê-lo.

O mais difícil foi enfrentar a oposição dos seus pais. Juan parou de falar com ele, e sua mãe se queixava de dores no peito, resultado — conforme dizia entre suspiros entrecortados — do sofrimento. Mas José não se deixou intimidar por aquela chantagem.

Seus créditos como estudante de medicina lhe valeram um empréstimo, com o qual ajudou nos gastos do hospital. Nada conseguiria afastá-lo de sua meta; e se consolava ao ver que, apesar de suas mudanças de humor, Mercedes se recuperava... não só do ferimento, mas também daquele transtorno em sua alma.

Pouco a pouco a confusão foi se retirando para um canto escuro do seu subconsciente, revelando uma donzela inocente que parecia estar vendo o mundo pela primeira vez. José se surpreendia com suas perguntas: Onde Deus se escondia? Por que chovia? Qual era o maior número de todos? Era como se tivesse diante dele uma menina. E talvez fosse assim. Talvez algum incidente, desconhecido para ele, tivesse provocado a fuga do seu espírito durante a infância, e agora esse espírito voltava para reatar seu crescimento.

Uma noite, pouco antes de sair do hospital, uma enfermeira entrou para trazer água. A jovem despertou ao ouvir o som do líquido que enchia o copo. A luz se refletia nele — luz de lua — e no líquido que continuava caindo, interminável. De repente, lembrou-se de tudo: da cerimônia noturna, do banho de mel, do seu desmaio... Percebeu que estivera possuída desde a infância e que o espírito que a possuíra era frio como um bloco de gelo. Assim que esse pensamento aflorou à sua consciência, uma mão piedosa o cobriu para sempre. Sua memória se encheu de imagens tranqüilizadoras. O assassinato do seu pai se transformou num mal súbito; a horrível morte de sua mãe, num benévolo acidente; e suas vivências no bordel, numa longa estada no campo, onde tinha vivido rodeada de primas.

José, única testemunha de sua vida anterior, não disse nada, nem sequer a ela, e guardou para si a verdadeira história.

Antes de se tornar seu marido, José foi o pai e o irmão que ela nunca tivera, o amigo que cuidou dela e lhe revelou maneiras desconhecidas; também foi o professor que a ensinou a ler.

Depois de se formar, abriu seu próprio consultório. E ela, sem nada para fazer, apegou-se à leitura. O próprio José se surpreendia com os livros que via cada noite ao lado da sua cama: sobre heróis do passado e amores impossíveis, sobre viagens míticas e milagres... como aquele que Mercedes desejava. Porque os anos começaram a passar, e ela compreendeu que, apesar do amor daquele homem, nada a alegraria tanto quanto um filho. Mas a cicatriz que enfeava o seu ventre parecia uma proibição divina. Seria o castigo por algum pecado que ela desconhecia?

Depois de muito rezar, finalmente aconteceu o milagre. Num dia de outono, seu ventre começou a crescer. E ela soube então que sua vida e sua prudência dependiam daquele volume que pulsava dentro dela...

Mercedes acariciou o ventre e contemplou as nuvens avermelhadas que adornavam o céu de Havana, fugindo de um furacão que espreitava a ilha. Suspirando, saiu da janela.

Ultimamente quase não fazia a sesta, colada ao rádio para ouvir as novelas do momento. O capítulo desse dia podia ser decisivo para o padre Isidro.

— Eu te amo, Maria Madalena — havia dito Juan de la Rosa, o marido de sua rival —, mas não posso abandonar Elvira. Se ela não tivesse se sacrificado para salvar o Ramirito...

Maria Madalena, tão compreensiva ao início, cometera um assassinato só conhecido pelo padre Isidro, seu confessor, que tinha sido apaixonado por Elvira desde sua juventude e escolhera o sacerdócio quando soubera do seu casamento. Agora que a vida da sua amada estava em suas mãos, parecia que nada poderia fazer para salvá-la, pois tinha que respeitar o segredo da confissão. Ele se atreveria a revelar o que sabia? Ou ao menos poderia achar uma maneira de fazer isso sem quebrar seu juramento?

Mercedes adormeceu. Naquele dia ventoso e quase nublado, sonhos confusos agitaram sua alma: garras geladas apertavam seu ventre e a impediam de respirar. Ela levou as mãos ao antigo ferimento, mas uma pontada mais forte lhe indicou que a dor não provinha dali. Despertou quase enjoada. O teto do quarto vibrava com um som abafado, como se muitos pés corressem descalços. Depois os vidros da janela se chocaram entre si, produzindo arpejos dissonantes. Mercedes levantou os olhos e viu um anão extravagante pendurado no lustre: o mesmo que tinha visto no dia do seu casamento, correndo pelos corredores do hotel. Naquele momento achara muito estranho que só ela pudesse percebê-lo. Quando confidenciara o ocorrido a José, o marido — um pouco perturbado — contara-lhe uma história fantástica. O anão era um duende que só as mulheres da sua família, incluídas aquelas que ingressavam nela por meio do casamento, podiam ver. Depois daquele dia, o duende nunca mais voltara a aparecer. Quase tinha se esquecido dele... até hoje.

— Desça daí, duende do inferno — gritou ela, furiosa. — Se quebrar esse abajur, eu o mato.

Mas o homenzinho não deu a mínima; pelo contrário, duplicou sua imagem para se balançar na janela. Agora havia dois duendes na casa.

— Maldito demônio — murmurou Mercedes, e tentou ignorá-lo.

Uma pontada a obrigou a se apoiar numa mesinha onde costumava colocar flores. Ouviu gritos atrás e se voltou. Agora havia quatro duendes. O terceiro balançava em cima de um quadro do Sagrado Coração do Jesus. E um quarto saltava entre as cadeiras de balanço.

Nesse instante, José abriu a porta e se deteve perplexo. Os vasos de cerâmica do balcão giravam como pião. O quadro e o abajur competiam em seus movimentos com o pêndulo do relógio. Quatro poltronas balançavam sozinhas, fazendo pensar numa reunião de fantasmas. Ele soube imediatamente quem era o causador daquele parque de diversões.

Um gemido de Mercedes o tirou do seu encantamento. Ele correu para levantá-la, enquanto o apartamento estremecia com o barulho do quadro que caía no chão. Alheio a tudo, pegou-a nos braços e desceu as escadas até o carro, esquecendo-se de fechar a porta.

Mercedes gemia com os olhos fechados, e, muito antes de chegar ao hospital, um líquido morno ensopava suas pernas. A dor era agônica, como se uma força dentro dela ameaçasse parti-la em duas. Nesse momento não pensou no filho que tanto tinha desejado. Queria morrer. No hospital não ouviu as recomendações do médico nem as exortações das enfermeiras. Dedicou-se a gritar como se a estivessem matando.

Ao cabo de muitas horas confusas — de mãos que a tocavam, apertavam ou reconfortavam —, ouviu o choro de uma voz nova. Só quando lhe trouxeram a pequena que berrava sem parar, reparou nas enfermeiras com suas enormes toucas de freira, que iam e vinham pelos corredores. Demorou alguns momentos para perceber que sua menina tinha nascido no hospital Católicas Cubanas, antiga residência de José Melgares e Maria Teresa Herrera, para quem sua mãe tinha trabalhado como escrava até conhecer Florencio, o cocheiro que seria o seu pai. Daquela mesma mansão, Florencio tinha saído numa noite, depois de deixar sua encomenda de velas e vinhos, antes de ser assassinado... Mercedes fechou os olhos para apagar a lembrança proibida.

— José — sussurrou para o marido, que se inclinava embevecido sobre a criatura —, me alcance a minha bolsa.

O homem obedeceu, sem imaginar para que ela precisava da bolsa nesse momento. Ela vasculhou o fundo e tirou uma pequena caixa.

— Comprei isto faz tempo — disse, antes de revelar o que havia na caixa.

Era uma pedrinha preta e brilhante, enganchada numa argola em forma de mão. Mercedes a colocou na manta que envolvia sua filha, usando um alfinete.

— Quando for mais velha, vou pendurá-la no seu pescoço com uma corrente de ouro — anunciou. — É contra o mau-olhado.

Pepe não fez nenhum comentário. Como poderia negar um pedido como esse, tendo uma mãe que passava a vida vendo duendes e que tinha legado essa maldição à sua mulher e, provavelmente, à pequena que agora dormia ao lado dela?

— Já estão prontos para registrá-la? — perguntou uma voz da porta.

— Preferimos batizá-la.

— É claro — respondeu a freira —, mas primeiro ela precisa ser registrada. Já pensaram num nome?

Ambos se entreolharam. Por alguma razão, sempre tinham achado que teriam um filho, mas Mercedes se lembrou de um nome de mulher do qual sempre gostara; um nome doce e, ao mesmo tempo, cheio de força.

— Vai ser Amalia.

QUARTA PARTE

Paixão e morte no Ano do Tigre

Das anotações de Miguel

ESTE NEM O MÉDICO CHINÊS SALVA

Assim ainda se diz em Cuba diante de um caso de doença incurável e, por extensão, sobre quem enfrenta situações de muita gravidade. Supõe-se que a frase aluda a algum dos médicos chineses que chegaram à ilha na segunda metade do século XIX — segundo alguns, Chan Bombiá, que desembarcou em 1858; segundo outros, Kan Shi Kon, que morreu em 1885. De qualquer maneira, trata-se do reconhecimento popular aos médicos chineses, que obtiveram curas espantosas e inexplicáveis na Cuba colonial.

Oh, vida

Depois de aproximar seu automóvel da calçada, o motorista se abaixou para abrir a porta. A mulher saiu, enfiada num justíssimo *tailleur* verde, e o homem ensaiou uma reverência, mas fez um esforço e apenas se inclinou um pouco.

— Quanto devo? — disse ela, abrindo a bolsa.

— Nem fale nisso, dona Rita. Eu iria diretamente para o inferno se lhe cobrasse um centavo. Para mim, foi uma honra conduzi-la.

A mulher sorriu, acostumada com esse tipo de demonstrações de admiração.

— Obrigada, querido — agradeceu ao taxista. — Que Deus ilumine o seu dia.

E atravessou a calçada em direção à porta onde se lia: EL DUENDE, GRAVAÇÕES.

A campainha assustou uma garotinha que desenhava ao lado de uma prateleira cheia de partituras.

— Olá, minha menina — disse a mulher com um sorriso.

— Papai, olhe quem chegou! — gritou a criatura, correndo em volta da recém-chegada.

— Tome cuidado, Amalita! — repreendeu-a Pepe, que vinha dos fundos com alguns discos. — Você vai estragar o chapéu dela.

— Não é lindo? — gritou a menina, levantando o tule sobre o rosto da visitante.

— Vamos, experimente isso — disse a mulher, pegando um objeto.

— Você a mima demais! — queixou-se o homem, encantado. — Vai estragá-la.

A atriz, normalmente receosa quando lidava com agrados, transformava-se diante daquela criatura de 12 anos com a qual mantinha um vínculo especial. Também a mãe lhe parecia muito interessante, embora por outras razões. Se a menina vibrava como uma torrente disposta a arrasar mistérios e obscuridades, Mercedes era um enigma que os gerava. Nunca se esqueceria da noite em que José as apresentara depois de uma apresentação de *Cecilia Valdés*.

Com o olhar perdido, Mercedes tinha comentado:

— Quem iria dizer que de uma verdade tão feia sairia uma mentira tão bonita?

A atriz ficara estupefata. A que se referia? Quando quisera indagar sobre o assunto, Mercedes não parecera entender do que falava. Era como se nunca tivesse feito aquele comentário. Rita voltou a encontrá-la em outras ocasiões, mas mal trocaram algumas frases. A mulher vivia absorta no seu mundo.

Amalia, em compensação, irradiava um encanto especial. Às vezes se comportava como se no recinto houvesse um amigo invisível a quem só ela podia ver. Mantinha conversas cheias de frases incompreensíveis que Rita atribuía à sua imaginação, embora nem por isso deixassem de fasciná-la. Apenas nos últimos meses, a jovenzinha parecera esquecer essas brincadeiras. Agora prestava mais atenção a outros detalhes, como às roupas de Rita.

— Ernesto já chegou?

— Ligou para dizer que estava atrasado — respondeu Pepe, organizando os discos por ordem alfabética.

— Toda vez que temos ensaio, é a mesma coisa.

— Em que teatro você vai se apresentar? — perguntou Amalia, com seu jeito entre inocente e descarado.

— Em nenhum, minha rainha. Vamos fazer um filme.

Pepe largou os discos.

— Você vai para os Estados Unidos?

— Não, filho — sorriu Rita. — É segredo, mas estamos fazendo um filme musical.

O homem engoliu em seco.

— Em Cuba?

Ela assentiu.

— Pois isso é o acontecimento do século — articulou por fim.

— Vamos ver se me contam o que estão tramando nas minhas costas. — Todos se voltaram na direção do recém-chegado.

— O que você já sabe — respondeu Rita sem se alterar. — O primeiro filme musical de Cuba.

— Maestro Lecuona! — exclamou Pepe.

— Ah! — suspirou o homem. — Agora estamos entusiasmados com o projeto, mas essas experiências acabarão com a criação. Afogarão o talento...

— Lá vem você de novo, Ernesto! — exclamou Rita. — Já fizeram vários filmes desse tipo; não podemos ficar para trás.

— Tomara que eu esteja errado, mas acho que essa mixórdia acabará fabricando falsos ídolos. A verdadeira arte deve ser ao vivo ou, pelo menos, sem tanto aparato técnico. Você vai ver como em breve vão pôr para cantar gente que não tem voz... Está tudo pronto?

— Sim, dom Ernesto.

— Posso entrar também, papai?

— Sim, mas lá dentro não pode nem respirar.

A menina fez que sim, muda de antemão. Ainda com o chapéu de Rita na cabeça, seguiu os adultos até o estúdio situado no fundo da loja, protegido dos ruídos por um revestimento isolante. Os técnicos deixaram de lado as brincadeiras e ocuparam seus postos na cabine.

Amalia adorava as gravações. Tinha herdado a paixão pela música do pai. Ou, melhor dizendo, do avô Juanco, o verdadeiro fundador do negócio que depois passara para o seu filho. José não hesitara um segundo em deixar sua carreira de médico por aquele mundo cheio de surpresas.

Ao pai e à filha também fascinavam as reuniões que aconteciam depois das gravações, nas quais ficavam sabendo das intrigas da Havana boêmia do início de século. Assim ouviram sobre o histórico descontrole de Sarah Bernhardt, que, furiosa porque o público cubano cochichava durante sua apresentação, quisera insultá-los gritando que eram índios com fraque, mas, como na ilha não havia mais índios, ninguém se dera por achado e todos continuaram conversando do mesmo jeito. Ou riam das loucuras dos jornalistas locais, que toda noite colocavam um microfone no terraço para transmitir para toda a ilha o toque de canhão das nove, disparado em Havana desde a época dos piratas... Eram momentos prazerosos que, anos depois, entesourariam em suas lembranças.

Amalia gostava de sair com dona Rita, e dona Rita, de sair com ela; e ultimamente, quando queria ir às compras, a mulher passava pelo local onde a menina ajudava a classificar as gravações, depois das aulas.

— Empreste-me a menina um pouquinho, dom José — rogava a atriz com ar trágico. — É a única pessoa que não me atormenta e que me ajuda a encontrar o que quero.

— Era só o que faltava — aceitava o pai.

E as duas iam muito juntinhas, como colegiais, percorrer as luxuosas lojas e admirar aquelas vitrines que até os europeus invejavam. Entre fofocas e risadas, experimentavam montes de roupas. A atriz se aproveitava da adoração que despertava em qualquer lugar para pedir às vendedoras que trouxessem mais e mais caixas de chapéus e sapatos, xales, casacos de pele e todo tipo de acessórios. Na volta, lanchavam sorvetes e doces empapados em calda de açúcar e algumas vezes terminavam no cinema.

Numa tarde, depois de comprar algumas coisas — incluindo um par de primorosos sapatos para a mocinha —, Rita propôs uma coisa nova.

— Alguma vez leram as cartas para você?

— As cartas?

— Sim, as cartas. Como fazem as ciganas.

— Ah! Ler a sorte.

— E o futuro, minha menina.

Amalia não sabia o que eram as ciganas, mas tinha certeza de que ninguém tinha lido o seu futuro.

— Perto daqui vive uma pessoa que pode fazer isso — disse dona Rita. — Chama-se Dinorah e é amiga minha. Você gostaria de me acompanhar?

É obvio. Que moça não ficaria encantada?

Caminharam três quadras, atravessaram um parque, subiram uma escada estreita e, duas portas adiante do último degrau, tocaram a campainha.

— Olá, minha negra — Rita cumprimentou a mulher que saiu para recebê-la: uma loura baixinha, inteiramente vestida de branco como se fosse um anjo.

— Chegou em boa hora. Não tem ninguém.

Amalia percebeu que a atriz a visitava freqüentemente.

— Espere-me aqui, meu bem — disse-lhe Rita, antes de seguir a mulher.

Vinte minutos depois, apareceu na sala.

— Vamos, é a sua vez.

Uma vela iluminava o cômodo em penumbra. A mulher estava sentada diante de uma mesinha onde havia um copo cheio de água. Antes de embaralhar as cartas, salpicou-as com o líquido e murmurou uma oração.

— Corte — disse, mas Amalia não entendeu a que se referia.

— Escolha um monte — soprou-lhe Rita.

A mulher começou a colocar as cartas de cima para baixo e da direita para a esquerda.

— Hum... Você nasceu de milagre, criatura. E a sua mãe se livrou de uma boa... Vejamos... Aqui há um homem... Não, um menino... Espere... — Tirou outra carta e outra. — Isso é estranho. Há alguém na sua vida. Não é um amante, nem seu pai... Tem algum amigo especial?

A jovem negou.

— Pois há uma presença que vela por você, como se fosse um espírito.

— Eu sabia — exclamou Rita. — Essa menina sempre me pareceu diferente.

Amalia não disse nada. Sabia a quem se referia, mas seus pais tinham lhe dito que não era para falar dessas coisas com ninguém, nem sequer com dona Rita.

— Sim, tem um guardião muito poderoso.

"E muito chato", pensou a jovem, lembrando-se das bagunças do Martinico.

— Ah! Virão amores...

— Ah, é? — entusiasmou-se Rita como se o anúncio fosse para ela. — Vamos ver, conte.

— Não se engane — revelou a cartomante com ar sombrio. — Serão amores muito difíceis.

— Todos os grandes amores são assim — sentenciou a atriz com otimismo. — Alegre-se, pequena. Aproximam-se tempos bons.

Mas Amalia não queria nenhum amor, por maior que fosse, se isso fosse complicar sua vida. Jurou para si mesma que sempre permaneceria na loja do pai, ajudando-o a organizar os discos e ouvindo as histórias dos músicos que iam gravar.

— Hum... Vai ter filhos. Três... — Olhou para a moça como se hesitasse em falar. — Não, um... e será mulher. — Tirou mais três cartas. — Tenha cuidado. O seu homem vai se meter em confusões.

— Com outra mulher? — indagou Rita.

— Não creio...

Amalia afogou um bocejo, pouco interessada em alguém com quem jamais se casaria.

— Meu Deus, como está tarde! — exclamou de repente Rita.

— E as minhas entradas? — perguntou a mulher, depois de acompanhá-las até a porta.

— Não se preocupe — disse Rita. — Prometo que você irá à estréia.

José deu uma festa "íntima e acolhedora", conforme dizia a nota, para os artistas e produtores envolvidos no filme. Também enviou convites para alguns músicos que ainda não tinham gravado ou visitado sua loja. Isso serviria para estabelecer novos contatos.

Pela primeira vez se alegrava de que sua mulher tivesse proposto mudarem-se para uma casa. A princípio, rechaçara a idéia. Sempre tinha preferido os lugares altos; mas até sua mãe tinha apoiado Mercedes na decisão. A anciã também se esgotava subindo aquelas escadas intermináveis.

— Se é difícil para você subir — tinha insistido Pepe—, o mesmo acontecerá com os ladrões. Este apartamento é mais seguro.

— Bobagem — disse Ángela. — É sua herança serrana que pede para viver nas alturas, mas não estamos mais em Cuenca.

— Falo por razões de segurança — respondeu ele.

— Está no sangue — insistiu Ángela.

No entanto Mercedes estava farta de escadas, e ele acabara cedendo. Agora se alegrava com a mudança. Percebera que contava com um grande espaço para festas: um pátio que sua mulher tinha decorado com vasos cheios de jasmins.

Sob o frio das estrelas, colocaram uma mesa repleta de bebidas. Um gramofone enchia o ar de melodias. O cheiro dos manjares — bolos de carne, ovos recheados, queijos, *hors-d'oeuvres* com fartura de caviar vermelho e preto, rolinhos de enguia e patês condimentados — tinha aberto o apetite dos convidados. Mas a mais agitada era Amalia, que conseguiu permissão para ficar até meia-noite, momento em que os adultos planejavam ir ao Inferno, um cabaré insone na esquina das ruas Barcelona e Amistad. A menina ficaria com sua avó, que agora estava na cozinha preparando o ponche para os convidados.

Quase todos tinham chegado, ansiosos por compartilhar a noitada com a grande Rita Montaner, que ainda não tinha chegado, e com os maestros Lecuona e Roig, que estavam para chegar de um momento para outro. O relógio deu nove badaladas e, como se estivesse aguardando aquele sinal, a campainha da porta soou. Quando Amalia foi abrir, fez-se um suspense que muitos aproveitaram para tragar o último gole de sua bebida ou terminar seu sanduíche.

A brisa da noite soprou entre os jasmins. Houve uma mudança perceptível no ambiente, e alguns elevaram o olhar para procurar a causa. Um "oh" sincero se elevou da multidão. Com um vestido cinza-pérola e um xale prateado nos ombros, a silhueta de uma deusa apareceu na soleira. Escoltada pelos dois músicos, a atriz atravessou a sala.

Amalia tinha ficado tão admirada quanto os outros, saboreando o feitiço, mas logo percebeu que o encantamento não emanava da diva. Seu olhar se fixou num objeto: o xale que cobria seus ombros. Nunca tinha visto nada tão bonito. Não parecia um tecido, mas um pedaço de lua líquida.

— O que é isso que você está vestindo? — sussurrou-lhe a jovem quando conseguiu atravessar a roda de admiradores.

Rita sorriu.

— Sangue mexicano.

— Como?

— Comprei-o no México. Dizem que lá a prata brota da terra como o sangue das pessoas.

E, ao perceber a expressão de Amalia, tirou aquela espécie de azougue amorfo e o colocou na sua cabeça.

Um silêncio de morte se estendeu pelo pátio. Até mesmo dom José, que já se preparava para repreender a filha por estar monopolizando a convidada principal, ficou sem fala. Assim que o xale cobriu Amalia, uma claridade de outro mundo brotou da sua pele.

— Pesa muito — murmurou a jovem, sentindo o peso das centenas de escamas metálicas.

— É pura prata — lembrou-lhe a dona. — E está enfeitiçado.

— De verdade? — interessou-se a garota.

— Com um feitiço da época em que as pirâmides se cobriam de sangue e flores: "Se o manto de luz roçar um talismã de sombras na presença de dois desconhecidos, estes se amarão para sempre."

— O que é um talismã de sombras?

— Não sei — disse com um suspiro a mulher. — Nunca perguntei a quem me vendeu o xale. Mas é uma lenda muito bonita.

A jovem apalpou o xale, que cedeu docilmente entre seus dedos, quase vivo. Sentiu a força que brotava do objeto e afundava em seu corpo, provocando euforia e medo ao mesmo tempo.

"O que é isto, meu Deus?", pensou.

— Olhe como você está bonita — disse Rita, empurrando-a para o espelho da entrada. — Olhe.

E a deixou, enquanto os convidados recuperavam o fôlego depois daquela metamorfose.

Diante do espelho, Amalia se lembrou do conto da princesa fugitiva que se escondia sob uma pele de asno durante o dia, mas que guardava uma roupa de sol e uma roupa de lua com que se vestia em segredo toda noite. Fora assim que o príncipe que se apaixonaria por ela a conhecera... Amalia envolveu-se na gélida beleza, sentindo-se mais protegida sob o peso da malha. A campainha da entrada tocou duas vezes, mas ninguém pareceu ouvir. Amalia foi abrir a porta.

— É aqui que mora o professor aposentado? — perguntou uma voz desconhecida.

— Quem?

Ela se adiantou um pouco para ver melhor a sombra que se escondia na soleira, mas só viu um rapaz chinês com um pacote de roupa nas mãos. O azeviche que levava no pescoço se desprendeu e caiu aos pés do jovem, que se apressou a recolhê-lo. Sem querer, seus dedos roçaram o manto prateado.

Ele levantou o rosto para olhar, e nesse momento viu a própria Deusa da Misericórdia cujas feições amam todos os mortais. E ela recuperou a pedra com mãos trementes, porque acabava de reconhecer o príncipe dos seus sonhos.

Muito perto do coração

Coral Castle: um nome mágico para um recanto perdido nas brumas de Miami. Cecilia pensava isso, com o olhar no infinito. Sua tia-avó a tinha convencido a ir visitar "a oitava maravilha de Miami". E, enquanto viajavam em direção ao sul, ela observava os bandos de patos nos canais artificiais que corriam paralelos às ruas, beijando os pátios das casas. "Miami, a cidade dos canais", batizou mentalmente, atribuindo-lhe assim certa condição veneziana e até uma qualidade vagamente extraterrestre, por causa dos *canalli* de Schiaparelli. Nessa cidade quase tropical, onde se realizavam feiras renascentistas, qualquer coisa podia ocorrer.

Voltou do seu devaneio quando a tia parou perto de um muro de aparência tosca e medieval, parecendo mais uma pequena fortaleza do que um dos românticos castelos de Luís II, o rei louco da Baviera. A construção tinha um ar evidentemente surrealista. Parecia uma visão de Lovecraft, com todos aqueles símbolos esotéricos e astronômicos. E a energia... Era impossível deixar de senti-la. Fluía do solo como uma corrente telúrica que subia até a ponta da cabeça. Quem diabos teria feito aquilo? E para quê?

Deu uma olhada no folheto. Seu construtor tinha sido Edward Leedskalnin, nascido na Letônia, em 1887. Um dia antes do casamento, sua noiva lhe dissera que não se casaria, e ele fugira para outras terras com o coração partido. Depois de muito viajar e sofrendo de tuberculose, decidira mudar-se para o sul da Flórida, onde o clima era bom para a sua doença.

— Estava obcecado por ela — disse Loló sentando-se em uma cadeira de balanço de pedra, ao notar o interesse com que sua sobrinha lia o folheto. — Por isso construiu este lugar. Alguns diziam que estava louco, outros, que era um gênio. Eu acho que se pode ser as duas coisas ao mesmo tempo.

Louco ou não, o homem tinha procurado um terreno para fazer um monumento ao seu amor. Fora assim que se dera ao trabalho de levantar aquela fortaleza durante a década de 1920. As rochas, esculpidas como objetos caseiros ou arquitetônicos, ofereciam um aspecto estranhamente onírico. No quarto havia uma cama para ele e sua noiva perdida, duas caminhas para crianças e até um berço rochoso que balançava. Perto, havia uma escultura gigantesca, batizada como o Obelisco; também um relógio de sol que marcava as horas, de nove da manhã às quatro da tarde. E havia o Portão das Nove Toneladas: uma rocha irregular que girava — por um milagre de engenharia — como a porta de um hotel moderno. Mas os dois lugares que mais fascinaram Cecilia foram a Fonte da Lua e a Parede do Norte. O primeiro tinha três peças: duas foices lunares e uma fonte que imitava a lua, com uma ilhota em forma de estrela. A Parede do Norte era um muro coroado por várias esculturas: a lua crescente, Saturno com seus anéis e Marte com uma arvorezinha esculpida em sua superfície para apoiar a idéia de que ali existia vida. Contemplando a Mesa do Coração — onde florescia uma ixora —, Cecilia imaginou qual seria a origem daquela obsessão por esculpir rochas imensas. Talvez a única maneira que aquele homem tivera de lutar contra a angústia tivesse sido transformar seu amor em pedra.

— Estas eram suas ferramentas — comentou a anciã, entrando num cômodo.

Cecilia viu um monte de ferros, polias e ganchos. Nada pesado, nem particularmente grande.

— Aqui diz — observou Cecilia, olhando para o seu folheto — que há mais de mil toneladas de pedras só nos muros e na torre. O peso médio das pedras é de seis toneladas e meia... e há várias com mais de vinte toneladas. É impossível mover tudo isto sem uma grua.

— Pois foi assim — afirmou Loló —, e ninguém conseguiu descobrir o segredo dele. Trabalhava à noite, na escuridão. E, se chegava algum visitante, não voltava a trabalhar até que este ia embora.

Cecilia perambulou pelo local, absorta num resplendor que oscilava ao redor das pedras. Quase podia vê-lo brotar de cada pedra, envolvendo-as com um halo translúcido e ligeiramente violeta.

— O que está acontecendo? — perguntou a tia. — Você ficou muda de repente.

— Melhor não dizer. Você vai achar que estou louca.

— Eu decidirei o que achar.

— Vejo um halo ao redor das pedras.

— Ah, isso? — A anciã pareceu decepcionada.

— Não acha estranho?

— De jeito nenhum. Eu também vejo.

— Você?

— Sempre aparece à tarde, mas quase ninguém nota.

— O que é?

Loló deu de ombros.

— Algum tipo de energia. Lembra o da falecida Delfina.

— Minha avó tinha um halo?

— Como esse — disse apontando para a Fonte da Lua —, bem forte. Já o do Demetrio é mais claro, eu diria que um pouco aguado.

— Bem — comentou Cecilia, duvidando de sua própria prudência por levar a tia a sério —, não é estranho que você consiga vê-lo, mas eu? A mediunidade na família terminou com você e minha avó.

— Essas coisas sempre se herdam.

— Não no meu caso — assegurou-lhe Cecilia. — Talvez sejam os exercícios.

— Que exercícios?

— Para ver a aura.

Cecilia achou que a anciã não sabia do que ela estava falando, pois ficou em silêncio por alguns segundos.

— Onde você aprendeu isso? — perguntou finalmente, com um tom que não deixava dúvidas de que sabia do que se tratava.

— Na Atlantis. Conhece o lugar?

— Não sabia que você se interessava por livrarias esotéricas.

— Fui por acaso. Estava fazendo uma pesquisa. — E, enquanto se aproximavam da Mesa Florida, a jovem contou sobre a casa fantasma.

Quando Cecilia cruzou a soleira, fazendo soar os sininhos da porta, um cheiro de rosas caiu sobre ela. Atrás do balcão, em vez de Lisa, estava Claudia, a jovem em quem esbarrara depois da palestra sobre Martí. Estava quase indo embora, mas lembrou por que tinha vindo e se dirigiu à prateleira onde vira os livros sobre casas enfeitiçadas. Escolheu dois e foi até a caixa registradora. Talvez a jovem não se lembrasse dela. Sem dizer uma palavra, entregou-lhe os livros e observou as mãos de Claudia enquanto os embrulhava.

— Sei que se assustou na outra noite quando falei que você andava com os mortos — disse Claudia sem levantar os olhos —, mas não tem por que se preocupar. Os seus não são como os meus.

— E como são os seus? — atreveu-se a perguntar Cecilia. Claudia suspirou.

— Tive um especialmente terrível quando vivia em Cuba: um mulato que odiava as mulheres. Parece que foi assassinado num prostíbulo.

"Depois dizem que as coincidências não existem", pensou Cecilia.

— Era um morto desagradável — continuou Claudia. — Felizmente deixou de me perseguir depois de poucos meses. Quando saí da ilha, também voltei a ver um índio mudo que me avisava das desgraças.

Cecilia ficou boquiaberta. Guabina, a amiga de Ángela, também via um espírito que a avisava sobre os perigos, embora não se lembrasse se era índio. Voltou a se lembrar do amante mulato de Mercedes, que tinha tanto ciúme dela... Mas o que estava pensando? Como podiam ser os mesmos mortos?

— Não se preocupe — insistiu Claudia ao notar o seu olhar. — Você não tem nada a temer dos seus.

Mas Cecilia não gostava da idéia de andar com mortos, nem que fossem dela nem que fossem bons. E muito menos que, de repente, toda essa questão se transformasse numa coisa muito mais misteriosa devido à existência de mortos parecidos, provenientes de mulheres que não se conheciam. Ou talvez sim?

— Conhece uma mulher que se chama Amalia?

— Não, por quê?

— Os seus mortos... Alguém mais sabe deles?

— Somente Úrsula e eu podíamos vê-los. Úrsula é uma freira que ainda está em Cuba.

— Você foi freira?

A outra corou.

— Não.

Pela primeira vez, Claudia pareceu perder a vontade de falar e bruscamente entregou o livro a Cecilia, perplexa agora diante da sua atitude. O que teria dito para provocar aquela mudança? Talvez sua pergunta tivesse despertado alguma lembrança. Muitas crônicas dolorosas habitavam a ilha.

Vieram à sua cabeça esquinas da sua infância, a textura da areia, o açoite do vento no Malecón... Havia lutado para esquecer sua cidade, para desterrar essa lembrança que era metade pesadelo, metade saudade, mas o efeito produzido pelas palavras de Claudia a fez ver que não tinha conseguido. Parecia que todos os caminhos conduziam a Havana. Não importa para quão longe viajasse, de algum modo sua cidade acabava por alcançá-la.

Meu Deus! Seria masoquista e nunca se dera conta? Como podia odiar e sentir saudade ao mesmo tempo? Tantos anos naquele inferno deviam ter derretido os seus neurônios. Por acaso as pessoas não ficavam loucas quando isoladas? Agora tinha dado para sentir saudade da sua cidade, aquele lugar onde só tinha conhecido um medo agônico que não a abandonava nunca. "Sempre estás comigo, na minha tristeza. Estás na minha agonia, no meu sofrer..." Estava tão descontrolada que até pensava em forma de boleros. Qualquer coisa que lhe acontecesse, boa ou má, tinha música. Até a lembrança de Roberto. Assim vivia ultimamente, com a alma dividida em duas metades que não conseguia esquecer: sua cidade e seu amante. Assim os levava ela, como dizia o bolero, muito dentro do coração.

Me ama muito

O leão de papel se movia como uma serpente, tentando morder um ancião que ia na frente fazendo caretas. Era o segundo ano em que a tradicional Dança do Leão saía do Bairro Chinês para somar-se aos festejos do carnaval havanês. Mas os cubanos viam naquele leão uma criatura diferente que se retorcia ao som de címbalos e cornetas, enquanto avançava em direção ao mar.

— Mãe, vamos ver o Bloco do Dragão — rogou Amalia à sua mãe.

Não que lhe interessasse muito ver o gigantesco boneco que às vezes saltava convulsivamente, quando um dos chinesinhos que o manipulava se contagiava com o ritmo longínquo dos tambores. Só sabia que Pablo a estava esperando na esquina da Prado com a Virtudes.

— Podemos ir amanhã — disse seu pai. — O bloco já deve ter saído de Zanja.

— Dona Rita disse que era mais divertido vê-lo no Prado — insistiu Amalia. — Ali os chineses se esquecem de seguir as matracas quando começam a ouvir as congas do Malecón.

— Não são matracas, menina — retificou seu pai, que não suportava que mudassem o nome de nenhum instrumento musical.

— Dá no mesmo, Pepe — interrompeu-o Mercedes. — Seja como for, essa música chinesa faz um barulho infernal.

— Se continuarmos discutindo, ficarei sem ver nada — reclamou Amalia.

— Está bem, está bem... Vamos!

Desceram pela Prado, suando copiosamente. Fevereiro é o mês mais frio em Cuba, mas — a menos que tenha chegado uma frente fria — as multidões de um carnaval podem derreter um iceberg em segundos.

Aproximaram-se da Virtudes, cercados pela multidão que dançava e tocava seus apitos. Amalia arrastou os pais em direção à área da qual brotava um sinal audível para o seu coração. Ela mesma não sabia para onde se dirigia, mas seu instinto parecia guiá-la. Não descansou até ver Pablo, que tomava um sorvete no meio da rua.

— Podemos ficar aqui — decidiu, soltando a mão da sua mãe.

— Tem muita gente — queixou-se Mercedes. — Não seria melhor nos aproximarmos da praia?

— Ali é pior — afirmou a garota.

— Mas, filha...

— Pepe!

O grito veio de um portal onde vários homens bebiam cerveja.

— É o maestro — sussurrou Mercedes para o marido, que parecia mais atordoado que ela.

— Onde? Não estou vendo...

— Dom Ernesto! — Ela cumprimentou-o com um gesto, enquanto ia na sua direção.

Só então Amalia o viu. Seguiu seus pais, contrariada com aquele encontro que a afastava de sua meta.

— Sabe quem tem me escrito de Paris? — perguntou o músico, depois de um efusivo apertão de mãos.

— Quem?

— Meu antigo professor de piano.

— Joaquín Nin?

— Parece que pensa em voltar no ano que vem.

O olhar de Amalia se perdeu na multidão, procurando os olhos rasgados e escuros que não a tinham abandonado desde aquela noite na soleira da sua porta. Viu o dono deles, distraído na contemplação dos carros conversíveis que se somariam ao desfile de limusines algumas ruas abaixo. Aproveitando a distração dos pais, e antes que alguém pudesse perceber, correu para junto de Pablo.

— Olá — disse, tocando-o levemente no ombro. A surpresa no rosto do rapaz se transformou numa alegria que ele não conseguiu esconder.

— Pensei que você não vinha mais — disse, sem se atrever a acrescentar mais nada.

Os três adultos que o acompanhavam se voltaram.

— Boa talde — disse um dos homens com um tom que pretendia ser amável, mas que não escondeu sua desconfiança para com aquela daminha branca.

— Papai, mamãe, *akun*, esta é Amalia, a filha do gravador de discos.

— Ah! — disse o homem.

A mulher exclamou alguma coisa que soou como "uhu", e o mais velho se limitou a observá-la com ar contrariado.

— Com quem você veio? — perguntou Pablo.

— Com meu pai e minha mãe. Estão por ali com alguns amigos.

— E deixam menina sozinha? — perguntou a mulher.

— Bem, eles não sabem que eu estou aqui.

— Mau pae — disse a chinesa em seu terrível espanhol. — Pae e mae tem que etá atento sua menina.

— *Ma!* — sussurrou o jovem.

— Temos que ver o Bloco do Dragão — disse ela, com a esperança de fazê-los esquecer seu evidente desagrado.

— O que é isso? — perguntou o moço.

— Não sabe? — estranhou ela, e, como todos a observassem com expressão vazia, insistiu: — Várias pessoas movem um dragão alaranjado... assim — e tentou imitar o vaivém da criatura de papel.

— Non é dlagao, é leao — corrigiu a mulher.

— E non se move, se dança — resmungou o velho, mais incomodado ainda.

— Amalia!

O chamado veio muito oportunamente.

— Já vou — sussurrou ela.

E escapou angustiada para o portal onde estavam seus pais.

— Estão vendo como são as mocinhas cubanas — disse sua mãe em cantonês quando Amalia se perdeu entre a multidão. — Não as educam como é devido.

— Bem, nós não temos por que nos preocupar — acrescentou o bisavô Yuang no seu idioma. — Pag Li se casará com uma moça filha de cantoneses legítimos... Não é mesmo, filho?

— Não há muitas na ilha — atreveu-se a dizer o rapaz.

— Mandarei trazer uma da China. Ainda restam alguns conhecidos por lá.

Pablito notou que se formava um nó na sua garganta.

— Estou cansada — queixou-se Kui-fa. — Vô, não quer ir para casa?

— Sim, estou com fome.

Longe de diminuir, a multidão pareceu aumentar ao longo do caminho. A cidade fervia durante esses dias em que o ar se enchia de blocos, e o Bairro Chinês não era uma exceção. A chegada do Ano Novo Lunar, que quase sempre ocorria em fevereiro, tinha contribuído para que os chineses se somassem aos festejos havaneses enquanto organizavam sua própria festa.

Antes do final de outro Ano do Tigre, quase todos tinham concluído os preparativos. Mais que em anos anteriores, a mãe de Pablo se esmerou em cada detalhe. As roupas novas pendiam dos cabides, prontas para serem estreadas. Nas paredes se agitavam as tiras de papel vermelho e sibilante, com letras que invocavam boa sorte, riqueza e felicidade. E dias antes ela tinha untado os lábios do Deus do Lar com bastante mel e açúcar, mais doce do que o mel, para que suas palavras chegassem bem doces ao céu.

Em todo o bairro, as lanterninhas coloridas se agitavam na brisa invernal. Viam-se por toda parte: na frente das lojas, nos toldos que iam de uma calçada a outra, nos postes solitários... Rosa também tinha colocado algumas, que agora pendiam de duas estacas sobre o batente da porta.

O ancião sorriu ao contemplar as lâmpadas, respirou os cheiros familiares do bairro onde vivera durante tantos anos e lembrou-se das suas façanhas pelos campos da ilha onde arriscara a pele em companhia de outros *mambises*, que se lançavam sobre o inimigo com os facões ao alto.

— Boa noite, vô — disse Síu Mend, esperando que o velho entrasse.

— Boa...

O chiado de pneus no asfalto interrompeu a despedida. Os Wong se voltaram para ver um carro preto que parara na esquina. Das janelas abertas, dois homens brancos abriram fogo contra três asiáticos que conversavam embaixo de um poste. Um dos chineses caiu no asfalto. Os outros conseguiram se proteger atrás de uma banca de frutas e atiraram contra os agressores.

Síu Mend agarrou a mulher e o filho, obrigando-os a se deitar na calçada. O ancião já estava agachado num canto da sua porta. A gritaria do bairro podia ser ouvida apesar do tiroteio. Alguns transeuntes, muito assustados para pensar, corriam de um lado para outro, procurando se proteger.

Por fim o automóvel cantou pneus e desapareceu depois da esquina. Pouco a pouco, as pessoas voltaram a sair dos lugares onde se refugiavam. Síu Mend ajudou a mulher a se levantar. Pablito se aproximou para ajudar o bisavô.

— Já foram embora, *akun*...

— Deusa da Misericórdia — exclamou a mulher em sua língua.

— Esses gângsteres vão acabar desgraçando o bairro.

— *Akun?*

Rosa e Manuel Wong se voltaram a fim de olhar para o filho.

— *Akun!*

O ancião continuava deitado na calçada. Manuel se aproximou para levantá-lo, mas sua tentativa o fez gemer. Wong Yuang, que tantas vezes desafiara o perigo na garupa de um cavalo, acabava de ser alcançado por uma bala que agora nem sequer era dirigida a ele.

O Ano Novo Lunar chegou sem festas para os Wong. Enquanto o ancião agonizava no hospital, o bairro desfilou pela casa com presentes e remédios milagrosos. Apesar de tanta ajuda, os gastos de hospital eram excessivos. Dois médicos ofereceram serviços gratuitos, mas não foi suficiente. Então Síu Mend, aliás Manuel, decidiu que precisavam de outro salário em casa. Lembrou-se da cozinha do Pacífico, um restaurante e entreposto de comestíveis com os cheiros mais saborosos do mundo, e foi pedir humildemente o mais miserável dos empregos para o seu filho, mas toda a comunidade já sabia de sua desgraça, e as perguntas sobre a seriedade do rapaz foram quase uma formalidade. Começaria a trabalhar no dia seguinte.

— Apresse-se, Pag Li — despertou-o a mãe nessa manhã. — Você não pode chegar tarde na sua primeira semana.

Pablito se apressou a sentar-se à mesa. Fez suas rezas brevemente e atacou com os palitos sua tigela de arroz e peixe. O chá fervendo queimou-lhe a língua, mas ele gostava dessa sensação nas madrugadas.

Síu Mend nunca tinha sido especialmente religioso, mas agora rezava toda manhã diante da imagem de San-Fan-Con, o santo inexistente na China que era uma figura onipresente na ilha. Assim o deixou Pag Li quando foi para o seu quarto buscar os sapatos. Enquanto os calçava, lembrou-se da história que seu bisavô, agora agonizante, contava sobre o santo.

Kuan Kong tinha sido um valente guerreiro que vivera durante a dinastia Han. Ao morrer, transformara-se num imortal cujo rosto avermelhado era reflexo da sua provada lealdade. Durante a época em que os primeiros *coolies* chineses chegaram à ilha, um imigrante que vivia na região central assegurara que Kuan Kong tinha aparecido para anunciar que protegeria todo aquele que dividisse sua comida com os irmãos em desgraça. A notícia se espalhara pelo país, mas já havia em Cuba outro santo guerreiro chamado Xangô, que vestia vermelho e tinha chegado nos navios provenientes da África. Então os chineses acharam que Xangô devia ser um avatar de Kuan Kong, uma espécie de irmão espiritual de outra raça. Assim, as duas figuras formaram o binômio Xangô-Kuan Kong. Mais tarde, o santo fora se transformando em San-Fan-Con, que protegia igualmente a todos. Pablo também tinha ouvido outra versão, segundo a qual San-Fan-Con era o nome mal pronunciado de Shen Guan Kong ("o ancestral Kuan a quem se venera em vida"), cuja memória alguns compatriotas tinham profanado. O jovem suspeitava que, nesse passo, poderiam aparecer mais versões sobre a origem do misterioso santo.

Pensava em tudo isso enquanto ouvia as rezas do pai. Quando saiu do quarto, sua mãe acabava de tomar o café-da-manhã. Síu Mend bebeu um pouco de chá, e em seguida todos colocaram seus casacos e saíram.

Seus pais caminhavam em silêncio, deixando escapar vapores de névoa pela boca. O moço tentava sobrepor-se ao frio, bisbilhotando através das portas que permitiam ver os pátios interiores. Ao abrigo dos olhares, aqueles madrugadores se moviam com os lentos movimentos da ginástica matinal que Pablo tinha praticado tantas vezes com seu bisavô.

Qualquer outro dia, Pablo teria ido à escola pela manhã e trabalhado à tarde. Mas nesse sábado a família se despediu em frente ao edifício, e o rapaz subiu para começar sua tarefa. Deveria acender os fornos, limpar e picar verduras, lavar caldeirões, tirar a mercadoria das caixas, ou qualquer outra coisa que fosse necessária.

No meio da manhã, sobre a cozinha flutuava uma nuvem com os cheiros do arroz pegajoso e fumegante, da carne de porco cozida com vinho e açúcar, dos camarões refogados com dezenas de vegetais, do chá verde e claro que acentuava os sabores do paladar... Certamente assim seria o cheiro do céu, pensou Pablo; uma mistura alucinante e deliciosa que apertava as vísceras e desatava um apetite descomunal.

O jovem observava de soslaio a perícia dos cozinheiros, que constantemente repreendiam e açoitavam os mais lerdos. Pablo nunca teve problemas, exceto um dia, quando já estava trabalhando ali havia alguns meses. Normalmente fazia seu trabalho com toda dedicação, mas naquela manhã parecia mais distraído do que de costume. Não era sua culpa. Tinha recebido um bilhete de Amalia, que leu junto aos caldeirões onde cozinhavam as sopas:

> Querido amigo Pablo:
>
> (Já posso chamar você de amigo, não?) Foi um prazer conhecer sua família. Se tiver uma tarde livre, poderemos nos encontrar para conversar um pouco, se quiser, pois eu gostaria de saber mais sobre você. Hoje mesmo, por exemplo, meus pais não estarão em casa depois das cinco da tarde. Não é que eu queira receber ninguém quando eles não estão (já que não há nada de errado em conversar com um amigo), mas acho que poderemos conversar melhor se não houver pessoas mais velhas presentes.
>
> Afetuosamente,
>
> AMALIA

Leu-o três vezes antes de guardá-lo e continuar seu trabalho, mas ficou com a cabeça nas nuvens, até que, no auge da distração, deixou cair uma caixa de peixe na cozinha. O cascudo do capataz tirou-lhe a vontade de sonhar.

Quando chegou em casa, não havia ninguém. Lembrou-se de que seus pais iriam ao hospital para saber do avô, que tinha sido internado outra vez à noite devido a complicações no ferimento que nunca acabava de curar; mas ele não ficaria esperando pelas notícias. Tomou banho, trocou de roupa e saiu. Não conseguiu evitar olhar para a soleira onde o ancião costumava sentar-se, e sentiu um aperto no coração. A perspectiva de ver novamente aquela estranha moça que ocupava seus pensamentos noite e dia aliviou-o um pouco.

Mais uma vez, voltou a se confundir diante das portas com aldrabas parecidas; deteve-se indeciso, sem saber o que fazer. A terceira da esquerda se abriu na sua cara.

— Imaginei que você ia se perder — disse Amalia. E acrescentou, com ingenuidade: — Por isso, estava vigiando.

Pablo entrou envergonhado, embora sem demonstrar.

— E os seus pais?

— Foram receber um músico que está chegando da Europa. Minha avó também foi com eles... Sente-se. Aceita uma água?

— Não, obrigado.

A cordialidade da moça, em vez de acalmá-lo, deixou-o mais nervoso.

— Vamos até a sala. Quero lhe mostrar minha coleção de música. — Amalia se aproximou de uma caixa da qual saía uma espécie de corneta gigante.

— Você já ouviu a Rita Montaner?

— É claro — disse Pablo, quase ofendido. — Tem canções dela?

— E do trio Matamoros, do Sindo Garay, do Sexteto Nacional...

Ela continuou recitando nomes, alguns conhecidos e outros que ele estava ouvindo pela primeira vez, até que a interrompeu:

— Coloque o que você quiser.

Amalia pôs uma placa redonda sobre a caixa e levantou com cuidado um braço mecânico.

— "Me ame muito, meu doce amor, que amante sempre te adorarei..." — entoava uma voz clara e trêmula através do alto-falante.

Durante alguns instantes ouviram em silêncio. Pablo observou a moça, que pela primeira vez parecia retraída.

— Você gosta de cinema? — aventurou ele.

— Muito — respondeu ela, animando-se.

E começaram a comparar filmes e atores. Duas horas depois, nenhum dos dois parava de se maravilhar com o outro ser que tinha diante de si. Quando ela acendeu a luz, Pablo se deu conta do quanto era tarde.

— Tenho que ir.

Seus pais não sabiam onde ele se encontrava.

— Podemos nos ver outro dia — aventurou ele, roçando o braço da moça.

E de repente ela sentiu uma onda de calor que se estendia por seu corpo. O rapaz também percebeu aquela onda... Ah, o primeiro beijo. Aquele medo de se perder em terras perigosas, aquele cheiro da alma que poderia morrer se o destino tomasse rumos imprevistos... O primeiro beijo pode ser tão temível quanto o último.

Sobre suas cabeças, o lustre começou a balançar, mas Pablo não notou. Só o barulho de um objeto que se fazia em pedacinhos o tirou do encantamento. Ao lado deles jaziam os restos de uma porcelana quebrada.

— Já chegaram? — sussurrou Pablo, apavorado diante da possibilidade de que o agressor fosse o pai da sua amada.

— É o idiota do Martinico fazendo das suas.

— Quem?

— Outro dia eu conto.

— Não, conte agora — insistiu ele, olhando para os inexplicáveis cacos. — Quem mais está aqui?

Amalia hesitou um instante. Não queria que o príncipe dos seus sonhos sumisse por causa daquela história de espíritos, mas o rosto do rapaz não admitia desculpas.

— Na minha família há uma maldição.

— Uma o quê?

— Um duende que nos persegue.

— O que é isso?

— Uma espécie de espírito... um anão que aparece nos momentos mais inoportunos.

Pablo guardou silêncio, sem saber como digerir a explicação.

— É como um espírito que se herda — esclareceu ela.

— Que se herda? — repetiu ele.

— Sim. Maldita seja essa herança. Só as mulheres a recebem.

Ao contrário do que esperava, Pablo aceitou o fato com bastante naturalidade. Coisas mais estranhas eram aceitas como verdades entre os chineses.

— Vejamos, explique melhor — pediu, curioso.

— Herdei-o do meu pai. Ele não pode vê-lo, mas a minha avó pode. E minha mãe, por ser esposa dele, também.

— Quer dizer que qualquer mulher pode ver o duende se casar com um homem da família?

— E antes de casar também. Assim aconteceu com uma das minhas tataravós: viu o duende assim que a apresentaram ao meu tataravô. Levou um susto terrível.

— Assim que o conheceu?

— Sim, parece que o duende consegue saber quem se casará com quem.

Pablo lhe acariciou a mão.

— Tenho que ir — murmurou de novo, apressado por um nervosismo maior do que o provocado por um duende invisível. — Seus pais podem chegar, e os meus não sabem onde estou.

— Continuaremos nos vendo? — perguntou ela.

— A vida toda — assegurou ele.

Durante o caminho de volta, o rapaz se esqueceu do Martinico. Seu coração só tinha espaço para Amalia. Ia saltitando feliz e leve, como se ele próprio tivesse se transformado num espírito. Tentou pensar no que diria aos seus pais pela demora. Teve o tempo justo para inventar uma desculpa, antes de empurrar a porta entreaberta.

— Pai, mãe...

Deteve-se na soleira. A casa estava cheia de gente. Sua mãe chorava em uma cadeira, e seu pai estava cabisbaixo ao lado dela. Pablo viu o ataúde em um canto e foi então que notou que todos estavam de amarelo.

— *Akun*... — murmurou o moço.

Tinha retornado da Ilha dos Imortais para se defrontar com um mundo onde os humanos morriam.

Recordarei tua boca

Apesar da advertência da cartomante, Cecilia se negou a abandonar sua relação com Roberto. Embora não conseguisse afastar a apreensão que sentia ao lado dele, decidiu atribuí-la à sua insegurança, e não ao seu instinto. Era verdade que toda aquela previsão a tinha surpreendido com sua exatidão, mas ela não pensava em agir seguindo os conselhos de uma adivinha.

Roberto tinha lhe apresentado os seus pais. O velho era um sujeito simpático que não parava de falar sobre os negócios que faria numa Cuba livre. Montaria uma fábrica de tintas (porque nas fotos que trazem da ilha tudo parece cinza), uma loja de sapatos (porque aqueles coitados de lá andam praticamente descalços) e uma livraria onde venderia edições baratas (porque meus compatriotas passaram meio século sem poder comprar os livros que têm vontade de ler). Cecilia se divertia muito com aquela mistura de investidor com bom samaritano, e nunca escapulia quando o homem a chamava para contar sobre algum novo projeto que tinha lhe ocorrido. Sua mulher o repreendia por aquele afã delirante de pensar em mais trabalho quando já estava aposentado havia dez anos; mas ele dizia que sua aposentadoria era temporária, uma pequena pausa antes de empreender a última jornada. Roberto não participava daquelas discussões; só parecia interessado em saber mais sobre a ilha em que nunca tinha pisado. Entretanto essa era uma mania comum nas pessoas da sua geração, tivessem ou não nascido em Cuba, e ela não parou para pensar muito no assunto.

As festas natalinas tinham reavivado sua relação nas últimas semanas. Seu humor, que sempre melhorava na época invernal, agora fervia. Ela foi às compras, pela primeira vez em muito tempo, disposta a rejuvenescer sua aparência. Experimentou maquiagens e comprou roupas novas...

Na última noite do ano, Roberto passou para pegá-la a fim de irem a uma festa que seria realizada numa das ilhas privadas, cheias de mansões onde viviam atores e cantores que passavam a metade do ano filmando ou gravando em algum confim do planeta. O anfitrião era um velho cliente de Roberto que já o havia convidado outras vezes.

Perderam-se um pouco por ruelas escuras e arborizadas antes de chegar. O jardim, com a grama recém-cortada, acabava num cais do qual se avistavam os grandes edifícios do centro e um pedaço de mar. Pessoas desconhecidas iam e vinham pelos cômodos, bisbilhotando entre as obras de arte que complementavam a decoração minimalista. Depois de cumprimentar o dono da casa, abandonaram o tumulto e se aproximaram da praia, onde tiraram os sapatos e aguardaram a chegada do novo ano falando amenidades.

Cecilia teve a certeza de que, por fim, suas atribulações amorosas terminavam. Agora, chapinhando com os pés nus na água fria, sentia-se completamente feliz. Às suas costas tinha começado a contagem regressiva da televisão, enquanto a costa oriental dos Estados Unidos via subir a maçã luminosa de Nova York, no centro de Time Square. Os fogos começaram a estourar sobre a baía de Miami: cachos brancos, esferas rodeadas por anéis verdes, salgueiros de ramos vermelhos... .

Quando Roberto a beijou, ela se abandonou com os sentidos embriagados de prazer, saboreando aquele suco de uva em sua boca como uma guloseima divina e sobrenatural. Foi uma liturgia sensual e inesquecível; última estação daquele romance.

Uma semana depois, Roberto chegou ao seu apartamento ao anoitecer.

— Vamos beber alguma coisa — disse-lhe.

De uma mesinha ao ar livre, junto à baía, avistava-se um veleiro — mistura de navio pirata e clíper — cheio de gente que não tinha mais nada para fazer além de passear pelas tranqüilas águas contemplando o movimento em terra. Entre um e outro martíni, Roberto lhe disse:

— Não sei se devemos continuar nos encontrando.

Cecilia achou que não estava ouvindo bem. Pouco a pouco, lutando com as palavras, ele confessou que tinha voltado a ver sua antiga namorada. Cecilia ainda não entendia. Ele mesmo tinha insistido para que voltassem a sair juntos; tinha garantido a ela que não existia mais ninguém. Agora parecia confuso, como se estivesse se debatendo entre duas forças. Estaria mesmo enfeitiçado? Confessou-lhe que tinham conversado, tentando esclarecer o ocorrido em sua antiga relação. E, enquanto Roberto falava, ela ia morrendo com cada palavra dele.

— Não sei o que fazer — concluiu ele.

— Eu o ajudarei — disse Cecilia. — Fique com ela e me esqueça.

Ele olhou para ela com estranheza... ou talvez atônito. As lágrimas não a deixavam enxergar. Agora agia com aquela espécie de instinto irracional, e um pouco suicida, que a acompanhava cada vez que se via diante de uma situação injusta. Se a perseverança e o amor não bastavam, ela preferia se retirar.

— Temos que conversar — disse ele.

— Não há nada para conversar — murmurou ela, sem uma gota de rancor.

— Posso ligar para você?

— Não. Não posso continuar assim, ou você acabará com a pouca prudência que me resta.

— Juro que não sei o que está acontecendo comigo — murmurou ele.

— Investigue — disse ela —, mas longe de mim.

Quando chegou à casa de Freddy, estava à beira de um colapso. Alheio ao que estava acontecendo, o rapaz a mandou entrar em meio a uma desordem de vídeos e CDs. O aparelho de som deixava escapar um bolero nostálgico. Cecilia sentou-se no chão, quase chorando.

— Está sabendo que o papa chegou a Havana? — perguntou o rapaz, enquanto arrumava os discos em diferentes pilhas.

— Não.

— Ainda bem que tive a idéia de gravar a recepção. Foi espetacular — disse ele, tentando decidir onde colocava o Ravi Shankar. — Ah! Tenho uma piada. Sabe para que o papa vai a Cuba?

Ela mexeu a cabeça sem vontade.

— Para conhecer de perto o inferno, ver o diabo em pessoa e averiguar como se vive de milagre.

Cecilia mal esboçou um sorriso.

— Vão transmitir ao vivo todas as missas — disse ele finalmente —, então não perca. Talvez Tróia arda diante das barbas de você sabe quem.

— Não posso ficar em casa vendo televisão — murmurou. — Tenho que trabalhar.

— Para isso inventaram o vídeo, minha filhinha.

Uma voz feminina começou a cantar: "Dizem que tuas carícias não devem ser minhas, que seus braços amantes não devem me estreitar..." Cecilia sentiu que o nó na sua garganta a impedia de respirar.

— Vou gravar tudo para a história — comentou Freddy, amontoando várias fitas de cantos gregorianos. — Para que ninguém venha inventar historinhas depois...

E, quando aquele bolero de meio século gemeu: "Me dê um beijo e esqueça que me beijou, eu te ofereço a vida se tu me pedires...", seus soluços sobressaltaram Freddy. De susto, ele deixou cair as fitas, e duas pilhas completas desabaram.

— O que está acontecendo com você? — perguntou assustado. — O que você tem? — Nunca a tinha visto assim.

— Nada... O Roberto... — gaguejou ela.

— Outra vez esse cara! — exclamou. — Que vá para o raio que o parta.

— Não fale assim.

— O que aconteceu agora? Voltaram a se separar?

Ela assentiu.

— E agora por quê? — perguntou ele.

— Não sei... Ele não sabe. Acha que talvez continue apaixonado pela outra.

— Aquela de quem você falou?

Ela assentiu.

— Pois ouça bem o que eu vou lhe dizer — disse, colocando-se na frente dela. — Eu sei quem é essa mulher. Fiz minhas averiguações...

— Freddy! — Cecilia começou a repreendê-lo.

— Sei quem ela é — insistiu ele —, e digo que não chega nem ao seu tornozelo. Se ele quer continuar com aquela mulherzinha insípida e sem graça, azar dele. Você vale mais do que qualquer sirigaita desta cidade. Desta cidade, não. Do planeta! Se ele quer perder a última maravilha do mundo moderno, é um bobalhão e não vale as suas lágrimas.

— Queria estar em outro lugar — soluçou ela.

— Vai passar logo.

Freddy acariciou-lhe a cabeça, sem saber como consolá-la. Esse era o dilema de Cecilia: tinha uma sensibilidade que sempre acabava por se transformar em fuga. Na maior parte do tempo tentava se mostrar distante, como se fugisse dos sentimentos, mas ele sabia que se tratava de um mecanismo de defesa para não sair ferida... como agora. Também suspeitava de que a morte prematura dos seus pais era responsável por aquele temperamento que buscava refugiar-se pelos cantos, fugindo da dor do mundo. Mas essa suspeita não era suficiente para saber como ajudá-la.

— Odeio este país — disse ela finalmente.

— Lá vem você de novo implicando com os países. Primeiro foi Cuba, por causa do Barba Azul. Agora este, por causa de uma qualquer. Os países não têm culpa de albergar pessoas abomináveis.

— As cidades são como as pessoas que vivem nelas.

— Desculpe eu lhe dizer isso, mas você está falando besteiras. Em uma cidade vivem milhões de pessoas: boas e más, sábias e estúpidas, nobres e assassinas.

— Pois me coube a pior parte na loteria. Nem sequer tenho amigos! Não tenho ninguém com quem conversar, só você e o Lauro.

Ia dizer Gaia e Lisa, mas acabou decidindo não incluí-las na sua lista de confidentes.

— Já está na hora de você fazer mais amizades — aconselhou Freddy.

— Onde? Eu gosto de caminhar, e aqui não dá para ir andando a nenhum lugar. Tudo está a mil milhas de distância. Você não imagina o quanto eu gostaria de me perder em alguma rua para me esquecer de tudo... Diga então onde posso encontrar aqui alguma coisa parecida com os jardins do El Vedado ou com o muro do Malecón, ou com os bancos do Prado, ou com o teatro Lorca quando havia um festival de dança, ou com a entrada da Cinemateca quando passavam um ciclo de Bergman...?

— Se você continuar falando assim, sou capaz de voltar para Cuba... com Lúcifer e tudo no poder. Não confunda as coisas! Seu problema é amoroso, não cultural. Você adora misturar tudo para não enfrentar o pior.

A última acusação acertou no alvo e a fez voltar de repente à realidade. Ela teve a certeza de que jamais voltaria a ver Roberto, mas como superar isso? Ninguém ainda tinha achado a cura para esse tipo de dor e certamente não achariam nunca. Desde que seus pais a deixaram... Ela balançou a cabeça para afastar aqueles demônios e procurou um pensamento protetor: o relato de Amalia. Era um consolo saber que não estava sozinha. Sentiu um sopro de esperança. Não se ia deixar derrotar.

— Vou embora — disse de repente, enxugando as lágrimas.

— Quer que eu a acompanhe? — perguntou Freddy, surpreso pela súbita mudança.

— Não, vou ver uma amiga.

E, quase sem se despedir, saiu para a noite azul de Miami.

Não posso ser feliz

— Amalia — chamou seu pai —, o café está pronto?

Ela saiu do seu devaneio diante da pia e notou que a água da torneira transbordava na jarra.

— Saia daqui — disse-lhe sua avó, entrando na cozinha. — Deixe que eu faço.

Com gestos cansados, muito diferentes dos ágeis saltos com que antigamente subia pela serra em busca de samambaias, sua avó Ángela fechou a torneira e pôs a jarra com água para ferver no fogão.

Amalia voltou para a sala. Perto da janela maior, conversavam seu pai e Joaquín Nin, o pianista com um sobrenome que parecia chinês. Ou será que agora tudo parecia chinês? Fazia três anos que ela se encontrava às escondidas com Pablo e não parava de pensar nele.

— Quando estréia o seu balé?

— Dentro de uma semana.

— Não vai sentir falta da Europa?

— Um pouco, mas fazia tempo que eu queria voltar. Este país é como um feitiço. Arrasta, chama a gente sempre... Comentei isso com a minha filha na última vez que conversamos; Cuba é uma maldição.

Outra, pensou Amalia. Porque ela também estava amaldiçoada. E com um fardo pior do que carregar a sombra de um Martinico pelos séculos e séculos.

— Talvez o mais difícil da volta seja se afastar dos filhos — comentou Pepe.

— Não para mim. Lembre-se de que me separei da mãe deles quando eram muito pequenos.

— Ouvi dizer que Joaquinito saiu a você: um músico brilhante.

— Sim, mas Thorvald deu para engenharia, e Anaïs anda obcecada com a literatura e a psiquiatria... É uma jovem diferente de todas. Atrai as pessoas como se fossem moscas.

— Há pessoas que têm um anjo.

— Ou um *duende* — replicou o músico, provocando um sobressalto em Amalia—, como diria Lorca. Mas, cá entre nós, Anaïs tem um demônio.

— Com licença — interrompeu-os a jovem, saindo das sombras.

— Ah, a bela Amalia — exclamou o pianista.

Ela sorriu ligeiramente e passou entre os homens rumo à sala de jantar, onde outros músicos fumavam diante das janelas abertas... tão abertas que ela imediatamente avistou Pablo, que passeava nervosamente pela esquina.

— Aonde você vai? — interpelou-a a mãe quando a viu abrir a porta.

— A vó me mandou comprar açúcar.

E saiu sem lhe dar tempo para nada.

Ele a viu logo: uma aparição cujos cabelos se encrespavam ao menor sopro de brisa, olhos como centelhas líquidas e pele de cobre pálido. Para Pablo ela continuava sendo a reencarnação de Kuan Yin, a deusa que se movia com a graça de um peixe dourado.

— Que bom que você passou por aqui — cumprimentou-o. — Na sexta-feira não poderemos nos ver. Papai quer me levar à estréia de um balé e não conseguirei escapar.

— Pensaremos em outra data. — Olhou-a nos olhos por alguns segundos antes de dar a notícia. — Sabe que meus pais vão vender a lavanderia?

— Mas está indo tão bem!

— Querem abrir um restaurante. É melhor do que uma lavanderia.

— Você vai sair do Pacífico?

— Assim que abrirmos o negócio. Teremos que procurar outra maneira de nos encontrar...

— Amalia!

O grito atravessou as grades da janela.

— Estou indo — interrompeu-o. — Já lhe direi quando poderemos nos ver.

A expressão do seu pai não deixava dúvidas: estava furioso. Sua mãe olhava para ela da mesma maneira. Só sua avó parecia preocupada.

— Fui comprar açúcar...

— Vá para o seu quarto — sussurrou seu pai. — Conversaremos depois.

Durante meia hora, Amalia roeu as unhas, elaborando sua mentira. Diria que não tinha encontrado açúcar para o café e que fora procurar. Por mera coincidência, tinha encontrado Pablo e...

Alguém bateu à porta.

— Seu pai quer falar com você — disse Mercedes, colocando a cabeça pela porta.

Quando ela chegou à sala, os convidados tinham ido embora, deixando cinzas e taças vazias por toda parte.

— O que você estava fazendo? — perguntou-lhe o pai.

— Fui buscar...

— Não pense que eu não percebi que esse rapaz anda rondando faz tempo. No início fiz que não vi porque achei que era coisa de criança, mas você já tem quase 17 anos e não vou permitir que a minha filha fique por aí andando com gentinha...

— Pablo não é gentinha!

— Amalita — interveio sua mãe —, esse rapaz está muito abaixo de nós.

— Muito abaixo? — repetiu a moça, sentindo-se cada vez mais ofendida. — Posso saber a que categoria pertencemos que seja tão diferente da dele?

— O nosso negócio...

— O seu negócio é uma gravadora — interrompeu ela —, e o do pai dele é uma lavanderia, que, aliás, ele vai vender para comprar um restaurante. Diga, qual é a diferença?

A respiração agitada de Amalia rompia o silêncio.

— Essa gente é... chinesa — disse finalmente o pai.

— E daí?

— Nós somos brancos.

Um prato quebrou ruidosamente na pia. Todos, menos Amalia, voltaram seus rostos para a cozinha vazia.

— Não, papai — retificou a jovem, sentindo que o sangue se acumulava no seu rosto. — Você é branco, mas a minha mãe é mulata, e você se casou com ela. Isso me deixa fora dessa bela categoria de que você fala. E se um branco pôde se casar com uma mulata, não vejo por que uma mulata que parece branca não poderia se casar com um filho de chineses.

E saiu da sala em direção ao seu quarto. Ao barulho da porta batendo seguiu-se o de um vaso cheio de flores frescas quebrando. Sobre suas cabeças, o lustre de cristal começou a oscilar com fúria.

— Vou ter que tomar providências — disse Pepe.

— Tome as providências que quiser, meu filho — murmurou Ángela suspirando —, mas a menina tem razão. E, desculpe eu lhe dizer isso, mas você e Mercedes são as pessoas menos indicadas para se opor a esse namoro.

E, com passinhos curtos e trabalhosos, a anciã foi para o seu quarto, deixando um rastro de orvalho serrano sobre o piso de mármore.

*

A nata da sociedade havanesa circulava pelos corredores do teatro. Todo tipo de personagens — fazendeiros e marquesas, políticos e atrizes — espremia-se nessa noite na estréia de *La condesita*, balé com música de Joaquín Nin, "filho dileto e glória de Cuba, depois do seu frutífero exílio artístico pela Europa e Estados Unidos", segundo um jornal da capital. E, se por acaso alguém duvidasse do seu *pedigree* musical, o fato de ter sido professor de piano do próprio Ernesto Lecuona bastava para atrair os mais incrédulos.

No meio da agitação, só Amalia, com seu vestido de tule rosa e um buquê de violetas no peito, parecia a imagem da desolação. A moça se agarrava com insistência à sua bolsinha prateada enquanto procurava entre a multidão a única pessoa que poderia ajudá-la. Finalmente a viu, perdida no meio de uma multidão de galanteadores.

— Dona Rita — sussurrou a jovem, que deslizou até ela num momento de descuido dos pais.

— Mas que beleza de garota! — exclamou a mulher ao vê-la. — Cavalheiros — disse ao público masculino que a rodeava —, quero lhes apresentar esta beleza de criatura que, aliás, está solteira e sem compromisso.

Amalia teve que cumprimentar com largos sorrisos os presentes.

— Rita — rogou-lhe Amalia ao ouvido —, preciso falar urgentemente com você.

A mulher olhou para a jovem e, pela primeira vez, sua expressão a preocupou.

— O que está acontecendo? — perguntou, afastando-se do grupo.

Amalia hesitou por alguns segundos, sem saber por onde começar.

— Estou apaixonada — disse de supetão.

— Santa Bárbara bendita! — exclamou a diva, quase fazendo o sinal-da-cruz. — Qualquer um diria que... Não está grávida, não?

— Dona Rita!

— Desculpe, filha, mas, quando existe um amor como esse que você aparenta, tudo é possível.

— Acontece que o meu pai não gosta do meu namorado.

— Ah! Mas já tem namoro na história?

— Meus pais não querem vê-lo nem pintado.

— Por quê?

— Porque ele é chinês.

— O quê?

— Ele é chinês — repetiu.

Por um momento a atriz ficou olhando de boca aberta para a moça, e, de repente, sem conseguir se conter, soltou uma gargalhada que fez com que todos que estavam perto se virassem.

— Se você acha isso tão engraçado...

— Espere — pediu-lhe Rita, ainda rindo e segurando-a por um braço para que não fosse embora. — Meu Deus, sempre me perguntei no que ia dar aquela predição da Dinorah...

— De quem?

— A cartomante a que eu levei você há alguns anos, não lembra?

— Lembro dela, mas não do que ela disse.

— Pois eu, sim. Disse que você teria amores complicados.

Amalia não estava com humor para discutir oráculos.

— Meus pais estão furiosos — engoliu em seco antes de abrir a bolsa. — Preciso de um favor, e você é a única pessoa que pode me ajudar.

— Peça o que quiser.

— Escrevi um bilhete para o Pablo...

— Então o nome dele é Pablo — repetiu a mulher, saboreando a história como se fosse uma guloseima.

— Trabalha no Pacífico. Eu sei que às vezes você vai lá. Poderia fazer com que entreguem este bilhete a ele?

— Com todo prazer. Olhe, estou ficando com uma vontade tão grande de jantar arroz frito, que acho que vou correndo para lá depois do espetáculo.

Amalia sorriu. Sabia que aquele desejo de comida chinesa não tinha nada que ver com apetite, e sim com a curiosidade.

— Deus lhe pague, dona Rita.

— Cale-se, menina, cale-se, só se diz isso diante de ações nobres, e eu vou cometer uma loucura. Se os seus pais ficarem sabendo, perderei uma amizade de toda a vida.

— Você é uma santa.

— E ataca de igreja! Não vá acabar virando freira...

— É claro que não. Se fizer isso, não poderei me casar com o Pablo.

— Meu Deus! Que arrebatamento o desta menina!

— Obrigada, muito obrigada — disse Amalia comovida, abraçando a mulher.

— Pode-se saber por que tanto entusiasmo?

Pepe e Mercedes se aproximavam sorridentes.

— Estávamos planejando uma saidinha.

— Quando quiser. Para mim sempre foi uma honra considerá-la como da família — e estreitou as mãos da mulher entre as suas. — Se eu morresse, entregaria minha filha a você de olhos fechados.

A atriz sorriu, um pouco constrangida diante daquela demonstração de confiança que estava prestes a trair, mas em seguida pensou "tudo pelo amor" e se sentiu um pouquinho menos culpada.

Uma campainha ecoou pelos corredores.

— Até depois — beijou-a Amalia, e seu sorriso acabou de apagar qualquer resquício de escrúpulos.

"Ai, que lindo é se apaixonar assim", suspirou a atriz com seus botões, como se estivesse em um de seus filmes.

"Se descobrirem", tinha-lhe advertido Rita, "eu não sei de nada." Então, quando pediu permissão ao pai dela para ir às compras, sabia a que estava se expondo.

Os jovens nem sequer foram ao cinema, como tinham combinado. Passearam por El Vedado, lancharam em uma cafeteria e terminaram sentados no muro do Malecón para cumprir o ritual sagrado de todo amante ou apaixonado que perambulasse por Havana.

Anos mais tarde um arquiteto diria que, desde a construção da pirâmide da Gizé, nunca se tinha levantado outra obra arquitetônica com maior acerto que esse muro de 11 quilômetros de comprimento. Era, sem dúvida, o melhor lugar para ver um pôr-do-sol. Nenhum entardecer no mundo, afirmava o arquiteto, tinha a transparência e a longeva visibilidade dos crepúsculos havaneses. Era como se cada tarde se realizasse uma cuidadosa encenação para que o Supremo se sentasse a fim de divertir sua vista com as estrelas que iam surgindo entre a aura dourada das nuvens e o céu verde-azulado, parecendo uma paisagem de outro planeta... Nesses instantes, os espectadores sofriam uma amnésia momentânea. O tempo adquiria outra qualidade física, e então — assim diziam alguns — era possível ver certas sombras do passado e do futuro que perambulavam junto ao muro.

Por isso, Amalia não se espantou ao ver que o Martinico, depois de saltar sem trégua sobre as pedras salpicadas de espuma marinha, ficara imóvel ante a estranha miragem que ela também observara, sabendo que não se tratava de uma imagem real ou presente, mas sim de outra época: centenas de pessoas tentavam se lançar ao mar em balsas e outros objetos flutuantes. Pablo também emudeceu diante da visão de uma jovem com uma roupa escandalosamente curta que passeava ao lado do muro, enquanto era observada pelo santo favorito do seu falecido bisavô. Não entendia o que fazia ali o espírito do *apak* Martí, nem tampouco a tristeza com que olhava para a jovem que carregava no andar a marca da prostituição.

Visões... Fantasmas... Todo o passado e todo o futuro coincidiam ao largo do Malecón havanês naqueles minutos em que Deus se sentava ali para descansar da sua perambulação pelo universo. Em outra ocasião, os jovens se assustaram, mas as testemunhas desses entardeceres conhecem seus efeitos sobre o espírito que, por um momento, aceita sem reticências qualquer metamorfose. Absortos na contemplação de tantos espectros, nenhum dos dois conseguiu ver o automóvel de José, que espionava de longe a inconfundível figura de sua filha.

*

Uma rajada derrubou os cravos que Rosa acabava de colocar sobre o túmulo de Wong Yuang. Com cuidado, ela voltou a levantar o vaso, aproximando-o do nicho para protegê-lo do vento, enquanto Manuel e Pablito acabavam de arrancar as ervas daninhas em volta do túmulo.

O cemitério chinês de Havana era um mar de velas e incensos acesos. A brisa se enchia com a fumaça do sândalo que subia até os narizes dos deuses, perfumando aquela manhã de abril em que os imigrantes visitavam os túmulos dos seus antepassados.

Durante duas horas, os Wong limparam o local e compartilharam com o morto alguns pedaços de porco e doces, mas a maior parte da comida ficou sobre o mármore para que o defunto se servisse à vontade: frango, vegetais cozidos, chá, rolinhos recheados de camarão... Antes de ir embora, Rosa queimou algumas notas de dinheiro falso. Depois abandonaram o lugar, um pouco mais tristes que antes.

Pablo, mais do que ninguém, tinha motivos para se sentir deprimido. Amalia não voltara a ligar nem a escrever. O rapaz circulou pela vizinhança, mas suas rondas habituais só obtiveram duas janeladas na cara quando dom Pepe o surpreendera espiando entre as persianas.

— Eu tomaria um chá — disse Manuel, fazendo sinal para um táxi.

— Pois eu estou com fome — comentou Rosa.

— Por que não vamos ao restaurante do Cándido? — propôs o jovem. — Eles fazem o melhor chá e a melhor sopa de peixe desta cidade.

Sua idéia era outra: espiar a casa da moça.

— Muito bem — disse seu pai. — Aproveitarei para comprar alguns bilhetes de loteria.

— Deveria apostar no 68 — aconselhou a mulher. — Tive um sonho muito estranho esta noite...

E enquanto Rosa contava seu sonho sobre um lugar muito grande cheio de mortos, Pablo devorava as ruas com os olhos como se esperasse ver Amalia a qualquer momento. Dez minutos depois, desciam do táxi e entravam em um local que cheirava a bacalhau frito.

— Olhem quem está ali!

Os Wong se aproximaram da mesa onde a família de Shu Li conversava diante de tigelas de porco e arroz.

— Por onde você tem andado? — cochichou Pablito ao ouvido do amigo. — Estou procurando-o há dias.

— A escola está me deixando louco. Tive que estudar como nunca.

— Preciso que sua irmã leve um recado para a Amalia — sussurrou Pablo, olhando de esguelha para a jovem.

— Elena não estuda mais com ela.

— Ela foi para outra escola?

— A Elena não, a Amalia...

Pablito ficou pasmo.

— Para qual? — perguntou finalmente.

— Não sei, parece que eles se mudaram.

— Isso é impossível — exclamou Pablo, sentindo que o pânico o invadia. — Vi várias vezes os pais dela.

— Talvez a tenham levado para outra cidade. Você me contou que eles não queriam...

Pablo não conseguiu ouvir o resto; teve que se sentar com seus pais e pedir chá e sopa. Agora compreendia por que Amalia tinha desaparecido. O que faria para encontrá-la? Dava voltas na cabeça, imaginando atos de heroísmo que comovessem os pais da Amalia. Uma vitrola deixou escapar os acordes de um refrão: "Esta noite não vou conseguir dormir sem comer um saquinho de amendoim..." Pablo deu um suspiro tão forte que sua mãe se virou para olhar. Fingindo uma tosse, ele cobriu o rosto para esconder seu sobressalto. Como não tinha pensado nisso antes?

Um sopro de brisa beijou suas bochechas, e o calor se fez menos cansativo. Além dos telhados, as nuvens fugiam velozmente. E o céu estava tão azul, tão brilhante...

Por mais que Pablo tentasse, foi impossível ver a atriz... e não por falta de informação — quem não conhecia a grande Rita Montaner? —, mas sim porque sua ocupada vida tornava difícil localizá-la.

Vendo que as semanas transcorriam, decidiu pedir a seus pais que falassem com dom Pepe. Com pesar, mas firmes, eles o aconselharam a esquecer o assunto; logo apareceria outra moça. Suas súplicas tampouco surtiram efeito sobre Mercedes, que fechou a porta bruscamente e ameaçou chamar a polícia se ele não os deixasse em paz. Não restou outro remédio a não ser insistir no seu afã para encontrar a atriz.

Depois de muitos contratempos, conseguiu encontrá-la na saída de um espetáculo, rodeada de espectadores que não a deixavam avançar e protegida do aguaceiro pelo guarda-chuva de um admirador. Aos empurrões, chegou perto ela. Tentou explicar quem era, mas não foi preciso. Rita o reconheceu imediatamente. Era impossível esquecer aquele rosto ossudo de mandíbulas másculas e quadradas, os olhos rasgados que emanavam faíscas como duas adagas que se cruzam na escuridão. Lembrava-se perfeitamente da noite em que deslizara o bilhete no seu avental de cozinha, atendendo ao pedido de Amalia. Um olhar tinha bastado para compreender por que a jovem se fascinara com o rapaz.

Para surpresa de todos, a atriz o agarrou por um braço e o fez subir no táxi, fechando a porta na cara dos presentes, incluindo o admirador do guarda-chuva, que ficou na chuva olhando para o automóvel que se afastava.

— Dona Rita... — começou a falar, mas ela o interrompeu.

— Eu também não sei onde ela está.

Mais que sua decepção, a mulher sentiu sua angústia, mas não havia nada que pudesse fazer. Pepe não tinha revelado a ninguém o paradeiro da filha, nem sequer a ela, que era como sua segunda mãe. Rita tinha conseguido que lhe fizesse chegar um bilhete. Em resposta, tinha recebido outro em que a jovem lhe explicava que se matriculara em uma escola pequena e que não sabia quando voltaria a vê-la.

— Venha no sábado a esta mesma hora — foi a única coisa que ela pôde lhe oferecer. — Eu lhe mostrarei o bilhete.

Três dias mais tarde voltou a se encontrar com Pablo, que guardou o bilhete como se fosse uma relíquia sagrada. A mulher o viu partir triste e cabisbaixo. Gostaria de acrescentar mais alguma coisa para animá-lo, mas se sentia atada de pés e mãos.

— Muito obrigado, dona Rita — despediu-se. — Não voltarei a incomodá-la.

— Não é nada, filho.

Mas ele já tinha dado meia-volta e se perdera na escuridão.

O jovem cumpriu sua palavra de não voltar... o que foi um erro, porque, algumas semanas depois, Pepe chamou Rita para que fosse visitar sua filha. O casal e a atriz viajaram até um povoado chamado Los Arabos, a cerca de duzentos quilômetros da capital, onde viviam os parentes que cuidavam da sua filha. Amalia quase chorou ao vê-la, mas se conteve. Teve que esperar mais de três horas até que todos fossem à cozinha para passar um café.

— Preciso que você leve isso para o Pablo — sussurrou a moça, entregando-lhe um papelzinho amassado que tirou de um bolso.

Rita o guardou no decote, relatou-lhe brevemente sua conversa com Pablo e prometeu voltar com uma resposta.

Mas Pablo não trabalhava mais no Pacífico. Um garçom informou-lhe que sua família tinha aberto um restaurante ou uma taberna, mas, por mais que tentasse, não conseguiu que lhe dissesse onde ficava; nenhum chinês lhe daria essa informação, por mais famosa que fosse como atriz e cantora. Aqueles imigrantes cantoneses não confiavam nem na própria sombra.

Seguindo as indicações de Amalia, que tinha uma idéia aproximada do lugar onde Pablo morava, tentou achar sua casa; mas tampouco teve êxito. Enviou vários emissários para que averiguassem, igualmente sem resultado. As esperanças de Amalia se dissiparam quando Rita lhe devolveu a carta sem entregar.

Pablo nunca tomou conhecimento dessas angústias. Durante as férias, e também em alguns fins de semana, continuava espiando a casa da sua namorada. Pepe, vendo que ele não desistia, abandonou a idéia de trazê-la de volta. Assim transcorreram meses e anos. E, à medida que foi passando o tempo, Pablo freqüentou cada vez menos a vizinhança, até que, em algum momento, deixou de visitá-la de vez.

O jovem contemplou desanimado a roupa que sua mãe tinha preparado para o seu primeiro dia na universidade: um terno confeccionado com um tecido claro e elegante.

— Já está pronto? — perguntou Rosa, aparecendo na penumbra do quarto. — Só falta esquentar a água para o chá.

— Quase — murmurou Pablo.

O sucesso do restaurante tinha permitido que se realizasse o sonho de Manuel Wong. Seu primogênito Pag Li não seria mais o chinês que entregava a roupa, nem o ajudante de cozinha do Pacífico, nem sequer o filho do dono do Dragão Vermelho. Estava a caminho de se tornar o doutor Pablo Wong, médico diplomado.

Mas o jovem não sentia nenhuma emoção; nada era importante desde que Amalia desaparecera. Seu entusiasmo pertencia a outra época, em que era capaz de imaginar as batalhas mais intensas, os amores mais delirantes...

— Está acordado? — sussurrou o pai da sala de jantar.

— Está se vestindo.

— Se não se apressar, chegará tarde.

— Acalme-se, Síu Mend. Não o deixe mais nervoso do que já deve estar.

Mas Pablo não estava nervoso. Em todo caso, sentiu raiva quando compreendeu que Amalia tinha desaparecido para sempre. Sucessivos ataques de fúria e de pranto levaram seus alarmados pais a buscar um reputado médico chinês para examiná-lo. Mas, além de receitar ervas e de lhe espetar dezenas de agulhas que apaziguaram ligeiramente seu humor, o médico não pôde fazer muita coisa.

— Vamos, filho, que está ficando tarde — apressou-o sua mãe, abrindo a porta.

Quando Pablo saiu do quarto, barbeado e vestido, sua mãe deixou escapar uma exclamação. Não havia jovem mais bonito em toda a colônia chinesa. Não seria difícil encontrar uma jovem de boa família que o fizesse esquecer aquela outra moça... Porque seu filho continuava triste; apesar do tempo transcorrido, nada parecia alegrá-lo.

— Você tem dinheiro?

— Verificou a pasta?

— Deixem-me em paz — respondeu Pablo. — Parece que estou indo para a China.

Sua mãe não parava de acariciar-lhe as bochechas e de alisar o terno. Seu pai tentou se mostrar mais indiferente, mas sentia uma coceira incontrolável na ponta do nariz; coisa que só lhe acontecia quando estava extremamente inquieto.

Por fim, Pablo conseguiu se livrar dos agrados e saiu para a manhã fria. A vizinhança se espreguiçava como sempre fizera desde que ele chegara à ilha. Enquanto procurava a parada do bonde que o levaria à colina universitária, observou os comerciantes que colocavam as caixas de mercadorias ao longo das calçadas, os anciões que praticavam tai-chi nos pátios interiores, os estudantes que caminhavam para suas aulas com o sono ainda grudado nos olhos. Era uma paisagem aprazível e familiar, que, pela primeira vez, acalmava um pouco o desgosto que o tinha acompanhado durante os últimos anos.

A separação de Amalia o havia feito repetir um ano, além daquele que tinha perdido ao chegar à ilha por não conhecer o idioma. Mas ele tinha se formado com louvor no Instituto de Ensino Secundário Central de Havana. E agora, depois de tantos esforços, estava prestes a adentrar os prédios da Alma Máter.

O bonde subiu por todo San Lázaro e parou a duas ou três ruas da universidade, perto de uma cafeteria. Pablo notou o sigilo com que o comerciante recebia dinheiro de um transeunte e compreendeu que ele estava recebendo apostas para a bolinha. Debaixo do balcão, com os maços de cigarros, estava a caderneta onde anotava a quantia e o nome do apostador... uma cena fartamente conhecida para Pablo, mas que pôs em funcionamento um mecanismo em sua memória. Tinha sonhado com alguma coisa. O que era? de repente lhe pareceu que era importante se lembrar disso.

Um fantasma... Não, um morto. Lembrava-se da silhueta de um cadáver que avançava por um descampado em direção à lua, uma lua cheia e poderosa que se aproximava perigosamente da terra. Pablo estremeceu. Agora se lembrava bem. O morto tinha levantado a mão, e quando seus dedos roçaram a superfície do disco, este começara a encolher como um papel queimando, e ao final se transformara numa espécie de gato ou tigre... Era tudo de que se lembrava. Vejamos, um morto. O morto era o 8. E a lua, o 17. E o gato? Que número era o gato? Aproximou-se do *bolitero*. Uma lua que transformava um morto em gato ou em tigre. É obvio que o homem sabia. O senhor não gostaria de fazer outras combinações? Porque o 14, que era gato-tigre, também era casamento. Mas casamento, em sua primeira acepção, era o 62. E às vezes as imagens dos sonhos não eram exatamente aquilo que pareciam ser. Sabia por experiência... Mas Pablo não se deixou seduzir. Jogou no 17814 e guardou os bilhetes na pasta enquanto observava a hora no relógio do local. Teria que se apressar.

Dezenas de estudantes se dirigiam à colina universitária em seu primeiro dia de aula. Grupos de moças se cumprimentavam com alarde, como se não se vissem havia uma vida. Os jovens, de terno e gravata, abraçavam-se ou discutiam.

— São comunistas disfarçados — dizia um, com o rosto arroxeado da indignação. — Tentam desestabilizar o país com toda essa discurseira.

— Eduardo Chibás não é comunista. A única coisa que está fazendo é denunciar as falhas do governo. Eu tenho esperança no seu partido.

— Pois eu não — disse um terceiro. — Acho que a coisa está indo longe demais. Não se pode sair acusando alguém por isto ou aquilo todos os dias sem apresentar provas.

— Onde há fumaça...

— O problema principal é a corrupção e os assassinatos que esses bandidos disfarçados de policiais cometem. Isto não é um país, mas um matadouro. Olhe o que aconteceu em Marianao. E o presidente Grau não fez nada para resolver!

Referia-se ao mais recente escândalo nacional. Tinha sido uma história tão horripilante, que até os pais de Pablo, nada propensos a discussões sobre política, mostraram-se indignados. Alguém tinha dado a ordem de prender um comandante que se achava de visita em casa de outro. Em vez de obedecer, a polícia — uma caterva de bandoleiros oficializados — o crivara de balas junto com várias pessoas, incluindo a inocente esposa do dono da casa.

Pablo quase voltou sobre os próprios passos para entrar na conversa, mas se lembrou dos conselhos do pai: "Lembre-se de que você está indo à universidade para estudar, não para se misturar com baderneiros."

— Pablo!

Voltou-se, achando estranho. Quem poderia conhecê-lo naquele lugar? Era Shu Li, seu velho colega de escola.

— Joaquín!

Tinham deixado de ser colegas fazia dois anos, quando seu amigo se mudara de bairro e de escola.

— Em que se matriculou?

— Direito... E você?

— Medicina.

Terminaram de subir a escadaria e cruzaram os portões da reitoria para sair na praça central, onde a agitação era maior. Perto da biblioteca, encontraram-se com um amigo de Shu Li... ou melhor, de Joaquín, pois nenhum deles usava seu nome chinês em lugares públicos.

— Pablo, este é Luis — apresentou-os Joaquim. — Também se matriculou em medicina.

— Muito prazer.

— Onde está Bertica? — perguntou Joaquín ao recém-chegado.

— Acabou de sair — respondeu Luis. — Disse que não podia esperar mais.

— Bertica é a irmã do Luis — esclareceu Joaquín.

— Essa é uma classificação antiga — disse Luis, dirigindo-se a Pablo com uma piscada. — Agora é a namorada do Joaquín.

— Se eu não for agora, não chegarei a tempo — interrompeu-o Joaquín.

E se despediu dos dois estudantes de medicina, não sem antes combinar de tomar um café na hora da saída.

Foi um dia exaustivo, apesar de nenhum professor ter realmente dado aulas. Tudo virou um inventário de normas de avaliação e exames, um repertório de livros que deveriam comprar, e uma relação de conselhos sobre as atividades universitárias.

Na saída, Luis e Pablo já eram grandes amigos e tinham trocado endereços, telefones e seus verdadeiros nomes em chinês. Luis o advertiu de que seu telefone quase sempre estava ocupado por culpa da irmã.

— Em que curso ela se matriculou? — perguntou Pablo, enquanto aguardavam por Joaquín e Berta.

— Filosofia e Letras... Olhe, aí vem ela. E, como sempre, o Joaquín não chegou! Prepare-se para a briga que virá.

Pablo olhou para a esquina, onde acabavam de aparecer três moças carregadas de livros. Uma delas, com traços asiáticos, era sem dúvida a irmã de Luis. A mais loura ria às gargalhadas, divertindo-se com a própria risada. A outra, de pele dourada, sorria em silêncio, com o olhar cravado no chão.

Quando estavam a apenas alguns passos, a jovem de pele dourada elevou o olhar, e seus cadernos caíram no chão. Por um instante ficou imóvel, enquanto suas amigas recolhiam o material a seus pés. Pablo descobriu então que o seu sonho tinha sido uma mensagem cifrada dos deuses: o morto, ao acariciar a lua, transformara-se em tigre. Ou, o que é a mesma coisa, seu espírito extinto, na presença da mulher, tinha recuperado sua potência vital. E se fizesse outra leitura? O número do morto — 8 — significava tigre; o número da lua — 17 — podia ser mulher boa; e o número do tigre — 14 — também indicava casamento. Era uma fórmula celestial: a ordem dos fatores não alterava o produto. De qualquer modo, aproximou-se de Kuan Yin, a Deusa da Misericórdia, cuja silhueta brilha como a lua, para tocar um rosto com o qual nunca deixara de sonhar. E agora estava diante dele, mais belo do que nunca, depois de muitos anos de inútil busca.

Tu, meu delírio

Seria uma epidemia, ou se tratava de algo que tinha acontecido sempre e que ninguém nunca notara? Ao final, Cecilia teve que admitir: as cubanas estavam morrendo em massa, como as baleias suicidas.

Primeiro foi a namorada daquele ator, uma moça com quem tinha conversado várias vezes. Alguém lhe contou que, depois de uma acalorada discussão, ela saíra à rua enlouquecida. Dezenas de testemunhas disseram que não foi culpa do motorista. A jovem tinha visto o automóvel, mas se jogara na frente das rodas... Depois, foi uma amiga que costumava encontrar quando as duas viviam em Havana. Trini era uma mulher brilhante, uma professora lúcida, uma leitora incansável. Muitas vezes se sentavam para conversar sobre literatura e sobre um livro que ambas veneravam: *O senhor dos anéis*. Cecilia se lembraria para sempre de suas conversas sobre o bosque de Lothlórien e do amor que compartilhavam por Galadriel, a rainha dos elfos... Mas Trini tinha morrido. Depois de romper com seu último companheiro, com quem tinha vivido em alguma cidade dos Estados Unidos, sentara-se num parque, pegara um revólver e se matara. Cecilia não conseguia entender isso. Não sabia como relacionar a rainha dos elfos com um suicídio por arma de fogo. Era um daqueles fatos que a faziam pensar que o universo andava de ponta-cabeça.

Depois parou de se fazer perguntas. E, como se fosse um carma compartilhado, começou também a afundar na depressão e finalmente caiu de cama, presa de uma febre inexplicável. Quando tentava se levantar, enjoava, e os ouvidos zumbiam. Assustados, Freddy e Lauro foram à sua casa acompanhados por um médico.

— Não sei se o meu seguro de saúde... — começou a dizer ela.

— Não se preocupe com dinheiro — tranqüilizou-a o homem. — Vim porque fui muito amigo do Tirso.

Aquele nome não disse nada para Cecilia.

— Tirso era meu primo — disse Lauro.

Pelo tom de sua voz, Cecilia intuiu que aquele primo tinha morrido, mas não quis descobrir como nem do quê.

— Você é hipertensa? — perguntou o homem, depois de observar os saltos da agulha.

— Acho que não.

— Pois está com a pressão bastante alta — murmurou ele, procurando alguma coisa na maleta.

O homem observou os membros de Cecilia.

— Não pode deixar que sua pressão suba. Veja essas manchas roxas. Com essa fragilidade capilar, as paredes arteriais podem se romper. Não quero assustá-la, mas essa mistura de pressão alta e fragilidade vascular pode provocar um derrame cerebral.

— Meus dois avós morreram disso — murmurou ela.

— Ai, meu Deus! — disse Lauro, abanando-se com uma mão. — Acho que vou ter um treco. Essas coisas me fazem mal.

— Porra, Lauro — repreendeu-o Freddy —, deixa de palhaçada pelo menos por um dia.

— Não estou fazendo palhaçada — reclamou Lauro. — Sou uma pessoa muito sensível.

— Fique com isto — continuou o médico. — Quando melhorar, me devolva.

Era um aparelho digital para medir a pressão. Os números apareciam numa tela.

— Tome agora mesmo dois comprimidos — recomendou-lhe, tirando um vidro da maleta —, e todas as manhãs, um ao levantar. Mas recomendo que vá a um especialista para um exame completo... Como está o seu colesterol?

— Normal.

— É possível que sua hipertensão seja de fundo emocional.

— É claro que é! — lamentou-se Freddy. — Essa mulher reage para dentro. Cada vez que lhe acontece alguma coisa, enfia-se num canto para chorar como uma Madalena.

— As emoções podem matar mais rápido do que o colesterol — advertiu o médico antes de ir embora.

Mas as emoções não eram algo que Cecilia pudesse controlar, e os medicamentos não conseguiram baixar sua pressão. Além disso, havia a febre; uma febre que o médico não sabia explicar. Cecilia submeteu-se a todo tipo de exames. Nada. Era uma febre enigmática e solitária que não parecia associada a outra coisa que não fosse depressão. O médico recomendou descanso absoluto. Dois dias depois, quando alguém ligou para dizer que tinha visto Roberto com uma ruiva na praia, ela caiu numa letargia quase misericordiosa. Teve sonhos e visões. Às vezes lhe parecia conversar com Roberto, e imediatamente depois se encontrava sozinha. Ou estava quase beijando-o e de repente se via com um desconhecido.

Um aguaceiro interminável começou a cair sobre a cidade. Choveu durante três dias e três noites, para alarme das autoridades. Suspenderam as aulas e quase todos os serviços. Os noticiários anunciaram que era a maior queda de água em meio século. Foi um temporal estranho como uma alucinação. E, enquanto Miami se transformava numa nova Veneza, Cecilia delirava por causa da febre.

Na última noite do dilúvio, imaginou que estava morrendo. Tomou várias aspirinas, mas sua febre continuava muito alta. Apesar dos invejáveis resultados de seus exames, consumia-se como uma anciã. De repente soube por que as pessoas morriam de amor em outras épocas: uma profunda depressão, um sistema imunológico virado do avesso, as emoções que impulsionam a pressão até as nuvens. E... tudo podia ir por água abaixo. A fragilidade do coração não suporta as cargas do espírito.

Durante a madrugada da terceira noite, acordou com a suspeita de que estava chegando o fim. Ainda com os olhos fechados, percebeu o roçar de uma mão sobre sua pele quente. Girou a cabeça, procurando a origem da carícia. Não havia ninguém no dormitório. Por alguma razão, pensou em sua avó Delfina. Seu olhar pousou num livro que não tinha começado a ler. Seguindo um impulso, abriu-o ao acaso: "Carregamos na mente o poder da vida e o poder da morte." E, assim que leu aquela linha, lembrou-se das palavras de Melisa: "Você tem uma sombra na aura." Estremeceu. "Alguma coisa ruim vai acontecer se você não tomar providências dentro da sua cabeça."

Mediu a pressão: 165/104, e outra vez experimentou aquela sensação gelada, como se um ser invisível estivesse perto. De repente teve uma inspiração. Fechou os olhos e visualizou os números: 120/80. Manteve a imagem durante alguns instantes até que pôde vê-la em sua mente, sentindo — mais que desejando — que ela estaria ali quando voltasse a olhar. Voltou a medir. Os números tinham baixado. Voltou a concentrar-se: 132/95. Fechou os olhos novamente durante vários minutos, mantendo a imagem "120/80... 120/80", até que os números brilharam nitidamente na sua cabeça. Uma brisa percorreu o quarto fechado e refrescou sua pele. Passaram-se três, quatro, dez minutos. Ela relaxou e voltou a encher a faixa para ler: 120/81. Mal podia acreditar, mas sem dúvida tinha conseguido. De algum modo, tinha feito sua pressão baixar. Decidiu fazer a mesma coisa com a febre. Depois de várias tentativas, sua temperatura começou a ceder, até que ela caiu num sono profundo.

Despertou na manhã seguinte com a luz que entrava pela janela. Apareceu na sacada e viu vários automóveis nas calçadas. Seus donos os tinham colocado nas áreas mais elevadas, temendo um alagamento. Dezenas de pessoas circulavam pelas ruas, descalças e de shorts. Pela primeira vez em muitas horas, o sol brilhava sobre suas cabeças. Dos fios ainda molhados, as aves sacudiam as penas e cantavam a plenos pulmões.

A vida voltava para todos, inclusive para Cecilia.

QUINTA PARTE

A estação dos guerreiros vermelhos

Das anotações de Miguel

PROCURE UM CHINÊS QUE LHE DÊ UM QUARTO:

Fórmula popular que indica repúdio. Quando um homem brigava com uma mulher, podia dizer a ela: "... e procure um chinês que lhe dê um quarto", com o que indicava que ela podia ir para o inferno se quisesse, pois a última coisa que uma mulher decente podia fazer era conviver com um chinês. A posterior mistura da população asiática com a negra e a branca provou que, apesar do tabu, muitas mulheres seguiram o conselho.

Meu único amor

Ainda tremia, pensando em como tinha chegado até ali. Havia desafiado seus pais inúmeras vezes, encontrando-se às escondidas com Pablo na universidade, inclusive fugindo para ir ao cinema com ele. Na verdade, tinha estado se esquivando à autoridade paterna durante os últimos quatro anos da graduação. Mas isso... ?

— Você tem que me ajudar — tinha implorado a Bertica. — Eu sempre lhe dei cobertura com o Joaquín.

— Isso é diferente, Amalia. Meus pais conhecem os seus.

— Você me deve esse favor.

A contragosto, a amiga acompanhou-a a fim de obter permissão para uma suposta viagem a Varadero. Dom José e dom Loreto tinham sido colegas na faculdade de medicina, e ainda trocavam clientes e postais. Músicos que conheciam José iam ao consultório do doutor, e pacientes de dom Loreto compravam discos na loja de Pepe.

Essa relação feria Amalia, porque ela não entendia como seu pai podia ser tão amigo do médico cantonês e, contraditoriamente, negar-se a aceitar sua relação com Pablo. Por isso, não sentia escrúpulos em desobedecer às suas ordens e forjar planos amalucados como aquela fuga de três dias.

Caminhando pela vereda sombreada de orquídeas, notou que seus pés afundavam no colchão de folhas. Alheia ao frio da região, com o olhar perdido no ossário de esqueletos vegetais, teve a sensação de estar em outro tempo, milhares de anos atrás, quando não existiam seres humanos, apenas criaturas como o seu duende.

Uma densa névoa pairava sobre o vale de Viñales. A quietude e o silêncio eram onipresentes, como se a civilização tivesse deixado de existir. Ela aguçou o ouvido em busca de algum ruído familiar, mas só ouviu um murmúrio indefinível. Instintivamente, apertou o azeviche que pendia da sua corrente e elevou o olhar. Era o passo da brisa ou a voz da água? Um pouco temerosa, abraçou Pablo com mais força.

O vento gelado soprou sobre as elevações da cordilheira onde estava encravado aquele vale de antigüidade jurássica. *Mogotes*: assim chamavam desde época imemorial esses topos onde habitavam espécies únicas de caracóis.

Um milhão de anos atrás, Viñoles tinha sido uma planície povoada de bosques que, por algum capricho da natureza, começou a experimentar o brotar dessas elevações redondas. O confinamento de grupos de moluscos em cada uma das ilhotas propiciou a aparição de espécies independentes que, com o tempo, transformariam o vale num santuário para futuros pesquisadores.

Mas Pablo e Amalia não sabiam de nada disso. Seus olhares deslizavam pelas palmeiras anãs e pelos mantos de samambaias. Em meio às orquídeas, avistaram colibris que sulcavam o ar como relampejantes manchas de luz e paravam para sugar seu alimento, batendo suas asas furiosas um segundo antes de desaparecer. Era uma visão paradisíaca. Em silêncio e entusiasmados, os jovens aproveitavam aquelas maravilhas; e atrás dos dois, deleitando-se com toda essa beleza, também vinha o Martinico.

Desde que Ángela saíra de sua aldeia, meio século atrás, o duende não tinha desfrutado da plenitude de um bosque ou de uma colina. Agora se achava em plena serra cubana, saboreando a plumagem dos *tocororos*, o perfume das plantações de tabaco, a silhueta da palmeira cortiça — mais antiga do que o próprio duende —, a rubra argila dos campos e a cordilheira pré-histórica que rodeava o vale.

Uma música delicada atravessou a névoa. Amalia elevou o olhar como se a tivesse ouvido... para surpresa do duende, que sabia que o som surgia de uma dimensão inaudível para os seres humanos. Mas tinha sido uma coincidência — ou uma premonição —, porque em seguida ela se voltou para Pablo e os dois entraram num diálogo incompreensível.

À medida que avançavam, o misterioso som se ouvia mais próximo. Os jovens haviam voltado a guardar silêncio, imersos em seus pensamentos. À sua direita, o Martinico avistou uma ave minúscula, quase de brinquedo: um colibri preto. Deu um salto para pegá-lo, mas ele escorregou entre os seus dedos. "Deus queira que sempre seja assim", ouviu a voz silenciosa da sua alma dentro da sua cabeça. "Que possamos nos amar até a morte, até depois da morte." A melodia parou de repente. O duende desviou a vista do colibri que acabava de apanhar e, surpreso, deixou escapar a jóia alada que reluziu antes de se perder na mata fechada.

Ao final da vereda, Pablo beijava Amalia. Mas não era isso o que tinha sobressaltado o duende. Sobre uma rocha próxima, com seus cascos e seus chifres escuros, o velho deus Pã segurava o instrumento de sopro que o Martinico vira anos atrás na serrania de Cuenca.

O duende e o deus se olharam durante alguns segundos, igualmente desconcertados. "O que você está fazendo aqui", perguntaram-se sem palavras. E, da mesma forma, as explicações foram de um para o outro. "Até a morte", ressoaram os pensamentos de Amalia. "Até depois da morte." E ela soube então que o deus tinha parado de tocar sua flauta porque também ele ouvira aquele desejo de eternidade.

Como era possível? As criaturas dos Reinos Intermediários só podiam ouvir os pensamentos humanos no caso de existir um vínculo especial com eles. Então o duende se lembrou da promessa que Pã fizera à avó de Amalia: "Se um dos seus descendentes necessitar de mim, inclusive sem saber do nosso pacto, poderei outorgar-lhe o que quiser... duas vezes." O deus estava amarrado a ela pela graça do mel concedido numa noite de São João. "Seja, pois, para sempre", sentiu que outorgava o deus em sua língua de silêncios. "Até depois da morte."

Pablo e Amalia voltaram a andar, precedidos pelo deus que avançava invisível à frente deles. O duende os seguiu a certa distância, muito curioso para pensar em alguma travessura. Logo chegaram ao pé de uma elevação onde se iniciava a cordilheira. Todo o terreno se encontrava coberto pelo mais fechado matagal, como se ninguém jamais tivesse pisado naquela paragem. O deus fez um gesto que nenhum dos jovens viu, mas ambos perceberam imediatamente a abertura no meio da folhagem. Era o começo de um atalho em forma de espiral que subia até o cume. O duende soube que nenhum humano daqueles tempos o tinha trilhado. Tratava-se de algo pertencente a outra época, idealizado por criaturas que fugiram de uma antiga catástrofe e que se refugiaram na ilha então desabitada, antes de seguir viagem para outras terras. Agora, milênios depois, Pablo e Amalia repetiriam aquele rito do qual ninguém mais se lembrava, exceto alguns deuses prestes a morrer em um mundo que tinha perdido sua magia...

Abriram caminho entre as cortinas de samambaias, rumo às alturas. O orvalho pendia das folhas, caindo como chuva gelada sobre suas cabeças. Vamos... vamos... para as nuvens, em direção à morada das almas, seguindo o atalho eternamente curvo em torno da colina. Primeiro para um lado e depois para o outro. Nunca em linha reta. Só assim poderiam ficar unidos seus espíritos: com aqueles laços invisíveis.

Uma voz recitou uma frase mágica que eles não ouviram, imersos num banco de névoa que quase não os deixava enxergar. Os salmos, cantados numa língua antiga, lhes pareceram gorjeios de aves desconhecidas... Nada mais teriam podido perceber. Ali estava a cúpula, à espera da cerimônia que marcaria suas almas. Já tinha ocorrido inumeráveis vezes, e assim voltaria a ocorrer enquanto o mundo fosse mundo, e os deuses — esquecidos ou não — tivessem algum poder sobre os homens.

Acalentados por uma liturgia inaudível, Pablo e Amalia se entregaram ao mais antigo dos rituais. E foi como se, do nada, surgisse um dedo divino que os benzeu. Sobre seus corpos baixou uma luz... ou provavelmente brotou deles. Envolveu-os como uma gaze e ficou presa ao redor de suas almas como uma marca de amor que perduraria pelos séculos dos séculos, só visível para seus espíritos.

— Este arroz com frango tem o gosto da glória do céu — comentou Rita, com aquele seu gesto de sobrancelhas que podia denotar admiração ou ironia.

— Vem de perto — afirmou José, devorando um pedaço de peito. — Minha mãe aprendeu a cozinhar na serra.

Dona Ángela sorriu de modo contido. Com setenta e tantos anos nas costas, tinha a expressão plácida de quem só espera o fim. Mas seu filho estava certo. A casa da sua infância estava mais perto das nuvens do que da terra. Por sua mente passaram a imagem da donzela imortal que se penteava junto a uma fonte e o som da música que inundava a cordilheira; e ela pensou em quão próximas estavam aquelas criaturas da Autoridade a quem em breve ela pediria para reunir-se com Juanco.

— Menina, olhe onde coloca as coisas!

O grito de Mercedes tirou-a do seu devaneio. Sua neta acabava de derramar um copo de água na toalha. Mercedes se lançou, guardanapo em mão, para conter o caudal que ameaçava se espalhar. O jantar era quase familiar. Além dos quatro membros da família e de Rita, só estavam um empresário a quem chamavam de Raposa e os pais de Bertica.

Amalia quase tinha desmaiado ao ficar sabendo que seus pais tinham convidado dom Loreto e a esposa.

— O que vamos fazer se descobrirem? — perguntou a Pablo, enquanto tomavam umas raspadinhas. — São capazes de me mandar outra vez para Los Arabos.

— Não acontecerá nada — tranqüilizou-a ele, acariciando seus cabelos. — Isso foi há três meses. Não tem por que falar a respeito.

— E se o fizer?

— Se seu pai ficar sabendo e quiser mandá-la outra vez para Matanzas, você me avisa por telefone e fugimos na mesma noite.

Mas Amalia estava muito nervosa.

José observou o afã de sua esposa em conter o desastre e, pela primeira vez, tomou consciência do aspecto da moça. Estava mais pálida, diferente... Estaria anêmica? Assim que terminasse a gravação com os *soneros*, iria levá-la para fazer um exame.

— ...mas o que está acontecendo no Japão não tem nome — dizia o Raposa. — Ficaram loucos com nossa música.

— No Japão? — repetiu José.

— Fundaram uma orquestra que se chama Tokyo Cuban Boys.

— É verdade que ali se suicidam abrindo a barriga com um talho? — comentou Mercedes, que não imaginava nada pior que morrer sob o fio de uma faca.

— Ouvi alguma coisa a respeito — lembrou Loreto.

— Não me estranha — suspirou Rita. — Com aquela música tão triste que tocam nuns bandolins sem cordas, devem ficar muito deprimidos.

— Pois agora vão morrer de tanto dançar guaracha — disse o Raposa com muito bom humor. A cadeira de Amalia deu um salto. Seus pais e sua avó olharam para ela assustados, embora os convidados tenham achado apenas que a moça tinha se mexido um pouco bruscamente.

— Está acontecendo alguma coisa? — sussurrou Ángela, notando sua palidez.

— Não estou me sentindo bem — respondeu a jovem, sentindo que um suor frio cobria seu corpo. — Posso ir...?

Mas não acabou de falar. Teve que tapar a boca e correr para o banheiro. Sua avó e sua mãe foram atrás dela.

— Nessa idade me acontecia a mesma coisa — disse Rita. — Quando fazia calor, não podia comer muito porque acabava esvaziando o estômago.

— Sim, as senhoritas são mais delicadas do que os varões — comentou Loreto. — E Amalita se transformou numa jovem muito linda. Quem diria? Da última vez que a vi, andava com aquela boneca enorme que falava...

José se engasgou com a água. Loreto teve que lhe dar uns tapinhas nas costas.

— Olhe que a minha única prática com afogados foi na faculdade — brincou o doutor. — Não lhe garanto nada.

José acabou de se recuperar.

— Não me lembro de que Amalita tenha tido uma boneca que falava — comentou seu pai, aparentando uma grande calma.

— Bom, já faz alguns anos. Você comprava brinquedos de todo tipo para ela... Não deve se lembrar.

— Pois eu, sim, me lembro — interveio Irene, a esposa do Loreto —, porque Bertica passou meses insistindo em que comprássemos uma igual para ela.

Alguma coisa estava acontecendo. Rita observou Pepe discretamente, enquanto pedia que lhe servissem mais limonada. Que relação teria essa boneca com tanto arrebatamento? Ela ouviu um ruído abafado e soube que Amalia estava vomitando... São Judas Tadeu! Isso, não. Qualquer coisa, menos isso.

Os passos de Mercedes atraíram os olhares dos comensais.

— Parece que ela já está melhor — comentou com toda a inocência, mas quando elevou o olhar e encontrou o olhar do marido, seu coração quase parou.

Trinta anos vivendo ao lado de uma pessoa é muito tempo, e Mercedes estava havia mais do que isso vivendo com José. Por um instante ficou com o garfo a meio caminho entre o prato e a boca, mas um gesto do marido lhe indicou que devia disfarçar.

— A quem eu gostaria de assistir ao vivo é Benny Moré — disse dom Loreto. — Só ouvi algumas gravações que fez no México com o Pérez Prado.

— Aquele mulato canta como os deuses — comentou Pepe, fazendo um esforço. — Mercedes e eu fomos vê-lo há um mês.

— Pois combinemos para ir todos juntos... incluindo a dona Rita, se se animar a nos acompanhar.

A atriz tinha bebido de chofre toda a limonada numa tentativa de se livrar do sufoco.

— Eu adoraria — respondeu, pondo em seu sorriso a melhor atuação da sua vida, porque o susto que sentia por Amalia era pior do que se ver frente às chamas do inferno.

— Pois não falemos mais nisso — exclamou José, sem que ninguém suspeitasse de que aquele tom ocultava outra decisão.

Mas, quando Ángela voltou para o seu lugar, resolveu adiar a discussão até o dia seguinte. Não desejava incomodar sua mãe, cuja estranha quietude o preocupava cada vez mais.

A anciã não tinha notado a ansiedade do filho, como tampouco notara o pânico da neta e o temor de Mercedes. Em seu peito palpitava um regozijo novo. Sem suspeitar do desgosto que a rodeava, terminou seu jantar e recolheu os pratos. Como sempre, não quis que Mercedes a ajudasse, e ficou na cozinha lavando a louça.

Às suas costas, o tinido de uma caçarola anunciou a chegada do Martinico. Fazia várias semanas que ele aparecia noite após noite. Parecia que queria oferecer-lhe uma companhia que ela não tinha pedido. Não se virou para olhar para ele. Aquele rumor de passarinho atrás dela lembrava o sussurro da cordilheira durante as tardes do verão, quando ela e Juanco saíam para caminhar pelas encostas e retornavam à fonte onde a moira lhe dera aquele conselho que a unira ao amor de sua vida.

Sentia saudade de Juanco; não passava um dia em que não se lembrasse dele. A princípio tinha tentado se ocupar de coisas mundanas para esquecer sua ausência, mas ultimamente tinha voltado a senti-lo próximo.

Apagou a luz da cozinha e foi até o seu quarto arrastando os pés, tiritando como se ainda escorregasse sobre a erva molhada da serra. Despiu-se sem acender o abajur. Seus ossos rangeram quando o colchão afundou para recebê-la. Na escuridão, viu-o. A seu lado jazia Juanco, com seu rosto jovem e belo de sempre. Ela fechou os olhos para vê-lo melhor. Como ria o seu marido! Como tomava seu rosto entre as mãos para beijá-las! E ela dançava com sua saia de fitas de seda que corcoveava a cada volta...

O duende se aproximou do leito e contemplou o rosto da anciã, suas pálpebras trêmulas sob aquele sonho. Pacientemente velou junto à sua cabeceira até a madrugada, e com ela saltou e dançou pelas colinas ao ritmo da flauta na tarde cheia de magia, e viu como ela se abraçava ao jovem que tinha amado com loucura.

Angelita, a donzela visionária da serra, sorriu na escuridão do seu sonho, inocente como quando brincava entre as vasilhas do forno paterno. E quando por fim sua respiração parou totalmente e seu espírito flutuou para a luz onde Juanco a aguardava, o duende se inclinou sobre ela e, pela primeira e última vez desde que se conheceram, beijou-a na testa.

Quando Pablo avistou seus amigos sem que eles se dessem conta, deteve-se junto à vitrola que lançava ao vento seu queixoso bolero. Era um contratempo. Por um instante pensou em vigiar a casa da barbearia em frente, mas os rapazes logo o perceberam.

— Tigre!

Não restou outro remédio a não ser aproximar-se.

— Em boa hora! — saudou-o Joaquín. — Íamos pedir outra rodada de café.

— Conhece o Lorenzo? — perguntou Luis, apontando para um rapaz de óculos grossos.

— Prazer.

— Pupo! — gritou Joaquín para o mulato que trabalhava atrás do balcão. — Outro café.

— Esse negócio do assassinato do Manolo ficou entalado na minha garganta — disse Lorenzo, que parecia comandar a discussão. — Acho que o gangsterismo campeia na universidade, e a culpa é do Grau. Se não tivesse colocado esse bando no comando da polícia, a história seria outra.

— Você parece o Chibás: acusar se tornou seu esporte favorito.

— Chibás tem boas intenções.

— Mas sua obsessão o está deixando louco. Eu lhe digo que o mal deste país não é econômico, mas social... e talvez psicológico.

— Eu penso a mesma coisa — disse Pablo. — Aqui, o que há é muita corrupção política e violência gratuita. A mudança de governo não serviu para nada. Saiu Grau, entrou Prío, e tudo continua igual.

— Isso é mais ou menos o que o Chibás diz.

— Sim, mas ele aponta o culpado errado e cria uma confusão que aproveitam para...

— Falando de namoradas?

Os rapazes se viraram. Pablo deu um chute, mas manteve sua compostura.

— O que está fazendo aqui, papai?

— Senhor Manuel — perguntou Luis, sem lhe dar tempo para nada —, não acha que deveriam substituir os comandantes nos quartéis onde houve irregularidades?

O sorriso de Manuel se dissipou. Aqueles rapazes, longe de estar conversando sobre seu futuro sentimental, andavam enchendo a cabeça de problemas.

— Eu não acho que devam discutir isso — respondeu muito sério, no seu espanhol falho. — Um estudante deve telminar a gladação e pensar em família.

Pablo tentou interromper o discurso do pai.

— Até amanhã — disse, levantando-se.

Despediram-se do grupo.

— Não sabia que Shu Li e Kei estavam metidos em política — recriminou-lhe seu pai em cantonês assim que saíram do local.

— Só estávamos conversando um pouco.

— De assuntos que não lhes dizem respeito e dos quais não entendem nada.

Pablo não respondeu. Era inútil discutir com seu pai sobre essas questões. Além disso, tinha coisa mais importante em que pensar.

— Esqueci de dar um recado ao Joaquín.

— Ligue para ele quando chegar em casa.

— É que não sei se voltará à sua casa, e é importante. É melhor eu ir já.

— Não demore.

Mas o rapaz não retornou à taberna. Virou a esquina e procurou um telefone público. Ainda não tinha terminado de discar, quando um automóvel parou ao lado dele.

— Pablo — chamou-o uma voz feminina.

Achando que era Amalia, aproximou-se do automóvel, mas se deteve, surpreso. Era dona Rita. Tinha acontecido alguma coisa.

— Entre logo, filho, pois não tenho o dia todo.

O rapaz entrou no carro, e o chofer acelerou um pouco para afastar-se da esquina.

— E Amalia?

— Não pôde vir — disse a mulher, enxugando os olhos com um lenço. — Dona Angelita morreu ontem à noite, e José já sabe de tudo.

Pablo sentiu que seus joelhos se derretiam como açúcar no fogo.

— Como? — gaguejou. — Como...?

— Estávamos almoçando em sua casa, e Amalita teve que ir ao banheiro para vomitar... e hoje pela manhã encontraram dona Ángela morta.

— Oh, meu Deus.

A mulher se virou no assento. Sempre lhe tinha inquietado um pouco o jovem, mas agora quase experimentou pavor diante do abismo que aparecia em seus olhos.

— Amalia me implorou que o procurasse — continuou —, seu pai a levará para Santiago dentro de alguns dias. Planeja embarcá-la para Gijón com uns parentes.

— Amalia nunca me disse...

— Ela tampouco sabia disso até dois dias atrás.

— O que direi aos meus pais?

— Isso você vai ter que decidir mais adiante — disse a mulher. — Mas, se quer voltar a vê-la, é melhor que vá procurá-la à meia-noite.

— Dona Rita, não me entenda mal. Amo Amalia mais do que a minha própria vida, e é obvio que irei com ela até o fim do mundo. O problema é que não tenho um lugar onde possamos ficar. Tenho dinheiro para alugar um quarto por alguns dias, mas depois não sei o que faríamos. Com os meus pais não posso contar. Seria melhor me matar...

— Que bobagem está dizendo? — gritou Rita, com tanta fúria que o moço bateu a cabeça no teto. — A morte não resolve nada. Só serve para dar trabalho para os vivos.

— O que me aconselha?

— Vá procurá-la hoje à noite... Não, hoje não, estarão no velório. Amanhã será melhor, de madrugada. Venham direto para minha casa Ela sabe o endereço.

— Obrigado, dona Rita — pegou uma de suas mãos para beijá-la

— Não ainda — disse ela, retirando a mão com aborrecimento. — Amalia poderá ficar lá, mas você irá para a casa dos seus pais e continuará como sempre, para que eles não desconfiem. E advirto que se não conseguir um trabalho e se casar com ela o quanto antes, falarei com os pais dela para que venham buscá-la.

— Juro, senhora Rita, prometo...

— Não me jure nem me prometa, que eu não sou santa nem virgem de altar. Faça o que é preciso fazer e depois veremos.

— Amanhã então — murmurou ele num suspiro, enquanto descia do automóvel.

E só quando o viu perder-se na multidão, com o terno amassado e correndo como quem viu o diabo, dona Rita suspirou com alívio.

Ausência

Na noite anterior tinha esquecido de baixar as cortinas, e agora o sol batia bem no seu rosto. Avançou para a janela, procurando às cegas o toldo, que desenrolou com um suave puxão. Em seguida, foi passar um café. Vagamente se lembrou da mensagem que Gaia tinha deixado. Tinha ouvido da cama, quando se sentia muito fraca para se interessar pelo resto do mundo. Agora, no entanto, aproximou-se da secretária eletrônica para ouvi-la de novo. A moça tinha voltado a ver a casa. Não dava muitos detalhes, mas parecia excitada.

Com uma torrada meio mastigada, começou a discar o número. Nem sequer se perguntou se a outra estaria acordada num domingo às oito da manhã; mas Gaia atendeu logo, como se estivesse perto do telefone esperando sua ligação. Na verdade, quase não tinha dormido. Adivinhava onde tinha visto a casa? Pois no terreno vazio de Douglas Road e... Cecilia parou de mastigar. Isso ficava na esquina da sua casa. Da sua janela, avistava-se o terreno. Ela correu para espiar com o telefone grudado na orelha. Não, não estava lá, é claro. Essa casa só aparece de noite. A que horas a tinha visto? Bom, era muito tarde, quase uma da manhã. Estava passando de carro e dera uma freada que devia ter sido ouvida em toda a vizinhança. Não havia uma alma na rua, talvez por causa do frio.

— Como soube que era a casa, do carro e com a rua escura? — perguntou Cecilia.

— Já a vi duas vezes antes; não há muitas casas desse tipo na região. Além disso, era impossível deixar de notá-la: estava com todas as luzes acesas. Então desci do carro e me aproximei.

— Pensei que você não gostasse das casas fantasmas.

— Eu não gosto, mas era a primeira vez que a via tão perto das outras. Pensei que se acontecesse alguma coisa eu poderia gritar. Além disso, só ia espiar da calçada. Estava a uns dez passos, quando a porta se abriu e vi sair a anciã com o vestido florido e o outro casal mais jovem. O rosto da mulher me pareceu familiar, mas não tenho idéia de onde posso tê-lo visto. O homem era alto, com um terno escuro e uma gravata de bolinhas claras muito antiquada. Eles nem olharam para mim; só a anciã sorriu. Por um momento achei que ia descer a escada do portão, e senti um medo tão horrível que dei meia-volta e me meti no carro.

Com o telefone imprensado entre a orelha e o ombro, Cecilia começou a recolher os restos do café-da-manhã.

— Quando foi isso? — perguntou.

— Que importância tem...?

— Lembra-se da história das datas pátrias?

— Ah, sim. Foi na sexta-feira, 13... Não, já passava da meia-noite. Sábado, 14.

— O que aconteceu nesse dia?

— Mas em que mundo você vive, mulher? 14 de fevereiro: Dia dos Namorados. São Valentim!

— Não — disse Cecilia, terminando de colocar a louça na lavadora. — Tem que ser uma data pátria.

— Espere, acho que tenho uma lista de efemérides cubanas.

Enquanto Gaia procurava pela casa, Cecilia jogou o detergente, fechou a porta e apertou o botão de ligar. A máquina começou a roncar.

— Achei, mas não diz nada sobre esse dia.

— Então a hipótese não serve.

— Provavelmente, trata-se de alguma coisa que não aparece aqui.

Cecilia se sentia incomodada. Seu descobrimento sobre as datas pátrias a tinha fascinado porque lhe dava um ponto de partida. Agora o parâmetro se rompera: uma única data tinha bastado para jogar tudo água abaixo.

— Vou continuar procurando — disse Gaia, antes de desligar. — Se encontrar alguma coisa, ligo.

Cecilia foi ao banheiro tomar uma ducha. Lisa tinha sugerido que fizesse um mapa com as aparições para ver se achava outro padrão, mas ela tinha se esquecido. A hipótese dos eventos fatídicos parecia tão sólida... Mas e se Gaia estivesse certa e se tratasse de uma efeméride menor que nem sempre aparecia nos calendários? Onde poderia achar mais informação? Em geral, os velhos guardavam essas curiosidades. Sua tia-avó tinha um armário cheio de revistas e jornais amarelados.

Secou o cabelo e se vestiu apressadamente. Ligou, mas só a secretária eletrônica respondeu. Devia ter ido ao supermercado. Eram dez da manhã. Para fazer hora, ligou a televisão e passou por vários canais. Viu uns horríveis desenhos animados cheios de monstros, vários programas de esportes, dois ou três noticiários, filmes medíocres e outras coisas desse tipo. Desligou a televisão. O que faria?

Levantou-se para procurar um mapa da cidade que guardava entre seus folhetos de viagem, desdobrou-o na mesa e começou a examinar suas anotações. Com um lápis vermelho, foi marcando os locais das aparições; e, ao lado de cada um, a data em letra pequena. Meia hora depois, o mapa estava cheio de pontos vermelhos. Virou-o, estudando-o de todos os ângulos possíveis, mas não viu nenhum padrão nem nada que permitisse supor uma seqüência lógica. De repente se lembrou de uma coisa: as constelações. Tentou traçar figuras, mas não conseguiu grande coisa. Ali não havia quadrados, nem estrelas, nem triângulos; tampouco criaturas de nenhum tipo. Tentou cruzar as linhas, mas o resultado foi igualmente nulo.

Esgotada, foi para o balcão. Do seu posto, observou o terreno ermo da esquina onde tinha aparecido a casa. E pensar que estivera tão perto... o que não significava muito, pois provavelmente não a teria visto, embora tivesse surgido bem diante do seu nariz. Talvez fossem necessários dotes de médium para vê-las. Lembrou-se vagamente de Delfina, sua avó vidente, com o avental empoeirado de farinha, rodeada de abelhas que pareciam seguir o rastro cheiroso dos seus doces. Ela teria resolvido o mistério num piscar de olhos.

Retornou à sala de jantar e ficou contemplando o mapa com as marcas; teve a sensação de que estava deixando passar alguma coisa. Uma idéia vaga flutuava em sua mente, mas não chegou a tomar forma. O pressentimento ficou mais forte quando ela observou novamente as datas. A resposta estava ali, diante dos seus olhos, mas não podia vê-las... ainda.

Estava sozinha, como um oásis no meio do deserto. E numa cidade repleta de criaturas jovens e formosas. Esse era outro problema. Nunca antes se preocupara com sua aparência, mas ultimamente o entorno parecia exigir que se olhasse no espelho. "Estou involuindo", dizia-se cada vez que se surpreendia nessas incursões de vaidade feminina. "Estou ficando superficial." E abandonava o quarto a toda pressa, enchia um caldeirão com água e ia para o balcão regar suas plantas.

Agora se encontrava num desses momentos. Descalça e com o cabelo suado, extirpava umas plantas parasitas que tinham crescido ao pé dos seus cravos. Depois de passar duas horas com o mapa, tinha decidido tirar as sobrancelhas e examinar rugas imaginárias ao redor dos olhos até se sentir suficientemente horrorizada para lembrar-se de suas flores... O telefone tocou. Ela colocou as mãos no balde com água, enxugou-as e pegou o fone. Era Freddy.

— Já está acordada?

— Desde as oito.

— Mas hoje é domingo! O que está fazendo?

— Regando as plantas.

— Passarei por aí um momento.

Mal teve tempo de trocar de blusa, e o rapaz já estava tocando à sua porta.

— Estou morrendo de sede — queixou-se ele, despojando-se de uma mochila imensa.

Cecilia lhe serviu água.

— De onde está vindo?

— Melhor perguntar para onde estou indo.

— Para onde?

— Tenho que visitar vários amigos.

Já ia perguntar a razão daquele périplo, quando a campainha da porta voltou a tocar.

— Que estranho — murmurou ela e espiou pelo olho mágico.

— Gaia! — exclamou, abrindo a porta. — O que está fazendo aqui?

— Imaginei que ainda estaria pensando nas datas, e me ocorreu... Ah! Não sabia que tinha visita.

Depois das apresentações de praxe, Cecilia sugeriu:

— Estou com fome. Por que não pedimos alguma coisa para comer?

Enquanto Gaia chamava uma pizzaria, e ela punha vários refrigerantes para gelar, Freddy se dedicou a remexer na prateleira dos CDs.

— Em 15 minutos estarão aqui — anunciou Gaia, sentando-se no sofá.

Cecilia procurou um frasco de comprimidos.

— O que é isso? — perguntou Freddy.

— Antidepressivos. Esqueci de tomá-los pela manhã.

O moço fez um gesto de contrariedade.

— É só por um tempo — justificou-se ela.

Freddy teria continuado a discutir, mas Gaia o interrompeu:

— Já pensou em alguma coisa?

— Fiz um mapa com os locais das aparições, mas não consegui nada.

— Tentou ver se os pontos formavam figuras?

— Tentei. Nada.

— Do que vocês estão falando, pode-se saber?

Cecilia explicou ao amigo os pormenores da casa e suas aparições. Quando chegaram as pizzas, ainda estavam discutindo sobre o significado das datas, especialmente a última. Sem dúvida era a mais enigmática, porque rompia com a regra de ouro que parecia ter imperado até então. Terminaram de comer sem chegar a nenhuma conclusão. Freddy olhou o relógio e disse que tinha ficado tarde. Já estava quase na porta, quando exclamou:

— Estava me esquecendo do principal! — Abriu a mochila e tirou vários vídeos. — Vim para lhe trazer isto. São os vídeos da visita do papa. Você não pode perder.

— Agradeço, mas estou farta de tudo o que tenha que ver com esse país.

"Não é verdade", pensou Freddy. Entretanto, em voz alta, disse:

— Eu também, mas a gente aprende a amar o lugar onde sofreu.

— Não é verdade — retificou Cecilia —, a gente aprende a amar o lugar onde amou. Talvez por isso eu esteja começando a gostar de Miami.

— Se o que você diz é verdade, então teria que amar aquela maldita ilha. Amamos muitas coisas ali. Coisas que mereciam e coisas que não mereciam...

Cecilia sentiu que alguma coisa se derretia dentro dela — como se uma fortaleza a derrubasse —, mas se negou a ceder.

— Não quero lembrar de nada. Quero esquecer. Quero pensar que sou outra pessoa. Quero imaginar que nasci num lugar obscuro e tranqüilo, onde a única coisa que muda são as estações, onde uma pedra que coloque no meu quintal continuará ali mil anos depois. Não quero ter que me adaptar a nada novo. Estou cansada de me apegar a uma pessoa para perdê-la ao virar uma esquina. Não suporto mais perdas. Doem-me a alma e a memória. Não quero amar para não ter que morrer de dor depois...

Freddy compreendia sua angústia, mas se negou a apoiar aquele desejo de solidão. Não podia permitir que se isolasse de novo. A incomunicabilidade é o pior inimigo da prudência.

— Pois eu sinto falta dos meus amigos, dos passeios, das minhas aventuras — insistiu ele —, e não me importa admitir isso.

— Ausência quer dizer esquecimento... — cantarolou Gaia. Freddy olhou para ela quase com ódio.

— Quando a gente se afasta de um lugar, mitifica-o — sentenciou Gaia.

— É verdade — disse Cecilia —, a Havana da qual você sente falta certamente não existe mais.

— Olhe quem fala! — grunhiu Freddy. — Quem há um mês suspirava por entrar na Cinemateca.

— Às vezes a gente diz idiotices — admitiu a moça, um pouco irritada. — Naquele momento em também queria desaparecer daqui.

— Pois quando estava em Cuba...

Cecilia deixou-o falar. Diferentemente do amigo, ela não corria atrás de cada suspiro de sua ilha. Embora sentisse a mesma dor, seu ânimo estava longe de entregar-se às cegas.

Observou a brisa que açoitava a trepadeira do muro próximo, os pássaros que se perseguiam entre os ramos do coqueiro... Recordou sua antiga cidade, seu país perdido. Ela o odiava. Oh, Deus, quanto o odiava. Não importava que sua lembrança a enchesse de angústia. Não importava que essa angústia fosse parecida com amor. Jamais admitiria isso, nem sequer para a sua sombra. Mas, de algum lugar de sua memória, brotou o bolero: "Se tantos sonhos eram mentiras, por que te queixas quando suspira fundo o meu coração?"

Doce encantamento

— Bom dia, vizinha — cumprimentou a mulher do jardim, sem deixar de mexer a mistura. — Acabou o açúcar. Poderia me emprestar duas xícaras?

Amalia não se alterou diante da desconhecida que estava na soleira de sua casa, batendo o suspiro. Dois dias antes a tinha observado atrás das persianas, enquanto revoava ao redor dos homens que tiravam móveis e caixas de um caminhão.

— É claro que sim — respondeu Amalia. — Entre.

Sabia quem era a mulher, porque a gorda Fredesvinda, que morava perto da esquina, já tinha falado dela.

— Aqui está.

— Como você se chama? — perguntou a recém-chegada, parando de bater por um instante.

— Amalia.

— Muito obrigada, Amalia. Devolverei amanhã. Meu nome é Delfina, ao seu dispor.

Seus dedos roçaram a mão que lhe estendia o pacote, e ela quase deixou cair o açúcar.

— Ai! Você está grávida...

Amalia se sobressaltou. Além de Pablo, ninguém sabia.

— Quem lhe disse?

Delfina titubeou.

— Dá para notar.

— Sério? — perguntou Amalia. — Só tem dois meses...

— Não quis dizer no corpo, mas no rosto.

Amalia não retrucou, mas tinha certeza de que a mulher não tinha olhado para o seu rosto quando pegara o pacote de açúcar. Só para as mãos.

— Bem, até mais ver. Mandarei um pedaço de bolo. Assim a menina crescerá mais gulosa.

— A menina...? — começou a perguntar Amalia, mas a outra já tinha virado as costas e se afastava, batendo seu doce com renovado vigor.

Amalia tinha ficado atônita. Foi com essa expressão que Fredesvinda a encontrou alguns minutos depois.

— O que você tem?

— Delfina, a nova vizinha...

Não terminou o comentário, pois não queria revelar a gravidez.

— Não lhe dê ouvidos. Acho que é meio louca, coitada. Ontem mesmo, quando passava o jornaleiro gritando alguma coisa sobre uns peruanos que se asilaram na embaixada cubana de Lima, sabe o que ela fez? Fez cara de esfinge e disse que este país estava maldito, que dentro de dez anos ficaria de cabeça para baixo e que, em trinta anos, isso que tinha acontecido na embaixada cubana do Peru ocorreria aqui em Havana, mas ao contrário e multiplicado por mil...

— Ao que ela se referia? — perguntou Amalia.

— Já falei que ela é maluca — assegurou a gorda e levou um dedo à têmpora. — Soube que se casou recentemente e que abortou por causa de um acidente de carro. Ela não conseguiu prever isso, não é?

— Ela é casada? — perguntou Amalia, a ponto de solidarizar-se com a louca, depois da notícia.

— O marido está para chegar. Viviam em Sagua, acho, mas ela veio antes para arrumar a casa enquanto ele fecha um negócio.

— Como vai, dona Frede? — cumprimentou uma voz detrás delas.

Amalia correu para beijar Pablo.

— Bom, vou deixar os pombinhos — despediu-se a gorda, descendo para o jardim.

Pablo fechou a porta.

— Conseguiu alguma coisa?

— Consegui tudo. Não precisarei mais voltar ao porto.

— Como...?

— Vi minha mãe.

Isso, sim, era uma notícia. Desde que tinham fugido, só Rita tinha lhes dado apoio; mas ela não podia fazer muita coisa, exceto dar conselhos.

— Falou com ela?

— Não apenas isso.

Tirou um pacote do bolso; e dele, dois objetos que reluziam como pérolas à luz da tarde. Amalia pegou-os nas mãos. Eram pérolas.

— O que é isto?

— Minha mãe as deu para mim — respondeu Pablo. — Foram da minha avó.

— O que dirá o seu pai quando ficar sabendo?

— Ele não vai saber. Minha mãe conseguiu salvar algumas jóias ao sair da China. Roubaram quase todas no navio, mas ela tinha escondido um colar, que entregou ao meu pai quando chegaram, e estes brincos que nunca lhe mostrou porque pensava guardá-los para alguma emergência.

— Devem valer muito.

— O suficiente para que pensemos em abrir o negócio de que falamos.

Amalia contemplou os brincos. Seu sonho era ter uma loja de partituras e instrumentos musicais. Tinha passado sua infância entre as gravações e as pessoas que as faziam, e a paixão do avô e do pai a tinha contagiado.

— De qualquer forma, vamos precisar de um empréstimo.
— Conseguiremos — afirmou ela.

Abriu os olhos e, ainda deitada, viu o Martinico em cima da cristaleira de cedro, balançando as perninhas que batiam na madeira de cheiro peculiar. Sentiu o puxão e levou a mão ao ventre. O bebê se mexia dentro dela. Ela observou a expressão do duende e experimentou uma estranha ternura.

Da cama ouviu as rezas de Pablo, orando diante da imagem de San-Fan-Con. Aquela devoção pelos antepassados era uma demonstração de amor que a fazia sentir-se mais segura. O cheiro do incenso a fez se lembrar do dia em que trocaram seus votos matrimoniais. Junto com Rita e outros amigos, dirigiram-se ao cemitério onde repousavam os restos do bisavô *mambí*. Pablo acendera umas varinhas que agitara diante do seu rosto, murmurando frases em que se alternavam o espanhol e o chinês. Ao final, fincara as varinhas no chão para que a fumaça levasse as preces... Nessa noite, os noivos e seus amigos se reuniram no Pacífico para jantar. A cerveja se misturou com o porco ao molho agridoce, e o vinho de arroz com o café cubano. Rita lhes deu de presente um contrato com o empréstimo desejado e sua própria assinatura como garantia.

Foi assim que abriram a loja, perto da movimentada esquina da Galiano com a Netuno. Depois, Pablo se levantava todos os dias às seis da manhã, passava por um depósito, onde recolhia a mercadoria encomendada com antecedência, e, quando chegava à loja, avisava por telefone os clientes interessados. O resto da jornada, passava vendendo e anotando pedidos especiais, e voltava para casa às sete da noite, depois de ter deixado tudo em ordem.

— Amor, estou indo — disse Pablo do corredor.

O aviso de Pablo tirou-a de sua letargia. Tinha que se vestir para ocupar o lugar do marido, que hoje iria ao porto para recolher um carregamento importante. Quando pulou da cama, o Martinico sumiu da cristaleira para reaparecer ao seu lado, estendendo-lhe as sandálias que procurava. A mulher não parava de se surpreender diante daqueles gestos do duende que começaram com a sua gravidez. Vestiu-se apressadamente e tomou o café-da-manhã. Pouco depois, caminhava em direção à esquina.

Luyanó era um bairro humilde, habitado por operários, professores e profissionais que começavam suas carreiras ou seus comércios, à espera de que o tempo — ou um golpe de sorte — lhes permitisse mudar. Amalia gostava das ruelas ensolaradas e tranqüilas. Não se importava de viajar meia hora até Centro Havana, onde ficava a loja. Era feliz: casara-se com Pablo, esperava seu primeiro filho e tinha um negócio com o qual sempre sonhara.

Fez sinal para o ônibus que a deixaria perto do Malecón e, meia hora mais tarde, soltou o cadeado da corrente metálica, abriu a porta de vidro e ligou o ar-condicionado. Os violões e os bongôs pendiam das paredes. Nos balcões forrados de cetim preto, as partituras exibiam suas capas de cartolina e couro. Dois pianos de cauda — um branco e outro preto — ocupavam o espaço disponível à esquerda. Ao largo das prateleiras se agrupavam instrumentos de corda e de metal dentro de seus estojos. À direita havia uma vitrola. Ela apertou uma tecla, e a voz de Benny Moré encheu a manhã de paixão: "Hoje como ontem, eu continuo te amando, meu bem..." Amalia suspirou. O homem cantava como um anjo embriagado de melancolia.

A campainha da porta anunciou a chegada do primeiro cliente; melhor dizendo, dois: um casal que procurava partituras de canções de Natal. Amalia lhes mostrou meia dúzia. Depois de muito discutir e pechinchar, compraram três. Quase em seguida entrou um rapazinho que experimentou vários clarinetes e ao final levou o mais barato. A campainha tocou de novo.

— Dona Rita!

— Vim pegá-la para dar uma voltinha, minha filha. Lembrei-me de que hoje é o dia de buscar mercadoria no porto e imaginei que estaria sozinha. Além disso, ontem à noite tive um sonho e por isso quero ver algumas partituras.

— Vejamos, conte.

— Sonhei que estávamos na casa da Dinorah...

— A cartomante?

— Sim, mas era eu quem lia as cartas e adivinhava o futuro. Via tudo tão claramente! E tenho certeza de que vai acontecer... Você também estava no sonho.

— E o que você viu?

— Essa é a parte ruim, não me lembro de nada. Mas eu era como uma pitonisa. Olhava as cartas, e tudo passava pela minha cabeça. De repente senti uma mão que me agarrava pelo pescoço e não me deixava respirar. Quando já estava quase sufocando, acordei.

— E o que tem a ver esse sonho com as partituras?

— É que recentemente li alguma coisa sobre uma ópera nova de Menotti. Acho que se chamava "A pitonisa" ou algo assim. Não sei, mas senti o impulso de ler o libreto.

— Tenho um índice de compositores, e outro dos títulos mais recentes...

— É melhor procuramos por título.

E entre os suspiros da canção "Loucos pelo mambo" e o doloroso "Oh, vida" do *Sonero* Maior, examinaram os títulos do inventário.

— É esta! — exclamou Rita. — "A médium", de Gian Carlo Menotti. Quanto custa?

— Para você é grátis.

— Nada disso. Se começar a fazer caridade com o seu negócio, logo terá que pedir esmola, e não foi para isso que dei minha assinatura ao banco.

— Não posso cobrar de você, depois que...

— Se não cobrar, não levo e terei que ir comprar em outro lugar.

Amalia disse o preço e procurou um papel para embrulhar.

— Não tenho certeza para quê eu quero isso — confessou Rita enquanto pagava. — Faz tempo que nem sequer canto uma zarzuela, mas enfim... Talvez o sonho tenha a ver com esta bronquite que não me deixa respirar à noite.

A atriz foi embora com sua partitura debaixo do braço, e Amalia decidiu arrumar os catálogos. O ruído de um chocalho avisou-a de que Pablo entrava pela porta dos fundos, mas ela já estava atendendo outro cliente. Quando este foi embora, Amalia foi para os fundos da loja.

— Pablo.

O marido deu um salto e deixou cair os folhetos.

— O que é isso?

— Joaquín me pediu que os guardasse por uma semana. — Apressou-se a colocá-los numa caixa.

— São panfletos, não são?

Pablo guardou silêncio enquanto acabava de guardar os folhetos.

— Se nos pegarem com essas coisas, nos meteremos em encrenca.

— Ninguém vai imaginar que numa loja de música...

— Pablo, vamos ter um filho. Não quero confusão com a polícia.

— Garanto que não é nada perigoso; só uma convocatória para uma greve.

Amalia observou-o em silêncio.

— Se não fizermos alguma coisa contra Prío — disse ele —, a situação piorará para todos.

Abraçou-a, mas ela não correspondeu ao gesto.

— Eu não gosto que você ande metido em política — insistiu Amalia. — Isso é para gente que quer viver de blablablá em vez de trabalhar como Deus manda.

— Não posso deixar o Joaquín sozinho nessa. Para isso servem os amigos...

— Se ele é tão seu amigo, peça que leve embora essas coisas.

Ele ficou olhando sem saber o que acrescentar. Amalia sabia dos desaparecimentos e das prisões que todo dia enchiam as páginas da imprensa. Ele não precisava convencê-la de que as coisas andavam mal. Era justamente a consciência do perigo o que a fazia se afastar daquela realidade.

— Este país é um desastre — justificou-se ele. — Não posso ficar de braços cruzados.

— Quer que o seu filho nasça órfão?

A campainha voltou a tocar.

— Por favor — sussurrou Amalia.

— Está bem —ele suspirou —, eu os levarei para outro lugar.

Deu-lhe um beijo e tentou acalmá-la.

— Como foi a manhã?

— Rita passou por aqui — respondeu ela, aliviada pela mudança de assunto.

— Alguém me disse que estava doente.

— Está com um pouco de bronquite.

— Pois deveria estar de cama — comentou o homem, dirigindo-se à porta dos fundos. — Vou até a sociedade.

— Aonde?

— À sociedade, na esquina entre Zanja e Campanario, lembra? Quero me informar sobre o *wushu*. Estou precisando de um pouco de exercício.

— Bem, mas não demore — conveio ela e foi para o salão.

Um homem alto e desajeitado, com um terno cinza que pendia dele como um lençol de um prego, examinava uma batuta de marfim: uma das raridades que Pablo tinha encomendado para dar um toque mais distinto ao lugar. Ela preparou seu melhor sorriso, mas ficou pasma quando o visitante se virou para cumprimentá-la. Instintivamente, olhou na direção dos fundos da loja. Torceu para que Pablo tivesse esquecido alguma coisa. O visitante era Benny Moré.

— Boa tarde — disse ela com um fio de voz. — Em que posso servi-lo?

— Tem alguma coisa de Gottschalk?

— Deixe-me ver — sussurrou ela, voltando-se para um armário com portas de vidro. — Música do século XIX.

Tirou um catálogo e percorreu várias linhas com um dedo.

— Aqui está. Gottschalk, Louis Moreau: "Fantasia sobre o Cocuyé"... "Cenas campestres"... "Noite nos trópicos"... — murmurou um número e procurou no armário. — Veja.

Mostrou-lhe dois volumes.

— Levarei o que você recomende — disse o mulato com um sorriso cândido, como se quisesse pedir desculpas. — Eu não leio música, sabe? Não entendo a mínima desses rabiscos...

Amalia assentiu. Que estupidez a sua! Acabava de lembrar que aquele homem que dirigia a voz como um rouxinol e regia sua orquestra com ar acadêmico nunca tinha aprendido a ler música e precisava ditar suas composições. Era uma espécie do Beethoven tropical, não surdo, porém cego para os signos do pentagrama.

— Quero presentear uma pessoa — acrescentou ele, respondendo a uma pergunta que Amalia não tinha feito. — Meu sobrinho estuda num conservatório e fala muito desse compositor.

Amalia envolveu a partitura em papel prateado e com uma fita vermelha.

— E isto, quanto é? — perguntou o cantor, apontando a batuta de ébano e marfim.

Amalia disse o preço, certa de que não ele não compraria aquela extravagância.

— Vou levar também.

Amalia só pensou em uma coisa: se seu pai a visse...

— Abriram recentemente, não? — perguntou o homem, enquanto ela tirava o troco da caixa.

— Há dois meses. Como ficou sabendo da loja?

— Alguém falou de vocês no El duende e não me esqueci do nome: achei muito criativo.

Amalia teve que fazer um esforço para permanecer impassível. “El duende” era a companhia de gravações de seu pai. Quem os teria mencionado ali?

— Boa sorte — disse o músico, tocando levemente a aba do chapéu. — Ah! e não perca o costume de me ouvir de vez em quando.

Por um momento ela não entendeu o que ele falava. Então se deu conta de que a vitrola não tinha parado de tocar a coletânea de suas canções.

Amalia observou a frágil figura que parava um instante na calçada, sobre as pedras de mármore verde, antes de se perder na multidão; mas seus olhos ficaram cravados no chão, na criatura fáunica que era o logotipo do negócio e na placa que dizia "A flauta de Pã". Por que teriam escolhido aquele nome absurdo? Tiveram a idéia naquela longínqua noite em Viñales, enquanto faziam planos para o futuro. Uma estranha associação de idéias.

Uma súbita explosão fez tremer os vidros. Amalia ficou imóvel, sem decidir o que podia ser: uma batida da porta, um trovão ou um pneu estourado. Só quando viu algumas pessoas que paravam para olhar, outras que tropeçavam e algumas que corriam gritando, percebeu que alguma coisa realmente grave estava acontecendo. Espiou na porta.

— O que está acontecendo? — perguntou à proprietária da A cegonha, que já fechava sua loja de enxoval de bebê com ar compungido.

— Chibás se suicidou.

— O quê?

— Faz alguns minutos. Estava fazendo um dos seus discursos pelo rádio e se deu um tiro ali mesmo, diante do microfone.

— Tem certeza?

— Minha filha ouviu. Acabou de ligar.

Amalia achava que estava sonhando.

— Mas por quê?

— Alguma coisa que não conseguiu provar, depois de ter dito que ia fazê-lo.

Amalia notou o pânico das pessoas e ouviu a comoção que se elevava de todos os cantos da cidade. Todos corriam e gritavam, mas ninguém parecia capaz de dar uma explicação sobre o acontecimento. Ela pensou em Pablo. Teria ido à sociedade esportiva ou andaria em outras confusões? Os apitos da polícia e vários tiros encheram-na de terror. Foi pegar sua bolsa e, contra todo o bom senso, fechou a loja e saiu para a rua. Precisava encontrá-lo. Tentou caminhar com calma, mas constantemente era golpeada por transeuntes que corriam em ambas as direções sem prestar atenção em quem esbarravam.

Duas quadras adiante, uma multidão a arrastou em sua caminhada cheia de palavras de ordens. Ela tentou procurar refúgio nas marquises da calçada, mas era impossível fugir da massa arrebatadora. Teve que avançar no mesmo passo, quase correndo, sabendo que se parasse podia ser esmagada por aquela turba cega e surda.

Dois carros de polícia cantaram pneus no meio da rua, e a multidão diminuiu a marcha. Amalia aproveitou para adiantar-se e subir à soleira de uma porta. Ainda esbarravam nela, mas já não corria tanto perigo. Uma coluna a impedia de ver o que estava acontecendo na esquina; por isso ela não soube por que muitos começaram a retroceder.

Os primeiros tiros provocaram uma correria da qual conseguiu se esquivar, resguardada naquele degrau. No entanto, o primeiro jato de água a jogou no chão. Na hora não entendeu o que estava acontecendo; só sentiu o golpe enquanto a dor nublava sua vista. Olhou para suas roupas e viu o sangue. De alguma forma tinha se ferido ao bater na parede.

Mais uma vez a água bateu bem no seu peito e arremessou-a contra a coluna de cimento coberta de cartazes que anunciavam o novo espetáculo do cabaré Tropicana ("o maior do mundo a céu aberto") em cima de outros mais antigos que proclamavam a abertura do teatro Blanquita ("com 500 poltronas a mais do que o Rádio City de Nova York, até agora o maior do mundo"). E pensou vagamente no curioso destino de sua filhinha, com essa obsessão por ter o maior disso ou daquilo, ou de ser a única em... Um país estranho, cheio de música e dor.

A água voltou a atingi-la.

Antes de cair inconsciente no chão, viu o cartaz sobre o último sucesso musical que narrava um acontecimento picaresco ocorrido perto dali: "Entre Prado e Netuno ia uma garota..."

Coisas da alma

Cecilia pegou o telefone meio dormindo. Era sua tia-avó, convidando-a para tomar o café-da-manhã como Deus manda; e não queria ouvir desculpas, avisou. Já sabia que ela tinha ligado várias vezes durante a semana. Se precisava conversar ou pedir alguma coisa, hoje era o dia.

Lavou o rosto com água gelada e se vestiu correndo. Com a pressa, quase se esqueceu do mapa. Tinha tido uma semana cheia de trabalho, com dois artigos para o suplemento dominical, "Segredos culinários da vovó" e "A vida secreta do seu carro", escritos por ela, que não entendia nada de cozinha nem de mecânica. Mas durante esse tempo nunca deixara de pensar no bendito mapa. Sua tia tinha desaparecido. Pelo menos, não respondia às ligações. Até passara pela casa dela várias vezes com a idéia de chamar a polícia se notasse algo estranho. Uma vizinha a informara de que Loló saía todos os dias muito cedo e voltava tarde. Em que andaria metida?

Da escada, pôde ouvir os gritos da papagaia:

— Abaixo a escória! Abaixo a escória!

E também os gritos de sua tia, que eram piores que os do pássaro:

— Cale a boca, louro do inferno! Ou tranco você no guarda-roupa e o deixo lá por três dias.

Mas a papagaia não pareceu se dar conta e continuou lançando todo tipo de palavras de ordem:

— Fidel, seguro, dê duro nos ianques! Fidel, ladrão, nos deixou sem pão!

— Cristo das utopias! — vociferava a tia. — Se continuar assim, vou lhe dar salsinha no jantar.

Cecilia tocou a campainha. A papagaia gritou de susto, talvez achando que os vizinhos vinham linchá-la. Depois fez-se um silêncio de morte, seguido por um rápido martelar e em seguida uma batida seca.

"Pronto", pensou Cecilia iludida. "Acabou com ela."

A porta se abriu.

— Que bom vê-la, minha filhinha — cumprimentou-a a anciã com seu sorriso mais doce. — Entre, entre, não vá se resfriar.

Enquanto Loló colocava todos os trincos na porta, Cecilia procurou com o olhar.

— E a papagaia?

— Ali.

— Finalmente a despedaçou?

— Menina, que coisas passam pela sua cabeça! — murmurou a tia, fazendo o sinal-da-cruz. — Esses não são pensamentos cristãos.

— O que a Fidelina faz com você também não é exatamente cristão.

— É uma criaturinha do Senhor — suspirou a anciã com expressão de mártir. — Eu a perdôo porque não sabe o que faz.

— Ouvi os gritos e depois uns barulhos...

— Ah, isso...

Loló foi até um armário e o abriu. Junto com várias caixas e malas, estava a papagaia na sua gaiola. Ao ver novamente a luz, lançou um grito de prazer, mas sua alegria durou pouco. Loló lhe deu com a porta no bico.

— Tive que arrastar a gaiola, que pesa como dez toneladas. Os pés de ferro rangem quando se move. Era isso que rangia.

— Ah, que pena — murmurou Cecilia com desilusão.

— Vamos à sala de jantar. O chocolate já está servido. Cecilia seguiu-a até o cômodo de onde saía um cheiro apetitoso e adocicado. Loló tinha se levantado cedo para buscar churros frescos numa cafeteria próxima. Na volta, tinha-os colocado no forno para que se mantivessem quentes e pusera para derreter vários tabletes de chocolate espanhol em uma caçarola cheia de leite. Agora, uma jarra cheia de chocolate ocupava o centro da mesa. Junto a ela, os churros se amontoavam em uma travessa de barro que deixava escapar baforadas de vapor acanelado.

— Por que queria me ver? — perguntou a tia, servindo-a.

— Faz tempo que não lhe fazia uma visita.

— Tenho idade para ser sua avó, não me venha com histórias. O que está acontecendo?

Cecilia lhe falou da casa fantasma e das datas históricas em que aparecia.

— ... mas agora a viram num dia que não coincide com nenhum desses eventos — concluiu —, e não sei o que pensar.

A moça molhou a ponta de um churro no chocolate, e quando o levou a boca, uma gota escura caiu na toalha.

— Já ia me esquecendo! — exclamou.

Saiu correndo para a sala, tirou da bolsa o mapa e voltou à sala de jantar para desdobrá-lo sobre a mesa; mas a tia se negou a ver qualquer coisa até que acabaram de tomar o café-da-manhã. Depois de tirar a mesa, Loló se dedicou a examiná-lo sem que Cecilia perdesse nenhum de seus movimentos. Em várias ocasiões a viu franzir o cenho e ficar imóvel observando o vazio para ver ou ouvir alguma coisa que só ela podia perceber, depois balançava a cabeça silenciosamente e retornava ao mapa.

— Sabe o que eu acho? — disse de repente a anciã. — Essa casa pode ser um aviso.

— Um o quê?

— Uma espécie de marco ou de sinal.

— Não entendo.

— Até agora, a maioria dessas datas esteve vinculada com a história recente de Cuba. Mas é possível que a casa também queira mostrar sua relação particular com alguém.

— Que sentido tem isso?

— Nenhum. Só está estabelecendo suas coordenadas.

— Dá para explicar melhor?

— Menina, é simples. Todo esse tempo, a casa pode ter estado anunciando "venho deste lugar ou represento tal coisa"; agora está dizendo "estou aqui por tal pessoa". Acho que a casa teve sua origem em Cuba, mas também que se encontra unida a alguma coisa ou alguém daqui.

Cecilia não disse nada. A hipótese lhe parecia bastante desconcertante. Se a casa era depositária de alguma história individual que tinha desembocado em Miami, por que continuava aparecendo a torto e a direito em lugares tão díspares da cidade?

As badaladas do relógio a tiraram do seu devaneio.

— Sinto muito, minha filhinha, mas tenho que ir à missa, e depois... Céus! Olhe para a sua saia.

Uma mancha de chocolate aparecia na sua blusa. Loló foi até a geladeira, abriu-a e tirou um cubo de gelo:

— Vá ao banheiro e esfregue-o em cima.

A moça deixou a sala de jantar.

— Tia, por que você saiu tantas vezes esta semana? — perguntou enquanto atravessava o cômodo. — Pensei que tivesse acontecido alguma coisa. Não vai me dizer que esteve enfiada na igreja todos estes dias...

Não acabou de falar, porque viu as fotos em cima da cômoda. Ali estava sua avó Delfina, com um dos seus habituais vestidos floridos e seu sorriso de sempre, cercada de rosas no jardim da sua casa. Em outra, havia um homem que Cecilia não identificou, exceto pelo inconfundível papagaio que carregava numa gaiola. Quando viu a terceira foto, sentiu que o chão se mexia debaixo dos seus pés. Entre a ternura e o horror, reconheceu seus pais vestidos de noivos: ela, com o cabelo preso e seu vestido longo;

ele, com seu rosto de ator e aquela gravata de bolinhas claras que Cecilia tinha esquecido. Embaixo da foto, uma dedicatória: "Para a minha irmã Loló, lembrança do nosso enlace na Paróquia do Sagrado Coração de El Vedado, no dia..." E uma data... uma data...

— Fevereiro é o único mês do ano em que vou à igreja todos os dias — disse a anciã da cozinha. — Sempre vou rezar pela memória dos seus pais, que se casaram num 14 de fevereiro para mostrar o quanto estavam apaixonados. Que Deus os tenha em sua glória!

Faltavas-me tu

Quando Amalia soube que tinha perdido sua filha — a criatura cujo sexo Delfina havia predito —, não chorou. Seus olhos se cravaram no rosto de Pablo, sentado numa cadeira do hospital onde ela nascera e onde sua avó servira como escrava quando a filha do marquês do Almendares morava na mansão. Os vitrais ainda derramavam suas cores pelas paredes e pelo chão. As samambaias do pátio ainda murmuravam sob a chuva, enchendo os salões com um cheiro fresco que lembrava a campina cubana.

— Esses filhos da mãe — murmurou Pablo entre dentes. — Olhe o que fizeram com a gente.

— Teremos outro — disse ela, engolindo as lágrimas.

Pablo, com o olhar úmido e avermelhado, inclinou-se para abraçá-la. E foi como se Delfina a tivesse contagiado com seu poder sibilino, porque meses depois voltou a engravidar.

Durante o tempo que se seguiu, Amalia pensou muito em Delfina, que tinha se mudado de novo, não sem antes encher sua cabeça de vaticínios. As profecias continuavam provocando-lhe pesadelos.

Num dia em que comentavam o suicídio de Chibás, tinha-lhe assegurado:

— Sua morte não provou nada e nos deixou com um destino pior. Dentro de alguns anos, a ilha será a ante-sala do inferno.

Pouco antes de ir embora, visitara-a para pedir um pouco de arroz.

— Os mortos virão depois do golpe — disse-lhe.

A princípio, Amalia pensou que se referia aos golpes de água que mataram sua criatura... até que se produziu o golpe de estado de 1952, encabeçado pelo general Fulgencio Batista, tudo muito civilizado e sem que se disparasse um tiro. Os mortos, de fato, começaram a aparecer depois. Aqueles vaticínios não terminaram ali. Pior seria a chegada de La Pelona, um ente mítico que, apoiado por um exército de diabos vermelhos, acabaria por se transformar em Judas, Herodes e Anticristo da ilha. Até as criaturas pequenas seriam massacradas se tentassem escapar do seu feudo, afirmou Delfina.

Desejosa de afastar os maus pensamentos, Amalia voltou ao alinhavo enquanto sua mente vagava por outros rumos. Muitas coisas tinham acontecido nos últimos tempos. Sua mãe, por exemplo, aparecera na loja. Seu pai sabia? Claro que não, garantira-lhe Mercedes. De maneira nenhuma podia ficar sabendo. Obstinado na sua negativa de vê-la depois da sua fuga e posterior matrimônio, tornara-se anti-social e nem sequer ria como antes.

Amalia não gostava de pensar nele, porque invariavelmente acabava chorando. Tinha um marido que a adorava e uma mãe que agora vivia preocupada com ela, mas lhe faltava o seu melhor amigo. Tinha saudade do seu insubstituível carinho de animal velho e doce.

Pablo se esforçava por aliviar a tristeza da mulher. Desde a adolescência sabia do laço que unia pai e filha, duas criaturas tão afins como independentes. Agora nada parecia animá-la. Depois de muito pensar, decidiu aplicar uma das estratégias que tinha descoberto quando queria que ela parasse de se preocupar: levar-lhe algum problema — quanto mais complexo, melhor — que requeresse sua intervenção direta.

Nessa tarde chegou em casa queixando-se do trabalho. Não estava mais dando conta das vendas. Além disso, a fama do negócio era como um cartão de visitas. Uma pena que não pudessem assistir a todos os eventos para os quais os convidavam. Não havia comentado antes para não preocupá-la, mas como aceitar tantos convites se não tinham como corresponder? Não podiam convidar ninguém... a menos que decidissem mudar-se para um lugar mais apropriado. Para onde? Não tinha certeza. Talvez um apartamento em El Vedado.

Embora só faltasse um mês para o parto, Amalia abandonou suas conversas com a gorda Fredesvinda e, jornal na mão, visitou mais de vinte apartamentos em duas semanas. Pablo estava contente, embora um pouco confuso. Nunca antes tinha visto sua mulher tão ansiosa para resolver um assunto. Não sabia se seu entusiasmo se devia ao desejo de ajudá-lo ou a algum outro desejo secreto. Suspeitou de que fosse a segunda coisa quando um agente imobiliário entregou-lhe as chaves de um apartamento.

No dia da mudança, Amalia hesitou na entrada, como se ainda não tivesse certeza de que aquele fosse seu novo lar. O apartamento era pequeno, mas limpo e com cheiro de prosperidade próxima. Tinha uma sacada que permitia ver um pedaço de mar e amplas vidraças por onde penetrava a luz. Fascinava-a o banheiro, cuja brancura cegava, e o espelho gigante, no qual, afastando-se um pouco, dava para se ver de corpo inteiro. Percorreu todo o lugar, sem se cansar de tanta claridade e tanto azul. Depois de seu antigo casarão próximo ao Bairro Chinês e da modesta moradia em Luyanó, aquele apartamento a deixava sem fôlego.

Logo ficou evidente que os antigos móveis não serviam. A cama parecia um monstro medieval entre as paredes claras; e o sofá, um horror desbotado sob o sol que entrava da sacada.

— Assim não poderemos receber ninguém — concluiu Pablo, entre contrariado e satisfeito. — Precisamos de móveis novos.

Foi então que ele descobriu que mobiliar a casa era a verdadeira paixão que se escondia atrás daquele entusiasmo.

Entre empréstimos e créditos, Amalia conseguiu um sofá de couro creme com duas poltronas da mesma cor e duas mesinhas de madeira para a sala. Na sala de jantar colocou uma mesa de cedro que podia alongar-se até permitir oito comensais, e cadeiras de igual material forradas com um tecido cor de vinho. Em cima pendurou um lustre de cristal âmbar. Além disso, comprou taças, talheres de prata, utensílios de cozinha... Pouco a pouco foi acrescentando mais detalhes: as cortinas de gaze fina, os pratos de porcelana para uma parede da sala de jantar, a paisagem marinha em cima do sofá, uma fruteira de cerâmica toda colorida.

Em menos de duas semanas, transformou o apartamento num lugar que pedia a gritos a chegada de visitas que pudessem admirá-lo. Não fora isso que Pablo tinha insinuado quando se queixara dos velhos cacarecos? Enquanto falava, desempacotou o estojo que acabava de comprar: dois candelabros de prata que vestiu com velas vermelhas. Era o toque final para sua sala de jantar.

Nessa noite, depois de jantar, Rita ligou para avisar que estrearia "A médium".

Tinha sido um espetáculo inquietante, repleto de sombras que se moviam no cenário. Mas não eram sombras teatrais; não se tratava daqueles falsos espectros que dona Rita, no papel de madame Flora, fazia reviver diante de seus convidados para perpetuar sua fama de adivinha com a ajuda de sua filha Mónica e de Toby, o rapaz mudo.

A mulher levava a mão à garganta, afirmando que dedos fantasmas tinham tentado sufocá-la, o que não era possível, porque ela, mais do que ninguém, sabia que todas aquelas aparições fantasmais eram pura fantasia... Amalia sentiu uma contração. Agora a médium se queixava diante dos jovens de que um deles tinha tentado assustá-la. Nenhum dos dois — juraram — fizera tal coisa. Estavam muito ocupados movendo bonecos e imitando vozes, para espanto dos convidados.

Amalia tentou ignorar as pulsações do seu ventre. Ficaria quieta para ver se se acalmava. Contra seu costume, não saiu durante o intervalo. Pediu a Pablo alguns bombons e, cheia de aflição, aguardou no seu lugar até que as luzes se apagaram de novo. Era a música ou aquele universo espectral que aparecia em cena? Madame Flora se virou furiosa para Toby. Tinha que ser ele quem havia voltado a tocá-la; mas o jovem mudo não conseguiu responder, e, diante dos protestos da filha, ela o pôs para fora de casa.

Ai, sua menina morta por aquele golpe de água... e os diabos da Delfina... e as peças chinesas resgatadas da matança... Que artes mágicas empregava a atriz para convocar ao seu redor tantos espectros? Tudo podia acontecer quando ela representava, e agora sua madame Flora era uma experiência assustadora. A médium tinha enlouquecido de medo. E, numa noite, certa de que aquele barulho era um fantasma que pretendia assassiná-la, atirou e matou o infeliz Toby que tinha voltado para ver sua amada Mónica.

Mas Amalia viu o que ninguém mais tinha visto. A mão que Rita levava à garganta destilava uma claridade avermelhada como se fosse uma lua em eclipse. Sangue... como se tivesse sido degolada.

O público se levantou e explodiu em aplausos. Pablo quase não conseguiu evitar que Amalia caísse no chão, enquanto um líquido claro e morno molhava o tapete do corredor.

E agora a menina balbuciava no chão. O Martinico, cansado ou aborrecido, apareceu no alpendre e se distraía jogando sementes nos carros que trafegavam três andares abaixo. O barulho da porta o sobressaltou. Por puro reflexo, embora apenas a menina e sua mãe pudessem vê-lo, sumiu antes que o rosto congestionado de Pablo aparecesse.

— Meu Deus! Que susto você me deu — sobressaltou-se o homem. — Não foi fazer compras?

— Estava cansada. O que você está fazendo aqui?

— Esqueci uns papéis.

Lembrou de que, duas semanas atrás, o surpreendera saindo do apartamento quando ela entrava, e que também se sobressaltara.

— Esta noite se decide o contrato — disse ele. — Devemos estar na casa de Julio às sete.

A flauta de Pã se transformara numa cadeia de quatro lojas que vendia também, além de partituras e instrumentos musicais, gravações de música estrangeira. Julio Serpa, principal importador de discos da ilha, tinha pedido a ele que fosse seu distribuidor; mas antes ele precisaria abrir mais três lojas. Quando Pablo respondera que não contava com dinheiro suficiente, Julio propusera transformar-se em seu sócio, comprando cinqüenta por cento; assim, Pablo duplicaria seu capital e ambos poderiam investir em partes iguais. Mas Pablo não concordara. Isso significaria ter que discutir cada decisão. O empresário aumentara o preço e lhe oferecera comprar só quarenta por cento, mas Pablo não queria ser o dono de sessenta por cento do seu sonho. Dissera que só venderia vinte. Finalmente o homem o convidara para jantar com seu assessor, uma pessoa com experiência suficiente para servir de intermediário em casos como esse. Desejava lhe propor outro plano que provavelmente seria do seu agrado.

— Passarei para buscá-las às sete — disse Pablo, e beijou a mulher antes de sair.

Amalia pôs a menina, que tinha adormecido, na cama. Só então se deu conta de que o marido não levara consigo os papéis que tinha vindo buscar.

Amalia queria causar a melhor impressão, mas a choramingação de Isabel se transformou numa birra que não a deixava vestir-se.

— Não estará sentindo alguma coisa? — perguntou Pablo, balançando em seus braços a menina que gritava com o rosto congestionado. — Talvez seja melhor suspendermos o jantar.

— De maneira nenhuma. Se for necessário, você vai sozinho. Eu me encarregarei de...

O Martinico apontou a cabeça atrás da cortina, e a menina sorriu. Enquanto o duende e a pequena brincavam de esconde-esconde, a mulher terminou de se arrumar. As manhas começaram outra vez, quando o Martinico agitou as mãos em gesto de despedida, aumentaram quando a família saiu para o corredor e chegaram ao seu apogeu em frente à porta da mansão.

— Entrem — disse o empresário, que tinha ido recebê-los. — Vivian!

Sua esposa tinha uma pele teatralmente branca, quase resplandecente.

— Querem beber alguma coisa?

Isabel ainda chorava no colo da mãe, e, por um instante, os adultos se entreolharam sem saber o que fazer.

— Vá com o Pablo para biblioteca — sugeriu Vivian ao marido. — Eu fico com Amalia e a menina.

Da porta, Amalia contemplou as estantes de mogno repletas de volumes iluminados por uma luz cálida e amarelada.

— Vamos até a cozinha — disse Vivian —, daremos alguma coisa a ela.

— Não acho que seja fome, porque comeu antes de sair — comentou Amalia enquanto caminhavam pelo corredor, — e, se fosse, não sei se você teria alguma coisa apropriada. Ela ainda não come muitas coisas.

— Não se preocupe. Freddy se encarregará disso.

Amalia pensou na distância que separava a sua família daquela que se permitia ter um cozinheiro: uma coisa com a qual ela nem sequer se atrevia a sonhar.

Isabel tinha parado de chorar, talvez por causa do apetitoso cheiro de bolo que inundava o corredor... Amalia parou de repente ao ver o cozinheiro. Ou melhor, a cozinheira.

— Fredesvinda!

A gorda ficou pasma.

— Amalita!

— Vocês se conhecem? — perguntou Vivian com uma inflexão diferente na voz.

— É claro — começou a dizer Amalia. — Fomos...

— Eu trabalhava para os tios da senhora quando ela ainda era criança — interrompeu-a a cozinheira. — Dona Amalita visitava a casa freqüentemente.

Amalia não se atreveu a desmenti-la, porque percebeu uma luz de advertência nos olhos da gorda.

— Esta é a sua menina? — perguntou a gorda.

— Sim — respondeu Vivian. — O que podemos lhe dar para comer?

— Acabo de assar uma torta.

— Um pouco de leite morno é o bastante — disse Amalia.

— Faça o que a senhora pedir, Freddy... Está em boas mãos, Amalita.

Os passos se perderam pelo corredor de mármore negro.

— Por que inventou essa história? — sussurrou Amalia.

— O que você queria que eu dissesse? — disse Fredesvinda, pondo para esquentar um pouco de leite. — Que tínhamos sido vizinhas?

— Por que não?

— Ai, Amalita, você é muito inocente — repreendeu-a a amiga, que agora cortava um pedaço de torta. — Se vocês não tivessem melhorado de situação, dom Julio não lhes teria convidado para jantar. Dizer que foi vizinha de uma cozinheira não vai ajudá-los a ir para a frente, e Pablo precisa fechar esse negócio...

— Como sabe?

— Os criados ouvem muitas coisas.

Enquanto Fredesvinda falava, a menina roubou um pedaço de torta e voltou a estender a mãozinha para pegar outro.

— Não, Isa — disse Amalia. — Isso não é para você.

A menina começou a choramingar.

— Prove um pouco de bolo antes de ir — disse a gorda. — Eu lhe darei o leite e a farei dormir... Ai, como é linda!

Começou a passear com a menina nos braços, cantarolando baixinho. Quando Amalia acabou de comer, deu-se conta de que sua criatura dormira, arrulhada por Fredesvinda, que cantarolava alguma coisa com sua formosa voz de contralto.

— Não sabia que você cantava tão bem. Deveria se dedicar a isso.

— Parece que você não tem olhos. Quem vai querer contratar uma cantora que pesa 150 quilos?

— Pode emagrecer um pouco.

— Acha que já não tentei? É uma doença...

O eco de algumas vozes chegou até elas.

— Vá agora — repreendeu-a Fredesvinda. — Uma senhora não deve ficar tanto tempo conversando com os criados. Se a menina acordar, eu aviso.

Amalia caminhou pelo corredor, guiando-se pelas risadas. Não lembrava se devia virar à direita ou à esquerda. As vozes que retumbavam entre as paredes guiaram-na até o saguão.

— O que quer beber, Amalia?

Antes que pudesse responder, dois toques de campainha soaram na entrada.

— Deve ser ele — disse Julio. — Vivian, sirva alguma coisa a Amalia. Eu irei abrir.

Pablo se inclinou para pegar mais gelo, e Amalia bebeu seu licor, enquanto as vozes se aproximavam pelo corredor. De repente, a conversa parou. Foi a atitude tensa de Pablo, mais do que o prolongado silêncio, o que fez Amalia virar-se para a porta. Seu pai estava ali, com uma expressão de pasmo mortal.

— O senhor está bem, dom José?

— Sim, não... — sussurrou Pepe como se lhe faltasse o ar.

Um balbucio vago e indefinido ouviu-se no corredor.

— Podemos fazer a reunião outro dia — propôs Julio.

— Com licença — disse a gorda Fredesvinda, esforçando-se por manter nos braços Isabelita, que tentava descer do seu colo. — Senhora Amalia, a menina a estava chamando.

— Desculpe, dom Julio — murmurou José.

E, diante do olhar atônito de seus anfitriões, deu meia-volta e saiu para o saguão. Quase às cegas, procurou a porta e tentou abri-la, mas se enrolou com a fechadura, que era muito complicada.

Alguma coisa o puxou pelas calças.

— Vovô.

A menina, quase um bebê, cambaleava sobre seus pés e observava o homem que não sabia como abrir uma porta. José retrocedeu dois passos para se afastar, mas a pequena não largava sua calça.

— Vovô — chamou-o com estranha insistência.

Era o seu próprio olhar, e o olhar de sua filha. Vencido, quase sem forças, agachou-se, pegou-a nos braços e começou a chorar.

Era como se o tempo não tivesse transcorrido, exceto pelo fato de que agora seu pai tinha mais cabelos brancos e seus olhos se enchiam de um brilho diferente quando brincava com a neta. Se José tinha vivido fascinado com a filha, Isabel exercia sobre ele um efeito quase hipnótico. Não se cansava de pegá-la no colo, nem de lhe contar histórias, nem de ensiná-la a abrir os estojos dos instrumentos. Amalia aproveitava todas as oportunidades para deixar a menina com ele, enquanto se ocupava de outros assuntos. Agora, na calorosa tarde dessa cidade eternamente úmida, a campainha anunciou sua chegada à loja onde tinha brincado tantas vezes quando criança.

— Olá, papai — cumprimentou o homem inclinado sobre o balcão.

José elevou o olhar.

— Está morrendo — murmurou o homem.

Sua expressão cheia de terror a paralisou.

— Quem?

— Dona Rita.

Amalia tinha deixado a filha no chão.

— Como? O que aconteceu? — perguntou, sentindo que seus joelhos não conseguiam sustentá-la.

— Tem um tumor. E nas cordas vocais! — disse seu pai com voz abafada. — Céus! Uma mulher que canta como os deuses.

Pela mente de Amalia desfilaram confusamente as imagens daquela Rita que a tinha acompanhado desde sua infância, e lhe pareceu que devia toda a sua vida àquela mulher: uma boneca de cachos dourados, o xale de prata com que Pablo a conhecera, as cartas que levava e trazia para o seu amado, o abrigo que lhe dera quando os dois fugiram, o empréstimo para a sua primeira loja...

— É como uma vingança do inferno — soluçou seu pai. — Como se o demônio sentisse tanta inveja daquela garganta que quisesse fechá-la para sempre.

— Não diga essas coisas, pai.

— A voz mais privilegiada que este país produziu... Nunca haverá outra como ela!

Seu pai estava com os olhos vermelhos, mas ela não queria chorar.

— Tenho que ir vê-la — decidiu.

— Então não vá; a qualquer momento vai entrar por essa porta. Disse que passaria por aqui depois do ensaio.

— Vai cantar? Com esse problema?

— Você a conhece.

Um barulho atrás do piano os fez sair correndo. Isabelita tinha derrubado vários estojos vazios de violino; não tinha se machucado, mas o ruído a assustara, e ela berrava a mais não poder.

— Bom dia, minha gente... O que aconteceu aqui? O mundo está acabando?

Aquela voz inconfundível: a voz que era como uma risada espumosa e fresca.

— Rita.

— Nada de beijocas agora. Deixe-me ver esse anjinho que berra como um diabinho.

Assim que a pegou no colo, Isabel ficou quieta.

— Pegue o dinheiro, Pepe — disse-lhe, procurando no bolso. — Conte para ver se está certo.

— Rita.

— E pare de tanto "Rita... Rita...". Vão acabar gastando o meu nome.

A atriz mantinha sua expressão de sempre.

— Amalita — disse seu pai —, vá tratar das suas coisas, que eu cuido da menina.

— Não, papai. É melhor eu levá-la.

— Mas você não ia deixá-la?

— Pensava em ir fazer compras, mas não estou mais com vontade.

— Por que não vamos as duas sozinhas, como nos bons tempos?

Amalia se voltou para Rita e notou o lenço em volta da sua garganta. Quando levantou os olhos, soube que Rita tinha notado seu olhar.

— Deixe a menina comigo — implorou-lhe Pepe —, eu a levarei de volta à noite.

Amalia compreendeu que o pai não clamava só por sua neta, mas também por um mundo que desmoronava com aquela notícia. Pela primeira vez notou que sua figura começava a se encurvar e descobriu uma sombra de susto nos seus olhos, uma insegurança que parecia o início de um tremor; mas não disse nada. Deu um beijo na filha, outro nele e saiu com Rita para percorrer Havana.

Terminaram sentadas num café do Prado, contemplando os transeuntes que passeavam sob as árvores onde pardais e pombas arrulhavam. Conversaram sobre mil coisas sem importância, esquivando o assunto que nenhuma das duas se atrevia a mencionar. Recordaram suas antigas fugidas, a primeira visita à cartomante, o ataque de riso que Rita tivera ao ficar sabendo que o seu pretendente era chinês... Várias pombas se aproximaram da mesa para bicar as migalhas do chão.

— Ai, minha menina — suspirou a atriz depois de um longo silêncio —, às vezes me parece que tudo é uma brincadeira de mau gosto, como se alguém tivesse inventado isso para me assustar ou me fazer sofrer.

— Não diga isso, Rita.

— É que não me vejo trancada num caixão, caladinha e sem dizer um pio. Imagina? Eu, que nunca tive papas na língua para dizer as verdades às pessoas.

— E continuará dizendo, você vai ver. Quando ficar curada...

— Tomara, porque eu não acredito que vou morrer.

— Claro que não, dona Rita. Você não morrerá nunca.

Amalia chegou em casa tão deprimida que decidiu dormir um pouco. Seu pai lhe traria Isabelita mais tarde; assim, aproveitaria essa trégua para se esquecer do mundo por umas duas horas.

Os sapatos de salto a estavam matando. Entrou no apartamento e jogou-os na sala. Um estrondo no quarto a deteve. Por prevenção, calculou o espaço que havia entre a porta do quarto e a saída. Com o coração aos saltos, avançou nas pontas dos pés até o quarto.

— Pablo!

O marido pulou de susto.

— O que é isso? — perguntou ela, apontando para três pacotes amarrados com uma corda que seu marido tinha deixado cair no chão.

— Alguns exemplares do *Gunnun Husher*...

— Como?

— O jornal de Huan Tao Pay.

— Para mim, isso é chinês — disse ela, mas em seguida compreendeu que a frase era tão literal que resultava infeliz. — A que você se refere?

— Huan Tao Pay foi um compatriota que morreu no cárcere. Torturaram-no por ser comunista. Estes são exemplares do seu jornal, relíquias...

Amalia começou a se lembrar das misteriosas reuniões do marido, suas voltas à casa em momentos inesperados.

— Ele era seu amigo?

— Não, isso aconteceu faz anos.

— Não me jurou que nunca mais voltaria a se meter nesses assuntos?

— Não queria preocupá-la — disse e a abraçou—, mas tenho que dar uma má notícia. É possível que façam uma revista.

— O quê?

— Não temos tempo — acrescentou ele. — Preciso esconder os pacotes em outro lugar.

Foi até a janela e espiou.

— Ainda estão lá — assegurou, voltando-se para a mulher —, e não posso sair daqui, porque já me viram subir. Não seria bom que batessem na porta e eu não estivesse. Suspeitariam imediatamente.

— Para onde devo levá-los?

— Para o terraço — decidiu Pablo, depois de uma hesitação. Amalia calçou os sapatos. Pablo colocou os pacotes nos braços dela e abriu a porta. Os números do elevador indicaram que alguém o tinha chamado do térreo.

— Vá pela escada e não saia dali até que eu vá buscá-la.

Amalia subiu os cinco andares em menos de dois minutos. Onde poderia esconder aqueles panfletos? Lembrou-se da conversa que ouvira entre um vizinho e o zelador do prédio. A caixa d'água do apartamento 34 B, vazio desde o divórcio dos seus ocupantes, tinha um vazamento e estava fechada. Ela começou a levantar as tampas de cimento até encontrá-la e jogou ali os três pacotes antes de colocar a tampa de novo.

Aguardou uns minutos por Pablo, passeando nervosa pelo terraço, até que a espera ficou insuportável. Então se penteou com os dedos, alisou a saia e pegou o elevador para descer ao seu andar.

Quando viu a porta aberta, sentiu que suas pernas tremiam. Bastou uma olhada para perceber o abajur quebrado, as gavetas esvaziadas no chão, o guarda-roupa em desordem... E Pablo? Sua vista nublou. Havia sangue no chão. Correu ao balcão, a tempo de ver como o colocavam a socos dentro de um carro de polícia. Quis gritar, mas só lançou um grito desarticulado, como o de um animal agonizante. O mundo escureceu; ela não caiu no chão porque umas mãos invisíveis a sustentaram. Seu namorado da adolescência, o amor de sua vida, estava indo a caminho de alguma masmorra.

Havana do meu amor

A quem podia contar o que tinha descoberto? Lisa já suspeitava de que os fantasmas tinham voltado porque estavam ligados a alguém; Gaia a tinha aconselhado a pesquisar mais sobre os habitantes da casa, porque intuía que as datas significavam alguma coisa para eles; e Claudia havia dito que ela andava com mortos. Não à toa! Estava metida até o pescoço investigando a casa onde viajavam sua avó Delfina, o velho Demetrio e seus pais. Sua própria tia-avó tinha sugerido que as datas aludiam a alguma coisa que tivera sua origem em Cuba e que agora se encontrava em Miami. Todas as teorias continham um pedaço da verdade.

De repente Cecilia parou de andar: havia uma peça solta no quebra-cabeça. A casa e seus habitantes não podiam estar relacionados com ela, porque nunca conhecera o velho Demetrio, embora a anciã afirmasse que os tinha apresentado. Talvez aqueles fantasmas não estivessem ali por ela, mas sim por Loló, a única vinculada com os quatro. Sentiu um profundo desconsolo. Tinha chegado a acreditar que seus pais tentavam se aproximar, mas, aparentemente, sua tia-avó... Um momento. Por que seu pai viria em busca de Loló, a irmã da sua sogra, em vez de seguir a própria filha? Teve outra idéia desconcertante. E se os fantasmas se reuniam em famílias? E se existissem coletividades de fantasmas? E se sua presença se fazia mais potente devido a essa união?

Ficou em suspense diante de outra possibilidade. Pegou o mapa e voltou a olhar as datas. Embora Loló estivesse havia trinta anos em Miami, as visões da casa só tinham começado depois que Cecilia chegara à cidade. Seria coincidência? Procurou o ponto da primeira aparição e marcou o primeiro endereço onde morara. Depois rastreou o segundo. Em vez de contar as ruas, decidiu medir as distâncias no mapa. Seria mais fácil. Foi comparando o espaço entre as sucessivas visões e os lugares onde tinha vivido. Quando acabou, não teve dúvidas. Era a primeira vez que achava uma variante sem exceções. A casa sempre se aproximava um pouco mais do lugar onde ela vivia. Repetiu a operação com a vizinhança de Loló durante os últimos vinte anos, mas o padrão não funcionou. A casa estava relacionada a Cecilia. Estava procurando por ela. Agora, mais do que nunca, alegrou-se por não ter contado a ninguém a respeito. Era uma loucura. Continuava sem entender o que o falecido Demetrio tinha a ver com ela. Suspirou. Não acabariam nunca os enigmas da maldita casa?

Outra vez sentia a pontada de uma dor em que se misturavam as vozes dos seus pais com as praias da sua infância. Aqueles mortos que vagavam por toda Miami traziam o cheiro de uma cidade que tinha chegado a odiar mais do que qualquer outra. Ela era uma mulher de nenhuma parte, alguém que não pertencia a nenhum lugar. Sentiu-se mais desamparada do que nunca. Seu olhar esbarrou nos vídeos que Freddy havia trazido. Não lhe interessava vê-los, mas o seu chefe tinha pedido que escrevesse um artigo sobre a visita do papa a Cuba. Com a esperança de esquecer os seus fantasmas, pegou os vídeos e foi para a sala.

O veículo branco percorria Havana. Pela primeira vez na história, um papa visitava a maior ilha do Caribe. E, enquanto esquadrinhava a multidão, testemunha do milagre, Cecilia ia resgatando do esquecimento as calçadas pelas quais tantas vezes perambulara. “Lembra do Teatro

Nacional?", perguntou a si mesma... "E do Café Cantante? E da praça em frente à estátua do Martí? E do frio que saía do restaurante Rancho Lua quando se abria a porta no momento em que alguém passava?" Continuou enumerando lembranças, absorta na visão ensolarada das ruas. Quase sentia o rumor das árvores e da brisa que subia do Malecón, elevando-se pela Avenida Paseo até a praça, e o calor daquela luz que reavivava as cores da agreste paisagem urbana. Pela primeira vez viu sua cidade com outros olhos. Pareceu-lhe que sua ilha era um matagal rústico e selvagem, de uma beleza que resplandecia apesar do cinza dos edifícios e do cansaço que se percebia nos rostos esfomeados dos seus habitantes.

"A beleza é o começo do terror que somos capazes de suportar", lembrou. Sim, a verdadeira beleza apavora e nos deixa numa atitude de absoluto desamparo. Hipnotiza por meio dos sentidos. Às vezes um cheiro mínimo — como a fragrância que brota do sexo de uma flor — pode nos obrigar a fechar os olhos e nos deixa sem respiração. Nesse instante, a vontade fica presa num estímulo tão intenso que não consegue escapar dele a não ser depois de vários segundos. E se a beleza chega através da música ou de uma imagem... Ah! Então a vida fica suspensa, detida diante desses sons sobrenaturais ou da potência infinita de uma visão. Sentimos o início desse terror. Só que às vezes ele passa tão fugazmente que não nos precavemos. A mente apaga imediatamente o evento traumático e só nos deixa uma sensação de ineludível poder frente àquilo que conseguiu nos arrastar e trair nosso raciocínio. A beleza é um golpe que paralisa. É a certeza de se achar diante de um fato que, apesar de sua aparente temporalidade, vai nos transcender... como aquela paisagem que Cecilia contemplava agora.

Ali estava sua cidade, vista do helicóptero que navegava sobre a curva voluptuosa do Malecón. Por causa da altura, era possível distinguir as avenidas sombreadas; os jardins das antigas mansões republicanas com seus vitrais e seus pisos de mármore; o desenho perfeito das avenidas que desembocavam no mar; a fortaleza colonial que outrora chamavam Santa Dorotea da Lua; a majestosa entrada do túnel que imergia num lado do rio Almendares para emergir na Quinta Avenida... As imagens começaram a malograr-se, e a magia se esfumou. O locutor anunciou que a televisão cubana acabava de cortar a transmissão. "A mesma coisa de sempre", pensou ela. "Interrompem o sinal porque não lhes convém mostrar as casas onde se escondem os terroristas e os narcotraficantes."

Assim que se deu conta, tinha tirado o vídeo e procurava por outro. Por sua cabeça continuavam desfilando as estátuas eqüestres dos parques, as fontes secas e os terraços destruídos dos edifícios. Por que as ruínas eram sempre bonitas? E por que as ruínas de uma cidade, outrora bela, eram ainda mais bonitas? Seu coração se debatia entre dois sentimentos: o amor e o horror. Não soube o que devia sentir por sua cidade. Supôs que tinha sido bom afastar-se para vislumbrar com maior clareza uma paisagem que nunca conseguira perceber devido à sua proximidade. Um país é como uma pintura. De longe, distingue-se melhor. E a distância tinha lhe permitido descobrir muitas coisas.

De repente reconheceu o quanto devia a Miami. Ali tinha aprendido histórias e dizeres, costumes e sabores, formas de falar e trabalhar: tesouros de uma tradição perdida em sua ilha. Miami podia ser uma cidade incompreensível até para quem a habitava, porque mostrava a imagem racional e potente do mundo anglo-saxão, enquanto seu espírito bulia com a impetuosa paixão latina; mas, nesse lugar febril e contraditório, os cubanos guardavam sua cultura como se fossem jóias da Coroa britânica. Dali, a ilha era tão evidente como os gritos das pessoas que clamavam da tela: "Cuba para Cristo, Cuba para Cristo..." Na ilha flutuava um espectro, ou possivelmente uma mística, que ela não tinha notado antes — uma coisa que só tinha descoberto em Miami.

Estava furiosa. Odiava e amava o seu país. Por que se sentia tão confusa? Talvez pela ambivalência que as imagens provocavam. O papa celebrava uma missa em Santiago de Cuba, e o mundo virava do avesso, como se aquilo fosse uma demonstração das teorias de Einstein que finalmente seriam provadas naquela ilha alucinante. Buracos negros e buracos brancos. Tudo aquilo que os primeiros absorvem pode reaparecer nos outros, a milhares de anos-luz. Aquilo que via era Miami ou Santiago?

Em pleno coração da ilha, a multidão se congregava diante de uma réplica da Ermida de La Caridad de Miami, o santuário mais amado dos cubanos no desterro. Em frente a essa capela, as águas escuras levavam e traziam vegetação, restos de garrafas e mensagens de todo tipo. O mar era o beijo de ambas as costas, e os cubanos de um e outro lado olhavam para ele como se procurassem os rastros de quem vivia na outra margem.

A ermida original, situada na região oriental da ilha, possuía uma arquitetura muito diferente. Por isso, ver aquela cópia do templo de Miami em chão cubano era uma visão estranha. Mas, pensando bem, era a conclusão de um ciclo. A imagem primitiva da virgem se conservava em sua formosa basílica da serra do Cobre, perto de Santiago de Cuba. A ermida de Miami tinha sido construída imitando a forma do seu manto. O cenário cubano onde se encontrava o papa, ao duplicar esse manto, arremedava também — sem querer ou de propósito — a silhueta do templo no exílio. Tudo era como um daqueles jogos com espelhos que repetem uma imagem *ad infinitum*. E, sob esse tecido que parecia simbolizar a união de todos, o papa coroaria a mãe espiritual dos cubanos.

A pequena coroa da virgem mestiça foi retirada da imagem, e os dedos trementes do polonês colocaram outra mais esplêndida sobre o manto acobreado. A Virgem de La Caridad foi proclamada Rainha e Padroeira da República de Cuba. As pessoas deliraram de entusiasmo e começaram as congas: "João Paulo, irmão, fique comigo aqui em Santiago." E outras mais audazes: "João Paulo, irmão, leve-me com você para o Vaticano."

Cecilia suspirou enquanto a câmera percorria a paisagem. Ao longe se elevavam as cordilheiras azuis, envoltas em nuvens eternas, e a visão do santuário de El Cobre, próximo ao lugar onde se dizia que o arcebispo visionário Antonio María Claret predissera no século XIX o terrível desastre que se adivinhava para a ilha. Cecilia se lembrava de trechos da profecia: "A esta Serra Maestra virá um jovem da cidade e passará um curto tempo cometendo feitos muito distantes dos mandamentos de Cristo. Haverá inquietação, desolação e sangue. Vestirá um uniforme não tradicional que ninguém jamais viu neste país, e muitos dos seus seguidores usarão rosários e crucifixos pendurados do pescoço e imagens de muitos santos junto com armas e munições." Mais de cem anos antes de ela nascer, o santo tinha visto imagens que o apavoraram: "O jovem governará por umas quatro décadas, quase meio século, e nesse tempo haverá sangue, muito sangue. O país ficará devastado..." e Cecilia imaginava o quanto teriam se apavorado os companheiros do arcebispo ao vê-lo entrar em transe, enquanto viajava pelas montanhas sobre sua mula: "Quando se cumprir este tempo, o jovem, que já será velho, cairá morto e então o céu se tornará limpo, azul, sem esta escuridão que agora me rodeia... Levantar-se-ão colunas de poeira, e outra vez o sangue alagará o chão cubano por poucos dias. Haverá vinganças e revanches entre grupos ressentidos e outros ambiciosos que, por um curto tempo, empanarão de lágrimas os olhos. Depois desses dias tormentosos, Cuba será a admiração de toda a América, incluindo a do Norte... Quando isso acontecer, virá um estado de alegria, paz e união entre os cubanos, e a República florescerá como ninguém poderá imaginar. Haverá tamanho movimento de navios nas águas, que, de longe, as grandes baías de Cuba parecerão cidades encravadas no mar..." Cecilia acreditava que, se o arcebispo tinha vislumbrado com tanta clareza a primeira parte da história, não existia razão para que se enganasse na conclusão... a menos que Deus tivesse decidido trocar o vídeo celestial para confundir o santo com o final de outro filme; mas ela confiava em que não tivesse sido assim.

A moça bebeu as imagens que se revelavam com uma luminosidade nova na tela: os picos brumosos da serra, pletóricos de lendas; o mítico santuário de El Cobre, cheio de ex-votos de todos os séculos; a terra vermelha e sagrada do Oriente, inundada de minerais e sangue. "A beleza é o começo do terror..." Cecilia fechou os olhos, incapaz de suportá-la.

Fazia quase três semanas que não ia ao bar, com medo de procurar exagerado refúgio no relato de Amalia, que ia se transformando numa história mais angustiante que a sua. Mas talvez fosse por isso que voltava a ela. Enquanto a ouvia, dava-se conta de que sua própria vida não era tão ruim. Quando chegou, a escuridão pulsava como um ser vivo em meio aos eflúvios humanos. Dirigiu-se para o canto de sempre, esbarrando nas mesas, e muito antes de chegar distinguiu o brilho do azeviche na escuridão. Quase às cegas, continuou avançando até que se sentou diante da mulher.

— Estava esperando por você — disse-lhe a anciã.

Seu olhar lançava raios que pareciam iluminar tudo. Ou aquela era só um reflexo das imagens que a tela mostrava? Ali estava o Malecón com suas estátuas e seus amantes, suas fontes e suas palmeiras. Ai, sua Havana perdida... Cecilia evocou as lembranças enterradas na sua memória e teve uma idéia delirante. Não se dizia que a ilha estava cercada de ruínas submersas? E não afirmavam muitos que aquelas pedras ciclópeas pertenciam ao lendário continente descrito por Platão? Talvez Havana tivesse herdado o carma da Atlântida que jazia perto de suas costas... e provavelmente sua maldição. Se as pessoas reencarnavam, as cidades também deviam fazê-lo. Acaso não sabia que as cidades tinham alma? Ali estava a casa fantasma para demonstrar isso. E, se era assim, não arrastavam também carmas alheios? Havana era como as outras terras míticas: Avalon, Shambhala, Lemúria... Por isso deixava uma impressão indelével em quem a visitava ou tinha vivido nela.

— "Havana do meu amor..."

O bolero saltou em seus ouvidos como uma premonição. Ela observou de novo Amalia. Cada vez que se encontrava com essa mulher, aconteciam-lhe coisas estranhas. Mas agora não queria pensar e sim conhecer o final daquela história que, por momentos, a fazia se esquecer da sua própria.

— O que aconteceu depois que os policiais levaram Pablo? — perguntou.

— Foi libertado depois de pouco tempo, quando os guerrilheiros tomaram a capital — murmurou a mulher, brincando com os elos da sua corrente.

— "... se a alma te entreguei, Havana do meu amor..."

Ouviram a melodia durante alguns segundos.

— E, depois que o soltaram, o que aconteceu?

Amalia deixou escapar um suspiro.

— Aconteceu que o meu Tigrillo continuou sendo o mesmo rebelde de sempre.

SEXTA PARTE

Charada Chinesa

Das anotações de Miguel

COLOCAR ALGUÉM NA CHINA:
Em Cuba, a frase alude à pessoa que enfrenta uma situação complicada ou um grave apuro. Um estudante pode comentar que seu professor "o colocou na China" para se referir às perguntas de um exame muito difícil. Por extensão, também passou a significar a existência de uma circunstância tão difícil, que se torna impossível agir frente a ela.

Devia chorar

As pessoas se aglomeravam diante das portas do hotel Capri, desejosas de entrar no cabaré onde cantaria Freddy, intérprete descomunal em voz e em tamanho. Faria duas apresentações nessa sexta-feira: uma ao anoitecer e outra perto da meia-noite. Mas a comoção não era provocada só pela expectativa de ouvi-la cantar, mas sim por aquele estado de excitação que se renovava a cada segundo desde que o exército de homens barbudos se lançara sobre ruas e fazendas, avançando como uma maré irrefreável pela ilha.

Vários meses depois que eles tomaram o poder, já circulavam rumores sobre julgamentos sumários, execuções secretas, deserções de altos funcionários... e já anunciavam a intervenção em grandes companhias. Intervir: um conceito violento que era usado para esquivar frases mais explícitas como "despojá-lo de seus bens" ou "tomar-lhe o negócio". Depois dos peixes gordos virão os pequenos, corria o boato. Alguns começavam a conspirar por medo de que isso acontecesse, mas suas vozes eram esmagadas pela efervescência em que vivia a maioria, arrastada pelo vendaval de hinos e ordens.

Com o mesmo ardor com que aplaudia cada ato do novo governo, a multidão ataviada entrava no Salão Vermelho onde todos esperavam ouvir a popular contralto... Mas a antiga cozinheira não se mostrava feliz.

— Essa gente não respeita, Amalita — tinha dito confidencialmente à amiga no camarim. — E, sem respeito, não há direitos.

Amalia, feliz por ter recuperado seu marido quando os rebeldes abriram os cárceres aos antigos opositores, não dava importância a essas queixas. Depois de sete meses de separação agonizante, tinham voltado a se reunir. Pablo estava livre: era seu único pensamento. E — o mais importante — não se meteria mais em assuntos de conspiração.

— São boatos inventados pelo inimigo — assegurava-lhe. Desde algumas semanas, a cantora se mostrava cada vez mais inquieta, e em segredo dava rédea solta à sua angústia quando cantava:

— "Devia chorar e, veja só, quase sinto prazer. Devia chorar de dor, de vergonha talvez..."

Sentada em frente à sua mesa, Amalia apertou a mão de Pablo. Ah, a fortuna de saborear um bolero cantado com sabedoria, o prazer de um coquetel em que o rum se mistura com as cerejas bêbadas, o privilégio de morder as frutas de polpa relaxada como o trópico...

Um rumor a tirou do seu encantamento. Alguém discutia com o porteiro, tentando entrar no cabaré.

— É o seu pai.

O aviso de Pablo a sobressaltou. Oh, Deus: Isabelita. Tinha deixado a menina com eles. Nunca soube como chegara ali, mas de repente já estava na calçada perguntando o que tinha acontecido com a sua filha.

— Isa está bem — disse José, quando conseguiu acalmá-la. — Não estou aqui por causa dela, mas do Manuel.

— Meu pai?

Pablo se espantou. Depois daquela "traição" com que desonrara sua família, seu pai nunca tinha voltado a falar com ele; só Rosa se comunicava em segredo com eles.

— Sua mãe ligou — disse-lhe José. — Os rebeldes estão no restaurante.

— Os rebeldes? Por quê?

— Manuel estava ajudando uns conspiradores.

— Isso é impossível. Meu pai nunca se meteu em política.

— Parece que escondeu um amigo nos fundos do restaurante por alguns dias. O homem já foi embora, mas estão fazendo uma revista com o propósito de encontrar alguma coisa.

Sem pedir mais explicações, Pablo e Amalia subiram no automóvel de José. Ninguém falou durante o trajeto que os levou à parte antiga da cidade. Quando chegaram, a vizinhança parecia deserta: nada incomum no Bairro Chinês, onde os moradores preferiam observar os acontecimentos atrás das persianas. O medo flutuava no ambiente como uma névoa evidente, talvez porque muitos se lembravam de cenas similares na sua antiga pátria, da qual fugiram uma vida atrás. Agora, como se algum demônio pertinaz os perseguisse, enfrentavam outra vez o mesmo pesadelo naquela cidade que os acolhera com ar despreocupado e alegre.

Pablo saltou do automóvel antes que José o freasse de todo. Tinha visto a caixa registradora destruída no meio da calçada, as portas do local totalmente abertas, a escuridão do seu interior... Rosa correu para o filho.

— Levaram-no — disse em cantonês, com a voz trêmula de angústia.

E continuou falando de uma maneira tão atropelada que Pablo custou a entendê-la. Por fim ficou sabendo que Manuel estava numa caminhonete perto da calçada, dentro de uma cabine com vidros fumê que impediam a visão do seu interior.

Pablo interpelou o homem de uniforme verde-oliva que saía do restaurante com um monte de papéis na mão.

— Companheiro, posso perguntar o que está acontecendo?

O miliciano olhou-o de cima abaixo.

— Você, quem é?

— O filho do dono. O que aconteceu?

— Temos informações de que estavam conspirando aqui.

— Para nós, o tempo de conspirar já passou — explicou Pablo, tentando parecer afável. — Meu pai é um ancião pacífico. Esse restaurante é o trabalho de toda a sua vida.

— Sim, isso é o que todos dizem.

Pablo se perguntou se poderia manter a calma.

— Não podem destruir o negócio de uma pessoa inocente.

— Se é inocente, terá que provar. Por enquanto, virá conosco.

Rosa se jogou aos pés do homem, falando com ele numa linguagem confusa em que se misturavam o cantonês e o espanhol. O miliciano tentou escapar, mas ela se agarrou nos seus joelhos. Outro homem que saía do restaurante afastou a mulher com violência.

Pablo investiu contra ele. Com um rápido gesto, jogou-o de cabeça contra a calçada e em seguida imobilizou o segundo, que já o agarrava por trás. Seu ataque pegou de surpresa os milicianos, que jamais tinham visto nada parecido. Ainda se passariam duas décadas até que o Ocidente se familiarizasse com a arte marcial que os chineses chamam de *wushu*.

Os milicianos se levantaram, enquanto José e Amalia tentavam conter Pablo. Um deles levou a mão ao revólver, mas foi impedido pelo outro.

— Deixe — sussurrou, apontando com um gesto os arredores.

Percebendo a quantidade de testemunhas que o incidente teria, optaram por fechar o restaurante, colocar o lacre para indicar que tinha sido fechado pelo governo revolucionário e subiram na caminhonete.

— Para onde o estão levando?

— Por enquanto, para a terceira estação — disseram—, mas não se incomode em ir hoje nem amanhã. Vai ser difícil que o soltemos logo. Antes será preciso averiguar se não é um contra-revolucionário.

— Eu conspirei contra Batista — gritou Pablo enquanto o veículo arrancava. — E fui preso!

— Então deve saber que tudo isso é pelo bem do povo.

— Meu pai é o povo, estúpido! E não se defendem as revoluções destruindo os seus bens.

— Seu pai dormirá no cárcere para que lhe sirva de lição — gritou o chofer, pondo o veículo em movimento. — E não será o único! Neste momento há ordens para revistar os negócios de muitos conspiradores.

Pablo se lançou contra a caminhonete, mas José o segurou.

— Vou reclamar nos tribunais! — bramiu, vermelho de raiva.

Pareceu-lhe ouvir as gargalhadas dos homens, enquanto a caminhonete se perdia em meio a uma nuvem escura e pestilenta.

— Eu não lutei para esta merda — disse Pablo, sentindo que uma fúria nova crescia no seu peito.

Amalia mordeu os lábios, como se pressentisse o que morava atrás daquela frase.

— Tenho que ir ao estúdio — sussurrou José, empalidecendo.

— Você não tem por que se preocupar... — começou a dizer Pablo, mas se deteve ao ver o olhar do sogro. — O que está acontecendo?

— Eu... guardei uns papéis — gaguejou José.

— Papai!

— Só por uma noite, para fazer um favor à senhora de cima. Levaram o marido preso, e ela temia uma revista. Já queimei tudo, mas se o homem falou e ameaçaram a mulher...

Subiram no automóvel, depois de convencer Rosa de que seria mais seguro dormir essa noite na casa do filho e da nora.

Os dez minutos de viagem até El duende foram angustiantes e difíceis. Várias ruas vizinhas estavam bloqueadas pelos escombros. Vitrolas, caixas registradoras, mesas e outros acessórios formavam montanhas de lixo no asfalto. Quando chegaram ao estúdio de gravações, a porta tinha sido tapada com tábuas, e o temível selo da intervenção revolucionária atravessava a fechadura. Da calçada, Pablo, José, Amalia e Rosa viram as vitrines reviradas, as prateleiras destruídas, as partituras espalhadas pelo chão.

— Meu Deus — exclamou José, a ponto de desabar.

Como tinham podido? Aquele era o universo que seu pai criara. Ali estavam o passado de Benny, o sorriso de La Única, as danças do maestro Lecuona, os violões dos Matamoros, as zarzuelas de Roig... Quarenta anos da melhor música de sua ilha se desvaneciam frente a uma violência incompreensível. Ele roçou com os dedos as tábuas pregadas e suspeitou de que jamais poderia recuperar os tesouros daquele local que sua filhinha e sua neta encheram de balbucios. Tinham roubado sua vida.

Amalia olhou para o pai, que tinha uma palidez nova no rosto.

— Papai.

Mas ele não a ouviu; seu coração lhe doía como se um punho o apertasse.

Fechou os olhos para não ver mais aquele destroço.

Fechou os olhos para não ver mais aquele país.

Fechou os olhos para não ver mais.

Fechou os olhos.

Toda manhã Mercedes imaginava ver um ramo de rosas diante de sua porta. Ou uma caixa com bombons recheados com licor de morangos. Ou uma cesta de frutas com um laço vermelho. Ou uma carta que alguém teria que ler para ela depois, porque ela ainda não sabia fazer isso. E não apenas uma carta de amor, mas também a descrição de entardeceres que empalideciam frente ao brilho de sua pele, sempre assinadas por um mesmo nome, o único importante para ela... Porque Mercedes não conseguia se lembrar de que José estava morto. Sua mente vagava agora por aquela época em que seu apaixonado a rondava, enquanto ela, imersa numa bruma diferente, mal percebia os esforços dele para che gar ao seu coração nublado pelo feitiço.

Também se lembrava de outras coisas: tinha vivido em um lupanar, deixara-se possuir por incontáveis homens, sua mãe tinha morrido em um incêndio que quase destruíra o negócio de dona Ceci, seu pai tinha sido assassinado por um negociante rival... Mas não era mais necessário esconder isso, porque ninguém sabia o que estava na sua cabeça. O único conhecedor do seu segredo tinha morrido... Não! O que estava pensando? José viria visitá-la como fazia todo meio-dia, enquanto dona

Ceci repreendia a mulher da limpeza. Cantaria para ela alguma serenata, e ela olharia de soslaio para a esquina, temendo que os valentões do Onolorio chegassem antes.

Mas José não vinha. Ela se levantava da cama e olhava com impaciência para a rua por onde passavam a toda hora transeuntes suspeitos: homens com armas longas que brandiam inclusive na cara das crianças. Só ela se dava conta de que eram os valentões de Onolorio, embora agora se vestissem diferente. Tinha que fazer alguma coisa para avisar José ou o matariam assim que aparecesse na esquina. Sentiu que o pânico se apoderava dela.

"Assassinos!"

A palavra se escondeu em seu peito, aparecendo pouco a pouco atrás de cada pulsação. Desejava dizê-la, mesmo que fosse em sussurros, mas o pesadelo a tinha deixado sem voz.

"Assassinos!"

Houve uma comoção perto da esquina. O medo anulou a paralisia que não a deixava gritar.

"Assassinos!", murmurou.

O tumulto cresceu na esquina. Várias pessoas corriam atrás de um indivíduo. Mercedes não pôde distinguir seu rosto, mas não precisava vê-lo para saber quem era.

Como um fantasma desolado, como um *banshee* que clamasse pela morte do próximo condenado, saiu à rua gritando.

— Assassinos! Assassinos!

E suas reclamações se somaram às da multidão, que também acusava de algum crime o homem que fugia.

Mas Mercedes não viu nem percebeu nada disso. Lançou-se sobre os perseguidores que tentavam deter o seu José. Na confusão, ouviu um disparo e sentiu de novo aquele adormecimento no lado, no mesmo lugar onde Onolorio lhe cravara uma adaga séculos atrás. Desta vez o sangue fluía a jorros, muito mais quente e abundante. Ele virou um pouco a cabeça para observar as pessoas que se aproximavam e pediam a gritos um médico ou uma ambulância. Gostaria de tranqüilizá-las, avisá-las de que José estava por perto.

Procurou entre todos os rostos o único que sorria, o único que poderia reconfortá-la.

"Vocês o estão vendo?", tentou dizer. "Eu disse que ele viria."

Mas não conseguiu falar, só suspirar quando ele lhe estendeu os braços e a levantou. Quanta ternura havia em seu olhar! Como naqueles entardeceres de antigamente...

Afastaram-se da multidão, ainda aglomerada no meio da rua. Atrás ficaram os clamores e a voz dolorida de uma sirene que procurava o lugar onde jazia uma mulher agonizante. Mas Mercedes não olhou para trás. José tinha vindo cuidar dela, e desta vez seria para sempre.

Como tinha mudado o seu mundo. "Ninguém está preparado para perder os pais", dizia-se Amalia. Por que não tinham lhe avisado? Por que nunca a aconselharam sobre como lutar com aquela perda?

Balançou-se nervosamente diante da televisão. Por fora tentava ser a mesma de sempre, por sua filha e pela outra criatura que logo estaria ali, mas algo se quebrara para sempre no seu peito. Nunca mais seria "a filha de", nunca mais diria "mamãe" ou "papai" para chamar alguém, já não existiriam duas pessoas que correriam ao seu lado, ignorando o resto do mundo para abraçá-la, para mimá-la, para socorrê-la.

Como se não bastasse, Pablo também tinha mudado. Não com ela. Amava-a com loucura. Mas uma nova amargura parecia corroer-lhe a alma depois da prisão do pai, a quem fizeram um julgamento sumário e condenaram a um ano da prisão. Pablo tentou mover influências. Inclusive falou com vários funcionários que o conheciam da época de clandestinidade; mas cada solicitação sua se chocava com um muro intransponível. Só depois de cumprir sua sentença, Síu Mend voltou para casa maltratado e mortalmente doente; tanto que muitos acreditavam que não viveria muito. Amalia suspeitava de que Pablo não ficaria com os braços cruzados. Já tinha visto aquela mesma expressão quando ele conspirava contra o governo anterior. E não era o único. Muitos amigos — que antes celebraram o advento da mudança — vinham visitá-lo agora com atitudes igualmente sombrias. Amalia os tinha visto cochichar quando ela virava as costas e calar-se quando retornava com o café.

Tentou pensar em outra coisa, por exemplo, na massa de gente que fugia da incompreensível onda de mudanças. Centenas tinham fugido. Até a gorda Freddy partira para Porto Rico...

— Isabel! — chamou a filha para afastar esses pensamentos. — Por que você não vai tomar banho?

Seu ventre pesava uma barbaridade, embora só estivesse de cinco meses.

— Papai está no banho.

— Assim que ele sair, você toma seu banho.

Isabel já tinha 10 anos, mas agia como se tivesse quinze, talvez porque tivesse visto e ouvido muitas coisas.

Amalia mudou de canal e se balançou em sua poltrona, quase sufocando pelo esforço. Tudo a incomodava, até respirar.

— E agora... La Lupe! — anunciou um apresentador invisível, com aquela voz empostada que era habitual no início dos anos 1960.

Ela procurou esquecer a dor de sua cintura e se preparou para ouvir a cantora de que tanto se falava: uma mulata de Santiago, com olhos de fogo e quadris de odalisca, que entrou no cenário com andar de potra no cio. Era bonita, reconheceu Amalia. Mas, pensando bem, as mulatas feias eram exceção na sua ilha.

— "Como num cenário, finge sua dor barata. Seu drama não é necessário. Já conheço esse teatro..."

Muito histriônica, decidiu Amalia. Ou histérica. Não restava nada da graça lisonjeadora de Rita nesta nova geração... O que estava pensando? O olmo nunca daria peras. Jamais haveria outra como ela.

— "Mentindo: como lhe fica bem o papel. Depois de tudo, parece que essa é sua forma de ser."

Houve uma leve mudança no tom da música, que subitamente ficou mais dramática. E, de repente, La Lupe pareceu enlouquecer: soltou o coque, seus cabelos se esparramaram sobre o rosto, ela começou a arranhar o peito e a dar-se murros no ventre.

— "Teatro, isso é puro teatro: falsidade bem ensaiada, estudado simulacro..."

Amalia não conseguiu acreditar no que via quando a mulher tirou um sapato e atacou o piano com o afiado estilete do salto. Três segundos depois pareceu mudar de idéia, jogou o sapato para fora da cena e se dedicou a bater com os punhos nas costas do pianista, que continuou tocando normalmente.

Amalia prendeu a respiração, esperando que alguém entrasse com uma camisa-de-força para levar a cantora, mas não aconteceu nada. Ao contrário, cada vez que La Lupe iniciava outro desses desatinos, o público gritava e aplaudia à beira do delírio.

"Este país ficou louco", pensou Amalia.

Quase se alegrou de que seu pai não estivesse ali. José, que tinha tratado com os maiores artistas, teria morrido de novo diante daquele desatino.

— Dá para mudar de canal? — gritou Pablo do quarto.

— Você a viu? — perguntou Amalia. — Parece uma leoa enjaulada.

Até onde chegaria o delírio? Tinham mudado tanto os tempos? Estava ficando velha? Levantou-se para desligar a televisão, mas não chegou a fazê-lo. Um agudo toque de campainha a fez saltar.

— O que desejam...?

Assim que entreabriu a porta, quatro homens a empurraram. Isabel gritou espantada e correu, refugiando-se nos braços da mãe.

Destruindo móveis e enfeites a seu passo, os homens revistaram o apartamento e descobriram alguns santinhos esmagados entre o colchão e a armação da cama. Dois deles tentaram tirar Pablo à força, mas ele resistiu ferozmente. Em meio aos gritos de mãe e filha, tiraram-no do quarto sangrando e meio inconsciente. Amalia se interpôs entre a porta e os homens, e recebeu um pontapé no meio do ventre que a fez vomitar ali mesmo.

Os gritos tinham alertado os vizinhos, mas só um casal de velhos se atreveu a se aproximar quando os homens partiram.

— Senhora Amalia, está bem?

— Isabel — sussurrou à menina, enquanto sentia o líquido espesso escorrendo entre suas pernas —, chame a avozinha Rosa e lhe diga que venha agora mesmo.

Aos seus pés crescia o sangue, misturando-se com a água que devia proteger o seu bebê. Pela primeira vez notou que o Martinico olhava para ela espantado, e soube então que os duendes podem empalidecer. Além disso, cintilava com uma luz esverdeada cujo significado não conseguiu identificar.

Amalia gostaria de xingar, gritar, morder os braços, rasgar a roupa como La Lupe. Faria um dueto com ela para cuspir na cara daquele que os tinha enganado, prometendo mundos e fundos com aquela expressão de monge franciscano que sem dúvida ocultava — ai, Delfina — um demônio vermelho.

— "Teatro, isso é puro teatro: falsidade bem ensaiada, estudado simulacro..."

Tentou se levantar, mas se sentia cada vez mais fraca. Quase desmaiando, entendeu por que as pessoas gostavam tanto da La Lupe.

Rosa mexeu o caldo de peixe e jogou um pouco de sal antes de prová-lo. Em outra época o teria temperado com pedaços de gengibre, molho de ostras e verduras, e o cheiro teria subido até as nuvens, como o das sopas que sua babá fazia. Jogou uma parte do caldo num recipiente e saiu para a rua.

Desde que Síu Mend morrera, não sentia mais prazer em cozinhar; e menos ainda agora que não podia dar rédea solta àqueles momentos de inspiração nos quais acrescentar algumas sementes de gergelim torrado ou um pouco de molho doce determinava a diferença entre um prato comum e outro digno de deuses. Apesar de tudo, toda tarde preparava um pouco de alimento que levava para o doutor Loreto, pai da Bertica e Luis, antigos colegas de seu filho.

O médico se mudara para perto, depois que sua família partira para a Califórnia. O governo tinha lhe negado a saída sem explicação alguma, mas ele suspeitava de que a causa era um certo sujeito com influências: um antigo capitão dos guerrilheiros que, recém-chegado das montanhas, tinha tentado seduzir sua esposa. O casal tinha sofrido uma perseguição atroz que durara anos, até que Irene morrera de câncer. O doutor já tinha esquecido o assunto, quando voltou a se encontrar com o homem, cara a cara, no dia em que foi solicitar permissão para sair do país. Os filhos não queriam abandoná-lo, mas ele insistiu para que fossem. Agora parecia a sombra do vistoso médico que sempre bebia uma taça do Calvados depois dos opíparos jantares que ordenava no Dragão Vermelho. Tinham-no proibido de trabalhar por ser "gusano", ou seja, por desejar ir atrás dos luxos do império, e as roupas pendiam do seu corpo como trapos molhados.

Rosa o encontrou na soleira de sua casa, e recordou com nostalgia a figura do *mambí* que também se sentava no limiar para esperar pelo Tigrillo, sempre disposto a ouvir algum relato daqueles tempos em que os homens lutavam com honra para que o mundo fosse um lugar mais justo... Agora o ancião tinha morrido, e o seu Tigrillo adoecia numa prisão.

Vinte anos. Isso era o que tinha decretado o tribunal por seu vínculo com uma facção que organizava sabotagens contra o governo. Vinte anos. Ela não viveria tanto. Consolava-a saber que Amalia existia. A idéia de ocupar um segundo lugar no coração do seu filho, frente àquela mulher que via o mundo através de seus olhos, era reconfortante.

Cumprimentou o doutor e estendeu-lhe o prato. O homem parecia um velho, e a impressão de decrepitude aumentava com seus gestos trêmulos e a ansiedade com que sorvia a sopa. Um cão se aproximou para farejar, mas ele o espantou com um pontapé.

Rosa desviou o olhar, incapaz de suportar aquela imagem. O que a aguardava, só e sem outros recursos além de uma mísera pensão?

Voltou para sua casa, fechou a porta e apagou o único abajur que iluminava a sala, mas a luz não foi embora. Ali, na penumbra de um rincão, estava sua mãe: a linda Lingao-Fa, com seus olhos de amêndoa e aquela cútis de seda.

— Kui-fa — chamou a morta, estendendo-lhe os braços.

— *Ma* — murmurou em sua língua de criança e se abraçou a ela.

— Vim lhe fazer companhia — sussurrou o espírito em um cantonês que parecia música.

— Eu sei — assentiu. — Tenho me sentido muito sozinha.

Abraçada a ela, desfrutou daquele cheiro de infância — o cheiro da sua mãe que lhe recordava tantas coisas. Em seguida, se afastou e foi até a porta do seu quarto. Da porta, se voltou para ela.

— Você ficará comigo?

— Para sempre.

Entrou no quarto, subiu na cama que tinha compartilhado com Síu Mend e pegou a corda que pendurara na viga mais alta. Logo veria seu marido, o tio Weng, o *mambí* Yuang, Mey Lei... A partir de agora viveria com eles, ouviria sua própria língua e comeria bolos de lua a toda hora. Só lamentava pelo doutor Loreto, tão fraco e tão cansado, que nunca mais receberia seu prato de sopa ao entardecer.

Amalia observou de soslaio a filha, que caminhava ao lado dela com um buquê de flores. Naquele Dia de Finados, as duas cumpririam os desejos do homem encarcerado havia sete anos. Teriam podido ir ao cemitério, mas na última visita Pablo tinha implorado que levassem as flores ao monumento erigido em honra dos *mambises* chineses. Achava que era um local mais apropriado para honrar sua família. O bisavô Yuang iniciava a lista de antepassados rebeldes. Seu pai, Síu Mend, que morrera exigindo o que tiraram dele, o seguia. E sua mãe Kui-fa, que tinha renunciado à vida afligida pela tristeza, merecia igual respeito.

A brisa que varria folhas e pétalas trouxe também uma música familiar: uma canção de roda infantil que Amalia não ouvia fazia anos:

Um chinês caiu num poço,
as tripas viraram água.
Arré, pote pote pote,
arré, pote pote pá...
Havia uma chinezinha
sentada num café
com os dois sapatos claros
e as meias ao contrário.
Arré, pote pote pote,
arré, pote pote pá...

A mulher olhou em todas as direções, mas a rua estava deserta. Elevou o olhar para o céu, mas só viu nuvens. A letra, cantada por uma vozinha travessa, evocava um método de suicídio comum entre os *coolies*, que tentavam fugir da escravidão jogando-se de cabeça num poço. Pablo lhe havia contado essa história, que conhecera por seu bisavô.

A música continuou caindo do céu durante vários segundos. Talvez fosse imaginação. Ela observou a filha, uma adolescente de cabelos ondulados como sua avó Mercedes, pele rosada como sua bisavó espanhola e olhos rasgados como sua avó chinesa; mas a jovem estava ensimesmada. Acabava de parar diante da inscrição gravada no monumento e, sem que ninguém dissesse, tinha compreendido que nenhuma outra nacionalidade — entre as dezenas que povoavam a ilha — podia proclamar algo semelhante ao que revelava aquela frase.

Sua mãe a tocou levemente no cotovelo. A jovem despertou do seu devaneio e depositou as flores ao pé da coluna. Amalia lembrou que logo se cumpriria outro aniversário da morte de Rita. Nunca se esqueceria da data, porque, no velório mais concorrido de Cuba — ou tinha sido o de Chibás? —, topara com Delfina.

— Este 17 de abril não será o único desgraçado da nossa história — assegurou-lhe a vidente. — Haverá outro pior.

— Não acredito — soluçou Amalia, que não podia imaginar nada mais terrível do que aquela tragédia.

— Dentro de três anos, nesta mesma data, haverá uma invasão.

— Uma guerra?

— Uma invasão — insistiu a mulher. — E se conseguirmos impedi-la, será a maior desgraça de nossa história.

— Você quer dizer “se não conseguirmos impedi-la”.

— Disse o que disse.

Amalia suspirou. Onde estaria agora a doce Delfina? Pensou no maestro Lecuona, morto nas Ilhas Canárias; na gorda Freddy, enterrada em Porto Rico; em tantos símbolos musicais de sua ilha que se refugiaram em terras alheias depois da derrota daquela invasão... Ao final, ficou sozinha com sua filha, enquanto Pablo cumpria uma prisão de vinte anos.

A última criatura que levara no ventre tinha morrido com um pontapé. Teria sido seu terceiro filho, não fosse pelas inclemências de uma história manipulada pelos homens. A vida era como um jogo de azar em que nem todos conseguiam nascer e em que outros morriam antes do tempo. Nada que alguém pudesse fazer garantia um final melhor ou pior. Era muito injusto. Embora provavelmente não se tratasse de uma questão de justiça, como sempre tinha acreditado, mas sim de outras regras que precisava aprender. Talvez a vida fosse só um aprendizado. Mas para quê, se depois da morte só havia uma recompensa ou um castigo? Ou seria verdade o que dizia Delfina, que existiam mais vidas depois da morte? Implorava que não fosse verdade. Ela não queria voltar, se isso significava começar outra charada que se regia por leis tão ilógicas. Daria qualquer coisa para perguntar a Deus por que tinha decretado aquela sorte para o seu Pablo, um homem tão amoroso, tão honesto...

— Mãe — sussurrou a moça, apontando para o policial que as observava a certa distância.

Deviam ir embora. Não estavam fazendo nada proibido, mas nunca se sabia.

Isabel leu de novo a frase gravada no mármore negro; uma frase para ser mostrada aos filhos que algum dia teria, quando lhes contasse as façanhas do seu tataravô Yuang, a tenacidade de seus avós Síu Mend e Kui-fa, e a rebeldia de seu pai Pag Li. A lembrança do pai encheu seus olhos de lágrimas. Furiosa diante de sua própria debilidade, lançou um olhar de desprezo para o policial que continuava observando e que não conseguiu entender seu gesto. Depois começou a andar ao lado de sua mãe com a cabeça mais alta do que nunca, repetindo como um mantra, com a intenção de gravá-la em seus genes, a frase do monumento que seu futuro filho nunca deveria esquecer: "Não houve um chinês cubano desertor; não houve um chinês cubano traidor."

Derrotado coração

Cecilia se sentia como se a tivessem jogado no fundo de um abismo. Pareceu-lhe que a tragédia de Amalia também fazia parte da sua vida. Enquanto vivera em Cuba, seu futuro tinha sido como o horizonte que a rodeava: um mar monótono e sem possibilidades de mudança. Seu refúgio eram os amigos, sua família e as famílias de seus amigos. Sempre aparecia uma mão que oferecia ajuda ou consolo, mesmo que fosse a de outro náufrago como ela. Agora tinha o mundo ao seu alcance. Pela primeira vez era livre, mas estava sozinha. Sua família estava quase extinta; seus amigos, mortos ou espalhados pelo mundo. Vários haviam se suicidado sob o peso de uma vida muito complexa; outros se afogaram no estreito da Flórida quando tentavam fugir de balsa; muitos se refugiavam em lugares insólitos: Austrália, Suécia, Egito, Ilhas Canárias, Hungria, Japão, ou em qualquer canto do planeta onde houvesse um pedaço de terra onde pousar. Isso porque era um mito que os cubanos tinham emigrado em massa para os Estados Unidos; ela podia mencionar dezenas de amigos que viviam em países quase míticos, tão longínquos e inalcançáveis quanto a misteriosa Thule. As amizades que cultivara com tanto amor ao longo da sua vida se perderam em névoas imprevistas. Algumas confusões que lhe causaram algumas poucas inimizades ficariam sem esclarecimento; os mal-entendidos continuariam sendo mal-entendidos pelos séculos dos séculos, e as explicações permaneceriam na dimensão daquilo que poderia acontecer e nunca aconteceu... e melhor não pensar no seu país, na paisagem doente e quebrada, na geografia destruída que nem sequer tinha possibilidades de recuperação. Nada conhecido tinha escapado à fatalidade. Ela se lembrava de cada pedaço de sua própria história, e seu coração se afogava de dor. Não existia nenhuma cena em que todos tivessem vivido felizes para sempre. Por isso acabava entrando naquele bar para ouvir as histórias de Amalia com a esperança de que, apesar de tudo, alguma coisa boa acontecesse no final.

Nessa quinta-feira foi para a cama muito cedo, mas não conseguiu dormir. Às duas da manhã, possuída por uma irremediável insônia, decidiu se vestir e sair. Enquanto dirigia, tentou ver o brilho das estrelas através do vidro do pára-brisa. O negrume do céu a fez se lembrar daquele refrão: "Nunca é mais escura a noite do que quando começa a amanhecer." E lhe pareceu que, se a frase era verdadeira, como tudo que vem da sabedoria popular, muito em breve sua vida se tingiria de luz.

Entrou no bar empurrando a porta e procurou nas mesas. Era tão tarde que não achou que pudesse encontrar sua amiga, mas ela ainda estava ali, olhando com expressão sonhadora as imagens que apareciam em duas telas que pendiam dos dois lados da pista.

— Olá — cumprimentou Cecilia.

— Minha filha e meu neto chegam dentro de duas semanas — anunciou a mulher sem rodeios. — Espero que venha conhecê-los.

— Eu adoraria — respondeu Cecilia, sentando-se diante dela. — Onde os veria?

— Aqui, é obvio.

— Mas as crianças não podem entrar nestes lugares.

Amalia mordeu um pedaço de gelo, que rangeu como uma casca seca.

— Meu neto não é tão pequeno.

Dois ou três casais se moviam lentamente na pista. Cecilia pediu um cuba-libre.

— E o marido da sua filha?

— Isabel se divorciou. Só viajarão ela e o menino.

— Como conseguiram vir?

— Ganharam a loteria dos vistos.

Isso era ter sorte. Conseguir um visto naquela montanha de meio milhão de solicitações anuais era quase um milagre. Quando terminaria aquela fuga? Seu país sempre tinha sido uma terra de imigrantes. Pessoas de todas as latitudes procuravam refúgio na ilha desde os tempos de Colombo. Ninguém jamais quisera fugir dela... até agora.

Cecilia notou que a mulher a observava fixamente.

— O que você tem?

— Nada.

— Filha, não minta para mim.

Cecilia suspirou.

— Estou farta de que meu país nunca tenha podido ser um país, com todas as oportunidades que teve. Agora não me importa se arrebentar. Só quero viver tranqüila e saber se posso planejar o que me resta de existência.

— É sua raiva quem fala, não seu coração. E a raiva é sinal de que lhe interessa sim o que acontece lá.

A garçonete trouxe o cuba-libre.

— Bem, pode ser — admitiu Cecilia —, mas daria qualquer coisa para conhecer o futuro para não continuar remoendo as vísceras. Se soubesse de uma vez o que nos espera, saberia a que me ater e não me angustiaria mais tanto.

— Não há um único futuro. Se agora mesmo pudesse ver o destino de um país ou de uma pessoa, isso não significa que dentro de um mês veria a mesma coisa.

— Como assim?

— O futuro que visse hoje só seria realidade se ninguém tomasse decisões repentinas ou iniciasse ações impensadas. Inclusive um acidente pode mudar a predição original. Ao cabo de um mês, a soma de todos esses acontecimentos transformaria o futuro em outra coisa.

— E daí? — murmurou Cecilia. — Seja como for, ninguém pode ver o que virá.

Os garçons limpavam as mesas que iam se esvaziando. Mais dois casais pediram a conta.

— Você gostaria de jogar a charada?

— Nunca jogo na loteria. Não tenho sorte.

— Falo de um oráculo para conhecer o futuro. Cecilia se inclinou sobre a mesa.

— Você acaba de dizer que nenhuma predição é segura. E agora quer dar uma de pitonisa?

Amalia tinha uma risada cristalina e suave que se estendeu pelo bar quase deserto. Era uma pena que não risse mais freqüentemente.

— Digamos que, na situação em que me encontro, sei coisas que outros não sabem... Mas não vamos complicar as coisas. Vamos tomar esta charada como uma espécie de jogo.

Sobre a mesa caíram seis dados. Dois deles eram iguais aos comuns, com seis lados, outros dois mostravam oito, e o terceiro tinha tantos que era impossível contá-los.

— O destino é um jogo de azar — continuou Amalia. — Certo sábio disse que Deus não jogava dados com o universo, mas se enganou. Às vezes Ele ensaia até a roleta russa.

— O que devo fazer?

— Jogue.

A mulher olhou os números antes de pegar os dados.

— Volte a jogar — disse, entregando-lhe os pequenos cubos.

Depois de ver os resultados uma vez mais, recolheu-os dois a dois e os misturou de novo.

— Outra vez.

Cecilia repetiu a operação um tanto impaciente, mas Amalia fez que não percebeu e pediu que repetisse o gesto mais três vezes. Ao final, voltou a guardar os dados na bolsa.

— Procure o que significam os números 40, 62 e 76 da charada cubana. Sua combinação lhe mostrará quem você é e o que deve esperar de si. Depois procure o 24, o 68 e o 96 da charada chinesa. Representam o futuro que obceca todos.

Cecilia ficou alguns segundos em silêncio, indecisa sobre a seriedade do jogo.

— Ouvi dizer que os números da charada têm mais de um significado — disse por fim.

— Busque só o primeiro.

— Como vou interpretar uma mensagem de apenas três palavras?

— Palavras, não: conceitos — esclareceu Amalia. — Lembre-se de que os sistemas de adivinhação são mais intuitivos do que racionais. Busque sinônimos, associações de idéias...

As escassas luzes do local começaram a piscar.

— Não sabia que era tão tarde — disse Amalia, levantando-se. — Antes que me esqueça, quero lhe agradecer por ter me acompanhado nessas noites em que me sentia tão sozinha.

— Não tem que me agradecer por nada.

— E também por seu interesse pela minha história. Se você é parte daquilo que deixamos, irei embora tranqüila. Acho que alguma coisa melhor espera por Cuba.

A mulher passou a mão na testa, como se quisesse afastar um cansaço muito antigo. Cecilia a acompanhou até a porta.

— E Pablo? — atreveu-se a dizer por fim. — Já saiu da prisão? Quando se encontrará com ele?

— Logo, minha menina, muito em breve.

E Cecilia percebeu no olhar dela os rastros de um coração mais triste que o seu.

Vinte anos

Era um edifício cinza e feio, cercado por uma muralha que parecia destinada a conter os sonhos. Por cima do muro sobressaíam os postes que iluminavam como lâmpadas de um estádio esportivo. Amalia tentava calcular quanto consumiriam aqueles refletores, enquanto as cidades e os povoados próximos sofriam longos blecautes.

Alguém a empurrou de leve. Ela saiu do seu sonho e avançou mais alguns passos na fila de pessoas que aguardavam. Tinha chegado o momento que esperara durante tantos anos. Vinte, para maior exatidão. Nada de indultos por boa conduta, nem revisão do caso, nem apelações a algum alto tribunal. Nada disso existia agora.

Durante todos esses anos, vira Pablo cada vez que permitiram. As visitas dependiam do humor dos carcereiros. Em algumas ocasiões deixaram-na vê-lo mensalmente; outras vezes ficara aguardando sob o sol, a chuva ou o frio do amanhecer sem que ninguém se compadecesse dela. Em várias ocasiões o mantiveram isolado durante seis, sete e até oito meses. Por que razão? Nenhuma que ela soubesse. Estava vivo? Doente? Nenhuma resposta. Parecia um país de surdos. Ou de mudos. Um pesadelo.

Mas hoje, sim, hoje, sim, repetia para si mesma. E queria dançar de gozo, cantar, rir... Mas não, melhor ficar calma, e fazia cara de arrependimento, vai que os castigavam de novo; melhor baixar o olhar e adotar aquela expressão de humildade que estava longe de sentir. Não suportava outra noite sem abraçá-lo, sem ouvir aquela voz que espantava seus medos... Quando ouviu seu nome pelos alto-falantes, percebeu que em algum momento tinha mostrado sua identificação e nem sequer tinha se dado conta. Tentou se manter serena. Não queria tremer, não queria que os guardas percebessem. Podia parecer suspeito, qualquer coisa podia parecer suspeita. Mas os seus nervos...

Cravou o olhar na porta de metal até que identificou a frágil figura que permanecia no meio do corredor, olhando ao redor sem conseguir vê-la, até que finalmente a reconheceu. E aconteceram duas coisas estranhas. Quando tentou abraçá-lo, ele a afastou com rudeza enquanto avançava a passos largos com uma expressão tensa e desconhecida no rosto.

— Pablo, Pablo... — sussurrou ela.

Mas o homem continuou caminhando, agarrado ao pacote de roupas que trouxera da prisão. O que tinha acontecido? Por fim as comportas se fecharam atrás deles, deixando-os a sós na estrada cheia de poeira. E ali ocorreu a segunda coisa estranha. Pablo se voltou para a mulher e, sem nenhum aviso, começou a beijá-la, abraçá-la, cheirá-la, acariciá-la, até que ela compreendeu por que estava tão cuidadoso antes. Não queria que os guardas vissem o que ela via agora. Pablo estava chorando. Suas lágrimas caíam sobre os cabelos da mulher, revelando uma paixão que ela acreditava perdida. Pablo soluçava como um menino, e Amalia soube que nem sequer o pranto de sua filha tinha lhe doído tanto como o daquele homem que agora parecia um deus vencido. E desejou — num instante de delírio — renunciar à bem-aventurança da morte para se transformar num espírito que pudesse velar pelas almas de quem sofre. Confusamente, acreditou ouvir um som delicado, como o de uma flauta escondida no mato, mas em seguida deixou de prestar atenção nisso.

Pablo e ela se beijaram, e nenhum reparou no corpo macilento do outro, nem na pele desgastada, nem nas roupas quase esfarrapadas; e tampouco viram a luz que irradiava deles e subia rumo a algum reino invisível e próximo onde se cumpriam todas as promessas; uma luz como aquela que brotara de seus corpos certa tarde, quando se amaram pela primeira vez no vale encantado dos *mogotes*.

Agora parecia viver em outro mundo. Amalia contemplava sua figura encurvada, e quase não se atrevia a imaginar quanto sofrimento haveria nele. Nunca se atreveu a lhe perguntar sobre sua vida na prisão; já era bastante terrível comprovar os estragos que tinha deixado na sua alma, mas a expressão de seu rosto refletia uma solidão sem fim.

Também não viviam mais no luminoso apartamento de El Vedado. O governo o tinha confiscado com o pretexto de que precisava dele para um diplomata estrangeiro.

Ainda restavam a Pablo 12 anos de prisão quando ela se mudara para uma das três moradias que lhe propuseram. Qualquer uma delas era um chiqueiro comparada com o seu apartamento, mas não sobrara outro remédio a não ser aceitar. Mudou-se para uma casinha no coração do Bairro Chinês, não porque fosse melhor do que as outras, mas sim porque pensou que Pablo gostaria de voltar ao bairro da sua infância. Ali o esperou até que saiu da prisão. Mas nunca imaginou que as lembranças se transformariam em algo tão doloroso.

Às vezes Pablo perguntava pela taberna dos Meng ou pelos sorvetes do chinês Julio, como se ainda lhe custasse acreditar que vinte anos daquela derrota tivessem podido destruir as vidas daqueles que conhecera.

— Foi pior do que uma guerra — murmurava ele quando Amalia descrevia o destino dos seus antigos vizinhos. E nem lhe contou as piores histórias, inventando outras para substituí-las. Por exemplo, nunca lhe contou que o doutor Loreto tinha sido achado morto numa manhã no mesmo limiar onde Rosa costumava levar-lhe o jantar. Vagamente comentou que o doutor fora embora para os Estados Unidos para se reunir com os filhos.

Amalia estava feliz por tê-lo ao seu lado, embora sua felicidade estivesse empanada por uma angústia que não queria admitir: tinham-lhe roubado vinte anos de vida junto àquele homem, um tempo que ninguém — nem mesmo Deus — poderia lhe devolver.

E Pablo? O que guardava na cabeça aquele homem que toda tarde percorria o bairro da sua infância, agora povoado por criaturas que pareciam sombras? Embora ele nunca tivesse se queixado, Amalia sabia que uma parte de sua alma se transformara em uma paisagem cheia de cinzas e escuridão. Só sorria quando Isabel os visitava e lhes trazia o neto, um menino de olhos esverdeados e rasgados. Então os dois se sentavam na soleira da casa e, como seu bisavô Yuang fazia com ele, contavam-lhe histórias da época gloriosa em que os *mambises* ouviam a palavra sagrada do *apak* José Martí, o Buda iluminado, e sonhavam com a liberdade que chegaria logo. E o menino, que ainda era muito pequeno, pensava que tudo tinha terminado como nos contos de fadas e sorria feliz.

Às vezes Pablo insistia em sair do Bairro Chinês. Então caminhavam pelo Passeio do Prado, que conservava seus leões de bronze e a algazarra dos pardais nos galhos. Ou iam até o Malecón para rememorar seus tempos de namoro.

Num Dia de Finados, ele quis visitar o monumento aos *mambises* chineses com Amalia, a filha e o neto. O marido de Isabel não foi. Anos de assédio e ameaças o tinham transformado num indivíduo mesquinho e cheio de medos, muito diferente do jovem sonhador que a moça conhecera. Não ia mais visitar seu sogro, sabendo que ele tinha passado vinte anos na prisão como contra-revolucionário. Foi durante aquela saída que Pablo se deu conta do alcance da destruição.

Havana parecia uma Pompéia caribenha, destruída por um Vesúvio de proporções cósmicas. As ruas estavam cobertas de buracos que os escassos veículos — velhos e desmantelados — precisavam ir vadeando se não quisessem cair neles e terminar ali os seus dias. O sol chamuscava árvores e jardins. Não havia grama em nenhum lugar. A cidade estava inundada de cercas e cartazes que chamavam à guerra, à destruição do inimigo e ao ódio sem quartel.

Só o monumento de mármore negro permanecia intacto, como se fosse feito da mesma matéria dos heróis aos quais rendia tributo; a mesma substância daqueles sonhos pelos quais lutaram os guerreiros de antigamente: "Não houve um chinês cubano desertor; não houve um chinês cubano traidor." Ele aspirou a brisa que soprava do Malecón e, pela primeira vez desde que deixara a prisão, sentiu-se melhor. Seu bisavô Yuang estaria orgulhoso dele.

Uma fina garoa começou a cair, ignorando a presença do sol que arrancava vapor do asfalto. Pablo elevou os olhos para o céu azul e sem nuvens, deixando que seu rosto se molhasse com aquelas lágrimas doces e luminosas. Ele tampouco tinha traído e nunca trairia... E, vendo aquela chuva milagrosa, soube que o falecido *mambí* lhe enviava suas bênçãos.

Livre de pecado

Cecilia acelerou seu carro pelas ruelas de Coral Gables, sombreadas por árvores que derramavam chuvas de folhas sobre as pessoas e as casas. Era uma paisagem que lhe lembrava certas curvas de Havana... o que era inexplicável, pois, com seus muros rugosos e seus jardins quase góticos, molhados de hera, Coral Gables se assemelhava mais a uma aldeia encantada do que à cidade em ruínas que deixara para trás. Talvez a associação se devesse à similitude de duas decrepitudes distintas: uma, fingida com elegância, e outra, remanescente de glórias passadas. Ela passeou seu olhar entre os jardins salpicados de flores e sentiu uma pulsação de nostalgia. Que espírito obsessivo o seu, que ainda sentia saudade do rugido das ondas contra a costa, do calor do sol sobre as ruas destruídas e do cheiro que saía de um solo que insistia em ser fértil quando se ensopava depois de algum aguaceiro morno.

Não podia mentir para si mesma. Sim, importava-lhe esse país; tanto como sua própria vida, ou mais. Como não ia lhe importar, se era parte dela? Pensou no que sentiria se ele desaparecesse do mapa, se de repente sumisse e fosse parar em outra dimensão: uma Terra onde não existisse Cuba... O que faria ela então? Teria que procurar outro lugar exótico e impossível, uma região onde a vida desafiasse a lógica. Tinha lido que as pessoas eram mais saudáveis quando mantinham alguma conexão com o lugar onde tinham crescido ou viviam em um lugar parecido. Então teria que achar um país alucinante e bucólico ao mesmo tempo, onde pudesse reajustar seus relógios biológicos e mentais. Na falta de Cuba, que lugares lhe serviriam? Por sua mente desfilaram os megalitos de Malta, a cidade abandonada dos anasazi e a costa tenebrosa e antiga de Tintagel, cheia de curvas por onde perambularam os personagens da saga arturiana... Lugares misteriosos onde pulsava o eco do perigo e, é obvio, cheios de ruínas. Assim era a sua ilha.

Despertou do seu devaneio. Cuba continuava no seu lugar, quase ao alcance da mão. De Key West, nas noites mais escuras, podia-se avistar o brilho de suas cidades. Sua missão, no momento, era outra: descobrir seu futuro mais próximo. Ou ao menos encontrar uma pista que lhe indicasse a rota para esse futuro.

O grito da papagaia foi a primeira resposta ao seu toque de campainha. Uma sombra cobriu o olho mágico.

— Quem é?

A tentação foi muita.

— Joana, a Louca.

— Quem?

Virgem santa! Para que perguntava, se a estava vendo?

— Sou eu, tia... a Ceci.

Houve um som de trincos deslizando.

— Nossa, que surpresa — disse a anciã ao abrir a porta, como se só então a estivesse vendo.

— O povo... unido... jamais será vencido...

— Fidelina! Essa papagaia do demônio vai me matar dos nervos.

— A culpa é sua, por não ter se livrado dela.

— Não posso — gemeu Loló. — O Demetrio me pede todas as noites que não a dê para ninguém, que só pode vê-la através de mim.

Cecilia suspirou, resignada com o fato de fazer parte de uma família que se debatia entre a loucura e a bondade.

— Quer um café? — perguntou a mulher, entrando na cozinha. — Acabei de passar.

— Não, obrigada.

A anciã voltou, segundos depois, com uma xicrinha na mão.

— Descobriu alguma coisa sobre a casa?

— Não — mentiu Cecilia, incapaz de confrontar novamente o que tinha descoberto.

— E os seus exercícios para ver a aura?

Cecilia se lembrou da névoa esbranquiçada em torno da planta.

— Só vi miragens — queixou-se. — Nunca serei como a minha avó; não tenho nem um pingo de visão.

— Pode ser — murmurou a anciã, sorvendo com cuidado seu café. — Nem Delfina nem eu tivemos necessidade de fazer coisas diferentes para falar com os anjos ou os mortos, mas nada mais é como antes.

Cecilia esperou que a anciã terminasse o café.

— Tia, conhece os números da charada?

A mulher ficou olhando com uma expressão um pouco turvada, como se estivesse tentando se lembrar.

— Fazia anos que não ouvia ninguém falar disso, embora às vezes eu a use para jogar na loteria. E pode crer que funciona; ganhei meus bilhetinhos.

— E joga com a charada chinesa ou com a cubana?

— Por que lhe interessam essas coisas? Ninguém da sua idade sabe o que é a charada. Quem lhe falou dela?

— Uma senhora — respondeu vagamente. — Ela me deu vários números para que jogasse, mas eu gostaria de saber o que significam.

— Quais números?

Cecilia tirou um papelzinho da bolsa.

— O 24, o 68 e o 96, da charada chinesa. O 40, o 62 e o 76, da cubana.

A anciã observou a jovem, avaliando se devia pôr a descoberto sua mentira. A loteria da Flórida não tinha números altos, como o 68 ou o

96. Ninguém em seu juízo perfeito lhe diria para apostar nesses números. Tinha certeza de que existia outra razão para o interesse da moça por esses números, mas decidiu ir na onda.

— Acho que tenho uma lista em algum lugar — disse, levantando-se para ir ao seu quarto.

Cecilia ficou na sala, observando suas anotações. Sempre achara que os oráculos eram enigmas elaborados e misteriosos, revelações capazes de provocar êxtase, e não um passatempo detetivesco. Deveria seguir aquele jogo?

— Achei — disse a tia, saindo do quarto e colocando na mesa um papel amassado. — Vejamos... 24: pomba... 68: cemitério grande... 96: desafio.

Cecilia anotou as palavras.

— Agora só faltam os números da charada cubana — lembrou-lhe.

— Essa eu nunca usei — admitiu Loló. — A chinesa era a mais famosa.

— Onde poderei encontrá-la?

A mulher deu de ombros.

— Talvez... — começou a falar, mas ficou em suspense, contemplando o vazio. — Em qual gaveta?

Os cabelos de Cecilia se arrepiaram quando ela percebeu que sua tia falava com o abajur.

— No guarda-roupa? — perguntou a anciã. — Mas eu não lembro...

Embora soubesse que não veria ninguém, a jovem se voltou em busca do invisível interlocutor.

— Bom, se você está dizendo...

Sem dar nenhuma explicação, Loló se levantou do sofá e foi para o seu quarto. Depois de alguns ruídos indefinidos, saiu de lá com uma caixinha nas mãos.

— Vamos ver se ele está certo — comentou a mulher, enquanto remexia o conteúdo cheio de papéis. — Sim, o Demetrio tem razão. Parece que não anda tão desmemoriado quanto eu pensava.

Referia-se a um recorte de jornal que tirou da caixinha. Estava tão quebradiço que uma das pontas se desprendeu quando ela tentou desamassá-lo. Era uma cópia da charada cubana.

— Pode emprestá-lo? — perguntou Cecilia.

A anciã levantou o rosto, e de novo seu olhar se perdeu em outras latitudes.

— Demetrio quer que você fique com ele. Diz que, se uma jovem como você se interessa por essas relíquias, ganhamos a batalha. E diz...

Cecilia dobrou com cuidado o papel, para que não continuasse rasgando.

— ...que gostaria de tê-la conhecido melhor — suspirou a anciã.

A moça elevou o olhar.

— Por quê?

— Só conseguiu vê-la uma vez, no primeiro dia em que você veio me visitar.

— Você já me disse isso, mas não me lembro.

A anciã suspirou.

— E pensar que você foi tão importante para ele!

— Eu?

— Vou lhe contar um segredo — disse-lhe Loló, sentando-se numa cadeira de balanço. — Depois que o meu marido, que em paz descanse, morreu, Demetrio se tornou o meu maior apoio. Conhecíamo-nos desde que éramos jovens. Ele sempre fora apaixonado por mim, mas nunca me disse. Por isso veio para cá, assim que saí de Cuba. Você foi a única neta da Delfina, e ela não parava de nos enviar suas fotos e de falar sobre você. Seus pais estavam planejando vir para cá quando você nasceu, mas ao final sua mãe nunca se decidiu. Na verdade, tinha medo das mudanças. Delfina morreu, mas continuou nos dando notícias suas. Demetrio sabia que eu falava com a minha irmã morta e achava muito natural. Assim, continuamos a par da sua vida, especialmente depois que os seus pais morreram. Eu estava muito preocupada, sabendo que você estava tão sozinha. Foi então que Demetrio me confessou seu amor e me disse que, se você viesse, nós dois poderíamos cuidar de você como a filha que nunca teríamos. Não imagina como ficou obcecado com essa idéia. Tinha muita vontade de conhecê-la, ir ao seu casamento, criar os seus netos... Porque falava dos seus filhos como se fossem seus próprios netos. Pobre Demetrio! Teria sido tão bom pai!

À medida que Loló falava, Cecilia sentia que seus joelhos ficavam duros como pedra. Aquela era a conexão que faltava. Demetrio tinha desejado protegê-la. Para ele, ela teria sido a filha providencial e seu vínculo com Loló, a namorada dos seus sonhos, a quem continuava visitando depois de morto. Por isso, também viajava na casa junto com seus pais: para protegê-la, para cuidar dela...

— Tenho que ir, tia — murmurou.

— Ligue quando quiser — rogou-lhe a anciã, surpreendida por sua abrupta saída.

Da janela, viu-a entrar no carro e colocá-lo em movimento. Que maneiras tão estranhas tinham os jovens! E para quê necessitava do significado daqueles números? Recordou que em sua juventude estivera na moda fazer adivinhações com a charada. Se a moça tivesse sido de outra época, teria jurado que andava metida em alguma adivinhação. Fechou a janela e se voltou. Ali estavam Delfina e Demetrio, como toda tarde, balançando-se suavemente em suas poltronas.

— Você devia ter decidido... — resmungou Delfina.

— Tudo a seu tempo — disse Loló.

— Está certo — suspirou Demetrio. — Ela acabará se dando conta por si mesma. O importante é que estamos aqui para ela.

E assim conversaram um pouco mais, até que o crepúsculo encheu a casa.

Uma hora depois, a noite tinha caído sobre a cidade. Loló se despediu de seus hóspedes, que agora iam para tarefas mais adequadas ao seu atual estado.

O relógio deu nove horas. Quando a anciã se dirigia à cozinha, notou que, desde algum tempo, o apartamento estava imerso num inquietante silêncio. A papagaia parecia adormecida na gaiola. Tão cedo? Foi à sala de jantar e colocou um dedo entre as grades, mas o bichinho não se mexeu. Teve um pressentimento e abriu a porta da gaiola para tocar sua plumagem. A carne rígida e ainda morna ia esfriando rapidamente. Loló deu uma volta em torno da gaiola para olhar de outro ângulo. Fidelina tinha morrido com os olhos abertos.

Sentiu pena do pobre animal e quase rezou uma oração por sua alma... Mas que diabos! A desgraçada tinha infernizado sua vida, a dos seus vizinhos e a de metade da humanidade. Pelo menos não voltaria mais a gritar aquelas palavras de ordem que enlouqueciam todo mundo. Nada de rezas. Era melhor dar um jeito de fazê-la desaparecer; coisa que — pensou com arrependimento — devia ter feito tempos atrás, quando o bicho ainda estava com vida. Por que não tentara antes? Intuitos do céu, algum carma ineludível. Quem sabe? Mas não mais. Livrou-se do maldito cadáver e jurou que nunca mais deixaria que uma coisa assim voltasse a aparecer na sua vida.

— Descanse no inferno, Fidelina — disse, e jogou um trapo sobre o corpo da papagaia.

Enquanto voltava para o seu apartamento com a resposta do enigma, Cecilia ia se lembrando de sua adolescência. Naqueles tempos felizes, sua maior aventura era explorar as casas fechadas pelo governo, como aquela mansão do Miramar que chamavam de El Castillito, onde ela e seus amigos se reuniam para contar histórias de fantasmas na noite do Halloween. Embora essa festa não fosse celebrada na ilha, todos os anos subiam ao terraço da casa enfeitiçada para invocar os espectros de uma Havana louca e luxuriosa que, no entanto, parecia livre de pecados.

O oceano, a chuva e os furacões eram batismos naturais que redimiam os filhos de uma virgem que, segundo a lenda, tinha chegado por mar em uma tábua, deslizando sobre as ondas no primeiro surfe da história. Não era estranho que essa mesma virgem, que o papa coroara Rainha de Cuba, fosse parecida com a deusa do amor, que os escravos adoravam, se vestisse de amarelo como a deidade negra e tivesse seu santuário em El Cobre, região onde se extraía o metal consagrado à orixá africana... Oh, sua ilha alucinante e mestiça, inocente e pura como um Éden.

Evocou a garoa que despedira o papa no santuário de São Lázaro — uma chuva curativa, delicada como uma filigrana, que se derramara sobre a noite da ilha — e lembrou-se da chuva sem nuvens que caíra sobre Pablo em frente ao monumento de mármore negro. Por algum acaso da memória, também pensou em Roberto... Ai, seu amante impossível. Belo e distante como sua ilha. Mentalmente, enviou-lhe um beijo e desejou-lhe sorte.

Tu me acostumaste

E foi como se a mensagem chuvosa de Yuang tivesse renovado o espírito rebelde e aventureiro que era a marca do seu signo. A chuva fortaleceu a coragem que nunca perdera. Seu pranto ao sair da prisão não tinha sido um sinal de derrota, como pensara Amalia, mas sim de raiva. Assim que voltou a ficar em contato com a vida, recuperou o tom da sua voz interior: aquela que lhe exigia clamar por justiça acima de tudo. Continuou dizendo o que pensava, como se não tivesse consciência de que aquilo podia lhe custar uma surra ou a volta à prisão. No fundo, continuava sendo um tigre, velho e enjaulado naquela ilha, mas um tigre ainda assim.

Amalia, em compensação, temia por ele e pelo resto de sua família em um lugar onde a justiça se tornara draconiana. Por isso, começou a administrar — papéis vão, papéis vêm; certificados e carimbos, entrevistas e documentos — a única possibilidade de continuar com suas vidas.

Um dia chegou da rua e parou na soleira, tentando recuperar o fôlego. Olhou para Pablo, para sua filha e seu neto, que coloria os barcos de papel que seu avô ia colocando sobre a mesa.

— Vamos embora — anunciou.

— Para onde? — perguntou Isabel.

Amalia suspirou com impaciência. Como se houvesse algum outro lugar para o qual pudessem ir!

— Para o norte. Deram o visto a Pablo.

O menino parou de lidar com seus navios. Tinha ouvido falar desse visto durante meses. Sabia que tinha a ver com o seu avô, que era um ex-preso político, embora não entendesse muito bem o que isso significava. Só sabia que não devia comentar nada na escola, sobretudo depois que aquela espécie de estigma provocara o divórcio dos seus pais.

— Quando vocês vão? — perguntou Isabel.

— Quer dizer o quando "nós" vamos. Você e o menino também têm visto.

— Arturo nunca me dará permissão para levá-lo.

— Pensei que já tinha falado com ele.

— Para ele, dá na mesma, mas não pode autorizar. Perderia o seu emprego.

— Esse... — começou a dizer Amalia, mas se conteve ao notar o olhar do neto — só pensa nele.

— Não poderei fazer nada até que o menino seja maior.

— Sim, e quando completar 15 anos já estará na idade do Serviço Militar e então não o deixarão sair.

Isabel suspirou.

— Vão vocês. Papai e você sofreram muito; não têm nada que fazer neste país.

O menino ouvia, quase assustado, aquele duelo entre sua mãe e sua avó.

— Não esperei vinte anos por seu pai para perder a minha filha e o meu neto agora.

— Não nos perderá, logo nos reuniremos — assegurou-lhe a filha, observando de soslaio o pai, que não tinha aberto a boca, imerso em sabe-se lá que pensamentos. — São vocês que não devem esperar.

— Pelo menos tente falar com Arturo. Ou prefere que eu faça isso?

— Logo veremos — sussurrou sem muito convencimento. — É tarde, é melhor a gente ir... Despeça-se, querido.

O menino beijou os avós e saiu pulando para a calçada. Ficou ali, pulando num pé só, até que a mãe o pegou pela mão e se afastou com ele.

Amalia espiou a partida deles e sentiu que o coração lhe doía tanto quanto no dia em que vira seu pai morrer. Como podia deixá-los para trás? Não ver seu neto crescer, deixar de abraçar sua filha: essa era a metade do seu medo. A outra metade era perder Pablo novamente, e isso era o que aconteceria se não o tirasse dali.

Por isso, esperava com ansiedade a permissão de saída que devia lhe outorgar o governo: o famoso cartão branco. Ou "carta de alforria", como o chamavam os cubanos depois do êxito de certa telenovela em que uma escrava passava mais de cem capítulos esperando esse documento. Todos aqueles com visto para viajar deviam passar por uma novela parecida: a menos que esse cartão chegasse, nunca poderiam sair.

Os primeiros meses foram cheios de esperança. Quando passou o primeiro ano, a esperança se transformou em ansiedade. Depois do terceiro ano, a ansiedade se transformou em angústia. E depois do quarto, Amalia se convenceu de que jamais os deixariam partir. Talvez achassem que vinte anos de prisão não tinham sido suficientes.

Ela se consolava vendo crescer seu neto: um rapaz bonito e doce como o seu Pablo na longínqua época em que se conheceram. Amalia notava como ele se esmerava para agradar o avô. Sempre dava um jeito para estar perto dele, como se a ameaça da separação tivesse feito com que entesourasse cada minuto que passavam juntos: medo que cada vez parecia mais irreal, pois o tempo passava, e Pablo continuava vivendo naquela prisão que era a ilha.

Embora continuasse assustando as pessoas com suas frases temerárias, nunca retornou à prisão. Talvez, depois de tudo, a polícia secreta tivesse decidido que era um velho inofensivo. De qualquer maneira, dissesse o que dissesse, não poderia fazer nada.

A escassez é a arma mais eficaz para controlar as rebeliões. Com exceção de algumas frases que apareciam nos muros e nos banheiros de certos lugares públicos, nada parecia acontecer... Tampouco havia com quem conspirar. A culpa era daquela epidemia que aderira como um parasita à pele de todos: o medo. Ninguém se atrevia a fazer alguma coisa. Bem, só alguns; mas esses já estavam na prisão. Entravam e saíam regularmente dela, e nunca conseguiam nada além de denunciar ou protestar. Eram homens e mulheres mais jovens do que Pablo, de uma coragem semelhante à dele, embora sem meios para conseguir mais do que o próprio Pablo tinha conseguido.

Para Pablo não restou outro remédio a não ser observar; observar e tentar entender aquele país que cada vez ficava mais estranho. Um dia, por exemplo, tinha saído cedo para dar uma volta e parou em frente à antiga taberna dos Meng, que agora era um local onde armazenavam panfletos da União de Jovens Comunistas. Elevou o rosto para o céu cheio de nuvens, desejando que chovesse um pouco para receber as bênçãos do seu bisavô. Ao lado dele passou um cão sarnento e imberbe, da raça que ali chamavam de "chinês" por quase não ter pêlos. O animal olhou para ele com medo e esperança. Pablo se abaixou para acariciá-lo e lembrou-se de uma toada da sua infância:

Quando saí de Havana
de ninguém me despedi,
só de um cachorrinho chinês
que vinha atrás de mim.
Como o cachorrinho era chinês
um senhor o comprou
por um pouco de dinheiro
e umas botas de verniz.
As botas furaram,
o dinheiro acabou.
Ai, cachorrinho da minha vida!
Ai, cachorrinho do meu amor!

Olhou ao redor, como se esperasse ouvir a campainha do chinês Julián anunciando seus sorvetes de coco, graviola e creme: os melhores do bairro; mas na rua só brincavam três meninos seminus, que logo se aborreceram e entraram em uma casa.

Estava indo embora, quando notou a expressão com que uma garotinha contemplava alguma coisa que acontecia na volta da esquina, fora do campo de sua visão. Aproximou-se um pouco, sem delatar sua presença, e viu duas moças que conversavam animadamente perto de uns latões de lixo. Compreendeu imediatamente que uma delas era prostituta. Sua roupa e sua maquiagem a delatavam; uma pena, porque era bonita, de traços delicados e com um ar muito distinto. A outra era freira, mas não parecia estar passando nenhum sermão na desencaminhada. Pelo contrário, as duas pareciam conversar como se fossem velhas amigas.

A prostituta tinha uma risada doce e travessa.

— Imagino a cara que o seu confessor faria se você lhe dissesse que fala com o espírito de uma negra conga — zombou.

— Não diga isso, Claudia — respondeu a freira. — Não imagina o quanto me faz sentir mal.

Do que estavam falando aquelas mulheres? Olhou ao redor. Não havia ninguém mais à vista, exceto a garotinha, que continuava sentada na porta.

Os três meninos que antes brincavam na calçada voltaram a sair, gritando e enfrentando a machetadas os colonizadores espanhóis. Pablo não conseguiu ouvir o resto da conversa. Só viu que a freira guardava um papelzinho que a prostituta lhe dera antes de ir embora; depois fez uma coisa ainda mais estranha: olhou para um monte de lixo e fez o sinal-da-cruz. Em seguida pareceu ruborizar-se e, quase com fúria, fez o sinal-da-cruz na direção dos latões, antes de seguir seu caminho.

Deus do céu, que país mais estranho se tornou esta ilha.

Chegaram noites de chuva e dias de calor. Inventaram-se novas ordens e se proibiram outras. Houve manifestações convocadas pelo governo e protestos silenciosos nas casas. Correram rumores de atentados e ouviram-se discursos que os negavam. Com o tempo, Pablo foi se esquecendo de tudo. Esqueceu-se dos seus primeiros anos na ilha, de suas angústias para compreender a língua, das intermináveis tardes de levar e trazer roupa; esqueceu-se dos seus anos de universidade, quando se debatia entre três existências: estudar medicina, encontrar-se com Amalia às escondidas e lutar na clandestinidade; esqueceu-se de que alguma vez quisera ir embora de um país que tinha chegado a amar; esqueceu-se dos documentos que emboloravam numa gaveta... Mas não se esqueceu da sua raiva.

Nas noites mais escuras, seu peito gemia com uma dor antiga. Furacões, secas, inundações: de tudo foi testemunha durante aqueles anos nos quais sua vida tinha cada vez menos sentido. Agora o país atravessava uma nova etapa, que, diferentemente das outras, parecia planejada, pois até tinha um nome oficial: Período Especial de Guerra em Tempo de Paz. Um nome estúpido e pedante, pensou Pablo, tentando acalmar suas vísceras, que gritavam de solidão. Nunca antes havia sentido uma fome tão atroz, tão dominante, tão onipresente. Seria por isso que nunca o deixaram abandonar o país? Para matá-lo lentamente?

Abriu a porta e sentou-se na soleira. A vizinhança permanecia nas trevas, imersa novamente num dos intermináveis blecautes. Uma brisa suave percorria a rua, trazendo o vago rumor das palmeiras que cochichavam no Parque Central. Sombras luminosas cobriam pela metade o disco da lua e se transformavam em manchas espiraladas. Por alguma razão, lembrou-se de Yuang. Ultimamente pensava muito nele, talvez porque os anos o tivessem feito valorizar mais sua sabedoria.

"É uma pena que eu não tenha aproveitado mais quando ele estava vivo", disse para si mesmo, "mas isso deve acontecer com muita gente. Muito tarde nos damos conta de quanto amamos nossos avós, de quanto podiam nos dar e daquilo que não soubemos tomar em nossa inocente ignorância. Mas a marca dessa experiência é imperecível e de algum modo permanece em nós..."

Gostava de manter aqueles monólogos. Era como conversar de novo com o velho *mambí*.

O vento assobiou com voz de espectro. Por instinto, ele elevou o olhar: as estrelas davam cambalhotas entre as nuvens. Olhou com mais atenção. Os pontos de luz se adiantavam ou retrocediam, uniam-se em grupos e pareciam dançar em roda; depois se juntavam até formar um único corpo e de repente saíam disparados em todas as direções, como fogos... Mas não eram fogos.

— *Akun* — chamou em silêncio.

A rua estava deserta, embora no vazio de outra soleira Pablo acreditasse perceber uma silhueta. Era real?

— *Akun* — repetiu suavemente.

As estrelas se moveram, formando figuras caprichosas: um animal... talvez um cavalo. E, montado em cima, um homem: um guerreiro.

— *Akun*.

E ouviu sussurrarem em resposta:

— Pag Li... *Lou-fu-chai*...

A visão esbranquiçada se moveu nas trevas.

Pablo sorriu.

— *Akun*...

Uma pálpebra de nuvens deixou entrever a lua, cuja luz se derramou sobre os espíritos que perambulavam entre os vivos. Da terra brotou aquele cheiro de lar: era um cheiro parecido com o das sopas que sua mãe fazia, com o do talco que seu pai usava depois do banho, com o das mãos enrugadas do seu bisavô... A noite desfalecia como o ânimo de um condenado à morte, mas Pag Li sentiu uma felicidade nova e enlevada.

A silhueta se aproximou e, durante alguns instantes, olhou para ele com aquela ternura infinita que seus anos de morto não tinham extinguido. Com suas mãos geladas, tocou suas bochechas. Inclinou-se e lhe deu um beijo na testa.

— *Akun* — soluçou Pag Li, sentindo-se de repente o ser mais desamparado do universo. — Não vá embora, não me deixe sozinho.

E se apertou no regaço do seu bisavô.

— Não chore, pequeno. Estou aqui.

Balançou-o com suavidade, embalando-o docemente contra si.

— Tenho medo, avô. Não sei por que tenho tanto medo.

O ancião se sentou ao seu lado e rodeou seus ombros com um braço, como quando Pag Li era menino e se reclinava em seu peito para ouvir as façanhas daqueles heróis legendários.

— Lembra como conheci o *apak* Martí? — perguntou-lhe.

— Lembro — respondeu enxugando as lágrimas —, mas conte-me outra vez...

E Pag Li fechou os olhos, deixando que sua memória fosse se enchendo com as imagens e os gritos de batalhas esquecidas. E, pouco a pouco, abraçado à sombra do seu bisavô, deixou de sentir fome.

Hoje como ontem

Era tão cedo que o céu ainda conservava seus tons violeta, mas o bar parecia mais escuro do que de costume. Guiando-se pela lembrança, mais do que pelo olhar, Cecilia foi se aproximando do canto onde Amalia costumava se sentar. Não achou que tivesse chegado, mas preferiu esperá-la ali. Quando notou uma sombra que se mexia na cadeira, parou. A sombra pertencia a um homem.

— Desculpe — disse ela, retrocedendo. — Confundi você com outra pessoa.

— Poderia ficar um pouco? — pediu ele. — Não conheço ninguém aqui.

— Não, obrigada — respondeu ela com voz gélida.

— Desculpe, não quis ofendê-la. Cheguei recentemente de Cuba e não sei como são os costumes.

Cecilia se deteve.

— Iguais aos de qualquer outro lugar — disse-lhe irritada, embora sem saber por quê. — Nenhuma mulher medianamente sensata se sentaria num bar com um desconhecido.

— Sim... claro... — admitiu ele, com um gagueira tão sincera que Cecilia quase sentiu pena.

De repente soube por que se sentia incomodada. Não era pelo convite, mas sim porque o intruso tinha invadido o esconderijo que ela e Amalia compartilharam tantas noites.

Procurou uma mesa da qual pudesse vigiar a chegada da amiga, mas quase todas estavam ocupadas. Teve que escolher uma próxima à pista. Estava ansiosa para falar com Amalia e dizer-lhe que se dava por vencida naquele jogo. Tinha o significado dos seis números, mas não entendia nada. A primeira adivinhação, vinculada a ela mesma, continuava sendo um enigma. "Cantina", "visão" e "iluminações" eram as palavras correspondentes aos números, mas ela não tinha a menor idéia do que podiam significar. Com o segundo grupo acontecia a mesma coisa. Não sabia o que fazer com "desafio", "pomba" e "cemitério grande".

Levantou o olhar e viu a paisagem que ocupava toda a tela. Ali estava de novo: em Miami, Cuba era mais onipresente que a Coca-Cola. Tentou enxergar a mesa onde costumava se reunir com Amalia, mas estava muito longe, e o bar se achava muito escuro. Não a veria se entrasse, e talvez ela fosse embora se encontrasse aquele desconhecido no seu lugar. Tomando fôlego, aproximou-se de novo do jovem.

— Meus amigos estão para chegar — disse ela para justificar seu atrevimento. — Posso esperá-los aqui por alguns minutos? Sempre nos reunimos neste canto.

— Claro que sim. Quer beber alguma coisa?

— Não, obrigada.

Ela desviou o olhar.

— Meu nome é Miguel — disse ele, estendendo-lhe uma mão.

Hesitou um segundo, antes de responder:

— Cecilia.

Houve uma piscada de luzes que lhe permitiu examinar seu rosto. Tinha mais ou menos a sua idade, mas seus traços eram tão exóticos que quase lhe pareceram extraterrestres

— Vem muito aqui? — perguntou ele.

— Mais ou menos.

— Esta é minha primeira vez — admitiu ele. — Sabe se...?

Nesse momento, várias pessoas passaram ao lado deles, esbarrando em várias cadeiras.

— Gaia! — chamou Cecilia.

A figura que ia à frente parou; e as outras a seguiram, tropeçando como cartas de baralho.

— Olá! Como vai? — perguntou a recém-chegada. — Olhe quem veio...

Mas não terminou a frase.

— Gaia! — exclamou o jovem. — Não sabia que você estava aqui.

— Miguel? — balbuciou ela.

Produziu-se uma hesitação, e quase em seguida uma espécie de terremoto. As silhuetas que vinham atrás se jogaram em direção à mesa.

— É você, Miguel?

— Que surpresa!

— Quando chegou?

— Claudia, nunca teria imaginado! Melisa, quanto tempo! — dizia ele, rindo. — Meu Deus, que coincidência!

E elas passavam as mãos pela cabeça dele, riam e o abraçavam, como quem encontra um familiar depois de muito tempo.

— De onde se conhecem? — perguntou Cecilia.

— De Havana — respondeu ele vagamente.

— Alguém viu Lisa? — interrompeu Gaia. — Foi ela quem propôs que nos encontrássemos aqui, e não a estou vendo...

Mas Lisa não tinha chegado.

— Temos duas mesas reservadas — disse Claudia. — Se quiserem vir...

Cecilia alegou que estava esperando alguém e que ficaria ali.

— Ah, o Benny... — sussurrou Miguel.

Na tela acabava de aparecer o *Sonero* Maior de Cuba.

— "Hoje, como ontem, eu continuo te amando, meu bem..."

— Quer dançar? — perguntou o rapaz, pegando-a pela mão.

E, sem lhe dar tempo para responder, arrastou-a para a pista.

— Ainda bem que você não conhecia ninguém — recriminou-o ela, confiando mais nele depois daquela recepção.

— Não tinha voltado a saber de nenhuma delas — disse ele cochichando, como temendo que o ouvissem. — Eu as ajudei em diferentes momentos de suas vidas.

Cecilia o observou com suspicácia, decidida a não se deixar enganar por aqueles olhos de pureza translúcida.

— Ajudou-as como?

— Um amigo me apresentou Claudia quando ela trabalhava numa pizzaria — contou ele —, uma coisa estranha, porque era formada em História da Arte. Parece que tivera um problema político. Dei-lhe algum dinheiro quando soube que tinha um filho pequeno.

— Não sabia que era casada.

— Não era.

Cecilia mordeu os lábios.

— Conheci Gaia porque ela trabalhou um tempo no meu escritório depois que saiu da universidade. Sempre andava com o olhar assustado, como se quisesse fugir de tudo... Tentei levá-la a um psicólogo, mas nunca consegui que fosse, porque veio embora para Miami.

— Não me parece que Gaia esteja doente.

Diante da tela, o rosto de Miguel se encheu de luz. Agora seus olhos pareciam verdes.

— Talvez esta cidade a tenha curado — aventurou ele. — Disseram-me que Miami tem esse poder sobre os cubanos. Melisa também esteve sob tratamento psiquiátrico, e olhe só para ela. Embora eu nunca tenha acreditado que tivesse qualquer problema. Foi um assunto misterioso...

O bolero terminou, e eles voltaram para a mesa. As moças tinham ocupado outra com um grupo de amigos. Claudia acenou para que se unissem a eles, mas Cecilia não se decidia a perder de vista o seu canto.

— Não quero sair daqui — confessou ela.

— Nem eu.

Recusaram o convite com um gesto.

— Em que se formou?

— Sou sociólogo.

— E o que fazia lá?

Lá significava a ilha.

— Trabalhava em hospitais, ajudando nas terapias de grupo, mas nunca confessei a ninguém o meu verdadeiro sonho.

Cecilia o ouviu sem fazer comentários.

— Faz tempo que estou fazendo anotações para um livro.

— Você é escritor?

— Não, só pesquiso.

— Sobre o quê?

— As contribuições da cultura chinesa em Cuba.

Ela o observou com surpresa.

— Quase ninguém menciona os chineses — insistiu ele —, embora os manuais de história e de sociologia digam que são o terceiro elo da nossa cultura.

Uma garçonete se aproximou da mesa.

— Vão tomar alguma coisa?

— Um *mojito* — pediu Cecilia sem vacilar.

— Achei que não bebia com desconhecidos — disse ele, sorrindo pela primeira vez quando a mulher saiu.

Observaram-se por alguns segundos. A escuridão não era mais um obstáculo para a visão, e Cecilia pôde perceber o brilho de suas pupilas.

— Quando chegou de Cuba?

— Faz dois dias.

Cecilia achou que tinha ouvido mal.

— Só dois dias?

E, como ele não respondia, ensaiou outra pergunta:

— Quem lhe falou deste lugar?

A garçonete chegou com as bebidas. Quando ela saiu, Miguel se inclinou sobre a mesa:

— Não sei o que você vai pensar se eu lhe contar algo um tanto estranho.

"Tente", desafiou-o ela mentalmente; mas em voz alta disse:

— Não vou pensar nada.

— Vim por causa da minha avó. Foi ela quem me falou deste bar.

Cecilia ficou pasma.

Uma mulher enrolada em xales entrou no palco, abriu os braços como se fosse dançar a dança dos sete véus, e ouviu-se sua voz sussurrante, feita para cantar boleros:

— "Como foi? Não sei dizer como foi, não sei explicar o que aconteceu, mas por ti me apaixonei..."

— Vamos — disse Miguel, arrastando-a de novo.

Que difícil era conversar assim!

— Desde quando sua avó mora em Miami? — perguntou a moça, sem se atrever a pronunciar o nome que pululava na sua língua.

— Vovó passou vários anos esperando a permissão de saída para ela e meu avô. Só a deram depois que ele morreu. Então ela viajou sozinha para cá, pensando que minha mãe e eu viríamos em seguida, mas não nos deixaram viajar até recentemente. Olhe — disse procurando sob a camisa —, isto é dela.

O familiar azeviche preto, incrustado na mãozinha de ouro, pendia da corrente que ele levava no pescoço. Parecia uma jóia muito delicada, quase invisível naquele peito jovem e robusto. Cecilia fechou os olhos. Não sabia como lhe contar... Tentou seguir o ritmo da melodia.

— E quando ela virá por aqui?

— Quem?

— A sua avó.

Miguel olhou para ela com um brilho estranho nos olhos.

— Minha avó morreu.

Cecilia parou de se mexer.

— Como?

— Faz um ano.

Ele tentou continuar dançando, mas Cecilia ficou cravada no seu lugar.

— Você não disse que ela lhe falou deste bar?

— Num sonho. Disse-me que viesse aqui e... Está se sentindo mal?

— Quero me sentar.

Sua cabeça dava voltas.

— Como é que você tem esse amuleto dela? — conseguiu perguntar enquanto se recuperava.

— Ela o deu a uma amiga para que o entregasse a mim. Desde ontem à noite o tenho. Talvez por isso tenha sonhado com ela.

Então Cecilia lembrou-se da primeira adivinhação: "cantina", "visão", "iluminações". Como não se dera conta antes? Cantina: assim se chamavam os bares na época de Amalia. Isso era o que a mulher tinha querido lhe dizer: ela era uma visão num bar, alguém que estava ali para ser iluminada. Pensou nas palavras de Amalia: "Sua combinação lhe mostrará quem você é e o que deve esperar de si." Já não restavam dúvidas: ela também era uma visionária; alguém que podia falar com os espíritos. Por isso arrastava consigo uma casa habitada pelas almas daqueles que se negavam a abandoná-la. Agora tinha certeza de que tinha herdado os genes de sua avó Delfina. Se até Claudia tinha dito: "Você anda com mortos." Mas estivera cega.

No entanto restava a segunda adivinhação. Qual seria o "desafio" relacionado com esse futuro que obcecava a todos? Amalia a tinha advertido de que os oráculos eram intuitivos, que devia procurar associações. Muito bem. A "pomba" era um símbolo de paz. Mas como associá-la à imagem de um "cemitério"? Significava que o futuro da ilha era um desafio em que todos teriam que decidir entre a paz e a morte, entre a harmonia e o caos?

— "Não existe um momento do dia em que possa afastar-te de mim — cantou a dama dos véus. — "O mundo parece distinto quando não estás junto a mim..."

A canção, doce e melancólica, conseguiu acalmá-la.

— Você está melhor?

— Não foi nada.

— Consegue dançar?

— Acho que sim.

— "Não existe melodia em que não surjas tu, nem eu quero escutá-la se não a escutas tu..."

Aquele bolero parecia cantar sua cidade. Ou talvez ela não pudesse ouvir um bolero sem se lembrar de Havana.

— "É que te transformaste em parte de minha alma..."

Sim, sua cidade também era parte dela, como o sopro de sua respiração, como a natureza de suas visões... como aquela que acreditava estar tendo agora na atmosfera nebulosa do local: um homenzinho disforme, vestido com uma espécie de batina, que se balançava ridiculamente em cima do piano.

— Miguel...

— Sim?

— Será que me embebedei com meio *mojito* ou tem mesmo um baixinho em cima do piano?

Ele observou por cima do ombro dela.

— Do que você está falando? — começou a dizer. — Eu não estou vendo...

Ficou em suspense. E quando baixou o olhar em direção a ela, ela compreendeu que ele conhecia a lenda do Martinico e que sabia o que significava vê-lo, mas nenhum dos dois disse nada. Haveria tempo para explicações. Haveria tempo para fazer perguntas sobre os mortos. Agora ela suspeitou de que sempre os teria por perto, porque também acabava de avistar Amalia no meio da fumaça que dançava como a névoa que sobe do rio.

Cecilia parou de dançar.

— O que você tem? — perguntou Miguel.

— Nada — respondeu estremecendo quando Amalia passou entre eles, deixando uma sensação gelada.

Mas a moça não reparou naquela frieza. Só queria saber o que a mulher perseguia com aquele olhar fixo e fascinado. Virou um pouco a cabeça e quase não a reconheceu: uma Amalia quase adolescente dançava com um jovem parecido com Miguel, embora de traços mais asiáticos.

— "Além de seus lábios, do sol e das estrelas, contigo na distância, amada minha, estou..."

Sua Havana moribunda, habitada por tantos fantasmas espalhados pelo mundo.

"A gente aprende a amar o lugar onde amou", repetiu para si mesma.

Elevou os olhos para contemplar Miguel; e se lembrou dos rostos daqueles mortos amados que continuavam na sua memória. Seu coração estava a meio caminho entre Havana e Miami. Em qual dos lados pulsava sua alma?

"Minha alma pulsa no centro do meu coração", disse para si mesma.

E seu coração pertencia aos vivos — próximos ou ausentes —, mas também aos mortos que continuavam ao seu lado.

— "Contigo na distância, amada minha, estou" — cantarolou Cecilia, contemplando a imagem de sua cidade na tela.

Havana, amada minha.

E, quando apoiou sua cabeça no peito de Miguel, o fantasma de Amalia se voltou para olhar para ela e sorriu.

Agradecimentos

Este romance é uma homenagem a muitas pessoas e fatos; também a certos lugares; e é obvio, a uma cidade... ou, talvez, a duas. Minha gratidão vai para todas as fontes que a inspiraram, em especial aos compositores de boleros cujas letras aparecem como títulos dos capítulos. No entanto, houve um fator essencial que motivou a trama: o desejo de contar uma história que recriasse a união simbólica das três etnias que compõem a nação cubana, especialmente a chinesa, cuja incidência sociológica na ilha é maior do que muitos supõem. Do meu afã por render homenagem a essas três raízes, nasce este romance.

Muitos livros me proporcionaram dados valiosos sobre as diversas épocas e costumes recriados aqui, mas não posso deixar de mencionar três que foram imprescindíveis para compreender os padrões de imigração e adaptação dos chineses que chegaram a Cuba na segunda metade do século XIX: *La colonia china de Cuba (1930-1960)*, de Napoleón Seuc; *Los chinos de Cuba: apuntes etnográficos,* de José Baltar Rodríguez; e *Los chinos em la historia de Cuba* (1847-1930), de Juan Jiménez Pastrana.

Entre as fontes vivas de informação, foi vital a ajuda da família Pong, especialmente de Alfredo Pong Eng e de sua mãe Matilde Eng, que compartilhou comigo histórias e lembranças pessoais do gigantesco périplo migratório que foi história comum dos chineses que emigraram de Cantão a Havana há mais de 150 anos. Sem sua ajuda, não teria conseguido reproduzir a atmosfera familiar que aparece nestas páginas.

A pesquisa do universo musical da época não teria podido se completar sem os dados históricos e anedóticos do livro *Música cubana: del areíto a la nueva trova*, do Cristóbal Díaz Ayala.

Incorporei à trama algumas figuras históricas da música cubana, tentando respeitar suas personalidades e biografias. Os diálogos e fatos narrados aqui são fictícios e estão inspirados apenas na minha admiração pelo patrimônio musical que legaram. No entanto, imagino que, se tivessem se visto nessas circunstâncias, teriam atuado de maneira muito parecida.

Também quero agradecer — deste mundo ao outro — ao falecido Aldo Martínez-Malo, testamenteiro dos pertences da cantora e atriz Rita Montaner (1900-1958), que num dia longínquo, num gesto que amigos presentes qualificaram de insólito, colocou sobre os meus ombros o manto de prata da legendária diva; uma relíquia que ele sempre gostava de mostrar, mas que nunca deixava ninguém tocar... Conservava aquele manto alguma conexão com a alma dessa artista única ou foi só minha fantasia, entusiasmada diante do contato com tão insólito objeto, que me provocou estranhas visões do passado? Quem sabe! O importante é que, de algum modo, a experiência deixou em mim um sinal tão persistente que acabou por se misturar a este romance.

Miami, 1998-2003

Este livro foi composto na tipologia
Goudy Old Style BT, em corpo 11,5/16,
e impresso em papel off-white 80g/m² no Sistema
Cameron da Divisão Gráfica da Distribuidora Record.